吴定海◎主编

深圳学人·南书房夜话
——第六季——

兴于诗：芸社诗课

中国社会科学出版社

图书在版编目（CIP）数据

兴于诗：芸社诗课：深圳学人·南书房夜话第六季 / 吴定海主编.
—北京：中国社会科学出版社，2021.1
ISBN 978-7-5203-7862-8

Ⅰ.①兴… Ⅱ.①吴… Ⅲ.①古典诗歌—诗歌研究—中国 Ⅳ.①I207.22

中国版本图书馆CIP数据核字（2021）第022806号

出 版 人	赵剑英
责任编辑	马　明
责任校对	周　昊
责任印制	王　超

出　　版	中国社会科学出版社
社　　址	北京鼓楼西大街甲158号
邮　　编	100720
网　　址	http://www.csspw.cn
发 行 部	010-84083685
门 市 部	010-84029450
经　　销	新华书店及其他书店
印　　刷	北京明恒达印务有限公司
装　　订	廊坊市广阳区广增装订厂
版　　次	2021年1月第1版
印　　次	2021年1月第1次印刷
开　　本	710×1000 1/16
印　　张	20.25
字　　数	301千字
定　　价	109.00元

凡购买中国社会科学出版社图书，如有质量问题请与本社营销中心联系调换
电话：010-84083683
版权所有　侵权必究

编 委 会

总 顾 问：王京生
学术指导：景海峰　韩望喜

主　　编：吴定海
副 主 编：张　岩　徐晋如
编　　委：王　冰　刘婉华　何文琦　张　森
　　　　　魏沛娜
编　　务：肖更浩　黄文霞　彭　丹　方　佳
　　　　　韩莉莉　刘玉洁　章　良

诗词鉴赏与写作研修班开班仪式

主持人（王冰副馆长）：尊敬的各位读者，各位来宾，还有可爱的学员们！

在这个春暖花开的日子里，我们相聚在美丽的南书房，一起聆听君子的声音，分享温暖的力量。我是深圳图书馆副馆长王冰，欢迎大家到来！今年是南书房夜话的第五个年头，今天也是我们"南书房夜话"的第六季《诗词鉴赏与写作研修班》举行开班仪式的日子，下面请允许我介绍今天来的嘉宾：深圳大学人文学院沈金浩副院长，深圳市社会科学院刘婉华博士，深圳商报社何文琪主任，著名诗人、词人徐晋如先生，中大博士、中华诗教学会理事陈慧老师，南书房的房主、深圳图书馆张岩馆长，以及深圳图书馆肖容梅副馆长。深圳图书馆一直致力于把"南书房夜话"打造成一个学术交流和市民互动的平台，其重要的推手、倡导者就是我们的张岩馆长。下面有请张岩馆长为本季南书房夜话开班仪式致辞。

张岩馆长：谢谢王冰馆长。他说我是南书房房主，我真是不敢当，如果这么说的话，我想在座的各位都是南书房行走，都是至高无上的南书房的主人。感谢大家今天的莅临！今天是南书房又一个高朋满座的时刻，因为我们迎来了新一季的"南书房夜话"的活动。图书馆是没有围墙的大学，作为图书馆人，我们为这样的使命而感到非常光荣，同时也觉得非常神圣。多年来，我们一直在努力，以期能对得起社会的期待。在五年前，为了让深圳广大市民能一站式接触人类优秀的历史文化经典，我们创设了南书房这个空间，在这里，大家能够感受到古今中外人类经典的气息。为了搭建一个学者——尤其是深圳本土学人——和普罗大众交流的平台，我们又创设了"南书房夜话"这样一个公众文化活动。在四年前，"南书房夜话"启动时,也是同样的高朋满座,当时有一位神秘嘉宾——当时的深圳市委常委、宣传部长,现在的国务院参事王京生先生,他第一次参加"南书房夜话"的活动,就给予了夜话非常高的评价。因为我们旨在搭建学人与市民交流的平台,同时关注与现代生活相关的重大的历史话题,在中华优秀的传统文化中,寻求解决之道,寻求滋养,所以王参事认为,"南书房夜话"是与"市民文化大讲堂""深圳晚八点"并驾齐驱的三驾马车之一。第一场活动就得到了一位文化学者、文化官员的高度肯定,这给了我们极大的鼓励。

五年来,"南书房夜话"一直在辛勤耕耘,得到了本地学者,比如深圳大学文学院原来的景海峰院长、现在的沈金浩院长的鼎力支持。我们致力于把深圳本地最高水平的学术文化呈现在这个空间里,并且通过《深圳商报·文化广场》传递给全体市民,进而走出深圳,传递给全社会。今天"南书房夜话"的诗词研修班开班,是我们在这个平台上实现的又一个小目标。诗词文化是中国人的一种身份印记,唐诗宋词使中国人与外国人有了根本的区别。中央电视台举办中国诗词大会,得到了全国人民的追捧,反映了国人的心灵期待。"南书房夜话"举办了几季哲学方面的主题之后,目光转向了文学领域,以满足市民对诗词文化和古典情怀的追寻。实现市民文化权利,不仅仅是文化参与的权利,还有文化创造的权利,而开办诗词研修班,就是希望寻找一批志同道合的读者朋友,一起在新的时代,用古典诗词做载体,进行文化的创造性转换。南书房致力于文化耕耘,不追求轰动的效应,但是假以时日,一定能够慢慢地、持续改良深圳的文化土壤,这是图书馆人默默致力的事业。

今天是诗词研修班开班仪式,首先,我表示衷心的祝贺!同时感谢各合作方,包括深圳社科院、深圳大学、《深圳商报·文化广场》等单位和机构,多年以来,我们携手一起做文化建设工作,我也请读者朋友一起感谢他们!

其次,祝贺在座的50位正式学员,诗词研修班开班的消息公布以后,引起了社会热烈反响,仅仅两个星期就有509位学员携自己的诗词作品前来报名。深图工作人员和徐晋如老师花了整整一天的时间,对初评入选的80多位报名学员面试,选拔出50位正式学员。

诗词研修班录取难度和竞争的激烈程度，大概相当于1981年中国高考，非常的不容易。为了这个活动，各合作方，以及深圳图书馆参考部的工作团队倾注了大量的心血，政府也投入了大量的资源，所以希望全体学员珍惜机会，好好跟着优秀的老师学习诗词鉴赏和创作。当然，我们不仅仅要提高诗词鉴赏能力和水平，更重要的是提高诗词创作能力和水平，这是诗词研修班的宗旨。

第三，希望诗词研修班取得振奋人心的成果，要"前有标兵，后有追兵"。武大中文系作家班出了池莉、方方等一批活跃在文坛的大作家，专业背景各有不同，堪为"标兵"。今天到场的，除了50位正式学员，还有很多热情的读者，他们都是"追兵"。如果正式学员经常缺课，或者不认真交作业，而忠心、优秀的读者坚持听课并且提交了好的作品，则可以取而代之。诗词研修班应当建立流动机制，不要一考定终身。我对我们这个班寄予很大的期望，因为研修班的学员有好多特点：一是年龄层次比较多元，老中青结合，最小的学员只有十来岁，最大的有70多岁，真的是社会大学；二是学历普遍比较高，除了几位中学生以外，本科、硕士、博士都有，而且理工类专业的还不少，而跨界往往会结出优异的成果。

最后，再次感谢热心读者和今天到场的各位嘉宾对"南书房夜话"的大力支持！期盼诗词研修班结出丰硕的成果，使诗词研修这种方式，成为新的佳话！祝愿学员们研修有成，用生花妙笔，书写诗意人生！谢谢大家！

主持人： 谢谢张岩馆长！图书馆是一所没有围墙的大学，我们愿意做开心的书童和文化的看护者。"南书房夜话"的品牌是深圳社科院和深圳图书馆联合打造的，深圳社科院为此倾注了大量的心血、精力，提供了很多保障，下面有请刘婉华博士代表社科院致辞，大家欢迎！

刘婉华： 谢谢各位！看到如此热烈、鼎盛的场面，的确非常感慨。五年来，作为"南书房夜话"的主办方之一，我们跟图书馆的各位同人一起，亲历了这个品牌的成长。"南书房夜话"今天已经做到第六季了，诗词鉴赏和写作研修班的入学率比得上80年代初的高考，我非常感动。衷心祝愿"南书房夜话"第六季圆满成功，衷心祝福诗词研修班硕果累累！谢谢大家！

主持人：谢谢婉华博士。"南书房夜话"作为一个学术品牌，离不开学术的支撑和滋养，深圳大学给予了强大的学术保障，深大是我们本土文化的骄傲。下面有请深圳大学人文学院沈金浩副院长致辞。

沈金浩：各位领导，各位学员，各位读者朋友，首先，祝贺诗词研修班开班！而且以这么高的人气顺利开班。祝贺各位有志学诗词的读者朋友加入到我们的队伍。第二，向图书馆、社科院等主办方致敬和祝贺！开办诗词研修班非常有意义，图书馆在尽心尽力地搭建学者与市民之间的交流平台，倾注了巨大的精力。第三，向读者朋友表示赞赏和敬意！大家白天都很辛苦，晚上还来学诗词，证明大家都热爱中国传统文化中的瑰宝——古典诗词。

中国文字是单音节的方块汉字，这是中国独有的，只有汉字才能创造出最精美的诗词；学诗词，能够增进文化自信，促进中华文化复兴，使大家能进一步加深对中国传统文化的理解，也对中国历史留给我们的种种美好有更深的体验，从而提高审美情趣和增进文字表达能力，祝愿同学们学习愉快！谢谢！

主持人：谢谢沈院长。酒香也怕巷子深，"南书房夜话"的品牌需要媒体的支撑和互动。下面请《深圳商报·文化广场》的何文琦老师致辞。

何老师：大家好！看到诗词研修开班仪式现场人气如此鼎盛，很多追星现场都没有这么热闹，觉得特别感动。"深圳学人·南书房夜话"是深圳图书馆默默耕耘、精心打造的持续多年的文化品牌，影响力越来越大。《深圳商报·文化广场》非常有幸和该品牌携手共进，一起在深圳学术建设中做了一些工作。今年第六季活动转向了古典诗词鉴赏与写作领域，应者云集，非常有意义，我们将全程关注和报道"南书房夜话"第六季的活动，和大家一起感受古典诗词的韵律美、画面美和人性美。希望通过我们的报道，引导更多市民走进美轮美奂的古典诗词大花园，给更多的市民在喧嚣的都市生活中保留一份心灵的芳草地。感谢主办方的辛勤工作！谢谢！

主持人：谢谢何老师。我们开班仪式到这儿，诗词研修班背后有强大的力量和资源支持，希望学员们珍惜和把握机会，以良好的学习态度和优秀的诗词作品回馈大家的厚望。

第六章
　　俯首浣花翁——七言律诗学习的方法与写作的技巧
　　　嘉宾：徐晋如
　　　时间：2018 年 6 月 23 日 19：00—21：00 ……………… （116）

第七章
　　点铁成金，夺胎换骨——江西诗派的句法技巧及芸社习作点评
　　　嘉宾：徐晋如
　　　时间：2018 年 7 月 7 日 19：00—21：00 ………………… （134）

第八章
　　七律写法例析（二）
　　　嘉宾：潘海东
　　　时间：2018 年 8 月 4 日 19：00—21：00 ………………… （151）

第九章
　　七言绝句写作技巧（一）
　　　嘉宾：沈金浩
　　　时间：2018 年 8 月 18 日 19：00—21：00 ………………… （170）

第十章
　　从咏物诗开始训练用典的基本功
　　　嘉宾：徐晋如
　　　时间：2018 年 9 月 1 日 19：00—21：00 ………………… （181）

第十一章
　　返璞之美——五言古诗的声律与结构
　　　嘉宾：徐晋如
　　　时间：2018 年 10 月 13 日 19：00—21：00 ……………… （200）

第十二章
　　笔落惊风雨——杜韩七古的创作方法
　　　嘉宾：徐晋如
　　　时间：2018 年 11 月 10 日 19：00—21：00 ……………… （216）

第十三章
从《长恨歌》到《圆圆曲》——歌行体的艺术要诀（上）
嘉宾：沈金浩

时间：2018 年 11 月 24 日 19：00—21：00 ………………（232）

第十四章
时空变换与诗意的发生——绝句写作的结构技巧
嘉宾：徐晋如

时间：2018 年 12 月 8 日 19：00—21：00 ………………（253）

第十五章
七言绝句写作技巧（二）
嘉宾：沈金浩

时间：2018 年 12 月 22 日 19：00—21：00 ……………（277）

第十六章
从《长恨歌》到《圆圆曲》——歌行体的艺术要诀（下）
嘉宾：沈金浩

时间：2019 年 1 月 5 日 19：00—21：00 …………………（293）

第一章
如何才能写出好诗词

嘉宾：沈金浩　徐晋如　陈　慧
时间：2018 年 3 月 31 日 19：00—21：00

沈金浩

各位学员、各位听众、读者朋友，本季深圳图书馆南书房夜话的主标题叫作"诗词鉴赏与写作"，这个题目是我们和图书馆一起商定的，因为诗词的鉴赏与诗词的写作有着相当密切的关系。必须有好的鉴赏的眼光和鉴赏的能力，才有可能写出好的诗词作品。当然只有鉴赏眼光也不一定写得出好作品，需经常琢磨如何写。学会写作也有助于提高诗词鉴赏的能力，两者需要紧密结合。而且，诗词鉴赏可以引导我们扩大视野、研读前贤更多的好作品，反过来对写作产生帮助。

今天到场的徐晋如老师是著名诗人、词人，在旧体诗词的写作方面在国内很有名气。我倾向于称作"旧体诗词"，这一点我跟徐晋如老师有所不同，徐老师喜欢称为"国诗"，因为徐老师太酷爱旧体诗词。徐老师在清华和北大读书时，已经是诗社的社长，而且是以旧体诗词的创作能力被公推为两校诗社的社长。徐老师到深圳大学入职时，我读了他二十来岁时写的旧体诗，当时就认为他可能是这个年龄段里写旧体诗的国内顶尖的人物。徐晋如老师写了一本如何写诗词的专著，即《大学诗词写作教程》，这是国内第一本诗词写作教材，好几个出版社抢着要求印刷出版，目前已多次再版，发行量很大。

今天到场的还有一位陈慧老师，是中山大学教诗词写作的老师，在中山大学最好的学院——博雅学院教诗词写作。她的老师张海鸥教授现任中华诗教学会会长，很有诗人气质，多年来不遗余力地推动诗教，推动当代人创作旧体诗词。今后还有潘海东先生来授课，潘老师刚刚退休，此前在深圳大学开过十几轮诗词写作课，有丰富的教学与诗词创作经验。本季"南书房夜话"总共有二十次课，而徐老师在诗词界人脉很广，还会有更多专家学者前来授课。

这个研修班是互动型的，学员在课后需完成作业，并安排在下一堂课由徐晋如老师当堂点评。徐老师曾讲过，一些参加面试的学员的旧体诗词创作已经具备相当水平。对于这样的学员，可能更多的是交流切磋。而对于诗词基础相对薄弱一些的学员，更需要学习旧体诗词的规矩，即诗词的格律、句法等内容。

本研修班应当是一个自由的互动平台。学员可以跟我们几位老师随时互动，学员之间可以相互切磋，形成共同学习的氛围，以期共同提高，少走弯路。

徐晋如

刚才沈老师讲了本诗词研修班开班的缘由，也对同学们提出了勉励，讲得非常到位，可谓殷殷勉勉。我今天来到南书房现场时，看到台下 50 位正式学员济济一堂，而教室内还拥挤着更多没有座位的旁听学员，相当震惊。我 2009 年来到深圳，当时吴洁姐就邀请我在深圳市少儿图书馆作公益性质的古典诗词写作讲座。一连做了 10 期，但是每次没几个人来听。所以，我当时只能把我诗教工作重心移到上海去，因为当时上海市静安区的区政府支持复旦大学胡中行教授创办了静安诗词社，胡中行教授邀请我担任静安诗词社的顾问，所以我每年都会多次去上海给静安诗词社的学员们讲课。记得第一次去静安诗词社讲课时，我作了非常动感情的发言，因为我和上海静安诗词社太有缘了。1995 年我在清华读大二的时候，成立了一个诗社，就叫作"静安诗词社"。因为清华大学曾有过一位著名的学者，清华国学院四大国学导师之一的王国维先生。王国维先生诗词俱佳，开拓了词的内容，著有《人间词话》《人间词》。王国维先生字静安，为了纪念王国维先生，所以把诗社命名为"静安诗词社"。20年后，上海静安区也成立了静安诗词社，并且请我做了顾问，所以当时非常感动。

今年深圳图书馆倡导开展本次诗词鉴赏与写作活动，影响力远超当年，我非常感恩，我想在座的每一位同学也都非常感恩，能有机会聚集在一起学习国诗，使中国文学皇冠上的明珠在深圳更好地传承。孔子讲过，"诗可以兴，可以观，可以群，可以怨"，"兴"是让我们激发感情、抒发感情，"观"是观察民风，"怨"是表达心中的不平。诗还有一个非常重要的功用，就是可以"群"，可以交朋友，而且可以交到知心的朋友。我在诗词界有很肝胆相照的朋友。其中有年纪大的，他们把我看成是忘年交。大家都是因诗词而结缘，因为诗词而相知，因为诗是最具有真善美品质的一种艺术。汉代的扬雄说过，字是心画，诗是心声，所以诗是最不可能作伪的，你从一个人的诗中可以看到他的为人。

我们所有的学员来到这里，都会有一个新的身份，就是共同成为一个新建诗社的成员。我们要办好诗社，以发挥古时文人雅集的传统。文人雅集在本质上表现为文人求群、求其友声的行为，所以我请求深图张森主任赐了一个非常雅致的名字，叫作"芸社"。"芸"是一种中草药材，它主要的功效就是把它放在书里面或者用它的汁液浸泡书的纸页，以驱走蠹虫，所以人们常说图书馆有"芸香"，因此我们的诗社就叫"芸社"，一个非常有诗意的名字。从今天开始，我们所有的学员都是芸社的社员，我希望我们芸社将来能成为深圳文化史、深圳文学史上一道亮丽的风景线。

诗词是我们的国宝。我国有一个称呼叫作"诗国"，因为在中国所有的文体中没有一种文体比诗更加尊贵，中国古代的文人，没有一个人不会写诗。诗是最符合儒家的君子之道的艺术。今天张馆长也讲了，大家要通过学诗来学习君子之道。何谓君子之道？最根本的一点，君子之学是为己之学，学习的目的不是为了追求功名利禄，不是为了写出很漂亮的诗，出去炫耀。学诗的目的是让自己的人格完善，让自己可以跟古人对话、具有君子人格。沈老师有一篇讲座稿《〈论语〉与君子人格》，发表后引起了非常大的反响。我们希望能把学诗的过程和人格修养的过程结合起来。

　　传统所谓的"学诗词",绝没有说只是学习诗词鉴赏的。人类所有知识与技能的学习,都不能空学理论,都一定包括实践的内容。《大学》讲,"如切如磋者,道学也;如琢如磨者,自修也",把学习的过程比喻成古代的玉工制作玉器。首先把玉璞从石头里面剥离出来,这道工序是比较粗的,叫作切磋,接下来经过仔细的打磨,把它变成了精美的玉器,这道工序叫作琢磨。从老师那里听来的,从书本上学到的内容,叫作学,学只是切磋的过程,只是粗放型的学习过程。学问只有经过自身的实践体悟,才能内化为自己的生命,实践体悟就是琢磨的过程。《礼记》中有一篇《学记》,就是教人怎么样学习的,文中说:"不学操缦,不能安弦;不学博依,不能安诗;不学杂服,不能安礼;不兴其艺,不能乐学。"学习任何一门学问,而不经实践,就不会真正理解。

　　我们现在有很多的学者,在阅读理解诗词时,往往会出问题,一个很重要的原因就是因为他们不懂得诗词创作,没有经历诗词创作的实践过程。李商隐有两句诗,大家都非常熟悉:"身无彩凤双飞翼,心有灵犀一点通。""点"是什么意思?绝大多数人,都回答不出来。但是如果学习了诗词创作,懂得诗词对仗的基本原理,那就会知道"点"和"飞"相对,"点"一定是个动词。它表示什么意思呢?表示点燃。晋代的温峤曾点燃犀牛角,照入深水中。所以心有灵犀一点通的意思是只要把心中的灵犀——犀角点燃,然后我们的心湖就被照亮了,玲珑剔透了。如果缺乏诗词创作的学习实践,就很难真正地去理解这句诗。同时,不懂创作的人,对于诗词之好坏优劣的见解也可能会很有问题,很容易会只去欣赏非常通俗的、大家很容易接受和理解的那一类风格的诗词,但是更多具有深沉蕴藉之美的诗词,就会离他比较远了。他会觉得这类诗词怎么也读不懂,望之生厌。但是,往往这一类的诗才是顶好的。比如近代以来公认的清代第一大诗人,贵州人郑珍,如果一个人没有经过诗词创作训练,就很难读得下去郑珍的作品;但是如果经过训练,就会觉得他的确是杜甫以后最伟大的诗人之一。

　　我们这门课特别强调要做社课。大家都是经过考核选拔,具有一定诗词创作功底的正式学员，也都是诗社的成员，所以我们会按照中国传统的教学次第来教大家。我们首先教五言律诗，因为古人在教诗时都是从五言律诗开始。我们教词，也跟常人想得不一样，首先要从长调入手，而且会首先从涩调，也就是说词句基本不符合诗之句法的词，并且可能是从大家很少见过的词牌入手。必须从这种词牌入手，才能真正地把词学好。

这么多年以来，我在中山大学开过诗词写作课，在深圳大学也开诗词写作课，并且我还拍摄了一门网络课程，叫《诗词写作与吟诵》，但是陈慧老师一直在第一线教学，可能比我开课的时间更长更多。社会上有很多人，包括我们今天的一些社员，可能都有一个疑惑：今人写诗词是不是就写不过古人了？写不过古人，我们干吗还要写？诗词在当代到底有什么意义？关于这些问题，陈慧老师等下会有非常精彩的解说。

陈 慧

论教学的经验，沈老师和徐老师都比我丰富。我在中大教书，一直都在开设诗词课，除了给我们学院讲，还开设了全校通识课，所以积攒下来也跟几千位同学有过共同学习诗词的经历。当年，徐晋如老师来到中大读博士时，我还处于对诗词非常喜欢，似懂非懂，自己也会写一点，但是又不知道是否合乎格律的状态。事实上，我在读书时，就曾经发问："不是说诗要押韵吗？那'前不见古人，后不见来者。念天地之悠悠，独怆然而涕下'，它的韵在哪儿呢？"这是我小时候的困惑。"不是说律诗要对仗吗？那'曲径通幽处，禅房花木深'，它是在第二联，为什么它又不对仗呢？"在中大，我们跟徐老师一起创立了岭南诗词研习社，我也是通过社课一点一点地学习诗词格律。我读博的研究对象并不是诗词，而是古文，主要是做思想史研究，但就是凭借当年在诗社的社课，我不仅掌握了诗词的格律，而且在诗词创作过程中，反复琢磨修辞，果然如徐老师所说，修辞实际上也是一种人格修养功夫，可以提升自己。经过这样一个训练，我得以进入中大，给同学们开诗词格律课。

诗词用词下字须力求古雅，而现代的日常语言都是白话文，且语言越来越简单粗暴，在写诗词时很难找到合适的现代语汇做恰当的表达。比如，要表达"我好无聊"，古人可以说"醒也无聊，醉也无聊，梦也何曾到谢桥"，再比如，遇到了一些阻碍，感觉好倒霉，古人会说"出门即有碍，谁言天地宽"？诗词应当用何种语汇来表达？我上课时，一直鼓励同学们在日常的对话中，尝试着让自己的语言更加的古雅。当年我们在中大学习诗词时，大家 QQ 聊天都努力尝试不用白话，而是用一句诗句去对话，这样诗词的语感也就逐渐培养起来了。

在我们学院，诗词格律课是必修课，同学们对于必修这门课的意义是有质疑的，比如为什么我们现代人还要去学诗词格律，还要去学古典诗词？我的答复是：通过学诗词，就会多一重表达方式。我们日常的表达往往太简单，对方没有回味的余地，但是学写诗词，语言可以变得更加委婉、优美。比如，我们经常要表达孤独，古人会表达为"飘飘何所似，天地一沙鸥"，由此我们可以感受到诗词的独特之处，就在于不把话直白地表达出来，而要绕一下，便产生出了我们所说的韵味。

其次，写诗词应尽量用繁体字。比如"可怜白发生"，"髪"的繁体字跟发生的"發"是不一样的。用繁体字写作，能够对古人诗词体悟得更清楚，也顺便学习了繁体字。我为韩国驻广州总领事上过课，有一次他去东莞参观文化产业，对方送给了他一套《三国演义》的画册，很漂亮，非常精美，开篇就是杨慎的《临江仙》，用的是繁体字。但是我觉得非常羞愧，因为"白发渔樵"的"髪"，它印成了发生的"發"，那位韩国的总领事以前在韩国是学中文的，一眼就看出来这个字是错的。

我们需要通过学习诗词让自己的语言更加的古雅，但诗词的语言比白话要难得多。当初推行白话文运动，恰恰也是基于启蒙的目的，让更多的人会写字，会通过文字来交流。那么，我们为什么还要回去学那么复杂的语言？法国的思想家布林迪厄也曾经被记者问过，为什么你还用复杂的语言来书写呢？他回答，如果我停止使用这种复杂的语言，我的思想就会偷懒，我就会停止思想，变成行尸走肉、活着的死人。庞德也曾经说过，诗歌是一个种族的语言，而且它是最具有敏感性的一种语言。诗歌的语言代表着一个民族的思想，如果说我们在诗歌上偷了懒，或者我们不再学习诗歌，也就意味着民族的文化可能会陷入一种去复杂化的境遇，它可能会把以前的那种程式、把它的一些深刻的东西通通都给抛弃掉了。这就是我们为什么要回过头再去学习这种复杂语言的原因。

我们在欣赏诗词时，不要停留在能看得懂的那些诗上，而要去学习很好的、但是现在还看不懂的那些诗。我们学写诗，我们作为诗人，不仅仅为了自己，我们可能还可以承担起历史的使命，让我们的母语始终保持着一种复杂、费解、精细和特别地有深度、有高度的状态。我跟我的学生们强调，你们已经上了大学，大学有大学之道，不应当仅仅是满足个人的求知和个体的修身，而要带着这种使命感去学习。

我的学生们说，非常感谢诗词格律这门课，因为如果没有经过这样的字斟句酌、搜肠刮肚，则可能永远会处在站着说话不腰疼的状态，对着古人指指点点。当我们学习诗词格律、学习复杂的语言时，我们可以学会谦逊，我们会懂得敬畏，就会知道古人作一首佳作出来要费多大的心思，需凭借多么深厚的积累和多么深刻的人生阅历。有些同学开始会比较容易被李白所吸引，而不喜欢杜甫，恰恰是因为杜甫比较深沉，而且用的典故他们看不懂。

徐晋如

我插一下，其实李白的诗也是有非常多的典故，只不过他们没想到而已。

陈 慧

而且他们可能喜欢的李白的诗，都是我们中小学时候提倡的那些。但实际上，李白的古风写得非常深刻，要读懂古风里的隐喻。要研读杜甫的诗，才会认识到杜甫的伟大。学习诗词，也是一个自我发现的过程。我们班上有一位看起来很文弱的男生，在写出"善哉海河清"的时候，已经让同学们刮目相看，而在后来，他更是写出了"天地不悲生死客,古今还宿去来人"的诗句,写出这样的有时空感苍茫感的一联诗。另有一位非常温柔的小女生,她的诗写得苍劲有力,当我给她点评并肯定她这一点之后,她才意识到原来内心还住着这样一个苍劲有力的自己。这两位同学都对自己有了全新的认知与发现。

《论语·学而》开篇就说"学而时习之","学"首先是自己的、出于自觉的学。"学而时习之,不亦说乎","说"是心中之乐的意思,也就是发自内心的快乐,它是通过学而时时地温习、研习去实现的。希望大家都可以像我们当年做社课一样投入热情,每次都完成好作业。而第二句话是"有朋自远方来,不亦乐乎",大家今天来到这里,共同组成了"芸社",都是同道中人,在同一扇窗下学习诗词,结成学伴,互相点评,互相提意见,互相发现对方的长处,在这个过程中,一定会感觉到非常的快乐。第三句就是:"人不知而不愠,不亦君子乎",可能我们表达的一些想法,别人不一定能够理解,但是我们可以不断地学习,以期尽可能准确地表达自己的想法,但即便你仍不被理解,也不要太愠恼了。这是第一次课上我的教学分享。我相信沈老师会有更多的经验跟大家交流。

沈金浩

为什么现代人需要学旧体诗词?我举个跟大家生活比较贴近的例子,春联。春节刚刚过,大家看了很多的对联,但是那些对联起码有一半很差劲,它不是对联。我就很纳闷,出对联的印刷厂或文化商店怎么就不找徐晋如老师、陈慧老师来把关呢?卖出来的那些对联连对偶都没做到,平仄也不讲,可见文化人跟商人之间需要沟通。咱们在座的学员也好,其他读者朋友也好,将来你懂诗词格律以后,你就可以跟商家合作,帮他们把关,商家会受益,整个社会都会受益。因为春联从形式上,到内容上都有对联的样子,整体文化就上去了。

再者,学诗词是一件超级练脑的事情。刚才陈慧老师举了法国人的例子,其实咱们中国人只要玩玩诗词就知道它太烧脑了。当你玩过这种复杂的语言表达以后,你的整体表达能力就会得到提升。

在座的诸位很多都是年轻人，说不定要换职位、换工作，往往面试的时候写篇文字，文笔怎样，是骡子是马，一遛就知道。诗词功夫好的，往往文字能力就强，表达出来格调就高，表达得精准。中国诗词最大的一个特点就是极其精准。徐晋如老师写文言文，我读了以后很佩服，因为他写出来的让你一字不能更改，我干这行的，都觉得改不动他一个字，这就是精准表达。大家如果经常涵泳其中，经常读、练、写，感悟能力上来了以后，也就可能做到精准表达，会有较高的文字水平。习近平同志、温家宝同志讲话里面都引用了非常多的古诗词，充分反映了"文章乃经国之大业，不朽之盛事"。国家的重要文件、对外讲话，甚至是思想理念都离不开传统文化，需要传统文化来支撑。国家领导人为什么花那么多心思去读古典、引用古典的文本？它有它特殊的作用，可以反映我们中国人一向追求在什么。多读古诗词，会扩大知见范围，加深对中国文化的认识，文字水平就会提高。我以前看到，有人给一位他欣赏的女子写信，用了一个词"良怀葭思"。葭是蒹葭之葭，"蒹葭苍苍，白露为霜"，良怀就是怀着很浓厚的、很深的感情，一个"葭"字把对方的身份全含进去了，把自己对对方的定位全含进去了。这个字是如此的浓缩，因为葭思的葭字就包含了一整首《蒹葭》，"所谓伊人，在水一方"。所以一个葭字就管用了。如果对方是有文化底蕴的，她马上就会觉得心有灵犀一点通，如果换一句大白话，她可能觉得没有格调。当然现在社会上，说话文雅一点，对方可能要你"说人话"，所以说话得看对象。学古诗词，徐老师说了古之学者为己，无论是为己，还是为生存，还是经国之大业，都管用。从"不朽之盛事"这个角度讲，如果你能写出很好的作品来，那么它可能就是不朽之盛事。

为什么今天没人强迫我们，可是我们还是喜欢古典诗词？这就说明古典诗词在思想情感上已经不朽了，在优美的表达上也已经不朽了。古典诗词还有一些"不朽"，比如诗词负载的某一些东西，也随之不朽。我前些年发过一篇文章，专门谈好的诗和文还能让建筑物不朽。大家都知道鹳雀楼，鹳雀楼是元朝就倒了的，到现在七百来年了，2001年时又巍然重现。靠的是什么？靠的就是王之涣那20个字："白日依山尽，黄河入海流。欲穷千里目，更上一层楼。"如果没有他这首诗，鹳雀楼可能就淡出了人们的视野。就是他这四句诗，寄予了一种向上的力量和精神，引发人们很多的思考和共鸣。有这首诗在，这座楼就该重新建起来，成为一个重要的景点。再就是黄鹤楼，英国首相特雷莎·梅到武汉去访问，也领她去看看，这是我们国家拿得出手的东西。多少雄伟的楼倒了，黄鹤楼为什么能够这么久，一代一代被维修、修缮，得以保留？就是因为崔颢的诗。现在在中南民族大学、原来在武汉大学的王兆鹏教授，专门根据传世文献做了统计，发现黄鹤楼这首诗是所有唐诗里面被提到的频率最高的。正是因为有这首诗，使得黄鹤楼一直在，所以这两者一起不朽。还有滕王阁，彻底倒掉或者坏掉 27 次，但是为什么能保留？就是靠《滕王阁序》和《滕王阁诗》，所以诗词就是不朽之盛事。由于前面的几十年不重视，甚至有抑制、有破坏，所以这方面的大手笔比较少。我看到的 20 世纪为建筑物而写的，最后的一篇好文章是冯友兰的《西南联大碑记》。坦白讲，之后的人写的，哪怕是我导师、人称大师的钱仲联先生写的《重修盘门城楼记》，都稍微深奥了一点，因为用了一些佛典。

建筑物的记、序文不要太深奥，《岳阳楼记》就是因为不太深奥而脍炙人口，之后就缺乏这种大手笔了。重庆工商大学熊笃教授写的《重庆朝天门广场赋》，水平不错，但是跟古人相比，还是薄弱了些。我们现在这个时代物质财富很了不起，国家的成就很大，大建筑很多，包括我们现在新开通的港珠澳大桥，这都是旷世工程，充分反映了中国人的智慧和能力，应该是大手笔，但是我们旧体诗词、文言文的写作这方面，欠缺太多。余秋雨的散文写得好，我很佩服他的才气。他曾为谢晋铜像写了一篇赋，但是这样当代顶尖的文人，写这类文章还是不理想。

沈金浩

余秋雨写泰州《望海楼记》，泰州望海楼是南宋时候建的，后来坏掉了，泰州市政府重建，花了大价钱请他去写一篇《望海楼记》。结果余说这座楼欧阳修、范仲淹都曾经登过，欧阳修、范仲淹都是北宋人，居然登上了南宋时候才建的望海楼。

沈金浩

　　硬伤更不应该出。习总书记讲文化自信，重视中华传统经典的阅读，现在中小学都加强了这方面的学习，在座各位爱好诗词也是非常可喜的现象，为我们民族文化的赓续发挥自己的作用。大家一方面不要指望自己一口就吃成胖子，一下就很有能力；另一方面，如果在学习过程中觉得进展缓慢，也不必丧失信心。自古到今，有许多人一辈子研习诗词，却没有留下太精彩的作品，这没有关系。学诗词本身就是既可以为社会、为民族，也可以为自己，自己提高了也是好事。

徐晋如

　　刚才陈老师和沈老师都讲到了同一个问题，即我们现在处在现代社会，为什么要去学古典的艺术？我的理解很简单，它其实是我们自由选择的一种生活方式。我们现代社会讲求效率，提神可以用咖啡，但是很多人更喜欢喝茶；我们有手机，微信，只要说话就可以沟通了，但有很多人仍然喜欢传统的毛笔书写，其实这是在自主选择一种高雅、高贵的人文精神和优雅、自如、逍遥的生活方式。

　　大家可能有一个共同的困惑，就是怎么样才能学好诗。但其实对于讲授者来说，有一个更大的困惑，就是怎么样才能教好诗。前天我在上海跟东方卫视的一位制片人见面，她认为诗是不可教的。我说您的观点我不能认同，我认为不一定每个人都能写得出传世作品，但是至少我们可以做到，每个认真学的人，能写出可读的作品。古人的天分也差别很大，不是人人都是李杜苏辛，但是每个古人的作品拿出来后，你就会发现有一个奇特的现象，这些作品都是可读的。我导师陈永正先生，经常讲："其实古人很多诗也是垃圾。但是你会发现，古人的即使是垃圾，它也是看得过去的，也是可读的。"

　　现在有一种诗体，叫作老干体。所谓老干体，就是老干部退休了以后写出来的一些诗词作品。曾经有人问我导师，你对老干体怎么看？我导师说了一句非常精彩的名言："总好过打麻将吧！"老干体诗词最大的问题是平庸，因为这些作者不懂得写诗的基本技巧，不知道诗是要追求典雅的。怎么样追求典雅？有典才会雅，就是要会用典故，你的语言才能典雅。用典故并不只是指典故里面的故事。用典故的故事叫用"事典"，更多的是用古人用过的成词，但是不能用古人用过的成语。什么叫成语？就是五言诗当中，凡是有三个字连在一起古人用过的，你就不能用；七言诗中，凡是有四个字连在一起古人用过的，你就不能用。我的好朋友浙江大学的刘雄博士，也是一位当代著名的诗人，他说凡是诗中用成语的，都是不会写诗的。但是你必须要用古人用过的词，也就是两个字的词，你不能生造。宋代的诗人黄庭坚给他的外甥洪驹父写了一封信说，老杜作诗，退之作文，无一字无来处，后人读书少，才觉得是他们自造的。自己造的词能被大家接受，这是非常难非常高的境界，一般人达不到，叫作自铸伟词。自己铸造了那些瑰奇的伟大的词汇。我们通常用这个词来形容什么样的人？形容屈原这样级别的大文豪。大部分的诗人，他是要用成词的，要用古人曾经用过的两个字的词，这样语言才会典雅。为什么老干部写诗写不好？因为他不懂得用古人用过的成词，他全是口语白话。在语言上，他不知道诗的语言受骈体文影响非常大，若总是用散文的思维去写诗，一定写不好。

比方说，杜甫的两句诗，"绿垂风折笋，红绽雨肥梅"，十个字，实际上是四个句子把它压缩起来的：绿垂者何？风折笋也；红绽者何？雨肥梅也。"香稻啄残鹦鹉粒，碧梧栖老凤凰枝"，这是杜甫的《秋兴八首》里面的句子，有的版本写为"香稻啄余鹦鹉粒"，是错的，一定是"香稻啄残鹦鹉粒"。为什么？因为它是从骈体文的句法转换过来的：香稻何丰，啄残鹦鹉之粒；碧梧何美，栖老凤凰之枝。杜甫的诗句"林风纤月落，衣露净琴张"，很多版本是"风林纤月落，衣露净琴张"，"风林"一定是错的。"林风纤月落"是林子里面起了风了，那纤秀的月亮落了下来；"衣露净琴张"是衣上沾满了露水，这个时候也不管它，只是把琴掏出来弹奏一番。这完全是从骈体文的四个句子压缩成的诗的十个字。所以我们诗当中很多的优美的词汇完全是从骈体文中来的，要想学好诗，就像陆游讲的，"汝果欲学诗，功夫在诗外"，这诗外功夫就包括骈体文的阅读。为什么杜甫讲要"熟精文选理"，为什么唐代人说"文选烂，秀才半"？

《文选》是南北朝时候对此前诗文的总集，而里面最重要的、最多的是骈体文，你把骈体文读熟了，你的诗自然容易写好。

为什么有人认为诗不可教？因为他们以为诗都是天才的创造。实际上，诗人是天才但是写诗的人不是。我们不奢望能把大家培养成诗人，因为诗人都是天生的。诗人意味着什么？意味着一种人格。我在二十多岁的时候，读近代的一位大诗人杨圻杨云史的诗集，他在前面有一篇自序，说自己在二十年前，"闻有诗人我者，则色然怒，今闻之，则欣然喜"。我当时的境界还不到，我读到这两句的时候，我以为杨云史说的是，每一个读书人本来想的都是齐家治国平天下，在政治上有所作为，但是年纪大了以后，到处碰壁，这个时候只能靠着诗来博取一点声名。我想立德，做不到，我想立功，做不到，我只好立言了。但是后来随着年龄渐长，我终于明白杨云史这句话背后的含义。他说的是，诗人是一种高贵的人格，是在不管任何情况之下，跟现实的卑污不肯做丝毫妥协的人格。所以他在民国成立了以后，坚决不在民国做官，因为他觉得自己曾经受过清朝的恩典，他只是给吴佩孚做幕僚。等到日本人来了，他避难香港，派遣自己的小妾女扮男装，跑到北方来，带着他手写的信给吴佩孚，说明公你千万千万不能投降日本人，不能跟日本人合作。这种精神是诗人的精神。但是要成为一个诗人，需要付出太艰辛、太痛苦的人生，所以，我不主张大家做诗人，但是大家可以做写诗的人。写诗的人不是诗人，并不具备诗人这样天赋敏感的人格，但是他同样可以写出好诗来。靠的什么呢？靠的就是两个字，也是这一门课，以及我们诗社的终极大杀器：古雅。

王国维先生曾经写过一篇非常重要的文章，叫作《古雅之在美学上之位置》，他说从康德以来一百多年，世界公认，美术就是天才之创造——当时把艺术翻译成美术——但是这个世上有一种东西，它绝非利用品，绝不是实用的东西，它也绝不是天才的创作，但是在我辈看来，与那些天才的创作毫无二致，这样的东西无以名之，就称之曰"古雅"。李白是一个天才，无论他生活在哪一个时代，他都是李白，他只不过是碰巧生活在了唐代而已。但是杜甫，也许离开了安史之乱就不再是杜甫了。但杜甫在语言创造上是非常伟大、非常了不起的。他曾经说过，"转益多师是汝师"，你去学习尽量多的老师，这才是你最好的老师。他又说"读书破万卷，下笔如有神"，他就是懂得用古雅的东西来改造自己的诗，所以有一些在我们看来非常平淡的日常事物，他都能写得诗意盎然。原因就是因为他的诗是古雅的。所以我们要学诗就是要去学古雅的、典雅的这一路。当然我们并不否认有一些人能够用白话的、比较现代的词汇去写出比较好的作品来。比如说我的朋友"李子梨子栗子"，这是他的网名，他写的词就完全是白话的，但是他又有传统的词的味道，那种水平是一般人所无法达到的，也是无法仿效的。他的词叫作"李子体"，是别人没有办法仿效的。我们还是要走古雅的一路。

那么如何去学呢？其实古人早就给出了答案。总结出来就是八个字："模拟名作，达成变化"。如果没有经过一番模拟的功夫，是不可能写好诗的。如何模拟名作？就是要像书法临帖一样去临它。前几天，我给我导师看了一位先生的书法，他的书法很漂亮，但是我老师看了后却说，他的书法完全没有入帖，都是古人所没有的东西。说这是聪明人的字，很漂亮，但是绝对到不了书法的程度。书法要能入帖。学诗也一样，你要能深入其内。我导师在编他的集子的时候，少年时写的四百多首词却只有7首词最终入集，其他的四百多首全部不要了。那些全部是他少年时候认真去模仿前人、学习前人的练笔之作。这7首为什么保留？因为他的老师朱庸斋先生加了批语"可传之作"。他一是表示师恩难忘，一是希望能够保留这一段心灵的印记，所以把它们编进了自己的词集里面去。

我看了一下这些被我太老师认为可传的作品，所有的都是一模一样的，就是选择一首词牌以后，再找这个词牌写得最好的某位作家的某一首作品，按它的韵，某一个位置用某一个韵字，一个字都不要变，去把它给依样画葫芦地写出来，这样才能真正地学到古人用笔的细腻之处。我们很多社员面试的时候写得都已经很成熟了，但是我希望大家不要自满，因为我们的社课是非常难的。大家要按照这种方法写。可能刚开始写的时候，会觉得很痛苦，但是写多了以后，你会发现有脱胎换骨的变化。

学诗还要注重眼界。我们很多人写诗写不好，是因为他只读唐诗，只知道唐诗。我一个朋友说过一番话，他说只喜欢某一个人的诗，小学生水平；只喜欢唐诗，中学生水平；喜欢宋诗，大学生水平；喜欢元明清的诗，研究生水平；喜欢近代诗词，博士生水平。我把这段话转述给我导师听，我导师听了哈哈大笑，他说这是在讲眼界。是水平越高，所看到的就越不止眼前的这一点，一定是看得更广阔、更远。

我们今天学诗，首先要从近体诗开始学。近体诗本来叫今体诗，是唐代产生的一种新的诗歌体裁。我们的中小学课本当中所学到的全部律诗和一部分绝句都属于近体诗。之所以说是一部分的绝句，是因为绝句复杂一点，只要是四句，我们都称之为绝句，有一部分绝句符合近体诗声律的要求，我们称之为近体绝句，属于近体诗；但是还有一大部分的绝句，它们有不同的来源，比如说五言绝句的来源是五言古风，七言绝句一大部分的来源是七言歌行，所以它们在风格上、在声律上和近体诗就不完全一样。"松下问童子，言师采药去。只在此山中，云深不知处。""春眠不觉晓，处处闻啼鸟。夜来风雨声，花落知多少。"都是古绝。"故人西辞黄鹤楼，烟花三月下扬州。"也是古绝。有人说为什么"故人西辞黄鹤楼"不写成"故友西辞黄鹤楼"，写成"故友西辞黄鹤楼"就完全符合近体诗的格律了。但是没有必要，因为绝句完全可以有古绝。

我们首先是从近体诗开始学，因为近体诗有声音韵律上的规定，所以反而比古体诗要简单。古体诗相对于近体诗来说，它在声律上的要求不是那么的明显，但是其实更难。我被问过一个问题：有人说自己是随便写的，只要押韵就行了，不需要讲格律，自己不是写律诗，而是写古风，你怎么回答这个问题？我当时也不知道怎么回答。后来我练书法以后，才终于知道该怎么回答了。如果再有人问我这样的问题，我就会跟他讲：你楷书还没有写好呢，你就说你写的是草书吗？所以我们学习的次第，首先是要从近体诗开始。

近体诗又有绝句和律诗，我们首先要从五言律诗开始学。因为从绝句开始学，写得就会比较滑，很难真正写好。滑是一种大病，所以我们一开始就要讲规矩，讲规矩就要从五言律诗开始。《红楼梦》里面香菱学诗，她就问林黛玉该怎么学，林黛玉建议先从王维的、杜甫的集子当中挑选出一百首的五言律诗来，先背诵，再好好地去揣摩，然后再从李白的、杜甫的集子当中去找七言律诗，再去背诵揣摩，然后再去学李白、王昌龄七言绝句。所以它的顺序是不能变的，一定是先学五言律诗，再学七言律诗，然后再学七言绝句。五绝不需要学，学会了五言古风，自然可以写好五言绝句了，因为五绝是以古绝、古风作为它的正宗。

学词应该先学长调，后学小令。为什么呢？小令看起来字数短，但其实更难写。你要在那么短的篇幅之内，能让人回味，需要非常高明的技巧。如果一开始就跟你讲这种技巧，你的作品也会变得滑了，这些作品乍一看，很悦目、很动人，但是不耐细品，让人觉得你的作品都是很率意地出来的，不要这样，要能留得住。所以要从长调开始学。长调里面又有分别，有一些长调，比如《水调歌头》《满江红》，里边很多句子就跟诗的句子一样，这种先不要学。像《沁园春》很多人喜欢写，但《沁园春》没有骈体文的功底，是写不好的。很多人，包括胡适在内，都写不好它。胡适的《尝试集》里面有几首《沁园春》，严格来说都完全不符合《沁园春》的词格要求。《沁园春》的对仗是用骈体文的对仗方法，叫作扇面对，第一句跟第三句要对，第二句跟第四句要对，这是一种对法；或者说第一句和第二句对仗，第三句和第四句对仗，这又是一种对法；或者是一二三四句两两对仗，这又是一种对法。这三种对法必须要符合其中一种，那你就必须要有骈体文的创作功底，如果没有这种功底，还是不要去轻易地动《沁园春》。我们就是要从像《三姝媚》《宴清都》这些大家可能平时非常不熟悉的词牌开始，它里面很多的句子平仄要求非常严格，而且和诗的句子完全不一样，你觉得写起来怎么那么难，但是当你真正地咬着牙去写了，你反而发现它是简单的。因为长调是容易铺叙的，你可以加很多跟主题不相关的，只是对情景进行描写、进行刻画的内容。你自然而然会觉得它很古雅。就好比你是一个学徒的雕木工，你一开始不需要去雕刻出一件特别精美的艺术品来，但是至少要让它很繁复，让它看起来很悦目。所以，学词就必须要从长调开始入手，而且要从这种没有什么律句的词牌，所谓的涩调去入手。

还有学唐、学宋还是学别的风格的问题。从我太老师朱庸斋先生开始，都认为应该要学近代。注意，要学近代。从我这么多年看过来，学近代的易于有成。每年上海交通大学会做一个全球大学生短诗大赛，我都是终评评委。今年他们的参赛作品质量就比去年好很多，我的呼吁有了回应了。我在20年前就呼吁，要想写好诗词，必须要学近代。所以他们现在每一首基本上都或多或少有一点同光体——同治光绪年间的一种风格——的影子，很容易就能写好，因为近代与我们时代最接近，我们去学它，我们最有心灵上的共鸣。

"文化大革命"的时候，我太老师在广州教词，一个学生收五块钱，学生跟他学诗词歌赋、琴棋书画，非常值，用广东话说是"非常抵"。他就说，教这些青年学唐宋词，很难有成就，但是一旦教他们去学近代的词，马上就写得不一样。所以他主要的讲授词的教材就是龙榆生先生的《近三百年名家词选》。他讲完了《近三百年名家词选》以后，才去讲唐宋词、五代词，他是由后往前讲。诗的情况也一样。大概30多年前，福建师范大学的陈祥耀先生写过一篇文章，他说学诗一定要学近代，因为近代诗在技巧上达到了集大成。唐代诗人是不自觉的，宋人是有意地要突破，到了清代，到了近代，诗人是真正地懂得了诗该怎么样去写。唐诗是天籁，是完全自由地唱出来的，但是到了清代以后，诗人真正地懂得了诗是怎么写的。所以清代几乎每个人的诗放到唐代都有一个中等以上的水平。所以多读近代的作品，多去模仿这些作品，就很容易能写好。

以上是我们今天要讲的关于诗的学习方法、学习途径的问题。所谓方法，就是仿作；所谓的途径就是从近代入手。从体裁上来说，我们写诗先是五律，再是七律，然后是七绝，然后是古风；学词则是先长调，再小令，先涩调，再比较常见的词调。这样肯定跟那种没有系统学过的人截然两样。

今天我们第一次社课，题目是《上巳日深圳寄友用孟浩然〈上巳日洛中寄王山人迥〉韵》，上巳就是三月三日。"三月三日天气新，长安水边多丽人"。题目强调的是，我们从深圳寄一首诗给朋友，要点出来我们是上巳之日，要点出来我们是在深圳，要点出来我们是写给朋友的。题材要求是五律，必须要用它的原韵，也就是说，它原来的韵字是"筵、前、连、贤"这四个字，在相应的位置你都必须用这四个字，而且它的顺序是一点不能变的。也就是说，这首诗的第二句的最后一个字必须是"筵"，第四句的最后一个字必定是"前"，第六句的最后一个字一定要是"连"，第八句的最后一个字一定要是"贤"。

古龙先生当年有一个学生，叫薛兴国，要跟他学写武侠小说。他以为古龙会要跟他讲如何去写，结果古龙给他一支圆珠笔，把他按坐在写字台前：你写吧！写了以后再说。

陈 慧

"学而时习之"的"时习"其中一个解释，是不愤不启，不悱不发。如果你还没有困惑的话，老师给你讲了也白搭，当你产生困惑以后，你遇到阻碍，你才会很期待知道答案，这个时候再去启悟你，效果会更好，所以我猜徐老师是采用了这个方式。

沈金浩

下面是交流互动时间。

读者：请老师推荐一些书籍，比较专业的，适合学习五律、七律、长调、小令等规律的书籍，谢谢。

徐晋如

我认为，首先所有的社员应该买两本必备的书。一本是龙榆生先生的《唐宋词格律》，这是写词必备的工具书；另一本是我们写诗的时候必备的工具书《诗韵合璧》，上海书店出版社出版，清代的汤文璐编。《诗韵合璧》分为上中下三栏，最主要的是用底下的那一栏，把每一个字归于某个韵，并且组成了好多的词。

我们很多人学诗时会觉得格律很难，其实格律真的一点也不难，我只需要十分钟就可以跟大家讲清楚了，用最简便的方法就可以讲清楚了。难的是对格律的运用。为什么运用不好？因为词汇量不够。

我的一个学生是全国知名的小学语文老师，她因为受我的影响，在小学里面推广诗教。她有一次说：老师，我到了北京登长城，想写一首诗，可是在诗里，按照声律此处只能用两个仄声，我不知道该怎么办了。我说这个很简单，长城又称紫塞，你把长城改成紫塞就可以了。所以一旦词汇量上去了，格律是非常简单的。

写诗的时候，不要闭门造车，要翻着《诗韵合璧》去写，它会告诉非常多你想不到的词，日积月累，你的词汇量就上去了。《诗韵合璧》的第一栏和第二栏是古代的类书，中国古代没有百科全书，只有类书，就是把所有的知识分门别类，分成各种各样的部门，天文部、地理部、帝王部、后妃部、百官部等等，这样分开来，然后每一部都有相应的诗文、典故、词汇。《诗韵合璧》里面也是按照类书的方法来分的，上面是把一些与写诗相关的典故写成了五言的律诗或者七言的律诗，中间是一些相关的典故。上述两本书是建议大家必购的。

另外，推荐我太老师朱庸斋先生的《分春馆词话》，这是古往今来最好的一部词话，因为其他的词话都缺乏体系，而这本书是唯一有体系的词话。王国维的《人间词话》是用西方的观念去考察词，读了《人间词话》以后，还是不会写词，但是读了《分春馆词话》，就可以写好词了，因为朱庸斋先生把写词的方方面面全部涉及了。其他的一些鉴赏类的书，我会推荐俞陛云先生的《唐五代两宋词选释》，每首作了一些解释和点评，特别到位，也讲了这些词的作法。俞陛云先生是清末的探花，他分析词应该说无人能及。另外，从诗的方面，我推荐我们广东的刘逸生先生的《唐诗小札》。这本书发行几百万册，真是字字珠玑，因为刘逸生先生本身是一位非常好的诗人，所以他分析唐诗也分析得非常到位，并且开创了诗词鉴赏的先河。当然，我认为最关键的是大家要勤奋练习，然后在课堂上听我们的点评，比从各种教材上学到的要多得多。

沈金浩

徐老师自己写了一本教材，《大学诗词写作教程》，又叫《禅心剑气相思骨》。

徐晋如

我这本书应该是现在公认的写得最好的一本教材,但是我仍然不推荐大家去看。因为大家已经在上这门课。我写这本书的目的是给那些没有办法听我课的人去学的。能来听我的课,听我的课上点评,比读这本书学到的要好得多。我是觉得大家没有必要再去买这本书了。

沈金浩

另外我以后会多讲一点鉴赏的内容。建议去买陈伯海先生主编的《唐诗汇评》以及吴熊和、王兆鹏等先生一起合编的《唐宋词汇评》。这两本书很大,好处在于,把每一首诗词,后人怎么评它都编在一起。读了这部分以后,就会知道,原来古人是这样解读诗的,我们就会知道古人品味诗歌的不同角度,古人的讲究、规矩、构思,会给大家很多启发。还可以多读古代的诗话。我老早就看到有人引一句,"万里悲秋常作客,百年多病独登台,十四字含八意",我今天翻《鹤林玉露》,才发现原来那句话出自《鹤林玉露》。十四个字里面有八层意思,是说:"万里",路途遥远,"悲秋"是秋季,作客,又常作客,那就四层意思了,"百年",时间长,"多病",身体不好,"登台",是重阳登高,要生忧、生悲,然后又"独登台",孤独地登台,八层意思。看了古人这样的评论以后,你会明白杜甫为什么说"晚节渐于诗律细",这里头有那么多讲究。如果想快捷一点,高步瀛的《唐宋诗举要》是一本不错的书。《唐宋诗举要》经常把诗歌结构上的东西告诉你,比如说第三句呼应第一句,第四句呼应第二句,它有一个层次,结尾怎么样呼应开头,有什么构思上、结构上的讲究,这本书在这方面做得非常好。

徐晋如

这本书有两个版本,一个是上海古籍的版本,一个是中国书店的版本,我个人会推荐中国书店的版本。因为上海古籍的版本把原来的书上的圈点给删掉了，出版社可能认为圈点没有用，其实对于学诗的人来说非常有用。古人认为好的句子，会加圈，认为相对比较好的句子，会加点，一篇文章好，一首诗好，叫可圈可点。另外还有一本书，《唐宋诗会意》，我认为是当代讲唐宋诗讲得最好的著作之一。作者叫邹金灿，一位非常优秀的诗人，而且他是学宋诗的，所以他对于诗的评价都是从创作的角度入手。读了他的书以后，会对唐宋诗，尤其是宋诗有更深的了解。

读者：前几天，3月26日，是海子的忌日，网上都在纪念海子，我想请问徐老师，您对现代诗有何看法和评价？

徐晋如

2008年的时候，我们举办了第一届中华诗词青年峰会，我是操办人之一。当时有我的一位特别好的朋友，他也是当代特别有名的诗人，笔名叫夏双刃。他在青年峰会上发言的观点，我觉得可以拿过来回答你的问题。他说我对于新诗的这些天才非常佩服，比如海子，但是他们写的不是诗，他们写的是一种全新的文体。双刃把它称为"行"，就是分行写出来的文字。诗与其他的文体是有区别的。我们说新诗有很好的作品，但是新诗不是诗。就好比李玉刚虽然唱得很像女人，但他仍然是男人。新诗也是一样的。诗必须要有诗的形式，要有诗的韵律。甚至于有一些文体，哪怕它押韵，哪怕它有诗的韵味，比如说苏轼的前后《赤壁赋》都是非常有诗意的韵文，但它不是诗，它是赋。赋属于文章，不属于诗。新诗尽管在内容上可能是很好的，但是从文体上论，我不承认它是诗，我认为双刃把它称为"行"，这个说法可以成立。

读者：老师，您刚刚说我们学诗要从近代入手，在《红楼梦》里面，香菱学诗的时候，黛玉说先从王维的五律开始，我是在想，如果先从近代入手学诗，会不会陷入当时香菱喜欢的"重帘不卷留香久，古砚微凹聚墨多"这种过分雕琢的诗句的状态，会不会写得没有格局？

徐晋如

我明白你的意思，那是因为你没有读过近代诗。近代诗里面绝对不会有这样的句子，因为清人会觉得这样的句子非常的肤浅，根本不屑于去写。我刚才讲了近代诗是中国诗歌技巧的集大成，有一位大师级的学者汪辟疆先生，他说，"清诗收中国诗国三千年之结穴，同光又收清诗之结穴"，他认为整个中国的诗整体成就最高的是清诗，在清诗中整体成就最高的又是近代的同治、光绪以后的作品。所以无论是我导师也好，还是我也好，还是我认识的所有的当代写诗写得好的人，没有一个不是从近代入手的。这个是切肤之言，才会跟大家来分享的。

读者：谢谢三位老师，我提一个比较具体的问题，三位老师如果只能推荐一首诗的话，你会推荐哪一首诗或者词，简要地表达一下原因。谢谢。

沈金浩

这个问题就好比是在问深圳哪个男的最帅、哪个女的最漂亮，太主观了。所以我只能应付性地回答你，那就是"白日依山尽，黄河入海流。欲穷千里目，更上一层楼"，这首不错，因为它有一种哲理思考，又有形象描写，短短的二十个字，就写出了丰富的生命力。

徐晋如

我是北大本科毕业，我们北大当年的精神，就是蔡元培先生提出的兼容并包，所以我肯定是讲兼容并包的。我最喜欢的诗并不是说这首诗如何好，只不过恰好最符合我的人生态度。我会选择龚自珍的"终是落花心绪好，平生默感玉皇恩"。因为我认为，在我们这个民族当中，有一种非常可贵的精神，就是懂得感恩的情怀。我一直认为，我的小小的一点成就其实都是因为师长栽培，我很幸运地遇到那些无论人品还是学问都特别好的师长。我中大博士毕业以后，本来是要去人大国学院的，人大国学院非常想要我，黄克剑先生，说我来了以后能够给人大国学院带来荣耀。但是人大人事处坚决不收我的档案，说我爱惹事，坚决不要。那时，我根本没有想过找第二个学校，这个时候我的朋友双刃先生跟我说，你可以联系一下深大，深大的校长章必功先生是你们北大的，他欣赏你的话，你就肯定能来。我对章校长一无所知，我就上网搜了一下他，他说他也很感恩，他感谢北大的中文系主任费正刚先生发表了他的第一篇学术论文。于是我就找费先生向他推荐我，费老当时忽然中风了，手脚不能动弹，他躺在床上，让师母拨通了章校长的电话，跟他说：章校长，我向你推荐一个我教书几十年见到过的最有学术天分的学生，但是你要有心理准备，这个学生爱惹事。章校长说这个学生惹了什么事了？费先生就讲，当年十博士反于丹是他挑的头，今年也就是2009年跟人民日报社的李辉一起打国学骗子文怀沙又是他。结果章校长就说，这个学生我要定了！然后我去见章校长，那个时候我剃着光头，穿一身唐装，章校长见到我第一句话是："仙风道骨啊！"然后坐下来谈了二十分钟，我谈了我的教育理念，我的诗教的理想，章校长当即拍板。第二天，沈老师就打电话给我，我就赶紧到深圳来见了沈老师。这些年以来，沈老师也非常纵容我。我的导师也是，我经常跟别人讲，我导师对我不是爱，而是溺爱。当时他跟著名学者吴承学先生讲，为什么要招徐晋如来读博士——我那时候是没有读过硕士的，我直接考的博士——因为他这样的人在社会上是要吃亏的，我把他招进来是要多保护他三年！所以我最喜欢的两句诗就是龚自珍的"终是落花心绪好，平生默感玉皇恩"。

陈 慧

我一开始想说的也是徐老师说的那一首，其实我当时在读到这两句的时候，我是完全不能理解是什么意思的，但是我当时问他的时候，他说"等你有了我这样的经历之后，你可能就会渐渐地懂它"。当我每经历一次挫折时，都会有人提携我，让我渡过难关，之后我就越来越感觉到这首诗的分量。我跟学生讲什么是温柔敦厚，我经常会问，历史上有哪些诗是代表了温柔敦厚的诗教之旨？这首诗就是一个很好的例子。当然还有一些例子，像"天寒翠袖薄，日暮倚修竹"，尽管这位佳人被丈夫抛弃，幽居于深谷之中，但是在衣着非常单薄的情况下，仍然日暮倚修竹，也就是说，即便她经历了很多的坎坷，依然对这个世界充满着感恩和希望，这也是我非常感动的。但是我觉得每个人在不同的人生阶段都会有他特别喜欢或者特别感动的诗，在我博士毕业送别我师妹的时候，我们就在宴席上一起吟诵了《赠卫八处士》，开篇就是"人生不相见，动如参与商"，它的结尾两句也是非常让人感动，就是"明日隔山岳，世事两茫茫"。当我们离别以后，将来的事情谁也无法预料，但是却会有无尽的相思，在离别之际已经开始相思了，而且充满了对未来的不确定，但同时又似乎抱有一丝希望。我也希望大家在芸社二十期的学习中能够找到一首最打动自己的诗，因为你对它的喜欢，它一定会给予你馈赠，它会在你最失落的时候给予你力量。

徐晋如

今天我们因为时间关系，沈老师病体刚刚痊愈，今天也已经很累了，陈慧老师要赶回广州去，所以我们今天的活动到此为止。

第二章
五言律诗斠律与习作点评

嘉宾：徐晋如
时间：2018 年 4 月 14 日 19：00—21：00

徐晋如

今天下午我和沈老师见面交流了一下，沈老师也非常认真地看了同学们的作业，他和我有一个共同的看法，就是大家作业所面临的最大的问题是学古未足。我们去学习古人，学得不够到家，所以我们创作的时候用的很多词汇是自己生造出来的，而不是我上节课讲的，应该"无二字无来处"，有那么两个字在一起的，一定要是古人用过的。这样才会典雅。否则的话，给人的感觉不太好。尤其我们第一期作业作的是五言律诗。五言律诗四十个字，就是四十个大贤人，中间是"着一屠沽儿不得"。文人雅集，忽然闯进来一个屠夫，大家看一看是什么感觉？所以肯定是要追求典雅。因为我们有很多的社员对于格律的问题还不是特别清楚，所以这节课我们首先要把格律的问题给大家讲得清楚一点。

我们讲的第一个问题：什么是格律？王力先生的《诗词格律》卖了几百万册，其实连书名都是不通的。我们讲格律，是包括了格和律这两个不同的部分。什么叫作格呢？格是一种文体应该到达的基本风格、基本要求，乃至于一些基本的艺术技巧；所谓的"律"是这种文体所不应该犯的戒条。比如说，古体诗当中不能出现近体诗这样的句子，近体诗中就不能出现词的句子。北宋诗人秦观，他有《春日五首》，其中有两句这么说："有情芍药含春泪，无力蔷薇卧晓枝。"很美，但是这两句放在诗里面就显得太弱了，这是诗里面不应该出现的句子。所以，金代诗人元好问写《论诗绝句》讽刺他说："拈出退之山石句，始知渠是女郎诗。"说把韩愈韩退之的《山石》这一首诗拿出来一比较就知道，《山石》这首诗充满了阳刚的、刚健的力量，而《春日五首》这样的句子就显得太弱了，就好像一个女郎，她写出来的东西没有力量。王力先生所讲的格律并不包括"格"，并不包括近体诗它应该写成什么样子，因此他实际上只讲了"律"的问题，而且他只讲了近体诗的声律——近体诗在写的时候，在声音的安排上有哪些戒条是不能够犯的。所以，他这一本书叫"诗词格律"——近体诗和词的格律，名不副实。格意味着在律的基础之上更加往上的努力。比如《沁园春》上下片各有四个并列的四字句，由"一字领"领住了它们，古人认为这样的句法要是不对仗，那简直就是对它的莫大的浪费。所以这几句只有对仗，才是合格的。合律未必是合格的。所以我们应该格和律都要讲。启功先生的一本书题目就起得很好，很平和，很准确，叫《诗文声律论稿》。他非常明确，讲的是声律，并不是格律。

我们要讲的第二个问题是：什么是近体诗？近体诗在唐代才产生，唐代以前并没有近体诗。当时叫今体诗。唐代受到了印度文化的影响，印度有一种唱诵的偈子，它是长音节和短音节交替地出现，唐朝人觉得，这种长音节和短音节交替出现的节奏形式听起来非常有特点，所以唐朝人人为地规定平声字是长音节，我们在吟诵它的时候就拉长了字音，规定仄声字是短音节，我们在吟诵它的时候就缩短了字音，按照一定的方法来进行排列组合，就形成了我们所说的近体诗。它和以前的诗很不一样。到了宋朝以后，宋朝人仍然沿用了这种体裁，但是宋朝就不能再叫今体诗了，于是就给它改名叫"近体诗"。一千多年来，近体诗的名号就这样传下去了。今体诗也好，近体诗也好，一个概念的树立一定是为了要跟其他的概念相区别开来。近体诗为了和古体诗进行区别。古体诗又叫古风，又叫古诗，所以只要一个人说自己是写古诗的，你都可以直接把他划归入棒槌的行列，也就是外行。

任何一种行业，它都通过语言、通过它独特的语言方式来把内行和外行区分开来。比方说，有一出昆曲，是中国最早的一个昆曲传奇剧本，梁辰鱼梁伯龙所写的，叫作《浣纱记》。但是你要是念浣（huàn）纱记，所有的戏行的人就知道，你是棒槌，因为戏行的人不念浣（huàn）纱记，念浣（wǎn）纱记，虽然那个字明明是念浣（huàn）。又比如说八十万禁军教头林冲（chōng），你要这么念，所有人知道你是棒槌。你一定是要念林冲（chǒng），别人才知道你是内行。诗人通过什么语言体系和其他人区别开来？通过典故。林英男先生，我的好朋友，他五十多岁才开始写诗，我带他去我导师家，给我导师看他的诗。我导师看了他的诗以后，说的第一句话是："你是我见到过的写得最好的一个中山大学本科毕业的学生。"然后我说林先生是五十多岁才开始学诗的，我导师大为吃惊，他说你完全修正了我的观点，因为我认为一个人在二十岁还写不好诗，一辈子没有希望了，没想到你五十多岁还能写得这么好。林先生为什么能够五十多岁写诗，还写得很好呢？他其实就是掌握了这套诗人的话语，他懂得句句用典。他跟我导师说了一句经典的名言："典故就是诗人的黑话。"我导师说："什么叫黑话？黑话就是行业术语。"一种行业的术语在外面人看来叫作黑话，北方还有一个说法叫春典。你只有掌握了这套话语系统，你才能够成为真正的诗人。我们很多人觉得格律难，其实我再三地强调，格律真的一点不难，它就是一个纯粹理科的公式。你把这个公式背会了，很容易的。难的是你要学会这一套典故的系统，你要懂得用典故，而不是用日常的语言去思考，这样才能写好诗。

　　近体诗有几个基本的特点。第一，它的押韵和古诗是不一样的。古诗的押韵可以中间换韵，近体诗的押韵必须一韵到底。在平水韵的 106 个韵当中，你选择了一个韵部，那么韵脚的字都必须从这个韵部当中的字里面挑，不能超脱其外。只有一种情况例外，就是在律诗或者绝句的第一句，假如它最后一个字收了平声，它可以押邻韵，就是跟它的读音比较相近，在韵书上面排得也比较靠近的韵，叫作"邻韵"。第二，近体诗只能允许押平声韵，如果你在近体诗的韵脚里面出现了仄声字，那就说明你根本不懂得何谓近体诗。第三，近体诗要讲究粘对的规则，不能出现失粘失对的情况。这种情况的出现会有一些特例，但是通常我们大家在写作的时候要尽量避免。所谓的"粘"和"对"，它首先依托于诗当中的一个基本单位：联。一首律诗是八句，一首绝句是四句，相邻奇数句和偶数句上下在一起，称之为一联。一联的上下句之间应该符合"对"的关系，而上联的下句和下联的上句应该符合"粘"的关系。无论是失对，还是失粘，都是近体诗的大的毛病，我们应该尽量避免。另外，近体诗和古体诗不一样的地方还在于，它每一句的平仄有非常严格的要求。我们为什么作诗要讲格律？这可能是很多热爱诗词，但是对自己的天赋又太过于自信的人都很想去问的一个问题。首先，这是为了让我们的作品更加美，更加完善的一种方式。中国文化是一种乐感文化，是礼乐文明，所以它特别注重音乐的价值，所以我们一切的文本都是要用带有音乐感的方式去处理。如果一首诗念起来不好听，这首诗至少在形式上就会有很大的问题。

第二个原因是，你只有把格律学好了，在写作的时候才会统率自己的天赋，让自己的天赋更好地为作品服务。我们看一看不讲格律的这些文化名人的诗写得怎么样。

我们先看看第一位文化名人的诗：

"六合烟尘隔洪波"——首先洪波这个词在诗中就不太常见——"云水三千何谓我。惟余一念曰慈悲，芒鞋葛杖上普陀。"——我们可以很明显地看到，它的第二句和第四句是根本不押韵的。"我"是一个上声字，而"陀"是一个平声字。正因为它没有格律，所以它的诗就诗味全无，语言也疙疙瘩瘩的。

第二首："万古觉悟在菩提，众心聚合即成佛。"——"提"和"佛"没法押韵，我们刚才讲过，近体诗的第一句如果最后一个字是平声字，它必须要入韵。"安得深宵善念动，一枚星光落普陀。"——"佛"是一个入声字，"佛"和普陀的"陀"也没有办法押韵。正因为它没有格律，所以就诗味全无，语言也不够通顺。

"夏雨蒙蒙走群山，为寻永定过龙岩。"——用地名入诗不是不可以，但是地名入诗一定要有诗味，它这两句就变成了文化导游、文化甜旅，而根本没有诗意。相反，李白的诗也用了很多地名："峨眉山月半轮秋，影入平羌江水流。夜发清溪向三峡，思君不见下渝州。"但是他就用情感、用诗意把这些地名给串起来了。"客家万里留土楼，世界今日识遗产"——大家什么时候看到过一首近体诗的第三句最后一字是一个平声字？而且这两句根本就不是诗。

"本为望海筑此楼，岂料远近皆望楼。风晨雨夕独登临"——又出现第三句最后一个字平声。"方知何处是泰州。"——我们客观地说，打油诗还是要比它强的，以上是余秋雨同学的。

我们来看一看一位诺贝尔文学奖获得者的诗——《打油诗赠重庆文友》。2011年11月8日，莫言作了这首诗：

"唱红打黑声势隆，举国翘首望重庆。"——庆是一个仄声字，没有办法押韵。

"黑马窜稀假愤青"——黑马指谁呢？指的是一个在80年代曾经被誉为文坛黑马的一个人。

"为文蔑视左右党，当官珍惜前后名。中流砥柱君子格，丹崖如火照嘉陵。"——最后一句稍微有一点诗意，但是整个来说语言非常的粗鄙、恶俗，连窜稀这种词都能写到诗里面去。

我们看看李商隐写的一首登厕诗《药转》是怎么写的："郁金堂北画楼东。换骨神方上药通。露气暗连青桂苑，风声偏猎紫兰丛。长筹未必输孙皓，香枣何劳问石崇。忆事怀人兼得句，翠衾归卧绣帘中。"这首诗它是讲人登厕的情形，里面用了一些典故，因为古人解完手之后是不用纸的，也没有今天的智能马桶盖，他用厕筹。厕筹是用竹片削成的。长筹未必输孙皓，它这里面用典，说孙皓不信佛，把佛像放厕所里，还把厕筹放在佛像手上，后来遭到报应；"香枣何劳问石崇"，讲石崇特别奢侈，他家的厕所，为客人提供香枣，以塞住鼻孔。最后讲，在如厕时，我也仍然会有一些诗意在，"忆事怀人兼得句"，我们知道欧阳修读书有一个著名的"三上"，就是马上、枕上和厕上，所以李商隐其实是先欧阳修道出了这一句。古人的本领是能把俗得不能再俗的东西给变雅。

我们来看看两位电视明星学者所写的所谓的诗。

第一位，郦鲲鹏教授：

"人间有味是清欢，照水红蕖细细香。"——"欢"和"香"，除了潮汕人，大概谁读起来也不押韵。

"长恨此身非吾有，此心安处是吾乡。"——他号称是集句，但首先是不押韵，第二句和第四句押了同音字来做韵脚。这说明什么？说明他的腹笥太俭了，肚子里货太少了，一首诗总共就二十八个字，出现了那么多重复的字，两个"是"，两个"此"，两个"吾"——电视上他还把苏轼的原句记错了，说的是"非吾有"，不符合格律，写到自己的微博里面才改成"长恨此身非我有"。最重要的是毫无诗味。

然后再来看看康震教授的：

"大江东去流日月"——上节课我们讲过，凡是在诗中用成语的，一定就是不会写诗的。

"古韵新妍竞芳菲。雄鸡高歌天地广"——我们负责任地说，民间唱数来宝的，都要比他这一句来得雅一些。

"一代风流唱春晖"——什么叫春晖？"谁言寸草心，报得三春晖。"在典故当中特指母爱。用到这里面什么意思呢？完全没有意思。它就是一个凑出来的东西。就因为作者完全没有经受过基本的格律训练，是不可能把诗写好的。

没有比较，就没有伤害。我们来看一看康震在他的老师霍松林先生去世后写的诗。第一首：

> 秦川云暗意难平，渭水低回泣幽明。切莫长歌哭长夜，扬葩振藻续唐音！

霍松林先生的斋号叫唐音阁，他的诗集叫《唐音阁吟稿》。这首诗有一个最大的问题就是"长歌哭长夜"，它表现的是在政治特别黑暗的情况之下，因为悲愤而长歌当哭，所以这里面用典根本是不对的。

我们再来看第二首，《悼霍师松林先生》：

"八龙是日去秦川"——"八龙"一般指的是周穆王的八骏，那应该是天子去世了才能用这样的典故。"万柳烟浓泣未央。"——"川"和"央"是没有办法押韵的，而且我不知道"万柳烟浓"和"泣"之间有什么关联。你在用一个意象来连接表达意象的动作时，动作跟意象之间是要有关联的。"春蚕到死丝方尽",春蚕吐丝,所以"丝"又谐音思想的"思",它们之间是有关联的;"蜡炬成灰泪始干",蜡烛熔化后就像眼泪一样,它们之间是有关联的。"万柳烟浓泣未央",谁会见到柳叶浓得翠绿色,觉得像人在哭泣呢?所以这是根本不通的。

"千里未期悲白马"——白马有两个典故。第一个秦始皇之死。秦始皇临死之前一年,有一仙人素车白马,把一块玉璧给了人间的人,说,"明年祖龙死"。第二年秦始皇死掉了。第二个指的是伍子胥报仇。所以这两个典故用在这里面都是不合适的。

"两楹已梦落梁椽"——这句用孔子的典故还算比较合格。

"终南皓月垂学海"——没有格律,"渭水唐音颂尧天"——这两句也不能算特别的差,但最大的问题是毫无情感。"莫将长歌哭长夜"——大概这一句是他的得意之句,他又要用一遍。"且扬薪火照杏坛"——"坛"在寒韵,是没有办法和前面的几个先韵的字"椽""天""川"来押韵的,更加不要说和突然冒出来的"央"来押韵。

我们来看一看武汉大学尚永亮教授,康震老师的师兄写的:

"无端噩耗破空来,匝地阴霾惨未开。弦断唐音虽可续,胸罗云锦复谁裁。当年拜别怅千里,此日西归衔百哀。"一下子就把自己跟老师之间深刻的感情给写出来了。"长忆终南亲绛帐","绛帐"用了典故,东汉经学家马融,他在讲授经学的时候,曾设女乐传授经典,所以有绛帐传经之说。"临风不忍上高台",情真意切,意韵深远。

我们再来看看清华大学孙明君教授的《哭霍师松林先生》:

"冬雷震震日无晴"——冬雷震震夏雨雪,用的是汉乐府《上邪》的典故,"星陨终南大地惊"——意象何等之准确,把霍先生比喻成一颗大星,在终南山边陨落了,何等之准确!"陇上仰望黉宇客,堂前侧立霍家兵。"——虽然悲伤,但是并不衰飒。"长安数载秦川树,弟子三千四海鲸。"——比喻非常到位。"自此关西无孔父,悲云低压泣三更。"东汉杨震被人称作关西孔子,用来指霍老,比拟得也非常好。

再来看看广州大学的张海沙教授的《惊闻霍老师仙逝，赴西安途中作》："秦川霹雳岭南闻，海水波翻白日曛。"——"曛"是昏暗的意思。不说心情激荡，而说海水波翻，白日曛，就有诗的形象。"驾鹤遥知仙境远，牵衣难舍世间分。"——"牵衣"用"缇萦救父"的典故，张海沙老师是霍老的女博士，她把自己比喻成他的女儿，用典何等贴切！"文章彪炳千秋业，桃李芳菲百代勋"。两句分写霍老的学术成就和教育成就。"太乙峰高回望首"——"太乙峰"，太乙是终南山的高峰，比喻霍老。"人间遍布霍家军。"——也写得很好。我们再来回头看看康震的，没法比了。

我们来看看这段论述："诗是要有简练的语言，要用美好的声调去表现深邃的、美好的思想。"缺一不可，一定要追求尽善而尽美，光有一样是不行的。格律的目的，就是为了给人树立种种的规矩，让人下笔不要太轻易了。尤其是一个作者在日常训练的时候，总是在去寻找符合格律的那些词，那么他找出来的就一定不是那些马上就能想到的、毫无诗味的日常的语言，一定是那些具有很深远的意韵的词语。它是让人统率自己的天才，规范自己的天赋，让人一刻不懈怠，不要因为不讲格律，而写出不好的作品来。

我相信，虽然刚才我们点了名的，余秋雨也好，莫言也好，郦波也好，康震也好，这些人的白话文的水平可能还是要比一般人强，但是因为他们不肯去接受基本的格律训练，所以写出来就是这样一些东西。作为一个天赋一般的人，就更加要以他们为戒。

这些道理我们现在的中小学语文课本不讲，但是1956年的初三语文课本还是讲的，而且讲得非常内行。

比如它说："中国诗歌的特点一个是讲押韵，一个是讲调平仄，我们在念诗的时候，要有一定的节奏。比方说，张志和的《渔歌子》：西塞山前——白鹭飞——，桃花——流水鳜鱼——肥——。青箬笠——，绿蓑衣——，斜风——细雨不须——归——。"

这个节奏实际上是古人吟诗的节奏，平声字要拉长，仄声字要缩短。这里面唯一一个例外，是青箬笠的"笠"。"笠"是一个入声字，但为什么它也要拉长了念呢？因为古人认为，在一句的句末也要拉长来念，这叫"尾音腔化"，最后一个音加以声腔上的变化。

古典诗歌当中绝句和律诗特别讲究平仄的安排，比如说"白日依山尽"，它就是这样安排的："白日"，两个入声字，是仄声字，"依山"平声字，"尽"仄声字；"黄河"两个平声字，"入海"两个仄声字，"流"平声字；"欲"仄声字，"穷"平声字，"千"平声字，"里"仄声字，"目"仄声字；"更"仄声字，"上"仄声字，"一"仄声字，"层楼"两个平声字。因为诗歌的语言有鲜明的节奏，一般来讲要讲求韵和声调，所以音调就很和谐。我们按照刚才的《渔歌子》的方法把它念一遍："白日依——山——尽，黄——河——入海流——。欲穷——千——里目，更上一层——楼——。"

下面我们讲近体诗的声律。

第一种格式，五言平起不入韵，请见图一：

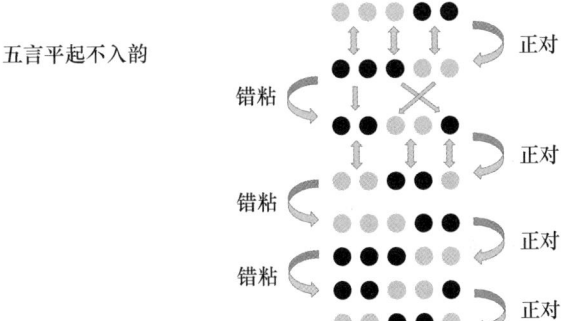

第二种格式，五言仄起不入韵，请见图二：

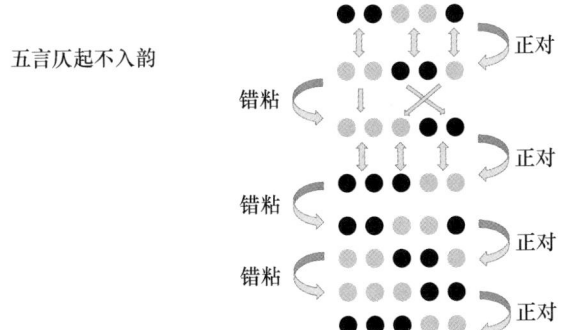

我们很多人去学王力先生的《诗词格律》，去背那十六种格式，这样思维就被限死了，你要能想到是两个字、一个字这样的一种节奏，自然在脑海之中形成一种运动的方式。就好像你临帖一样，很多人练了很多年，字写得也没有起色，为什么呢？因为他是去描字。真正要临好帖靠的是，通过原帖的笔迹去想象作者背后的动作，你临的并不是他的笔迹，而是他的动作。格律也一样，你记住十六种格式没有意义，学会它的动作，你自然在写的时候就合律了。我大学一年级的时候，有一天夜里我做梦作了一首诗："楚客过潇湘，系舟在柳旁。幽人夜歌曲，空水白如霜。"早上起来一看，完全符合声律。为什么会这样？就是因为我掌握了声律以后，它自然在我的脑海之中形成了一个循环，它形成了一个运动着的圆环，我不可能超出其外。

下面难点来了，平平仄仄平，这句作为上句，它和下句之间应该采取的什么对法呢？应该采取错对，就像粘一样。粘为什么要错过来粘？因为粘的上一句最后一个字是平声。对为什么要错过来对？因为它的上一句的最后一个字是平声，所以它要错过来对。如何错过来对呢？这样对：平平仄仄平，对的是仄仄仄平平。请见图三：

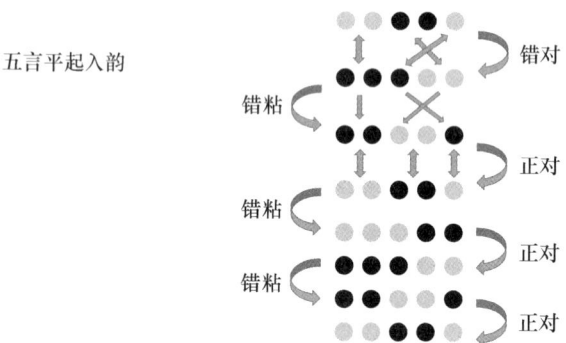

我们来看下面一种，仄仄仄平平，下一句应该怎么着，大家想一想——"平平仄仄平"。对的。请见图四：

五言仄起入韵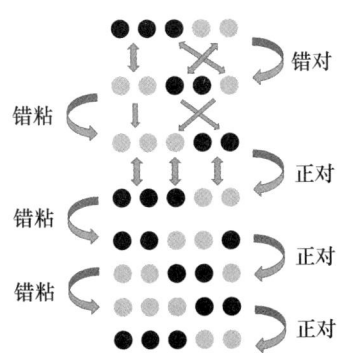

我们有一个基本原则，叫作"一三五不论，二四六分明"，就是一首七言的句子中，第一个字、第三个字和第五个字它的平仄可以比较通融，但是二四六就非常严格。七言的句子其实就是在五言的基础之上，在它的前面加上两个音，这两个音和五言诗的前两个字正好是相反的。比如说平平平仄仄，变成七言，就是仄仄平平平仄仄；仄仄仄平平，它的七言就是平平仄仄仄平平；仄仄平平仄，它的七言就是平平仄仄平平仄；平平仄仄平，它的七言就是仄仄平平仄仄平。所以我们"一三五不论，二四六分明"可以直接简化，七言的格律前面两个字你可以不用看，只要你保证第二个字和第四个字正好相反就行了。你就可以把前面的两个字排除掉，只看后面五个字，也就变成"一三不论，二四分明"。七言的第一个字永远是可以不论的，但是五言的一三不论，二四分明，就会出现一些特例。由于这些特例，我们就由此产生了一些格律上的变异。我们只能死死地记住这几个极少的特例。

第一，平平平仄仄，恒等于平平仄平仄。当你发现诗里面有平平仄平仄这样的句子的时候，千万不要认为这是出律了，它是恒等于平平平仄仄的，一点问题都没有。在唐人的诗当中，这样的用法用得更多。为什么会这样？我们一会儿再讲，它背后是有原因的。你现在只要记住，平平平仄仄恒等于平平仄平仄，但是平平仄平仄对下一句你不能对仄仄平仄平，近体诗当中没有这样的句法，你遇到平平仄平仄的时候，一定先要把它还原为平平平仄仄来对仄仄仄平平。所以，"秋风不相待"，平平仄平仄，下一句是"先至洛阳城",平仄仄平平。实际就是仄仄仄平平,因为一三不论,变成了平仄仄平平。"今看两楹奠",平平仄平仄,对的是"当与梦时同",平仄仄平平。

由于可能一三不论,理论上仄仄仄平平这一句就有可能会变成仄仄平平平,这种情况是绝对不允许的。这种情况叫作三平尾,三平尾是古诗当中的句法,在近体诗当中原则上是不允许出现的,要尽量避免。如果你出现三平尾,别人就知道你的格律学得不精。所以我们看,李商隐的诗,"锦瑟无端五十弦,一弦一柱思华年",只要你懂格律,你一定知道"思"念 sì 不念 sī,什么意思呢?"思"就是悲的意思。李商隐其实要表达"每一弦每一柱都是寄托了我的悲伤",可是因为这个地方要写悲华年就三平尾了,所以他就用了"悲"的同义词"思"。同样地,在另一首《泪》里,"永巷长年怨绮罗",上一句后五字是"长年怨绮罗",平平仄仄平,下一句后五字是平仄仄平平,"终日思风波",思风波就是悲风波,他为什么不用悲风波?因为犯了三平尾。

最后我们要避免孤平,孤平和三平尾一样,一个多了,一个少了,过犹不及,两个都不行。孤平,特指平平仄仄平这一句变成仄平仄仄平。我们根据一三不论,二四分明的原则,这句有可能会变成仄平仄仄平,但是这样就犯了孤平。除了韵脚,只有一个平声,所以叫作孤平。哪怕在七言诗当中,第一个字是平声,平仄仄平仄仄平,它也仍然是孤平。因为我们刚才讲了,只看后五个字,前面的不用看。所以我们看:"北风吹白云",它避免了孤平。北是一个入声字,是仄声,仄平平仄平。仄平平仄平就是平平仄仄平变过来的。"客行悲故乡",仄平平仄平,绝对不能够仄平仄仄平。"儿童相见不相识,笑问客从何处来","客从何处来",仄平平仄平,"双鬓向人无再青","向人无再青",仄平平仄平。所以只看后五个字。我们看郦鲲鹏教授因为网上很多人质疑他的诗词水平,他其实内心很清楚自己没有水平,因为有水平的人遇到这种情况,你指出我的错,我一定会虚心接受的,没有水平的人在别人指出他的错误的时候,他会怎么办呢?他首先对你进行动机猜测,你要想指责我的错,你就是想出名,然后你的人格就破产了。接着就是一根道德大棍打过来了，然后就开始谩骂，谩骂这些指责他错的人，写了一首诗："文人骚客最偏狭，元佑党争实败家。千古难寻苏学士，襟怀百丈在天涯。"他以为偏狭的"狭"是可以和后面的"家""涯"来押韵的，却不知道狭是一个入声字。当时就有人指出"元佑党争实败家"孤平了。他说，"元佑党争实败家"的"元"和"争"都是平声，我怎么就孤平了呢？有一位孙黎卿律师就说："后五字除了韵脚只有一个平声就是孤平。恭喜你，博导大人，你又学到了一样新知识！"有一位"上海硕鼠"补充说："我比较外行，只想问一下第一句的'狭'有没有押韵的问题？"这个大家都看出来了，就不用再说了。

  我们现在就要讲，为什么近体诗会有这样的声律上的安排？我们刚才通过记忆，很容易就把格律记住了，但是古人根本不是这样学的，古人有这种声调谱，是很晚的事。近体诗在唐代就有了，但是一直到清代才有人作了声调谱。王力先生还去作数理统计，这根本不需要，你明白了声律的本质，你就知道古人为什么这样安排。声律根据吟诗的节奏，它只不过是把吟诗的节奏用符号化的方式给记载下来，就是我们今天看到的所谓的近体诗的格律，确切地说是近体诗的声律。无论是平声字拉长，仄声字缩短，无论是一三五不论，二四六分明，这些全部都是在吟诵的时候的规律。为什么平平平仄仄，古人更多的是采用平平仄平仄呢？因为平平平仄仄，一三不论，第三个字的平声字吟的时候不怎么能体现出来，为了要增加吟诗的时候一唱三叹的感觉，人们就把它往后挪，所以我们看，"今看两楹奠，当与梦时同"（徐老师曼声长吟），这样它音乐感上就要好很多。

  我们来吟一下这两首诗。第一首诗顾炎武的《白下》，白下就是南京，南京据说一共有十四个别称，所以你在写诗的时候，写到南京是最容易的，因为你有十四个词可以用，肯定有平有仄。白下，仄仄，西风，平平，落叶，仄仄，侵，平。重来，平平，此地，仄仄，一登临——大家只看后五个字。我们来把它的格律按照我们刚才学到的知识来推导一遍。"西风落叶侵"，平平仄仄平，它的下一句应该是什么？仄仄仄平平，"此地一登临"。仄仄仄平平的下一句呢？仄仄平平仄，"皓月秋依垒"。下面呢？仄仄平平仄的下面一句是平平仄仄平,"寒星夜出林"。平平仄仄平的下一句是平平平仄仄,"河山应有主"。下一句是仄仄仄平平,"戈甲苦相寻",平仄仄平平,实际就是仄仄仄平平的变体。然后是仄仄平平仄,"一掬新亭泪"。然后是平平仄仄平,"平添十丈深"。这里面有一个字大家特别注意,第四句"野烧寒星夜出林",这儿的"烧",表示动词念 shāo,表示名词春天的火、春天的野火,念 shào。(徐老师吟)"白下西风落叶侵,重来此地一登临。清筜皓月秋依垒,野烧寒星夜出林。万古河山应有主"——"应"是一个平声字,但是因为一三五不论,所以在吟的时候基本感觉不出来——"频年戈甲苦相寻。从教一掬新亭泪,江水平添十丈深。"

我们再来看第二首。第二首是康有为的《登万里长城》,同样我们先来看后五个字,来组织一下它的格律。"楼堞汉家营",平仄仄平平,平仄仄平平是仄仄仄平平的变体。下一句应该是平平仄仄平,"高秋抚旧城"。再下一句应该是平平平仄仄,但是它等价为平平仄平仄,"千峰上云汉"。然后仄仄仄平平,"万里压幽并","压"是一个入声字。仄仄仄平平的下一句应该是仄仄平平仄,"碧海群山立"。仄仄平平仄,对的是平平仄仄平,"黄河落日明"。平平仄仄平的下一句平平平仄仄,"却胡论功绩"。这里面康有为写错了。康有为的错是清朝很多人都在犯的一个错。清朝人认为,有一些字,它有两个读音,所以我这两个读音就都可以用,哪怕我读音甲表示的是甲的意思,读音乙表示的是乙的意思,我这里面明明要用乙的意思,我也可以用甲的读音。这种想法是错误的。所以清朝后期,一直到当代,有很多老先生还这样写。他们不知道一弦一柱思华年的"思"是"悲"的意思,他们以为一弦一柱思华年的"思"就是思考的意思,只是借用了名词的"思"的音,这种说法是错误的。"论"表示动词一定是念平声,表示名词才念 lùn,所以这里面"却胡论功绩",这个地方的格律就错了,它应该是平平平仄仄,就是"功"这个地方应该是仄声字。他为什么这个地方用了平声字"功",因为他以为这个论(lún)应该念论(lùn),他在这里面借用论(lùn)的音,这种做法是错误的。最后是"英雄造事令人惊",应该是仄仄仄平平,令人惊,也是错的。表示使令(líng),让你怎么样，一定是念令（líng），不念令（lìng）。"徒令上将挥神笔，终见降王走传车。"李商隐的名句。"遂令东山客，不得顾采薇。"王维的句子。这两句里的令一定念 líng，不能念 lìng。康有为跟"论"一样，以为可以借音。大家在写的时候，一定不能够犯这种错误（徐老师吟）。"秦时楼堞汉家营，匹马高秋抚旧城。鞭石千峰上云汉"——平平仄平仄，它在吟的时候，就多出了一个长音节，感觉很不一样——"鞭石千峰上云汉，连天万里压幽并。东穷碧海群山立，西带黄河落日明。且勿却胡论功绩，英雄造事令人惊。"大家看，如果令按平声字来吟的话，"英雄造事令人惊"，就有点尾大不掉，所以为什么要避免三平尾，为什么要避免孤平，为什么平平平仄仄可以变成平平仄平仄，都是因为吟诵的时候，要避免不好听，使它更好听。

下面进入作业点评环节。

"南粤多雅士，同来致仕筵。"第一句是一个拗句，刚才我们讲格律的基本知识没有讲，现在正好讲一下，正常情况下，仄仄平平仄，一三不论，它可以变成仄仄仄平仄，这没有什么问题。但是这一句，仄仄平平仄是一个半独立、半自由的句子。所以它有的时候也会变成仄仄平仄仄，或者变成仄仄仄仄仄，这种情况就叫作拗句，所谓的"拗"就是拗口，吟来时候不动听、不顺口。在这种情况之下，就要拿下一句来救它。下一句本来是平平仄仄平，要变成仄平平仄平，或者平平平仄平。所以第一联的声律就出了问题，南粤多雅士这一句可以存在，但是下一句一定要变成平平平仄平，改为"同来参仕筵"，声律上就没有问题了。而且"致仕"这个词连在一起，它是一个有固定意思的词，余秋雨同学以为是获得官职，大错，是官员退休，叫致仕，致是归还的意思。"凋梅严节后，抽笋末春前。"这两句很有力量，省略了主语，动词加宾客，凋梅严节后，抽笋末春前，主语省略以后反而更加有力量。"绿草如织展，红花似火连。""织"是一个入声字，你可以改成"茵"，茵是席子的意思。这两句相对比较平，因为比喻没有什么让人眼前一亮的东西。"晚晴休叹暮，心赤继先贤。"这两句，虽然没有错，但是就有点为文造情，因为我们的吴雪社友还很年轻。

"忽见东来雁",一般来说,我们说南来雁。"悠悠恨满笺",你可能是想表达书信来了,但是这样显得很隔,人们见雁飞来,一般想的是思乡,不会直接想到书信。"忆思修业日,至曙不成眠。"这两句不对仗。五言律诗中间两联正常情况下必须要对仗。在什么样的情况下可以有一联不对仗呢?第一联对仗了,中间两联可以有一联不对仗,这是五言律诗的一种特殊的格式,叫作"偷春格",就是把春天偷到了前面去了。我们最有名的一首偷春格的五言律诗,就是大家都学过的王勃的《送杜少府之任蜀州》。"城阙辅三秦,风烟望五津。"第一联是对仗的。"与君离别意,同是宦游人。"这两句就不对仗了。"海内存知己,天涯若比邻。"又对仗。"无为在歧路,儿女共沾巾。"最后一联不用对仗。这是偷春格。但是你这开头两句不对仗,所以这里面一定要对仗。而且"忆思修业日",这一句当中出现了两个动词,一个动词其实基本上就是一个句子了,出现两个动词就非常累赘。"业"是什么意思?有哪位社员知道"业"的本义?"业"的本义是课堂笔记,在一块大木板上面记下来老师讲课的要点,所以老师叫什么?"授业恩师"。"授业"就是把大笔记给了你。你给老师写信,要谦称"受业",接受的"受",老师向你授业,有个提手旁。"金玉何曾贵,温香亦不怜。"这两句有一点流水对的意思,很好。"位卑行不贱,笑视五凌烟。""五凌烟"什么意思?"笑视上凌烟"就可以了。

　　第二首:"我生元巳日",这位社员要过生日了,祝贺他。"母食菜根筵",嚼得菜根,万事可做。我们的生日是母亲最受苦的日子,古人称之为母难日。母亲因为家里贫穷吃菜根,但是这个就有一点凑韵。因为"筵"通常是表示筵席,跟菜根之间其实是矛盾的,不要出现矛盾。"长大离家远,何曾侍奉前?"这是非常典型的初学者最容易犯的错误,就把说话当成了写诗,说话是白话,它的语言是非常拖沓的、不简练的、率意的,但是诗的语言一定是要特别简约、精练。而且我们看到,对仗也没有。"侍奉前",没有了宾语。"而今慈爱去,忆昔感伤连。""而今"和"忆昔"不对仗。"忆昔"是动宾结构,"而"它是偏正结构。慈爱和感伤倒是可以对仗。"吾辈须铭记,娱亲早学贤。"同样的这两句,他是在写保证书表决心,不是诗。我们看看真正的诗句是怎么写的："谁言寸草心，报得三春晖。"一定是有比兴的。

"程门一去后，经岁绝诗筵。"平平仄仄仄，实际是平平平仄仄变过来的，为什么平平平仄仄可以变成平平仄仄仄呢？一三不论。平平平仄仄可以变成平平仄仄仄，但是一般不要变成仄平仄仄仄。一开始写的时候大家还是尽量地按照标准的句法去写，慢慢地你就懂了。这两句有一个问题，用典不当。他懂得用典故，程门立雪的典故，就是杨时去拜程颐的故事，但程门并不是主要教诗的，他是教礼乐的，所以典故跟诗之间就缺乏一种内在的关联。你上下句之间要有一种起承的关系，这种关系如果断了，意思也就断了。"达意词常左，抒情思不前。""思"表示名词念去声。"李桃开正盛"，为了要符合平仄，他把常用的"桃李"，改成"李桃"。"文脉远相连"，"文脉"和"李桃"不太对，至少对得不工。因为"文脉"是一个偏正结构，"李桃"是一个并列结构，就不太工。什么情况下它可以对呢？那种偏正得不那么偏，比如说"海水"，你既可以把它理解为海里面的水，也可以理解为海和水，"海水有门分上下，江山无地限华夷。"海水、江山，本来一个偏正、一个并列，但是它可以一起对。"今日听教化，私心慕大贤。"结句要怎么样写得好？要能够有一种意思尽了，但是诗意还没有尽的联想。但是很显然这两句就有点缺乏。

我们看下一首："元巳花舒处，桂华明讲筵。""桂华"是什么？月色。开头两句很漂亮，白居易把一首诗比喻成一条骊龙，所以首联就要像骊龙的脑袋一样，要头角峥嵘，先声夺人。"舞雩轻吹里，敲韵绮堂前。""吹"表示名词念去声，比如说玉吹、轻吹、歌吹。古人的句子："谁知竹西处"，平平仄平仄，"歌吹是扬州"，平仄仄平平。对仗也很好："舞雩"，"雩"本来是古人求雨的地方，但是孔子带着他的学生到舞雩台去吹风，所以这个典故用得也很好。下面两句，很漂亮："海峤阴云散，春风芳思连。""峤"这个字既可以念平声，也可以念去声，意思完全一样，这里因为格律的关系，要念去声。芳思就是芳意，芬芳的情感。它好在哪里？好在把虚的东西——芳思——变实了。上一句"海峤阴云散"，非常实的意象，来对下一句"春风芳思连",就是说在和煦的春风之中,我和你尽管相隔千山万水,但是我们对于春天的热爱,我们互相的思慕感情是完全一样的。"怜君此间意,共我拜高贤。"结句就没有力量,前面六句都很好,最后一联就力竭了。

下一首:"上除翻旧卷,只影忆离筵。笑谈三分后,嗟叹五丈前。""五丈"指的是五丈原。"风涌海波起,云湿峰嶂连。"本来这两句是很有气象的句子,因为他没有注意到"湿"是入声字,把它当平声字来用了,所以这句就出律了。"心期思再续,煮酒话英贤。"最后两句结得还是很好的。

"上巳鹏城聚",仄仄平平仄,"欣然赴盛筵",平平仄仄平。"清风掀绣帐,玉露舞窗前。"这个对得没有问题,但是"玉露"和"舞"之间存在缺乏关联性。"露"一般是凝结在一个什么物体上,不会舞的,所以用词不准确。沈老师在第一堂课就说了要用词准确。"小径青春显,幽池绿水连。"用"青春"跟"绿水"来对,没有大的毛病,但是不能说好,因为首先青和绿就很接近。古人认为这种意思接近,上下联的意思一样,叫"合掌",这是不能允许的,这是要避免的一个错误。我们看杜甫怎么去对:"白日放歌须纵酒,青春作伴好还乡。""青春"对"白日"。其实青春还可以对白发等等,青春算是一个比较虚的词,你可以来对一个比较实的。"忽而思旧友","忽而"这个"而"是一个语助词,用在这里面完全就是累赘的,一共就四十个字,还要用一个语助词?"何日话前贤",这句很突兀,跟前面没有任何的关联,没有呼应。

"上巳木棉老,酒醒似旧筵。"醒在表示酒醒过来的时候念xīng,众人皆醉我独醒(xīng),举世皆浊我独清,它表示这个意思的时候它念平声字,表示睡醒了就念xǐng。"上巳木棉老",仄仄仄平仄,是由仄仄平平仄变过来的,它下一句应该是平平仄仄平。但是因为一三不论,它变成了仄平仄仄平,这是孤平了,这是一定要避免的。你可以改成"酒醒仍旧筵",这就不犯孤平了。"登山梧桐上",一连四个平声,这是不允许的。"醉春梅林前"又是四个平声,这又是不允许的。当年汤显祖不懂声律,沈璟就讽刺他不惜拗尽天下歌人的嗓子。你让吟诵的人怎么去吟它呢?没有法去吟了。"碧水青天合",这是化用了王维的诗:"白云回望合,青霭入看无。""红云翠幕连",青天跟翠幕,色彩太接近了。"待到归来日",又失粘了,"红云翠幕连",平平仄仄平,下一句应该是平平平仄仄,"举杯话友贤"这一句同样的孤平。

"寂寥鹏城地",格律不对,仄平平平仄,这是不允许的,正常情况下,近体诗当中第二个字跟第四个字平仄一定是相反的,但是除了拗句,以及"平平平仄仄"等价为"平平仄平仄"的情况。

"友聚深图地",我们讲不要随意地生造词,"深图",我们口语里面可以这样讲,但是古人没有这样用过,所以就要避免使用。"师开逸思筵","筵"本来是一个非常具象的东西,结果它把它变成了一种思想盛筵,这是现代人才有的思维,要避免。"书启而今后",屋上架屋,太过啰唆。"神交百年前","年"字出律。"百年"怎么能够跟"而今"来对仗呢?"百年"可以跟"万里"对仗:"万里悲秋常作客,百年多病独登台。"这是杜甫的《登高》,时间对空间,对得多好。你这个"而今"跟"百年"怎么对仗呢?数字正常情况下要和数字来对,独角兽、比目鱼,对吧?"鸟鸣春景好,花盛锦绣连。""春景"和"锦绣"是没法对仗的,因为春景是一个偏正的词,锦绣是并列的词。"绣"也出律了。"余味归途久,犹自慕高贤",结得还行。当然"犹自慕高贤"这一句应该是平平仄仄平才合律。

"穆穆落春畔",仄仄仄平仄,那下一句应该是平平仄仄平。"觅筝上巳筵",孤平了,"觅"是一个入声字。"雨散梧桐麓,氤氲斑芝前。""斑芝"是什么?梧桐和斑芝都是平声字,是没有办法对仗的,"雨散"是主谓结构,"氤氲"是一个联绵字,是没有办法对仗的。联绵字在对仗的时候一般来说是用联绵字对仗,或者用比较好的并列的词来对仗。大家首先还是尽量用联绵字跟联绵字来对。"衣袂掠空动,飘扬青草连。"衣袂,名词,飘扬,动词,正常情况下也不能对仗。掠空,动宾,青草,偏正,不能对仗。"待君归鹏日,清茶忆圣贤。"这两句缺乏交代。如果你前面交代了两个人曾经一起煮茶、谈论古今,那么这时候再来重说这是可以的,但在这儿就来得很突兀。

"曲水分池阁",第一句就紧扣上巳的诗题,上巳节的时候,古人有曲水流觞之会,曲水流觞就像回转寿司一样,杯子停到你这儿,你就要作诗。"曲水分池阁,东风上客筵。"开头也是具有首联需要的头角峥嵘的气象。"清和人共物,禊饮景如前。"其实在晋代的时候,人和物意思其实是一样的。比如谁谁谁"故是君家何物",这是你们家的什么人呢?"何物"是什么人的意思,所以这里面就有一点重复,有一点繁冗拖沓。"禊饮景如前","清和",天气清和,"禊"是洗浴,在上巳的时候水边洗浴这样一个动作,饮是喝酒。清和不是形容词吗?怎么可以跟动词对呢?它是可以对的,古人认为形容词和动词都叫活字,所以它们是可以对的。"三角梅心似,一春光色连。"三角梅心似,这句就是凑出来的,它放在这里没有任何意义。我们诗的每一句都要前后有照应,它要能够寄托你的感情。读者首先要想一想这三角梅是什么样子,这样就隔了,而且它并不是春天一种代表性的植物。"鹏城追咏意,芸社问诸贤。"最后就结得稍微平了一点。

"三月杏花白,邀君入盛筵。芳香佳木秀,风过密林前。""芳香"和"风过"不能对仗,芳香,并列,风过,主谓,结构不一样,没法对仗。"溪谷云烟起,莺歌叠翠连。"这两句还行。"鹏城思故友,羊笛忆先贤。"这个用了羊台山的传说。但是这属于地方文献,地方文献它是属于俗,不属于雅。雅是什么?雅是通用的。古人用过的典故都是通用的,但是你要用一个地方上的传说,你用了以后正常情况下要在底下——古人也有这种情况——加小注,给它注明。因为你不能保证别人也知道这个典故。

"修禊雨林谷,同酬曲水筵。才看蓬盏底,又到谢桥前。"这个"谢桥"的典故用得不太好,因为"谢桥"指的是唐代诗人李德裕,他有一个小妾,叫谢秋娘,所以它一般是用来比喻歌妓的家、红灯区这种地方。"梦里红妆淡,天边碧草连。"这两句比较平,没有让人感觉很有印象的地方。"醒来风抚面,最忆是卿贤。"后面四句都在讲梦,这就显得太局限。一般好的五言律诗都是一句一个意思,换了七八层意思,而你这个四句才表示一个意思。

"深圳新居地,江南旧梦筵。"这两句没有诗意。"弄娃诸事后,追讯丑辰前。"同样的是没有诗意。这是在写量入为出的账簿,不是写诗,而且跟后面没有关系。"红树银湾合,山花古道连。"这两句就很漂亮,但是放在这首诗里面就浪费了,不协调。"不知竹林里,曾否少一贤。""不知竹林里",仄平仄平仄,实际是从平平仄平仄变过来的,这个没有问题,但是它的下一句应该是仄仄仄平平,"曾否少一贤"的"一"是一个仄声字,是一个入声字,所以出律了。

"夜半观苍昊,星光入玉筵。"开头还可以。"绿烟桑梓外,红雨驿楼前。""桑梓"和"驿楼"本来宽对,驿楼本来是偏正的结构,但是因为驿本身也是名词,所以它们可以看作宽对。"红雨"是什么?桃花落下来的样子。"曲水金台映,平湖桂殿连。"这两句很漂亮,"曲水"用的是曲水流觞的典故,"金台"用的是燕昭王设黄金台招揽人才的典故,所以用的典故也很贴切,"桂殿"本来指的是月宫,所以他把月光变得很实在。"芸香惭后进,草静忆前贤。"这儿的"草静"就有点生造。

"春日风情好,深图举盛筵。"同样的"深图"这个词是生造的,而且用这种现代的方法来思维,思想的宴会这种说法本身就不是一个美的比喻,古人用的比喻一定是非常美的比喻。"谈诗芸社起,会友课堂前。""芸社"跟"课堂"对得还行,但是不美。"芸"本来是一种很美丽的植物,"课"没有给人一种美丽的联想。"珠语严师吐,难题上巳连",这句除了我们在这个屋子里的人谁也不懂。你要知道诗尽管是为己的,但是诗还是要让人看的,不能把在这种小语境之下大家才能懂的东西用在里面,这在写诗的时候千万要注意。有的人甚至于写得只有他的家人、同学才能懂,这要尽量避免。"历经磨砺后",这是一句套话、空话、白话。"论道与高贤",最后一句还比较精练,但是跟前面的没有办法连在一起。

"陌上花开后",他用了典故:"陌上花开,可缓缓归矣。""六巳赴夜筵",第一句仄仄平平仄,下一句应该是平平仄仄平,所以第二句出律了。"鲲鹏蜉蝣聚,戈城星月前",上句平平平平仄,出律了。"遥寄桃源韵,祈友福寿连。""遥寄桃源韵"这一句还不错,但是"祈友福寿连"这句就很俗了,而且出律。"鸣琴青云殿",平平平平仄,出律了。"素心付高贤",改为"素心尊大贤"可能更好一些。

"芳菲上巳盛",平平仄仄仄,"待友入曲筵",这句应该是仄仄仄平平,"曲"字出律了。"梦醒黄昏后,泪洒清明前。"又是格律的问题,"梦醒"和"泪洒"的平仄是不对的,而且黄昏后跟清明前就对得有点死板。"清明前"是三平尾。"西川寒料峭,新安艳阳连。""料峭"是一个联绵字,它必须跟联绵字对,"寒料峭"是没有办法跟"艳阳连"对的,"料峭"无法分开,所以没法和"连"来对。"有情天不老",他是反用"天若有情天亦老"。"泣露铭君贤",三平尾。

"鹫岭飞烟雨,春花别素筵。思君檀炷外,忆我道门前。似得兰心系,还如法愿连。"第三联非常非常漂亮,"法愿"是一个很虚的东西,"兰心"是实的,而且还是一个流水对,虚对实又是流水对,非常漂亮。"凡尘除旧梦,密境会慈贤。"他用的典故也很好。"求水流云去,春晖蝶舞筵。觞怀言志后,踏步鹤湖前。"第二首就要平庸得多了。"客院诗书落","诗书落"的搭配就不太通。"他乡翰墨连",就是我们经常有书信来往。"天街悬石匾,海镜照才贤。"这在意思上又断了。第二首比第一首差很多,仿佛如出两手。

"春暮思曾点,欣然就讲筵。似临沂水畔,如赴舞雩前。"流水对,非常好。"市井尘音绝,心胸阡陌连。""尘音"和"阡陌",一个是偏正,一个是并列,所以正常情况下,它们也不应该对。"莲山怀故旧,吟咏寄诸贤。"最后两句还是将意思表达出来了。"修禊兰亭日,春风入盛筵。往来尘世外,谈笑酽茶前。夜话三年伴,嘉言六季连。"三年和六季意思上有一些重复。"莲花山下路,奔走一时贤。"这两首实际上各有长处,也各有短处。第一首的长处就在于它有前面四句非常好的句子,但结尾就相对比较弱了一些。第二首就结尾很好,但是前面部分不如第一首好。

"上巳迎知己,长谈已忘筵。他山攻玉后,故地启林前。"他山之石,可以攻玉,不是他山攻玉。"故地启林"这就是生造。"挚友经年别,初心复日连。相邀南越聚,共勉向群贤。"意思很流畅,但是没有诗意。诗意产生于什么?产生于衬托,不直说,要用比兴,要用对照。

"与君离别即，已日上华筵。曲罢洪湖后"，这个也是生造，他的意思就是我们一起唱了"洪湖水浪打浪"。大家要知道，写诗的过程，就是你与古人对话的过程，你要想象古人也在读你的诗，你不能让古人读不懂。"歌行打鼓前"，"洪湖"跟"打鼓"也不对仗。"寒山烟漠漠，碧水影连连。""连连"连在一起用很少见。"自是远行客，何须念旧贤。"最后两句意思倒是很好，接下去了。

"一去旬余载"，这就不通了，一去旬余，就是一去十多天，怎么又来了个"载"？"尤思送别筵"，这里"尤"可能用反犬旁的"犹"可能更好一些。"阔谈求是后，欢谑品园前。""求是"指的是中国人民大学一进校门的大石碑，我去过中国人民大学我知道，但是绝大部分没有去过中国人民大学的人会怎么想呢？"实事求是"这四个字，它有固定的意思，你不能把固定的意思给用到一个专有名词上去，不然就变成了只有你们人大校友和我这种去过人大的人才能想明白的词语，甚至即使人大校友可能也要想一下，为什么就不是《求是》杂志呢？"万里前程异，平生抱负连。"这两句还挺好，因为句法用得比较活。我们这些同学，尽管各奔东西，每个人发展不一样，但是我们的平生抱负却是一致的，这两句很好。"何时归陋舍，卧榻数群贤。"读的古诗太少了，所以能用到诗里面的词汇就不够。

"君看鹏城客，开轩有雅筵。弦歌榆火后"，古人是钻榆木取火，所以这句用了语典，很好。"禊饮蕙风前"，她没有用那个惠风和畅的"惠"，改用了《蕙风词话》的"蕙"，反而更好，因为榆是一种植物，蕙也是一种植物。"碧海诗心涌，长天壮气连。兴亡都在眼，秉笔谒前贤。"前面六句都非常好，最后两句就跟前面意思根本不搭了。

"久不闻芳屐，相期到锦筵。"很好，前两句破题直入。"啸歌琼榭外，觞咏桂堂前。""啸歌"用了竹林七贤的典故，"觞咏"用了王羲之等人曲觞之会、兰亭之会的典故，很好。"斗句高情邈"，"邈"是一个入声字，"传杯逸兴连"，这两句特别漂亮。"肯从芸社友，谈笑竹林贤。"结尾紧扣题，大家要向她学习。

"昔与君同舍，寻常共饮筵。倾怀遥夜下，携手晏灯前。""晏"

就是"晚"。"不意鹏城别，更疏鱼素连。""素"是一种白色的丝织品，所以鱼素跟鹏城对得很巧。"相思逢禊节，何处聚良贤？"整首非常流畅，也不错。

"朝别故乡远，归来春日筵。花开三月后，梦醒五更前。"这两句很流畅，很到位，而且把实的、虚的对一起。《红楼梦》里香菱学诗，林黛玉就说要实对虚，大家好好地感受一下，今天我们对得比较好的这些社员，很多都是实对虚。"晓燕邻江住，轻舟碧水连。问君时节好，何惜不争贤。"最后一句意思上稍微有一点绕，要想一下。"晓燕邻江住"的"住"就搭配得不是太好，晓燕邻江"语"就要好得多。

"夹岸桃林地，流觞英落筵。""英"代表花，一般是用落英、玉英，没有单独用的。"浴沂元巳下，舞雩暮春前。"这两句也很好，用了典故。"泉响环佩合，琴音山籁连。"如果把"琴音"改成"琴鸣"可能更好一些，当然"泉响"也可以，"响"是什么意思？"响"除了有声响动词的意思，还有回音的意思，回音叫作"响"。"空山不见人，但闻人语响。"这里的"响"就是指人的回音。"醉侍仲尼坐"，这句就失粘了，"乘桴话诸贤"，这句不符合格律。

"上巳念故友"，一般来说我们说"故人"。"故友"是指去世的朋友，通常是这样。有人说"故人西辞黄鹤楼"为什么不改成"故友西辞黄鹤楼"，那样就符合格律了，没法改，改了之后就变成孟浩然被一句话写死了。"思极已忘筵。晨际狂风后，落英满堂前。""狂风后"和"满堂前"是没法对仗的，"满"在这里是一个动词，所以满堂前是动宾结构，"狂风后"不是动宾结构。"日色尚晴好，水天一色连。"一首五律中出现了两个"色"字，这也要避免，而且根本不对仗。"不见韩子漫，何时会众贤"，"韩子漫"是一个人名吗？

"暮春修禊日，南粤享华筵。梧地峰峦峻"——梧桐山不能简称为梧地——"眺瞻风雨前"，"眺瞻"也没法跟"梧桐"对仗。两个动词没法跟两个名词对。"登高昔情怯，江畔影留连。"情怯和留连，留连是联绵字，没法对仗。"留连"可以对"自在"："留连戏蝶时时舞，自在娇莺恰恰啼。""自在"是两个双声的联绵字，留连也是两个双声的联绵字，它们对仗。"闲夜笙歌起，举杯邀圣贤。"尚可。

"抱剑燕云去，桐花拂阵筵。朝行南口外，暮宿雁门前。鼙鼓关山急，平沙落日连。""鼙鼓"两句很好。"飘零头欲白，犹自忆同贤。"整个都还好，但是偏题了。你得符合我们题目的要求，如果你参加科举考试，偏题的卷子直接就扔到一边去了。"颇忆山阴道，兰亭集雅筵。"第二首就扣题了。"层峦青座右，曲水落樽前。""层峦青座右"很漂亮，我非常期待他的下一句，结果他下一句却是"曲水落樽前"，这个"落"跟"青"对起来就索然无味了。"心手忽相合，神思纱更连。"这两句也很漂亮。"嗟余深市老，空自慕前贤。"整体也不错。

"上巳春枝满"，第一句就很漂亮。"邀君共盛筵。纵游天地外，长啸水云前。"还不错，但是转得太过急了，缺乏铺陈。"南越多康乐，北山思惠连。"这是用古人来作典，把大家比喻成是谢灵运，比喻成是谢惠连，谢灵运说自己一见到谢惠连就有佳句出来。"呼来香蚁醉，畅饮忆先贤。"刚酿得的酒泛起气泡细小如蚁，所以称之为香蚁，新酒是绿色的，所以也称之为绿蚁。但是这一句，不觉得疙疙瘩瘩吗？呼来酒醉，实际就是这么个意思，呼来香蚁醉，这句是有点疙瘩的，而且又和下面的"畅饮"重复了。

"南越春江岸，与君共盛筵。徜徉花树下，吟诵绮台前。"这就是我说的，徜徉是联绵字，吟诵是并列的词汇，可以对仗，但是如果更讲究一点，吟诵可以改成吟咏，为什么呢？因为徜徉是两个叠韵的联绵字，吟咏虽然不是联绵字，它是并列的词，但是吟咏是双声的并列词汇，所以叠韵双声这样一对，别人看到，会认为你更加的讲究。"饮宴嬉游乐，清尘古意连。"这两句也还行。"佩兰修禊日，效法敬先贤。"整个意思也很完整。

"上巳逢知己，鹏城共踏筵。采莲青岸后，扑蝶曲桥前。"前面四句整个起承都很好。"竹马林中憩，金牛九坎连。""林中"和"九坎"不对仗了。"绿云嗟白首，何日拜先贤。"这个意思我猜是说，从前头发还是像绿云一样，现在变得满头白发，但是这个意思在这五个字里面是表达不出来的，所以你这一句就是不完整的、让人费解的。

"上巳接寒食，春风入绮筵。吟诗踏青后，把酒落花前。"平平仄平仄，对的是仄仄仄平平，非常好。"莲地莺声和，深湾碧水连。"或者说"柳外莺声和，湾边碧水连"也可以。"惟思三径老，何意羡先贤。""三径"用了典故，蒋诩归乡里，荆棘塞门，舍中有三径，不出，唯求仲、羊仲从之游。

　　"若友飞深见，愚当备酒筵。"这两句就是在说一句话，它不是诗。"初温诗画后，再饮舞歌前。盛世天天唱，真情日日连。"这两句空洞、浮华，没有诗意，因为他不懂得用比兴的方法。"深湾花月好，携眷醉群贤。"整首的意思很完整，但属于今天我们讲的老干体。今天中午沈老师跟我说，老干体有一个优点，就是它们的立意非常明确。我们现在很多社员所面临的问题，是立意不是那么的明确，往往就是为了凑句而凑，这两者都有问题。写老干体的就要想办法多用比兴的方法，不要直说。其他人在开始临"帖"、在开始学诗的时候，你要去把结构起承转合的结构、照应、前后呼应搞对，不要变得散了。我们唱京剧的有一个说法，说一台好戏是一棵菜，就像一棵白菜一样，很紧密。

　　下面是第二期的社课，以"中夜不能寐"为首句，足成一律，限用"侵"韵，必须要用"十二侵"里面的韵，第一句必须是"中夜不能寐"，今天讲到这里。非常感谢。

第三章
五言律诗唐人写作方法示例

嘉宾：沈金浩
时间：2018年5月5日 19:00—21:00

沈金浩

今天的主要任务是名作的鉴赏，通过鉴赏来明白古人作诗的一些窍门。为什么我要讲向唐人学作诗？首先是唐诗是标准，明朝人还说诗必盛唐。其实像徐老师他是强调向晚清学，这也是一种路径。古人有学宋朝的、学汉魏的，甚至学《诗经》的都有。明清一直有学唐和学宋的争论，都没关系，一般来说就是尽量学大家、名家，这样路径会比较正一些。我这里举一些唐人的例子来分析，希望能让大家感受到唐人作诗的讲究。

我引《使至塞上》这个例子是想说说诗歌主题表达的问题，有一些初学者这方面无法掌控，你把他的诗读下来，搞不清他要表达什么。古代高明的诗人，他作诗这种讲究就很多。《使至塞上》要表达什么，其实在学术界的看法不尽一致。首都师范大学的张燕瑾教授认为，王维在开元二十五年（737年）到边疆去，是被排挤出朝廷。他既然这样理解，当然会把里边的一些词汇往消沉的方向去解读。我跟他的看法有一定的差异，我们怎么来看这篇作品的主题以及诗人怎么表达主题。每一句话都有讲究。我们先看句子，最后来看看它的主题。

"单车欲问边，属国过居延。"这里单车不是我们的自行车，而是单独一辆车，如果说王维这时候遭受排挤心情不好，这就把"单车"理解为只有孤零零的一两个人，这在我看来是不可能的，王维率领的毕竟是中央慰问团。开元二十五年（737年），因为有个人在朝廷里面管军事，他想要有功劳，假托朝廷命令要河西节度使崔希逸跟西域那边的少数民族吐蕃作战。本来崔希逸是跟吐蕃有盟约的，双方和平相处，对方可能防备不够，崔希逸接到朝廷的命令就只好出战。朝廷就派王维去河西看情况，去慰问一下。所以"单车欲问边"不可能就是王维孤零零的一两个人，肯定有个行动小组，少说也是十几个人。王维是监察御史的身份，是八品官，官不大蛮厉害，像中纪委似的。王维以这样的身份出去，他一定是有一个小组的，所以"单车欲问边"就有两解了。一个解释是如果你觉得他是被排挤的，他可能是孤零零地、心情很落寞地出去了。但是你换一种角度，单车可以理解为什么呢？路上很安全，所以我不需要大队人马，我就是小队人马，很少的人就出去了，这是不同的解读。王维在用孤和单这些词的时候，我还看到别的例子，比如说"孤客亲僮仆"，这个例子就表明，所谓孤客不是说就有他一个人，只是说一个主人，他最后还有一个童子。"单车欲问边"显然可以理解为他是中央慰问团团长，作为长官他是一个人，但是他周围还有一些随从。问边就是访问边疆。

"属国过居延"有一些不同的解读。汉朝有一个官职叫典属国，接受这个职务的就有苏武。他曾在离现在的贝加尔湖很近的地方待了19年，后来他回到汉朝，朝廷给他一个职务叫典属国，大概相当于今天外交部的一个司长。所以"属国过居延"也有两种解释，一种解释说王维把自己看作是典属国这样的官员，还有一个解释就是附属国，汉朝、唐朝的时候归顺的小国，保留着自己原来的风俗，当时把这种国叫属国。"属国过居延"在我看来是后一种解释，指的是归顺唐朝的那些少数民族政权。它一直到哪里呢？到居延，就是现在的内蒙古的额济纳旗一带，在甘肃和内蒙古的交界处。其实王维这一次慰问边疆不需要走居延这条路，他在这里说"属国过居延"，我的理解是他要说唐朝很强大，所以附属国已经超过汉朝的居延这个地方，居延在汉朝已经是边疆，现在效忠唐朝的少数民族政权一直要到居延以外，叫"属国过居延"。这就是《使至塞上》，我们要看它的题目，这两句话就是一个"使"字，就是出使。

下面要在塞上走，就要写景和写人。"征蓬出汉塞"值得推敲，因为"蓬"是蓬草的意思，把自己比作蓬草是不是有一种飘荡无依的感觉，这也有不同的看法。我想，他在这里要表达的是，因为边疆很辽阔，所以他的小队人马尤其是他自己的马犹如广袤戈壁上的蓬草。"出汉塞"说明唐朝比汉朝还厉害。唐朝人经常跟汉朝人比，"但使龙城飞将在，不教胡马度阴山"，"汉皇重色思倾国，御宇多年求不得"。"征蓬出汉塞"有一个比较的意思，我现在走到汉朝的边疆以外去。"归雁入胡天"，大雁本身飞到了胡人的天空上。我们现在要看到他的一种组合方式："征蓬出汉塞"，地上，"归雁入胡天"，天上。如果大家自己写诗是否能注意这些要素？古人讲究一个地一个天，一个出一个入，行云流水一般，它有连接性，推进性，动态形成，这种效果就写出来了。这是前半首，写出使的。

下面两句："大漠孤烟直，长河落日圆。"苏东坡说，"味摩诘之诗，诗中有画"，这两句就是典型的诗中有画。"大漠孤烟直，长河落日圆"怎么理解？孤烟是什么烟，历史上有争议。清朝的赵殿成说古人在边疆上报信点狼烟，狼烟是什么？就是把狼粪放在火堆里面，我不知道现在的人有没有研究一下，狼粪烧出来的烟是直的，不会轻易地散掉，这就是狼烟。20世纪80年代的时候我们有一位学者专门到边疆上考察，他就认为孤烟直应该是指卷起来的沙，边疆上风来时把沙卷在一起升向天空，像一根沙柱一样，有烟尘的状态，他信心满满地觉得终于搞明白了。但是还有人说，孤烟直是一种报平安的信号，因为边境上还有一个规矩，傍晚时如果平安无事点一根烟，表明今天平安。我想因为王维特别喜欢陶渊明，所以陶渊明的诗里边"墟里上孤烟"的诗句恐怕也对他有影响，相对而言我比较接受的观点是指报平安的烟，我感觉甚至不必搞清烟的性质，总之他的形态就是有那么一根烟，它就在沙漠里面升起来。更值得注意的是直字，"直"显示了一种稳定性。平时的"烟"是飘来飘去的，"直"说明没什么风，所以它是宁静的、辽阔的、温暖的、舒缓的、稳定的。"长河落日圆"带来这么一种感觉：沙漠的落日红红的很大，然后缓缓地落下，产生了一种广袤的、温暖的、稳定的、舒缓的效果。这里还可以看到王维的匠心：大漠是干的，而长河是湿的，所以干和湿在这里形成一种平衡，使得画面干湿配比恰到好处，并且它有面和线的组合，因为大漠一定让人联想到广袤的一片，而长河——不是大河落日圆，是长河落日圆——它是带状的，相对大沙漠而言它是一条线，面和线的组合，稳定的大漠和变动的长河的组合。长河的蜿蜒造成一种动势，造成画面上的动势的优美变化，而大漠造成稳定感。这是一种极佳的画面组合。

这么一来你怎么体会作者的心情呢？作者这时毫无疑问没有心慌意乱，没有因为来到一个陌生的地方，这么大一片沙漠，这么荒凉的地方，感觉心里不安，这两句传导出的是稳定的、安定的心情。所以景中是悄悄地含了情的。最后两句更有情的空间，"萧关逢候骑"，"萧关"故址在宁夏的东南方，但王维往甘肃方向，他走不需要经过萧关。"都护在燕然"，燕然在现在的蒙古人民共和国西部，叫杭爱山。"都护在燕然"什么意思？燕然这个地方曾经记录下东汉将领的丰功伟绩。东汉有一个大将叫窦宪，还有一个叫耿秉，这两个人带领军队，跟北匈奴作战，打得匈奴大败。然后窦宪和耿秉乘胜追击，一直向北，冲到汉朝边境以外的燕然山，就是现在的蒙古国的杭爱山。在燕然山开庆功大会，让写《汉书》的班固写了篇文章，刻在燕然山上。所以"都护在燕然"这两句显然都不是王维准确的经过的地点。"候骑"是来回通信的侦察兵，"都护"是前线的指挥官，他既不到萧关，都护也不在燕然，显然前线的营地和他碰到的候骑，地点都不符。这就是刚才所说的用典问题，他干吗要用这种典？他为什么不根据历史真实，比如说写到"凉州"，而是要写这种地名？这就说明用典是有含义的。古人用典，典故是个萝卜，后头带出大块泥。所以"萧关逢候骑，都护在燕然"，用"燕然"的典故就意味着获得大胜，唐朝的军队在前方庆功。

我想即使王维在开元二十五年（737年）受到朝廷里边的一些排挤，但是在这篇作品里面应该说并没有明显的落寞感。他这首诗要表达的是什么主题呢？他主要是表达两个意思，一层意思就是出使边塞见到的震撼的景象。第二就是他作为一个朝廷派到边疆去慰问了解情况的官员，多少有一些自豪感，所以用的典故也好，写的景象也好，不表达那种动荡感，也不表达压抑感，表达的是辽阔感、稳定感、安全感。"单车欲问边"，如果路上盗贼很多他敢单车吗？所以显然路上是安全的，他才可以单车。"都护在燕然"，风马牛不相及的边疆地名，大漠里边的地名拿来用，是要说明他这次出使的方向？他就是要显示大唐取得胜利，显示他的自豪感。这篇作品我觉得应该这么解读才对。我们要作好旧体诗词，用什么词、造什么句直接影响到表达。比如"单车欲问边"，你也可以不说是单车，而是说很多车；"属国过居延"，你也可以回避这个问题，讲我直接往河西东部方向走了；"大漠孤烟直"，你可以不选择这个意象，而写大漠风沙多，表达这种环境里面动荡不安的状态；"都护在燕然"，你也不一定要选择这样的词汇，直接说去河西东部玩了……而王维经过精心的词汇的挑选、句子的构造，使得呈现的主题表达了辽阔、稳定的感觉。他受边疆上取得的胜利的感染，既震撼于边疆的壮美景象，同时也为唐朝的强大而自豪。这是我对这里字词句的关系的理解，大家回去以后继续琢磨，这是一个例子。

再看看这首《终南山》，这首作品我们看看它是如何推进的。这是一首山水诗，它要写西安南边的"终南山"，写一座山可写的角度很多。王维这首诗每一句都很讲究，我们要看出他的这种讲究，才学得到古人的窍门。

"太乙近天都，连山到海隅。"太乙是"终南山"的另一个称谓，"近天都"两种说法，一种说法是首都长安。这里应该不是首都，而是另一种说法，指天空。"太乙近天都"就是站在山的北边，远看终南山高与天齐，所以叫"太乙近天都"。"连山到海隅"，终南山西起甘肃的天水，东到河南的陕县，反正作者眼睛也看不见陕县，东边一直走到多远也不好说，所以说海隅没问题，终南山一路绵延到东边海边去，所以这两句一下子就写出了终南山的高和长。"太乙近天都，连山到海隅"，一个字都不浪费，古人写诗就是那么精到。这是终南山的总貌，它是遥望，遥看太乙近天都，连山到海隅。

王维要写终南山不能光看外部的总体样子，他要入山了，他要写情景中间的变化，写出动势来，所以"白云回望合，青霭入看无"。这一句用词非常的精准，这两句是只有亲自登过山，并且登山的时候很用心的人才能够想得出的句子。我们登莲花山不会有这体会，登梧桐山也不容易，要登泰山、登黄山、登衡山，登这些巍巍的大山你大概就可以有这个体会了。"白云回望合"，一路过去身边没什么白云，但是回望下边，发现就有云合起来了。高山山上有云，李白的诗里边说到"云傍马头生"。"青霭入看无"，山体表面因为树木多，所以有一种青色的烟雾一样的岚气。由于有树木，再加上山上石头的颜色很深，所以组合起来就是青霭，远看好像有一种青霭，但是走进去以后又没有了。登过山的人会有这样的体会。这两句写得非常用心，"白云"写出山的高，而"青霭"写出山的深，而且白云和青霭都是山景的一种特征，又有缥缈感。白色和青色既是符合事实的，更有两种颜色的搭配变化之美。古人写诗如果是对仗的句子，颜色很讲究，所以"白"和"青"组成了这首诗的主色调。颜色有变化，又符合事实。然后"回望"和"入看"，"合"和"无"，都是用词极其精准，无法改变。你登山的过程中就有这种回望时下面的云合起来凝成一块的体验，你坐飞机时上有青冥之高天，下面是连成一片合的白云，所以叫"白云回望合"。"青霭入看无"，远看有青霭，走近又看不见，用词极精准，极讲究。"分野中峰变，阴晴众壑殊。"什么叫分野？位置相配叫作分野。天上的星宿跟地上特定地域有对应，就叫"分野"。由于山的范围太大了，所以山的中峰分隔了星宿所对应的大地的范围。入山以后他登高四望，第五句"分野中峰变"就写又高又大，而"阴晴众壑殊"又写山的深、陡。山峰多，还有光效的变化。王维擅于画画，他的诗也追求画的效果，画面阴晴变化，如同画在纸上有的地方暗，有的地方亮，所以这也符合山的客观情况。大山有的地方晒不到，古人很懂得光色变化造成的画面美感，连诗才不是很高的寇准都会说"萧萧远树疏林外，一半秋山带夕阳"。为什么说是一半秋山带夕阳呢？夕阳照过来的时候，照在山上一半是受光面，一半是背光面。

我们接着看王维的诗，最后说"欲投人处宿，隔水问樵夫"。光写山不太好玩，虽然有"白云回望合，青霭入看无"。有一个"望""看"是人的行为，但是它重心毕竟在山本身，所以后面又给它加加人气。"欲投人处宿"说明山很大,今天回不去了,要找个地方过一夜,下一句他没说"路边问村姑",而是说"隔水问樵夫",这都是有讲究的。前面都是山,现在写水,古人说了"有山无水则枯,有水无山则俗",光有山没有水是有枯的感觉的。"隔"字也讲究,造成空间的层次感、距离感。古人写诗善于设置一些层次,比如大家熟知的《惠崇春江晚景》,"竹外桃花三两枝",把桃花放在竹子的外边,用一个"外"字增加了画面的层次和景深,不说"竹边","竹边"是在一条线上,层次感就少了。然后"问樵夫"也是有讲究的,那么巧一定是樵夫吗?但是这里用樵夫是最合适的,首先樵夫是山里边最有代表性的人物,此其一。其二也是更重要的,"问樵夫"会造成一种隐逸感。中国古代社会传统的生活方式有一个特殊的结构,就是一主二辅结构。一主就是"农耕",二辅就是"渔樵",大部分人是靠农耕,有小部分人打渔或做樵夫活命的。所以古人不做官的话他有三个去向,一个去向就是挂官归田,把帽子挂在衙门里面不干了,回乡下去搞农耕去。还有两种就是隐逸于江湖,隐逸于山林。隐逸于江湖就是靠水吃水去了,隐逸于山林就是靠山吃山去了。所以"樵夫"跟隐逸沾边。你们去看看人民文学出版社出的《西游记》的第九回里边,详细地写出一个渔翁与一个樵夫的对话,讲渔翁和樵夫生活的美妙之处。古人永远是有这个矛盾的,意向是出去做官,同时观察到凶险,感受到压抑想隐逸,有的人要归田。有的人就去山林,像王维隐居终南山,有的人泛舟江湖。关于"隔水问樵夫",他设置这么一个问的对象,有他的用意在里头,他有一种倾向性在里头,就是觉得这个地方很好,而又能遇到樵夫,这个在人生选择方面有共同语言的人,这么一个结尾就写出了追求隐逸的人文内涵。前面都是自然的内涵,最后来点人文的内涵,表达了诗人对山以及这里的生活气息的欣赏,以及诗人追求隐逸的人生态度。这首诗我们主要看它怎么推进的,先总写"高"和"长",再写进山,然后进山以后再登上山的高处,最后写"出山"和寻找过夜的地方。它是按照进山、登山的自然顺序来推进的,是这么一种线索,很清楚的一个推进方式。如果我们写登梧桐山、登莲花山,你写的时候也得注意意脉要清晰,写出特点来。这首诗结尾也安排得很好，意味深长。这是第二个例子。

　　再来看看《山居秋暝》。我们看这首诗，主要看它如何扣题来安排内容。古人写诗你仔细看看，正文跟题目关联性很好。这首诗在这方面做得尤其好，"山居"就是说住在山里面，遇到秋天的黄昏，他要写出这段时间山中的生活状况。我们看他怎么写。"空山新雨后，天气晚来秋。"清朝的张谦宜评价说"起法高洁"，所谓高洁就是他写出了清新的环境，没有城市里那种纷纷扰扰的俗事，非常清新、安宁。一看头两句基本上就可以了解到诗人的态度，诗人对这个环境肯定是赞美的。"空山"就是没有太多人登的山，又是"新雨后"，那种滋润感就出来了。先写局部时间里边的天气状况，再写出时间背景，一个是秋天，一个是傍晚，使得空山新雨得到进一步的凸显。如果顺序倒一倒，先写"天气晚来秋"再写"空山新雨后"，这句"空山新雨后"就没有那么突出，给读者的印象没那么强，所以它这样安排凸显了环境的清新感。现在是"秋暝"两个字，这个"秋"已经点出来了，"晚来"两个字也把"暝"字点出来了，空山也扣住了山，"空山新雨后，天气晚来秋"是总写。诗不能总是写整体，也不能总是写细部，古人很有讲究的，不要总是写自然景，也不要总是写人文景，需要有组合。比如说像许浑的《咸阳城东楼》："溪云初起日沉阁，山雨欲来风满楼。"这两句是写风景的，后面两句是什么？"鸟下绿芜秦苑夕，蝉鸣黄叶汉宫秋。"他要写秦朝的宫苑，就不能只停留在自然景物的描写上，还要加历史人文的内容。要有动态，要么大小变化或者是总体镜头和特写镜头的变化，要么是自然和人文的变化。等一下我们可以看到，先写山居，在空山新雨后出现的两个小镜头，具体的特写镜头。一个是"明月松间照"，下过雨以后空气特别清新，澄净度很高，于是能看到明月，雨过天晴了，松树和月亮的组合，给人一种高洁的感觉。如果是"明月花间照""明月柳间照"那就不同，"松"是一种高洁的树，陈毅有首诗，"要知松高洁，待到雪化时"，所以"明月松间照"有一种高洁的意境。"清泉石上流"，泉跟石的组合，如果说"泉水溪中流"，或者"山水溪中流"那又是另外一个效果，太大、太急，让读者有一种不安感，不稳定感。清泉山上流，或者说是较响的一种声音，你会觉得破坏了宁静，"石上流"可以感觉到水不是特别大，这就造成一种宜居效果。非常美，非常宁静。这两句大有讲究，"明月松间照"，写光色，"清泉石上流"写声音；"明月松间照"，写山，"清泉石上流"，写水。一个高处一个低处，一个山一个水，一个光一个声。一个静态，"明月松间照"很静，"清泉石上流"是动，动中有静，是这么一个安排。所以这两句一个字也动不了，极其精粹。曹丕有两句诗，叫"俯视清水波，仰看明月光"，古人说这两句比较自然，但没有王维这两句好。因为俯视人的主观能动性太强，不适合拿来写这种山水环境，太累了，所以不如王维那两句好。三、四两句写自然。光写自然景色主题出不来，就像"欲投人处宿，隔水问樵夫"，加上了一个意思，人的生活情趣在。光写自然不写人文，有重复感，意思薄，内容不丰富，所以来点人文的，"竹喧归浣女，莲动下渔舟"。"竹喧归浣女"，就是在竹林那边天都已经黑了，明月都已经出来了，但是洗衣服的女子回来，可能不止一个，两三个，三五个，所以造成了"喧"的效果，女子干活回来一起说话，边走边说，所以叫"竹喧归浣女"。"莲动下渔舟"，山里边有水，肯定有池塘溪流，而且水还不小，"下渔舟"是从渔舟上下来还是说渔舟刚要出去，这个我们没法确定，总之"归浣女"和"下渔舟"都表达了这些人在安宁地生活，他们过着很自然的生活，而且没有任何危险感，所以月亮都出来了，女性照样可以在外面竹林旁边走也不要紧，打鱼的船无论是出去还是回来，也不怕有野兽或者说其他的不安全因素。所以这两句写出一种人文方面的安全性、安宁性、宜居性。

有了这四句这样的组合，最后表态："随意春芳歇，王孙自可留。"王孙用了个典故，《楚辞·招隐士》里边有"王孙游兮不归，春草生兮萋萋"，后面还有个"王孙兮归来，山中兮不可以久留"。"随意春芳歇"，春天的芳草无论你歇不歇，就是草老不老跟我没关系，我觉得王孙在这个地方可以留下。那么为什么可以留下呢？自然景色那么美，人文环境又是那么安宁、祥和，所以王孙自可留，那就表达了一个隐逸的景象。

所以中间四句是写了一个立体的生活环境。头两句总写山居，秋天来到的时候的景象。三、四句细写有代表性的山中景色，五、六句写人的生活，最后跟个人联系起来，表达自己对这个地方的肯定、欣赏。

从这个诗里面我们可以看到，王维要表达一种隐逸的倾向，因为他有一个"辋川别业"，他是正儿八经在"终南山"里面生活的，所以他要表达对这里的向往，他用这么一首诗，这样的组合来表达。

唐朝许多人在终南山隐逸，所以唐朝有个词叫"终南捷径"。很多人在山里面隐逸隐出名气了，名气大了，朝廷知道这个人很有名，觉得应该把他请出来，于是就做官反而做得很快。

我们顺便看王维的《山居即事》："寂寞掩柴扉，苍茫对落晖。鹤巢松树遍，人访荜门稀。绿竹含新粉，红莲落故衣。渡头烟火起，处处采菱归。"这个诗名气就不如《山居秋暝》大。《山居秋暝》写得很完美，这首《山居即事》写得也不差，但是他在章法方面没有《山居秋暝》那样一句是一句。《山居即事》也是写山中的景象，很冷清，经常关着门，"苍茫对落晖"，落晖的时候有一种苍茫的景象。环境怎么样？"鹤巢松树遍"。冷清到什么程度？很多鹤把周边的松树都一棵棵去做了窝。"人访荜门稀"，很少有人来造访他的"荜门"，就是用树条子做的门。"绿竹含新粉，红莲落故衣。"这些景物一切都是自然状态。跟上面那首就不同，这首基本上就是写环境，重心都在写环境。"渡头烟火起，处处采菱归"也还是写环境，后面还可以再写下去，继续再写一些景物都不要紧。所以同样写山居，对照这两首诗，可以看到有不同的写法。

再来看看气象的生成。我们读古代的诗经常要遇到气象的问题，唐诗有盛唐气象。为什么读当代的新诗很少有让我记得很牢、让我很欣赏的？就是因为现在的诗人心胸狭窄，诗人们不知道在想什么，他们经常弄得我也看不懂，气象又不行。咱们中国写诗有一个传统，挺注重气象。一般来说唐诗的盛唐气象，就是它的雄壮、浑厚。我看现在微信里面老有人在转一句话，叫作"盛世读王维"，我猜他可能也没有仔细读王维的整部诗集，他读了王维的代表作，王维全集里边很多诗也有一些跟盛世无关。唐朝人是挺注重气象的，气象怎么来的？你写一首诗，你要营造出一种气象。你在单位里面如果是文秘，单位里面搞文艺活动，要写一个串场词，你怎么样才能写得很煽情，很激动人心？你要写成这样的效果，就要懂得气象问题，选用什么样的词汇，就展示什么样的气象。我们可以通过杜甫的祖父杜审言的一首诗来体会一下所谓的气象。这首诗题目叫《和晋陵陆丞早春游》，晋陵是哪里呢？就是现在的江苏常州，杜审言那个时候可能在江阴一带。这首诗一开始就来个"独有宦游人，偏惊物候新"，他要表达什么意思呢？意思在结尾上，因为结尾上有个掉眼泪的行动，所以他开口就很注意用词，一个"独"一个"偏"，因为冬去春来，多数人是喜欢的，但是他最后要掉眼泪的，所以他一开始就用了这两个字。你们都爱物候新，我这个宦游人偏惊物候新。宦游就是在外地做官，古人在外地做官跟今天的人不一样，今天在外地做官怕什么？古代河南人跑到江苏做官挺远的。古人最快的交通工具就是马，所以离乡背井对古人来说是有压力的，所以他用"宦游人"对"物候新"，就有"惊"的心情。为什么惊呢？就是冬去春来又一年，时间过得很快，我离开家乡很久了，所以"偏惊物候新"。他下面两句是很出名的句子："云霞出海曙，梅柳渡江春。"这就是具体描写什么叫"物候新"。"新"在哪里，五言律诗是很有讲究的，三、四句很有可能就是把第二句的某个意思化开来。春天云霞比较灿烂，由于江阴那一带离海比较近，"云霞出海曙"，早上太阳出来了霞光万丈，那不很美妙吗？"梅柳渡江春"，这个句子很精彩。我们都喜欢王安石的那句"春风又绿江南岸"，这句"梅柳渡江春"也把春天写成一种动态的景象，把春天的动势写出来了，所以是"梅柳渡江春"，春天的气息渡过江，显现在梅柳上。"云霞出海曙"写天上，"梅柳渡江春"写地下，天上的景象、地上的景象都写出了一种动势，一种灿烂的变化、生机勃勃的景象，这就是他"偏惊物候新"的第一个内容，从大处写。我刚才说了你不能老是写大的，他再来写小的。"淑气催黄鸟，晴光转绿蘋。"这是小的，云霞、江边的春色都是大的，黄鸟和绿蘋是小的。而"淑气"和"晴光"又是物候的内容，一种大小的整合。"淑气"显示了整个季节的变化，"淑气"就是春天的阳气，正气。"催黄鸟"，淑气使得鸟儿活跃起来了，就像白居易说的"几处早莺争暖树，谁家新燕啄春泥",黄鸟活跃起来了。"晴光转绿蘋",春天的阳光暖和了,水中的绿蘋也慢慢地变大,长出叶子来。中间四句就是从大景和小景两个角度写出了"物候新"。这样一来惊在哪里?落到实处了,他要归结到"客路"上。"忽闻歌古调",指的是陆丞写的原作有古调的意思,有古诗的意思,大概是表达了思乡之情,所以"忽闻歌古调",我听了你陆丞吟诵的诗,也把我的思乡之情勾起来了,搞得我都鼻子发酸,我都想家。

  我要说的是下面这个气象的生成。这个诗主题上来讲,是表达春天的思乡之情的,但是他写思乡之情也不是那种哭哭啼啼,给人一种很焦虑、很苦闷、很难受、活不下去的感觉。这是典型的初盛唐之交的诗,武则天时代的诗,这个时期的诗有一个典型的特征,就是它有一种阳气,他的诗里面有一种阳光感,有一种积极的力量,有一种生机和活力。唐诗分初、盛、中、晚。晚唐诗就不对了,最典型的就是"夕阳无限好,只是近黄昏",那就是没落的味道。再比如晚唐的诗:"鸡声茅店月,人迹板桥霜。"那种景象,鸡叫,茅屋,一弯月亮挂在天边,板桥上面有霜,早起的人踩在霜上留下了脚印,这就很苦了,很冷清的,为了生存在路上奔波的这种感觉。而初盛唐总体上在向上走,有一种阳气,有一种生机,就使诗里蕴藏着一种积极的力量。这篇作品是怎么实现的?它虽然是"归思欲沾巾",由于它写了"云霞出海曙,梅柳渡江春。淑气催黄鸟,晴光转绿蘋"这些春天的生机勃勃的景象,所以它把归思的悲愁托住了,整个诗的基调没有变得很凄苦。这就是中间四句的好处,整首诗就造成了一种气象,是一种初盛唐之交的气象,真正的盛唐那就更加的华美。

  什么样的诗有盛唐气象?像下面这首便有盛唐气象。下面的《次北固山下》我们看一下:"客路青山外,行舟绿水前。"青山指北固山,北固山在江苏镇江附近,青山外、绿水前,尽管是客路,环境是好的。下面两句更了不得:"潮平两岸阔,风正一帆悬。""潮平两岸阔",因为潮涨起来,两边的岸离的更远,江更阔。"风正一帆悬",因为风很正,有一种和平、安宁、稳定的效果,而且空间是开阔的,又开阔又稳定。这就是盛唐人,他不仅仅写景,也写出了社会感知。下两句也很有意思,"海日生残夜,江春入旧年",

啥叫"海日生残夜"？夜和日是一个消退的关系，有太阳黑暗就消失了，是这么一个关系。"江春入旧年"也是，年还没过完呢春天已经跑来了，这就写出了一种大自然的勃勃生机，写出了一种发展的生长的力量，这种力量只有盛唐人才有，其他朝代的人写不出这种句子来。最后"乡书何处达，归雁洛阳边"，又表达了思乡之情，唐朝人想家总是难免的，家总要想的，那么乡书怎么才能寄过去呢？"归雁洛阳边"，大雁可以传书信。大雁传书的典故就是我刚才说的苏武的故事里边的。我怎么样寄乡书呢？我看看大雁是不是可以帮我带到洛阳那边去。这里边他也表达了思乡之情，跟前面的"归思欲沾巾"一样，但更有盛唐气象。盛唐气象来自哪里？就来自这里，他字里行间写出了大自然的广阔、稳定以及大自然中间的勃勃生机，用这种勃勃生机来衬住"思乡"，使得"思乡"并不显得悲愁，让你感受到时代是稳定的，国家是安宁的，所以他现在的意向是壮美、辽阔、积极的，这就是气象。咱们学员们写诗，比如说你要写出你喜欢深圳，你要写出深圳不断地发展，那么你选词汇就要选那种积极的、有力量的或者说是呈现出发展状态的那种东西。

有一个故事，讲朱元璋有一次跟他的孙子朱允炆、儿子燕王朱棣在一起，朱元璋出了一个上联，"风吹马尾千条线"，朱允炆来对了句"雨洒羊毛一片毡"。朱元璋一听就皱眉头，心想这就是个要饭的命，咋弄出来这么苦的句子？羊毛被雨淋以后它一片都是湿的。然后他就问旁边的儿子朱棣，说你对对看，朱棣说"日照龙鳞万点金"。朱元璋一听就想，完了，朱允炆肯定搞不过朱棣。朱棣的脑细胞里边分泌出来的是这种强悍的东西，他的思维动势是朝着强大的方向走的。所以他想起来的词汇组成的句子就是"日照龙鳞万点金"，一下就提到很高的高度，帝王气。所以朱允炆和朱棣的气象是天壤之别。

还有一个故事说的是南唐的李煜，赵匡胤派大军去围住金陵，要把南唐攻下来，南唐就派很有学问的徐铉出来讲和。徐铉觉得李煜很有才学，诗词写得好，于是就说我们的皇帝是多么有才华，他的《秋月》篇写得多么好。赵匡胤身边的那些大臣听了有点紧张，因为赵匡胤是行伍出身，是个军人。赵匡胤说，那你说说看《秋月》

怎么样，徐铉就朗诵了《秋月》这首诗。我们现在找不到《秋月》，但是可以找到他的"无言独上西楼，月如钩，寂寞梧桐深院锁清秋。剪不断，理还乱，是离愁。别有一番滋味在心头"。赵匡胤说他那首诗是愁苦的文人写的，我才不呢。我没发达的时候，有一次在陕西华山附近喝酒喝醉了，躺在田野里面，一会儿月亮出来了，突然我有两句诗："未离海底千山黑，才到天中万国明。"徐铉一听不是一个等级的，同样是月亮，你那个是"月如钩"，他说是"才到天中万国明"，赵匡胤像月亮，照到哪里哪里亮，他是这么一种胸怀、气度。他有这么一种内心，他迸出来的句子就有这样的气象。所以徐铉一听，那是，你牛，心里边知道恐怕我们的皇帝是搞不过他的。这就是诗里面的气象，像我刚才说的这两首诗它都涉及气象的问题，所以我们以后自己写诗，这方面也是一个关注点，就是你怎么样把诗的某种气象写出来。当然不是说有这种阔大气象就一定是好诗，写得很细腻的，比如说什么"自在飞花轻似梦，无边丝雨细如愁，宝帘闲挂小银钩"，这种也不错，也是艺术水平很高的作品。只不过是说你如果要追求气象，一般来说就是要写一种生机，写力量，写长时间、大空间，以表现向上感、积极感，这样的东西写出来就是比较有阔大气象。最近很流行"苔花如米小，也学牡丹开"这两句诗，它为什么受人欢迎？就是写出了老百姓的心声，我是1986年就读过这首诗的，当时我没觉得什么，最近老百姓通过媒体表达这个感觉：我是普通民众，但是我也要开花。你不能不许我开花，我也要对我的生命争取权利。反映了普通老百姓的心声。所以这两句诗最近很流行。大的小的都有它的美，关键是你能发现新的含义出来，表达出新的意思，这个表达又很精准很恰当。我就说到这里。谢谢大家。

第四章
对对子，打诗钟，诗人真会玩

嘉宾：徐晋如
时间：2018年5月19日19:00—21:00

徐晋如

又到芸社雅集的时间，上期布置了社课——对对子。对联是中国文化中最为通俗也是最有群众基础的一种艺术形式，每家每户都会贴春联。最早的春联是五代时期后蜀皇帝孟昶写的"新年纳余庆，嘉节号长春"。由于我们面临着长时间的文化断层，很多的春联以至于很多名胜古迹的楹联经常出问题。

去年夏天，肇庆学院承办了一个广东省中小学老师继续教育培训项目，主要培训对象是粤西地区的骨干教师。肇庆学院的唐雪莹院长非常有魄力、有想法，她举办了"诗词吟诵与写作省级培训班"，并邀请我以及我的老朋友——中华吟诵协会的秘书长徐建顺先生作为授课嘉宾，很多对诗词的吟诵和创作有兴趣的中小学老师都去参加了。

昨天，有位参加了去年省级培训课的老师给我发来一道高考题目，内容是给出若干个词，要求在不增加或减少字的前提下，把若干个词组成一副对联。这位老师问，徐老师能看一看答案是什么吗？她认为高考所给的答案并不通顺。

我想幸好我是在1994年参加高考，要不然也不会作答。可能对于不懂得格律的人来说，这道题答起来会比较容易，但是对于我这样在高中二年级就已经完全掌握格律的人来说，反而觉得这道题太难了，根本无从入手。后来我问能否请你给我看一看答案？看了标准答案后，确实是无法理解。因为答案不符合格律，并且它的用语、语言也不符合逻辑。

它的上联是"新景迎大地"，下联是"欢歌满神州"。无论是我，还是这位参加过省级培训的老师都无法理解，"新景迎大地"根本不通。题目不通，实际上是高考语文出卷子的人的不通，他以其不通作为指挥棒，能影响到很多的高中老师乃至于初中老师，这是非常可怕的。

对对子可以锻炼语言能力和逻辑能力。好的对子上下联的意思应该相反。如果说上下联都表示一个意思，这叫合掌，是对联的大忌。我们当中有很多人喜欢《红楼梦》，《红楼梦》当然是一部非常了不起的中国古典名著，但《红楼梦》当中的诗歌并不是特别地高明。我导师陈永正先生年轻时写过一篇文章叫《红楼梦里劣诗多》。

这篇文章引起了轩然大波，很多红学家觉得陈老师是要砸他们的饭碗，于是在报刊上连篇累牍地写文章去批判。北京有一位老学者叫马里千，他写文章支持陈老师，当时打了一场结结实实的笔墨官司。其实陈老师的这篇文章，并没有要否定《红楼梦》中诗词的意思，他认为《红楼梦》中的诗词是小说中的诗词，是为小说的情节服务的，是为了符合小说中的人物形象，并不是曹雪芹本人的写作水平就是这样。小说中的诗词要符合这些生活面狭隘、只有十几岁的贵族少爷、小姐们的口吻。有很多的红学家，把《红楼梦》看得完美无瑕，看得超越一切，甚至于认为它的价值要高于《诗经》《楚辞》，高于唐诗宋词。这种看法是值得我们警惕的，原因就是很多的红学家其实并不懂得诗的好坏。在这篇文章当中，陈老师指出了林黛玉写的诗，当然是曹雪芹借林黛玉之口写出来的诗，也有合掌现象。大家可以回去看一看《红楼梦》，看看能不能找到这种合掌的句子，就是上、下联表达同一个意思的句子。合掌也体现了思维的狭隘。正常情况下，上、下联应该具有相反的意义，这才算及格。

光是及格还不够，真正好的对联应该是，上下联表示相反的意思之外，连起来还能表达一个全新的意思，这种全新的意思本身不存在于上联或者下联之中，它是上下联连起来以后，让读者通过想象、通过感悟来获得的。

　　上期社课布置的题目叫作"别来明月梁空满，何意深林履不疏"，很符合好对子的原则。有学员在群里面讨论了我对原对的"解题"，个别认为"梁空满"是倒装，即是"空满梁"。其实我并未说过"梁空满"是"空满梁"的意思，不存在这样的倒装。诗歌当中倒装其实是用得比较少的，古汉语里面什么时候用倒装？往往是在否定词后面，假如跟一个动宾结构的话，宾语要前置，这很像英语。

　　有一位北大哲学系的师兄，他认为学好英语很容易，只要古汉语好，英文一定好。他说古汉语的语法跟英语最接近。我曾经把《大学》里面"视而不见、听而不闻"，用英文来表述，就非常的清晰："You can look, but you can't see, you can listen, but you can't hear"，即是"视而不见，听而不闻"。的确是从很多细节上可以发现，古汉语和英文有相似之处。诗歌中真正的倒装是很少的，很多我们以为是倒装的，其实并不是倒装，只是骈体文句式的一种压缩而已。

　　"空满"就是"徒然地满"，分别以后，明月徒然地在梁上洒满。需理解为它是省略了"在梁上"这个介词"在"。当然我们现在作一种现代语法的分析，本身就是在割裂了汉语，更加可靠的办法还是要多读，形成语感并要多感受它。

　　这次看到有很多学员的习作，语感是不对的。从语法的分析上来说，对得一点问题也没有，读起来却总是不通顺。原因何在？在于语感出了问题。语法是对于现实的语言的一种归纳，它是后有的一件东西，要注意语言是远远超出于语法的。谁会照着一本语法书去说母语呢？广东话说"你先走"，肯定说"你走先"，现代汉语语法里无法归纳这种现象，它是一个方言习惯。"约定俗成谓之宜"，有人会举出字典来，讲这个字该怎么读，字典里面不是这样标的，问题是字典既然是人编的，它也有可能出错。

　　诗词和古诗文均有特殊性，有一些东西是字典所不能涵盖的。最典型的就是小学语文课本里面有一首诗，在座的可能当时学的都是"京口瓜洲一水间（jiān），钟山只隔数重山"，现在小学语文课本居然把它注音为"京口瓜洲一水间（jiàn）"！理由是什么呢？就是现代汉语词典当中表示"间（jiān）"这个读音的，没有一个义项能符合，只有表示"间（jiàn）"——被间隔开来了，这首诗才说得通。这就犯了一个极大的逻辑错误，等于要求古代人说现代人的话。古代人怎么可能会说现代人的话？就好比有学者用康德的思想解释孔子，大家想一想，孔子怎么可能懂康德呢？孔子生活在康德之前2000年，他怎么可能去读过康德？怎么可以用康德的思想去解释孔子？这是不对的。同样，王安石是一个宋朝人，他怎么会知道当代人的读音呢？在古汉语当中，"间（jiān）"有一个特殊的意思，是"在一定的时空之内"。京口瓜洲一水间（jiān）是京口和瓜洲在只隔着一条水这么短的距离之内。

"一水间（jiān）"是一个成语，出自东汉的《古诗十九首》，所有爱好诗词的人一定要读。我的一位好朋友詹居灵，也是一位非常优秀的青年诗人。他说过，《古诗十九首》是值得你读一辈子的好诗，无论什么时候读都能感受到它的好。《古诗十九首》里面有这么两句，叫"盈盈一水间，脉脉不得语"。再去搜一下唐宋的诗人，无数的作品中出现"一水间"的词，其实意思都是一样的，它也只能读"一水间（jiān）"，决不能读"一水间（jiàn）"。

小学语文教材的编纂者，第一不懂诗的格律，第二不懂古汉语，这是非常悲哀的一件事情。正因为此，上海交通大学附属小学有位老师丁慈矿出版过一本书，我曾经郑而重之地在网上推荐过，这本书叫《小学对课》，在小学里面教小学生对对联。这是一件功德无量的事情，能听这位老师讲课的同学、小朋友们，他们都是有福分的，一下子接触到了汉语当中最精髓的东西。汉语是非常伟大的，全世界没有一个民族的语言存在着汉语当中独特的对仗现象。历史上所谓的绝对，即便当时人对不出来，后来往往都能够对出来。即使今天对不出来的，将来一定有人对得出来。汉语本身就分平仄，汉语本身就有相反相成的意思，这是来自民族文化的最深的基因。

南朝的刘勰，他在写《文心雕龙》时专门有一章讲了骈文、对偶的问题，他认为对仗就是从《易经》、从《尚书》开始，是汉语根子中就存在的有代表性的东西。学会对仗是学习国文的基础。无论是写律诗或写骈体文，它都有助于思维的更加精密化。我们往往有一个误解，以为骈体文过于讲形式并难写。恰恰相反！骈体文比古文容易写，只要对仗就能形成套路。胡适也曾经讲过，刚开始学诗时最怕写律诗，后来写多了才发现律诗最好写，只要把中间的两副对子给想出来了，整个诗的结构都会很容易。

接着来看一看社员们的习作。

别来明月梁空满，聚时艳阳水浅深。

下联出现了两个错误。第一个错误，聚时的"时"和别来的"来"正好平仄相同，违背了声律。"别来明月梁空满"，我讲过不管是五言或七言，判断格律首先看后五个字。"明月梁空满"，平仄平平仄，实际就是仄仄平平仄的变体，下一句应该是平平仄仄平。七言诗的第二个字和第四个字的平仄一定是相反的。七言诗的前两个字从五言诗的前两个字反过来、变过来的，那么一、三不论，二、四是分明的，第二个字和第四个字在七言诗中它的平仄一定是相反的。

不相反的也有例子，就是李白的《送孟浩然之广陵》："故人西辞黄鹤楼，烟花三月下扬州。孤帆远影碧空尽，唯见长江天际流。"七言绝句来自七言歌行，是一种古体诗变化而来的，七言绝句的格律就没有七言律诗那般严格。随着唐朝人七言律诗写得越来越多，他们的七言绝句也变得非常严格。或者还可以换一个逻辑说，李白写"故人西辞黄鹤楼"，因为这首诗写得太好，即使是他出了律也没人理会。有时候标准是可以变的，但"标准可以变"并不适合初学者！当成为李白这样的诗仙时，哪怕变上天去，也不会有人说不对。反而他变的东西，继而成了新标准。初学者要讲格律，才能更加严谨地对待自己的习作，对待自己的练笔。

第二个错误，下联"艳阳水浅深"犯了孤平。正常情况下它应该是平平仄仄平，或者仄平平仄平，不允许是仄平仄仄平，仄平仄仄平就除了韵脚的"深"，只有一个"阳"是平声字，这就是孤平。判断孤平不用看前两个字，只看后五个字。五言到七言，原则是把五言的前两个字的平仄颠倒过来，"明月"这两个地方本来应该是仄仄，前面应该是平平。"别来"，把第一个字变成了仄，这不要紧，因为之前讲过一、三、五不论。下联也应该是仄仄平平仄仄平，或平仄平平仄仄平。

还有对仗的问题，"空满"，"空"在这里面，如果用现代的语法来分析的话，它相当于是一个副词，而"浅深"和"空满"的结构是不一样的。提醒大家注意的是，在对仗的时候，最重要的是结构的对仗！不要受古代人所讲的影响，即颜色要对颜色，鸟要对鸟，花要对花，那种工对会显得很呆板，说明思路不开阔，属于笨对。"浅深"是并列的形容词词组，"空满"是偏正的形容词词组，在结构上是不能形成对仗的。

别来明月梁空满，醒后晨霜阶竟白。

问题出在"白"字。"白"是入声字，是仄声，出律了。假使忽略到"白"的声调问题，也会发现，上、下联之间并未产生一种新的意韵，未能带来更多的联想。即使不存在"白"的问题，也只是及格的、过得去的一副对联，而不是一副优秀的对联。

别来明月梁空满，老去秋风木自凋。

这联对得比较工整。"别来"对"老去"，"别来"是比较短的时间状态，"老去"是比较漫长的时间状态，很符合艺术上通过对照产生张力的原则。艺术上要追求张力，要通过上下的意象的对照，往往是需要宏大的跟纤细的，绵久的跟短暂的，各种对照。比如说，"一去紫台连朔漠"，非常阔大，非常苍茫，想象一下从汉地一直往北，一直到北方的大漠，何等辽阔的一段距离。下面"独留青冢向黄昏"，忽然凝聚为一个很小的点，这样艺术的张力就出来了。"柴门闻犬吠"，很小的眼前景，"风雪夜归人"，满天的风雪之中一个从遥远的地方回来的人，一下子艺术的对照就出现了。"举头望明月，低头思故乡"也存在着这样一种艺术对照。明月是在眼前的，故乡却是在千里之外的，这样才能产生艺术张力。"老去"对"别来"是很好的，但"老去"和后面的"秋风木自凋"的意思太过于接近了，都是在表达衰飒，内在的张力就不存在了。看上联它是存在着艺术的张力的，分别以后，有那么美好的月色，我们却没有办法一起欣赏，这就是它的艺术张力。可下联"老去秋风木自凋"就不存在这样一种艺术对照了。

别来明月梁空满，乱后池塘草自青。

大概是想到了"自胡马、窥江去后，废池乔木，犹厌言兵"，这样用典显得太隔了。王国维曾经讲过，要写景如在眼前，不要让人再去多想一层。有需要让你多想的时候，是为了让人仔细地去体味这些诗当中作者不明白说出来的意思。对于写景来说，对于一些很直白的感情来说，不要把它写得很深并让人多想，想多以后审美的愉悦和快感就没有了。读到"乱后池塘草自青"时，会觉得语感上有问题，它隔了。可以用"梦后"："梦后池塘草自青"。（学员：刚开始是写的"梦后"，后来才改为"乱后"。）这说明写诗要相信直觉，有时直觉比理性分析要更加的准。"梦后"为什么好？首先它直接，其次如果一个有文化的知道典故的人，多想一层会发现它还有一个意蕴。它出自于谢灵运，他梦见了自己的堂弟谢惠连，于是就梦中得佳句："池塘生春草，园柳变鸣禽。"

别来明月梁空满，客里光阴书更抛。

建议改成"客里光阴书未抛"，还是要加强学习，不要懈怠。

别来明月梁空满，何处残梅树已辞。

这一句我批了两个字——"生硬"。这就是一开始所说的，从句法上、语法上分析，这一句没有毛病，但不符合语感。王国维讲："最是人间留不住，朱颜辞镜花辞树"，本身就用了"陌生化"的写作方法。什么叫作"陌生化"？其实宋代黄庭坚的江西诗派的理论早就已经涉及了，要把那种很通俗的、常见的、平凡的句子，把它变得不平凡、不常见，叫作"夺胎换骨""点铁成金"。西方发明了一个理论，叫"陌生化"，很多的学者趋之若鹜，却忘记了我们的老祖宗早就有了类似的表述，而且一直在诗歌创作中实践。王国维用"朱颜辞镜花辞树"，本身就是陌生化的、不常见的。用这种不常见的意象，又来一个倒装，那么结果就是使得读者更加的难以欣赏。

别来明月梁空满，梦觉疏桐鸟未鸣。

这一句还是不错的。"梦觉"如果把它改成"梦到"或者"坐到"，可能会比"梦觉"更好一些。

别来明月梁空满，烛下海棠妆愈红。

首先要表扬学员已经掌握了不犯孤平的技巧，下联后五个字"海棠妆愈红"仄平平仄平，保证了没有犯孤平，但"烛下"和"别来"无法对仗。实字可以对，虚字也可以对，还有既不是实字又不是虚字的活字，主要是指形容词和动词，它们也是可以对的，但名词和动词却是无法对仗的。比如，"别来"和"烛下"。

别来明月梁空满，梦入重山影更单。

建议把单改成了"寒"。"寒"比"单"要更加蕴藉一些，更加有诗意一些。"单"，形单影只是一个成语，它只是很直白地表达情感。如果说"影更寒"的话，它就多了一层主观感受，就更加有诗的味道。"梦入"对"别来"对得很好，"明月"对"重山"也对得非常好。

别来明月梁空满，恨起泪眸花始秾。

也能不犯孤平，但下一联的逻辑上是不通的。为什么恨起泪眸了，花就开始变得秾丽了？这是不通的，它们之间没有逻辑关系。尽管我们写诗要讲直觉，不要讲理性，但逻辑还是要讲的。

别来明月梁空满，雁去霜盈又一年。

"别来"和"雁去"无法对仗，之前讲过"别"是动词，"雁"是名词。"霜盈"是主谓结构。"明月"是偏正结构，在结构上没有办法对仗。结构不同，可以对仗吗？并不是绝对的，但这种对仗容易让人觉得它是借用了的。比方说，明代诗人陈恭尹的《崖门谒三忠祠》，他里面有这么两句："海水有门分上下，江山无地限华夷。"海水是偏正结构，江山是并列结构，为什么"海水"跟"江山"可以对仗？海水理解为是海中的水，"江山"理解为是江所围绕着的山。下联的"江山"可以理解为是偏正的，这叫借了它的结构，这种情况之下是可以对的。"霜盈"和"明月"是没有办法借结构的，所以无法对仗。"梁空满"和"又一年"是更加明显了，每一个字都不能对。"梁"是名词，"又"是副词，"满"是形容词，是一个活字，"年"是实字的名词，根本无法对仗。

别来明月空梁满，泪眼朦胧苦自吟。

同样是每一个字都不对仗。其实汉语，它本身就有阴阳平仄，都有意思上的相反相成，要写这么两句一个字都不对仗其实是比较难的。大家没有必要笑，我们每个人都可能犯错误，而且一开始犯错误的人不一定他将来还犯错误。

"别来"和"泪眼"无法对仗，结构上也是不通的，大家注意"朦胧"是一个联绵字，一切的联绵字首先原则上要对联绵字，如果实在对不了联绵字，要对并列词组的字，要尽量地满足它在声母或者韵母上的要求。"朦胧"是一个叠韵的联绵字，要对仗的话原则上要找一个叠韵的联绵字或者叠韵的并列的词组，或者双声的联绵字去对。联绵字的对仗是非常难的，要尽量地避开这个雷，它是一个非常高的技巧。我认为大家目前还不到能娴熟地运用联绵字的程度。

"明月"是偏正结构，无论如何和"朦胧"对不了，而且它们的词性也完全不一样，名词没有办法跟名词以外的东西去对。"梁空满"被记成了"空梁满"，下联来一个"苦自吟"，"自"是一个副词，现代人以为自己的"自"是指自己，从唐宋以后才有这种用法的。以前"自"就是一个介词，就是 from、with、by 这样的意思。朱熹就犯过这样的错误。朱熹在解释《大学》这篇儒家重要文献经典中的句子"如切如磋者，道学也，如琢如磨者，自修也"之时，他对这个"自修也"的解释是自己去修，就像我们现在上自习一样。其实先秦时候讲"自修也"是经过修的意思，"道学也"，他的解释是道是说，说的是学，也错了，应该是指经过学的意思。"道"和"自"意思是一样的，作者为了避免重复，换了一下。

　　别来明月梁空满，歌尽海棠夜未央。

　　海棠夜未央，仄平仄仄平，除了韵脚"央"字是平声字以外，只有一个"棠"字是平声字，它是孤平。我改成"歌尽桃花夜未央"，它也有出典的，"舞低杨柳楼心月，歌尽桃花扇底风"，这是北宋词人晏几道的名句。

　　别来明月梁空满，离后闲庭梨自芳。

　　这句还不错，但读起来不太顺。原因是出现了两个同音字，在一个七言的句子里面，"离后""梨自芳"读起来就很不舒服。这个不是我们的近体诗的格律所要求避免的，这是在近体诗产生之前，南北朝时期的永明年间，由沈约这些人所创造的"永明体"的要求。他们注意到了这种现象，就是在同一句当中要尽量避免同音字，要尽量避免跟韵脚一样读音的字，要尽量避免两个同韵母的字，要尽量避免两个同声母的字等等，一共有八种读起来不舒服的毛病，什么平头上尾等等。所谓"平头"就是每一句的第一个字都是一个声调，那就有问题。要尽量地改一下，而且"别来"和"离后"犯了"合掌"。

别来明月梁空满，横意青山云不识。

"识"是一个入声字。可以回忆一下南北朝时候的道士陶弘景的一首诗："山中何所有，岭上多白云。只可自怡悦，不堪持赠君。"建议从这首诗当中找到灵感，把最后一个字给改一下。

别来明月梁空满，百年白兰梦留香。

念起来非常不舒服，百和白，古音都是入声，相同的读音非常不舒服。下联的格律有非常严重的问题。学诗就像写字一样，如果不照帖去写，写上一天都是没有用的。照帖去临，一天半个小时二十分钟可能就有进步。不讲格律去对对子，对上一百副、一千副是没有作用的，只能是在重复之前的错误。我们看"别来"是仄平，下面应该是仄仄或者平仄，"百年"肯定是不对了。上联后五个字是平仄平平仄，下面要么是平平仄仄平，或者仄平平仄平，或者平平平仄平，绝对不能出现仄平仄仄平。不单出现了仄平仄，后面居然出现了仄平仄平平，这是更加不允许的。

别来明月梁空满，半夜清风人不眠。

"半夜"和"别来"肯定也是不能对仗的。

别来明月梁空满，游荡孤魂夜未央。

"游荡"是并列的，和"别来"也是无法对仗的。而且这是硬对，上联是何等淡雅蕴藉，到下联的时候忽然变得鬼气森森的，它们连起来本身就非常不和谐。

别来明月梁空满，何起秋风岳兀倾。

问题也是从语法上分析一点问题也没有，但却是硬对出来的。

我讲一讲对联的一个秘诀，就是怎样避免硬对。要有画面感。主要是通过右脑，而不是左脑去创作诗歌，左脑是负责理性、负责逻辑的，它是作为作诗的补充的，右脑是强调直觉的，强调创造的，要锻炼自己的右脑思维能力，就是一种形象化的思维能力，才能对好对子。遇到上联的时候，先要想到它的画面，下联也要先想到画面，再把它还原为语言，就能对好了。像这种从语言到语言，就有问题了，辜负了诗带给我们的恩赐。诗人通过语言营造了美好的意象来恩赐你，你不要辜负他。

别来明月梁空满，且逐金乌步壑明。

"金乌"就是太阳。"且逐"和"别来"也是无法对仗的，"别"是一个动词，"来"是一个副词，而这个"且"本身是一个副词，"逐"变成了一个动词，就好比说两个人本来是势均力敌的，应该打拳击的，结果你在里面摆开了架子，准备跟对方来打了，结果他给你来一个佛山无影脚，正好给你反过来了。"梁空满""步壑明"，首先上下联出现了重字，一共14个字，还出现了重字；"步壑"是动宾结构，"梁空满"三个字是连在一起的，从语意的节奏上来说也是不对仗的。

别来明月梁空满，曲罢茶闲指尤凉。

这里"尤"是出律了，应该是用一个仄声字，建议改成"尚"。"茶闲"是主谓结构，同样无法和"明月"来对。

别来明月梁空满，笑看风云自卷舒。

同样是没有一个字能对。"明月"和"风云"宽对来说可以对仗，就是风吹着的云或者风推动的云等，如果要对得工整一点的话，"风云"毕竟是一个并列的词，而"明月"是偏正。从词性上来说也有问题，前面讲"海水"对"江山"都是名词，明月的"明"是一个形容词，它和"风"就无法对了。"别来"是动补的结构，"笑看"，这个地方只能念看（kàn），不能念看（kān）。有的地方就只能念看（kān）："今夜鄜州月，闺中只独看（kān）。遥怜小儿女，未解忆长安。香雾云鬟湿，清辉玉臂寒……"它是押韵的，就只能念看（kān），"笑看"的看在这副对子里就只能念看（kàn）。"笑看"，偏正的动词词组，无法对仗。"梁空满"和"自卷舒"也不是对仗的，他以为"空"是放空，"空"和"满"正好对，其实没有这个意思，"空"就是徒然的意思。"卷"和"舒"，"卷"是卷起来，"舒"是开放，它是正好意思相反的并列的词，和"空满"——徒然地满——偏正，完全不一样。

别来明月梁空满，休理松涛鹤唳深。

"休理"和"别来"也没法对，"梁空满"和"鹤唳深"也无法对，结构上、节奏上、词性上都完全不对。

别来明月梁空满，寄意寒星夜未央。

他实际是想借用鲁迅的诗，"寄意寒星荃不察，我以我血荐轩辕"。"寄意"是动宾结构，和"别来"的动补是不能对仗的。

别来明月梁空满，运去英雄志未酬。

"别来"和"运去"也没法对仗，从字面上可以对，因为"运"可以把它理解为动词，但是在这里面"运"是命运，除非把它理解为一个无情对。何谓"无情对"？就是上下联之间没有任何意思上的关联，只是符合了每个字的平仄、词性的对仗要求，它不是一个语言流中的对仗，它是很机械的。下联的"运去"是主谓结构，和"别来"无法对仗。"英雄"是并列结构，"智过千人为英，智过万人为杰"，"雄"是另外一个意思，"英"和"雄"并列，无法跟"明月"对仗。"梁空满"和"志未酬"倒是可以对仗，但上下联毫无关系。

别来明月梁空满，归去故人酒始频。

孤平。而且"别来"对"归去"稍微显得呆板了点。

别来明月梁空满，音起和寡影自嗟。

"嗟"古音念 jiā。"音起"是主谓结构，和"别来"无法对仗。"和寡"也是主谓结构，"和者寡"的意思，所以它也无法和"明月"来对仗。而且平仄也不对。

别来明月梁空满，望去柳枝思纵横。

这是对于诗文当中的多音字的掌握不够。表示名词，思一定是念 sì，假使不看后面的话，到这里面已经开始犯孤平了，现代汉语念"纵（zòng）横"，但实际上它是应该念"zōng 横"。一开始就讲过，在《资治通鉴》里面特意注明了"子容切"。

别来明月梁空满，绝隔前情梦已阑。

建议改为"忆著前情梦已阑"，这样显得更加恬淡一些。

别来明月梁空满，雁去霜庭叶自零。

"梁空满"和"叶自零"可以对仗，但"雁去"主谓结构无法和"别来"对，建议改为"立尽"，"霜庭"建议改为"庭霜"。这样的话就更加有诗的意味，这是必要的倒装。

别来明月梁空满，战起英魂塞未还。

"秦时明月汉时关,万里长征人未还",是人未还,不是"塞未还",这一句是不通的。

别来明月梁空满,听罢寒蝉人更愁。

意思上没有问题,但缺乏了原作的那种骀荡、从容的感觉。阮大铖曾经有一个阶段没有做官,归隐,那个时候他的诗也写得很好,如果他人生到这里就完结了,他一定是一个非常好的诗人,被大家所永远铭记。结果没想到他又出山,出山后他又跟着东林党对着干,后来又降清。

别来明月梁空满,谁会清风花又春。

"花又春"不觉得很别扭吗?建议改成"谁会青春花又红"。

别来明月梁空满,风起罗裳影不离。

"风起"同样是主谓,无法和上面的"别来"(动补)来对,这一句毛病就是"风起"跟"别来"对的问题。

别来明月梁空满,纵使深情意难平。

"纵使"和"别来"也不对仗。"别来"是动补,"纵使"是连词,词性就不对。"难平"不符合格律,出律了,建议改成"未平"。

别来明月梁空满,望断夕阳林尽燃。

这句没有什么问题,声律上、词性上及对仗都没有问题,从意义上来说却是有歧义的。原句想表达在夕阳的照耀下树林染红了,显得像在燃烧一样。但很难让人一下子想到它这个意思,它还会有歧义，让人以为真的是山林着火了。

别来明月梁空满，归去园田琴鹤鸣。

"别来"跟"归去"对是可以对，但是对得太笨了。"园田"跟"田园"其实是一样的。为了陌生化把它改为"园田"，但是它仍然是一个并列的词组，并列的名词，它无法和"明月"来对。"梁/空满"和"琴鹤/鸣"在节奏上也不对，"空"和"鹤"在词性上也无法对仗，可以改成"正"或"独"，"独"是一个入声字。

别来明月梁空满，失落霓虹人暗消。

"失落"是两个并列的动词，它和"别来"也没法对仗。失落霓虹人暗消，什么叫人暗消？这是不通的，应是魂暗消，人销魂。人暗消，消的是什么？消的是魂，不是人。

别来明月梁空满，自在海波帆正悬。

"梁空满"和"帆正悬"对得很好，但"别来"和"自在"也不好对，"自在"是相对于"他在"而言，它是一个偏正的结构，和动补结构也是没法对的。

别来明月梁空满，梦里疏钟云欲穿。

作者其实是想表达钟声穿过云下，穿过云层。但云欲穿从语序上来说就不太通。它是声音能够穿过去，云是被穿过去，但"穿"字很少表达一个被动的意思。

别来明月梁空满，卜罢青灯心不寒。

一般是说"卜罢青钱"，古人在闺中用于占卜的有花卜——何为花卜？辛弃疾的词《祝英台近》里面讲过"试把花卜归期，才簪又重数"，女子很怀念自己的爱人，老不回来，把头上的花给摘下来，一瓣花一瓣花地数，他会回来，他不会回来……最后剩一瓣，他会回来，或者他不会回来，这叫花卜。好不容易卜到，他会回来，但内心的不安全感、孤独感太强了，又把它再摘下来去数，这是花卜。还有用金钱，扔三个铜钱去占卜，还有钗卜，把钗子拔下来，扔在桌子上，扔在地上，看看它指向哪个方向等等。还有灯花卜，看灯花怎么样爆开来，所以不是用灯来卜，而是用灯花来卜，建议把"青灯"改为"青钱"。

别来明月梁空满，语罢华灯落碧楼。

"别来"和"语罢"对得很好，"华灯"对"明月"对得也很好，但"梁空满"和"落碧楼"就没法对了，"梁空满"和"落碧楼"从节奏上是没有问题的，但在词性上、结构上都对不上，词性上"梁"是一个名词，肯定也要对一个名词，"空"是一个副词，所以也要对一个副词。

别来明月梁空满，乱起英雄路自宽。

这一联每个字都对，但它不是诗，它不是诗中的联，也就没有意义。

别来明月梁空满，怎识离人泪深含。

"怎识"可以改成"谁识"，"别"是一个动词，它是一个活字，"怎"是一个程度副词，没法对的。改成"谁"就可以，"谁"是疑问代词，也是一个活字。

别来明月梁空满，雁过青丘子自知。

"雁过"，前面好多学员都犯这样的错误。"雁过"是主谓结构，主谓结构无法和动补结构对仗。"青丘"对"明月"很好。"子自知"和"梁空满"也是可以对的，对得不错。

别来明月梁空满，望去寒潭影渐深。

这个对得也还不错，但它们连起来很难给人全新的联想。想一想原对，上一联是说分别以后我对你的思念，下联是说没想到我现在归隐了，竟然还有人来看我。

别来明月梁空满，欲剪秋心絮若丝。

"欲剪"是动宾结构，"欲"是动词，"剪"虽然是一个动词，在这儿变成了"欲"的宾语，建议把它改成"剪却秋心"，但又和后面的"絮若丝"不能连贯了。建议改成"拗却秋莲絮若丝"，总之注意意象之间的连接。

别来明月梁空满，望极天涯雁久疏。

非常好，对得非常好！"别来"对"望极"，都是动补结构，结构上一点问题也没有，非常完美。"明月"对"天涯"，"天"虽然是名词，它实际也是偏正结构，我们保证它的结构是对的，就一般不会有问题，"梁空满"对"雁久疏"，"雁"代表书信。

别来明月梁空满，醉后南柯事总虚。

"南柯"代表的是梦境，用这种方位词的"南柯"——南方的枝条来对"明月"，很有想象力。

别来明月梁空满，数尽残更梦不成。

这个集句对得非常好。

别来明月梁空满，雁去荷塘影更单。

不要把不同结构的放在一起来对，可以改为"绕罢荷塘影更单"，可以想到《荷塘月色》，想着朱自清围着荷塘走了一圈。清华大学有两个荷塘，20 世纪 80 年代树立朱自清像的时候，把朱自清的像给树在了错误的荷塘上。后来黄延复先生作了考证，说这里不对，但塑像已经放在错误的地方，只好在正确的荷塘那儿，又建了一个荷塘月色亭，其实朱自清像也应该建在那儿的。

别来明月梁空满，复寄花笺墨正新。

"花笺"对"明月"，对得很好，后面五个字对得都很好，存在的问题还是对"别来"这个词性理解的问题。其实我不太愿意跟大家分析词性，我希望大家能形成很好的语感，但现在我必须要讲明白，它们在词性结构上都是不对的。"复寄"是偏正的动词词组，它和"别来"动补的动词词组是完全不一样的。

别来明月梁空满，何日樽前话短长。

"别来明月"和"何日樽前"可以对，"梁空满"和"话短长"无法对，"短长"是两个形容词的并列的词组，和空满（偏正）是完全不一样的。

别来明月梁空满，迎得清风字不知。

想说"清风不识字，何故乱翻书"，但这个典故用起来非常生硬。

别来明月梁空满，唱彻阳关泪未干。

非常好,"阳关"对"明月"非常非常漂亮。"阳关三叠"是一个乐曲名,是分别时候唱的曲子。

别来明月梁空满,谁见素琴尘暗生。

对得也非常好。

别来明月梁空满,行处幽阶苔自侵。

"行处"是一个偏正的词组,与"别来"(偏正)对不上。"幽阶苔自侵"后面对得很好。

别来明月梁空满,真是英雄林则徐。

他是用的无情对。我们在群里面也说过,这叫"无情对",但我们是希望大家通过对仗去学习怎么样使用意象,怎么样用图像化的思维去思考,一定是看到上联的时候先要想到图像,下联先想图像,再来想它的语言。否则的话,像这种无情对,谁会对得最好呢?机器对得最好,你给它做好一个指令,它一定能对得比你好。

别来明月梁空满,泪尽罗巾梦不成。

这也很好。

别来明月梁空满,最是清风影自狂。

清风之中为什么影自狂呢?比较令人难以索解。在写一个句子的时候,要注意这个句子内在的逻辑和语序,如果说它之间没有逻辑的关联的话,它就不是一个好的句子。

别来明月梁空满，歌罢清弦指骤停。

对得也是一点问题都没有，但下一联感觉比较生硬，不太符合正常的语感。

别来明月梁空满，劫后丹枫露寂浓。

还是把"空满"理解为两个并列的形容词了，于是用了"寂浓"这个并列词组，实际上这是不对的。可以"劫后丹枫露更浓"。

别来明月梁空满，再逢芳草帘上青。

下句平仄不对，"芳草帘上清"，"芳草"该是"入帘青"——"苔痕上阶绿，草色入帘青。"它并没有上到帘子上。要理解语料的来源，典故的来源，不能曲解了人家的原意。

别来明月梁空满，逝去韶华梦难追。

让我想起了《芳华》，建议改成"芳华"，正好跟我们的电影一样。另外"难"字出律了。

别来明月梁空满，思念良人影独孤。

"思念"是一个并列的动词词组，肯定和"别来"不对仗。思念良人影独孤，这意思太实在了，已经令人没有任何想象的余地了。诗人往往只是在表现一种状态，一种美，而不会明确地告诉读者为什么会这样，那就没有美感可言了。

别来明月梁空满，搏击狂潮兴未酣。

后面五个字都没有问题，但是"搏击"是并列词组，不对仗。——搏是徒手搏斗的意思，孔子讲过"暴虎冯河"，这样的人我是不愿意去认同的。"暴"实际就是一个通假字，通提手旁的"摶"，就是相当于这个"搏"字。就是徒手搏斗，徒手跟老虎打，不凭借任何的渡水工具，你游泳游过黄河，非常危险，黄河水非常湍急，这样的人是一种匹夫之勇，这是我所不能认可的。

  别来明月梁空满，望断清霜人莫归。

  他为了符合平仄一定要选一个仄声字，选了一个"莫"，但"莫"这个意思是不对的。"莫"是不要，人不要归来，但实际上表达的是我希望他归来的意思，不如就直接用人未归，人不归都可以。

  别来明月梁空满，望里春山日又斜。

  这个也很好。

  别来明月梁空满，去后相思天一涯。

  这个是一个宽对，但是对得非常好，非常活，我们讲一讲为什么她对得很活。"去后相思"对"别来明月"，"相思"是互相之间的思念或者我对一方的思念，都可以叫作"相思"，它是一个偏正词组，它和明月结构上是完全一致的。"梁空满""天一涯"，"一"有"满"、完全的意思，所以它也可以当副词使用。同时，这个"涯"在这里面是一个活字，可以理解为"在……之涯"的意思，所以它有动词的意味在，和"满"都是活字就可以对，对得非常活。此联为本期最好的作品。

  别来明月梁空满，看尽落英履迤逦。

  同样地把"空满"理解为了并列结构的意思。

别来明月梁空满，老去春风草自生。

没有美感，句中意象要表达什么意思呢？

别来明月梁空满，伫尽黄花影渐疏。

这个是可以的，同样的问题是不够流畅，秘诀就是要先想好整体的画面。

别来明月梁空满，归去山英径馥清。

这就无法对仗了。错把"空满"理解为并列关系了，因为"馥清"是并列的意思。

别来明月梁空满，吟罢春江岸愈寒。

吟罢春江为什么就岸愈寒？这之间没有逻辑关系。当然格律上没有问题。

别来明月梁空满，何意飞鸿信不传。

这是对原作的学习。"何意"是哪里想到的意思，这个"意"在这里面也是一个活字。上联跟下联之间对得很好，但上下联在情感上反差太大，上下联之间的语言上可以有很大的张力，在意象上可以一个很宏大，一个很纤微，一个很刚强，一个很柔弱，但整个情感上不要有大的波动，给人感觉反差太大，就不和谐了。美产生于对照，诗意产生于对照，对照的目的是为了营造更好的和谐，让阴阳调和。

别来明月梁空满，望断高台君不还。

这与刚才讲到的属于同样的毛病，就是你把要说的东西都说尽了，这样就没有诗意了。你把所有的路给堵死了，就没有路可以走了。

别来明月梁空满，望断音书雁不归。

和刚才那副有虎贲中郎之似。

别来明月梁空满，谁与长更袖独沾。

"谁与"在这里是什么意思呢？谁和我一起在漫长的夜晚，一起让袖子沾湿了。要注意一个问题，你既然想到有谁与了，那么就不是一个人了，就和"袖独沾"在意思上是矛盾的。而且这里面缺乏了主语，"袖独沾"的主语，实际上是泪水，把主语去掉了以后，这一句就有些费解，尽管在古汉语中会有主语省略，但有时是不能够省略的，这是一个语感问题。

别来明月梁空满，此去天涯人不归。

同样的，把意思说得太尽了，没有蕴藉了，把人所有的想象的余地都给塞满了。

别来明月梁空满，梦里残阳鹤树低。

"梦里"是偏正的名词词组，无法和"别来"（动补）对仗。"鹤树/低""梁/空满"节奏不对，结构也不对，词性也不对。

别来明月梁空满，相见秋云夜不归。

"相见"是一个偏正的动词词组，和"别来"（动补）也无法对仗。"明月"和"秋云"是很好的对子，后面没有问题。

* * *

下面现场玩诗钟游戏。诗钟产生于清代福建，游戏规则是支一个香盘，用丝线在香上面系着一个铜钱，点燃香之后，当香柱烧到丝线时，丝线断开，铜钱就落在了铜盘上。铛一响，钟响了，这个时候就要交卷，是考验大家的急才的。它的要求必须是七言的对子，它有两种方法，一种是确定了上下联各一个字，这一个字的位置是固定的，比如我们确定了上下联的第一个字，然后要求写一副对联。或者确定了上下联当中的第二个字，参与者来写其他的上下联的各六个字。有时也可以是第三个字、第四个字、第五个字、第六个字、第七个字，每一种叫法都有一个非常好听的名称，也可以直接叫"头唱"或者二唱、三唱、四唱，五唱、六唱一直到七唱。还有一种叫做分咏格，所谓分咏格就是上联出一个词，下联出一个词，这两个词之间一般是没有什么关系的，上联要写的必须是上联所要讲到的这个词，下联必须要写的是下联所要讲到的这个词，上下联连在一起还能对仗，而且要表示一个完整的意思。今晚的诗钟要求的就是分咏格。上联我们要求写"石头"，下联我们要求写"庄子"。上下联均为七个字，下面我们开始来点香。

* * *

游戏要求的是对联是诗联，必须要符合近体诗的平仄规则。

第一副"红楼残年春空度，晓梦彩蝶人落失"，创意很好，从石头想到了《红楼梦》——《红楼梦》又名《石头记》，从庄子想到了"晓梦迷蝴蝶"，其实很多人也都想到了，但这副诗钟不符合近体诗格律的要求。"红楼残年"，第二个字和第四个字完全是相同的两个平声字，"春空度"，这个地方应该是两个仄声字，可以是"红楼明月春空度"，"晓梦彩蝶"，"梦"和"蝶"，蝶是一个入声字，是肯定不对的。"人落失"失落反过来变成落失，也非常不符合正常的语序。下联的最后一个字，无论如何应该是一个平声字。

"爱既如磐真砥柱，情须向老或全周。"对得很好，上联说的是石头的特质，说的是《诗经》里面"我心匪石，不可转也"，把它给改了一下，而且石头是可以做成砥柱的；"情须向老或全周"，"全周"有两个含义，一个是指庄子的名字庄周，另一个指完全。这是一个活对，对得很好。

"千钟岿然风雨中，乱世处道逍遥里。"一看就不符合近体诗的要求，近体诗下联的最后一个字一定是平声字。

"原知才陋天能补，却道河鱼不自由。"上联很好，作为一块石头，虽然它才华不足，但它可以补天，这就形成了艺术的张力。下联"河鱼"和"才陋"对仗非常不工，非常粗犷。"天能补"和"不自由"无法对仗，"天"和"不"词性是完全不一样的，"能补"和"自由"是可以对仗的。

"红楼宝玉难补天，秋水南华却知乐。"也是一看就不符合格律，正常的是上联最后一个字是仄声，下联最后一个字是平声。"秋水南华却知乐"，南华是《庄子》，又名《南华真经》，"红楼"对"秋水"不错，"宝玉"对"南华"也不错，平仄正好反了。

"玉露润佩盈满袖，芸台独坐抚绿琴。"芸台独坐抚绿琴跟庄子没有关系，所以不符合要求。上联"玉露润佩盈满袖"跟石头也毫无关系。平仄也不对。

"玉暖残更人不寐，蝶逝沧海梦难成。"上联是化用"蓝田日暖玉生烟"，意思是石头也是玉，但相对远了一层。"蝶逝"，"暖"和"逝"不对仗，平仄是不对的，"沧海"对"残更"倒是很工，"梦难成""人不寐"合掌。

"三生寥廓天涯路，不世逍遥秋水篇。"非常好，他是讲三生石，有一种石头叫"三生石"，象征爱情之石，非常好。《秋水》篇是《庄子》里面的一篇，《逍遥游》是《庄子》里面的一篇，有双关的意思。

"庄子甘为漆园吏，娲皇练就补天材。"上联一开始就强调了庄子，咏物的诗句是不能犯题的。我们要求上联写石头，下联写庄子，这副对联正好把游戏规则弄反了。

"雨尽庭云空飘渺，写得南华自逍遥。""雨尽"和"写得"不对仗，与石头毫无关联。"南华自逍遥"，第四个字和第六个字平仄正好相同，这个原则上也是不应该的，不符合近体诗格律。

"一瓢一粟惜板桥，米珠薪桂弃漆吏。"上联这个是郑板桥，跟石头也并无关系。"米珠薪桂"跟"一瓢一粟"不能对仗。"弃漆吏"就是不要做漆园之吏，同样不符合近体诗的要求。

"青山未老文章硬，白发不忧道德经。"上联跟石头有什么关系呢？这可以有无数的联想的，为什么就不是像骨头一样硬？下联与庄子无关联，《道德经》是老子的。

"千寻铁锁沉江底，万里鹏程起北冥。"北冥的冥少了个三点水，整体来说是不错的。"千寻铁锁沉江底"，铁索是东吴用来保卫石头城的。

"王磐千载无改转，鹏鸟一飞常逍遥。""常逍遥"三平尾，合上"飞"，四平尾不符合格律。上联是千载无改转，平仄仄仄仄，下联应该是平平平仄平，而不是平平平平平。

"红楼梦成千秋唱，正气身满万物齐。"上联"成""楼"两个平声字，二和四反了，应该是一平一仄。下联说庄子讲《齐物论》，意思是对的，但还是格律的问题。

"千年风雨经磨砺，万古君贤历研偿。"上联一看就是写石头。下联"君贤"是主谓结构，跟"风雨"无法对仗，"历研偿"，是生造的，不通。

"深林万壑沉暮夜，晓梦一蝶思春秋。"上联实际是仄仄平平仄变过来的，变成了仄仄平仄仄，下联一定是平平平仄平，或仄平平仄平。下联肯定就错了，"思"是对的，"春"这个地方必须是仄声。

"玉碎昆山兰泣露，梦醉春夜茧破蝶。"上句说的是玉，与石头没有关系。"梦醉"，"醉"和"碎"都是仄声字，它们无法对仗。"茧破蝶""蝶"是一个入声字，也是无法对仗。

"苇绕蒲缠终不转"，这一看就是在讲石头，"鹏飞蝶梦竟何迷"，"梦"是一个动词，"竟何迷"对得很好。

"坐看深濠鱼自乐，读罢断碣泪不干。"这联也是写反了。

"与其攀越岭山上，不若浮游天地间。"这个对得还好，"岭山"这词有点生造。

"嶙峋无辉填沧海，缥缈有道起大鹏。"上下联不符合格律。

"冷对江湖心似铁，魂牵天下意如佛。"佛祖的"佛"是一个入声字，这里可以把它改成禅宗的"禅"。庄子的特点是能间于世，他不是像儒家一样有天下家国的情怀的，人们读到这一句时不会想到庄子，偏题了，而且上联也无法让人联想到石头。

　　"无生瘦骨能学道，人道秋水是知音。"上联人们会想到石头吗？不可能。下联第二个字和第四个字都是仄声，出律了，也很难想到是庄子。

　　"久闻般若频颔首，偶梦蝴蝶暂厌身。""般若"是一个联绵词，"蝴蝶"也是一个联绵词，但它们都是仄声字，"若"和"蝶"都是入声字，也是无法对仗。"厌身"不太通。上联用生公说法，顽石点头之典。

　　"补天徒恨材空老，梦蝶休云事尽虚。"上联一看就是在讲石头，且用了典故，但"徒"和"空"意思有重复。

　　"梦入金陵富贵宅，蝶起坐上清寒冢。"上联用《石头记》下联用的是元曲的《蝴蝶梦》的典故，但"冢"是一个上声字，下联一定要用平声字，用平声字你也有问题，"清寒"后面加平声，三个平声字，肯定是错的。

　　"东临观海星云黯，南望梦蝶草木青。"上联想说"东临碣石，以观沧海"，但人们不会一下子想到石头。下联把蝶当成平声字用了，那就连孤平的那个平都没有。

　　"莫等三生石心寂，只待鲲鹏志更深。"上联犯题，下联倒是可以认为是在讲庄子，三生石无法跟"鲲鹏志"对仗。

　　"又琢又磨又怨愧，无巧无智无所求。""琢磨"古代一般首先想到的是玉，而不是石头。下联不符合格律，且好几个字的用法是非常纤巧。写诗要追求古拙，而不是要追求纤巧。

　　"此去人间天不补，何来蝴蝶梦难成。"建议把"蝴蝶"的"蝴"的虫字旁去掉，"蝴"有时写成没有虫字旁的胡，这是为何？表示"蝴蝶"时是一个联绵字，和"人间"是不对的，要是把它写成是古月胡的话，它虽然仍然是联绵字，可以在字面上把它理解为胡地的蝶，就可以跟"人间"来对了。

　　下面这个是我写的："一拳自具嵩山貌，万里宁无鹏运心。"一拳石,"万里宁无鹏运心","嵩山"对"鹏运",偏正的结构。"鹏运"是大鹏之运,是一个偏正的动词词组,它怎么能跟名词词组"嵩山"对呢?因为结构是一样的,它是可以对的。结构一样的情况下,可以不考虑词性。"天待何年汝重补,梦依胡蝶我迷周。"我怀疑我到底是庄周还是胡蝶,这个大家都想到了,只不过我的句法可能比大家成熟一点。

第五章
七律写法例析（一）

嘉宾：沈金浩
时间：2018年6月2日 19:00—21:00

沈金浩

各位学员朋友，今天的内容是七律的写法例析，我们拿一些七律的名作来看看古人写七律有一些什么讲究。

先看几段诗话、理论。

明朝胡震亨的《唐音癸签》里有这样的话：

> 近体之难，莫难于七言律。五十六字之中，意若贯珠，言如合璧，其贯珠也，如夜光走盘而不失回旋曲折之妙；其合璧也，如玉匣有盖而绝无参差扭捏之痕。綦组锦绣，相鲜以为色；宫商角徵，互合以成声。思欲深厚有余，而不可失之晦；情欲缠绵不迫，而不可失之流。肉不可使胜骨，而骨又不可太露；辞不可使胜气，而气又不可太扬。庄严则清庙明堂，沉着则万钧九鼎，高华则朗月繁星，雄大则泰山乔岳，圆畅则流水行云，变幻则凄风急雨，一篇之中必数者兼备，乃称全美。

"意若贯珠"，就是意思很连贯、流畅；"言如合璧"，就是语言要照应得非常好，要有很好的关联性，开头、结尾、中间都要严丝合缝。"贯珠"，就是要像一串夜光珠在盘子里面走，有回旋曲折的妙处；"合璧"，语言都安排得非常合理，就好像在一个玉匣子里面，不会跳出去。

"綦组锦绣","綦组"就是丝带,"锦绣"就是织锦,"相鲜以为色",就是颜色嵌得很好,以致整体的效果是显眼的;"宫商角徵互合以成声",是从音律上来讲,抑扬顿挫,声音变化美妙、悦耳。

"思欲深厚有余,而不可失之晦",就是你所寄寓的思想情感要深厚,但是表达不可以晦涩。我们当代有些人写朦胧诗,其实他的思想并不深刻,但是的语言倒很晦涩,让人看不懂;"情欲缠绵不迫,而不可失之流",情要缠绵,但是也不能让读者的感受太刺激,不要有比较放荡的那种状态。

"肉不可使胜骨",这个比喻就只能意会了。诗有所谓风骨的问题,诗有没有骨,就像我们说书法是否有骨。书法的骨,从笔画的柔还是刚里还容易看出来一点,而诗的语言的柔和刚、肉和骨,因为它是一个比喻,所以只能意会。"肉不可使胜骨",就是诗要有内在的硬度,不是堆砌一些辞藻;"骨又不可太露",诗是要有力量感的,但是又不能流于叫嚣。以前"文革"中有许多诗或者歌就是很露的,因为它要有所谓的战斗性。"辞不可以胜气,而气又不可太扬",诗里的气也只能是意会,辞不要去压倒气,气不足的,辞用得比较张扬并不好,但是气也不可以太张扬,要控制在一定的度。这些我们只能在阅读古人的作品时去仔细地体会,什么样的作品比较有气,什么样的作品缺乏气?比如盛唐的诗,总的来说在中国诗歌史中属于比较有气的。

庄严的风格,要写得像"清庙明堂",即国家的大建筑;沉着的,要有万钧九鼎之力;"高华则朗月繁星",月色明朗,繁星闪烁,这是一种天地间的高华景象;诗中雄大的效果就要像泰山;而圆润又像行云流水;诗的变化就好像一会儿寒风来了,一会儿急雨来了。所以他说一篇之中必数者兼备,这些东西、优点都具备,乃称全美。

胡震亨自己没有留下什么有名的作品,所以他只能说是一位理论家,他的《唐音癸签》在中国诗论史上很有名。他的说法是七言律诗应该有这么一些优点。古人这方面的探讨挺多的,尤其是明朝人。

我们再看看别的说法,也是胡震亨说的,他说:

> 作诗不过情景二端，如五言律体，前起后结，中四句二言景，二言情，此通例也。唐初多于首二句言景对起，止结二句言情，虽丰硕，往往失之繁杂。唐晚则第三四句多作一串，虽流动，往往失之轻儇。俱非正体。惟沈、宋、李、王诸子，格调庄严，气象闳丽，最为可法。第中四句大率言景，不善学者凑砌堆叠，多无足观。老杜诸篇，虽中联言景不少，大率以情间之，故习杜者，句语或有枯燥之嫌，体裁绝无靡冗之病。此初学入门第一义，不可不知。若老手大笔，则情景混融，错综惟意，又不可专泥此论。

"作诗不过情景二端，如五言律体"——说五言律，其实拿来说七言律完全也可以。"前起后结，中四句二言景，二言情，此通例也。"这是最常见的篇章结构安排。

"唐初多以首二句言景对起"，比如"城阙辅三秦，风烟望五津"，一上来就是两句写景的。"止结两句言情"，初唐诗因为受宫体诗的影响，所以在结尾往往表达一种态度。美国哈佛大学的宇文所安，在他的《初唐诗》里把这种规律总结得很好，说初唐诗人写五言八句，最喜欢在最后两句表个态、抒个情，或是言个志。"虽丰硕往往失之繁杂"，因为开头就写景，如果中间两联再继续写景，只是在最后两句表个态、抒个情、言个志，就会显得繁杂。

"唐晚则第三四句多作一串"，"一串"就是意思是顺着的，有点像流水对的意思，这样的话，虽然是有种流动之美，但往往失之轻儇，因为两句是一串意思，所以就显得有点轻薄了。

他说这都不是正体，唯有沈佺期、宋之问、李白、王维，他们的诗格调庄严、气象闳丽，最为可法。"第中四句大率言景"，"第"就是"只是"，只是中间的四句大率言景，"不善学者凑砌堆叠，多无足观"，如果不太善学，容易凑砌堆叠，无足观。

"老杜诸篇，虽中联言景不少，大率以情间之，故习杜者，句法或有枯燥之嫌，而体裁绝无靡冗之病"，杜甫的优势就是中间四句即使言景，但同时把情加进去，这样在句法上可能难免有时会枯燥，但是不会有冗靡之病，"此初学入门第一义也"，也就是说要学习沈宋李王，还要学老杜。

"若老手大笔，则情景混融，错综惟意，又不可专泥此论"，如果你已经得心应手了，是高手、老手，那么哪一句里面有景、哪一句里面有情，都没有关系的。我留意过古人的诗，确实如此，比如李商隐的诗，有许多不符合这个规矩，但是他水平高，所以不管他是不是符合这一规矩，都没有问题，整一首诗还是给人好诗的感觉。但是对我们初学者来说，这些值得琢磨，中间两联怎么安排，开头结尾有一些什么讲究。

明朝的吴景旭《历代诗话》里还有这样的话：

> 或问作诗下手处，先生（范梈）曰：作诗成法，有起、承、转、合四字。以绝句言之，第一句是起，第二句是承，第三句是转，第四句是合。律诗则第一联是起，第二联是承，第三联是转，第四联是合。

对于初学者，一开始应该怎么处理？范梈说，作诗成法有"起承转合"四字，这个就是格律诗的 ABC。高手会鄙视这些话，说太讲起承转合，简直就成了套路。我们今天说的"套路"，对于初学的人来说，能做得到起承转合已经不错了，已经算是守规矩了。作诗成法有起承转合四字，我们看古人的名作未必都如此，但是一开始写诗的时候，不妨知道有这样的规矩，这样的话，你的诗至少不会意脉混乱，比较中规中矩。

《历代诗话》里还有这样的话：

> 杨士弘曰：律诗破题，或对景兴起，或比物起，或引事起，或就题起，要突兀高远，如狂风卷浪，势欲滔天。颔联，或写意，或写景，或叙事，或引证，此联要接破题，如骊龙之珠，抱而不脱。颈联，或写意，或写景，或叙事，或引证，与前联之意，相应相避，此联要有变化，如疾雷破山，观者惊愕。结句，或就题结，或开一步，或缴前联之意，或用事，必放一步

作散场,如剡溪之棹,自去自回,言有尽而意无穷。

破题,也就是格律诗的开头两句,尤其是第一句,或者是写景,或者是拿一个物来作比喻,或说一件什么事情,或扣住题目来起,有各种起法。我们看古人的诗,确实各种起法都有,开头的方式千变万化,关键的是要突兀高远,开头要开得突兀,破空而来,还要狂风卷浪,势欲滔天,有一种冲击力,这种是要求比较高的,等一下我们会举到有这种效果的例子的。其实有许多好诗的开头也不见得都是狂风卷浪、势欲滔天的效果。

"颔联,或写意,或写景,或叙事,或引证",要紧的是这一联,颔联要接破题,就如同骊龙脖子底下的那粒珠,含在那里,也就是要跟第一联有关联,不能不相干,我们写诗的话,要注意这一点,要抱而不脱。

"颈联,或写意,或写景,或叙事,或引证",这个跟颔联是一回事,颔联可这么做,颈联也可这么做。但与前联之意要相应又要相避,这儿的"避",就是所谓起承转合的转了,但是这"转"又不能一下甩十万八千里,完全不搭界,没有关联了,又要相应,跟前面的有关联,但是又要避免跟前面说着差不多的意思,或者是同一个类别的意思,"此联要有变化,如疾雷破山,观者惊愕",也就是最好是既跟前面有关联,同时又别开生面,让你感到五、六两句宕开去了。

"结句,或就题结,或开一步,或缴前联之意,或用事",办法也很多的,或者扣住题目来做结,也可以是引申开去——等一下我们会遇到这种例子,"或缴前联之意",就是把前联的意思说得完整、充足,"或用事",就是用个典故。无论是哪种办法,一定要放一步作散场。"就是你最后的那句要升华,要扩张,要延伸,要放一步作散场,如剡溪之棹,自去自回,言有尽而意无穷",就是当你读完最后一句的时候,觉得很有回味的空间。

我们举这几条理论,介绍古人对律诗的基本认识。对初学者来说是一些规矩,你懂得这样一些规矩之后,就不会乱写了。你会注意开头有些什么讲究,结尾有些什么追求,中间大体上又应该是怎么安排的，这些对于初学者来说很是要紧，到炉火纯青后就另当别论。就如同我们说七言律诗、五言律诗一般都避免一首诗里有一个字用两遍、三遍，但是有一些高手写诗为了气脉通畅，他偏要反复用一个字。所以既要懂规矩，也要懂得超越规矩。

我们从题材的角度来分几个类别讲，引一些例子，大家感受一下古人写诗的讲究，我们尽量引一些典故不是那么多的作品。

先看看山水风景类的一首名作：

春题湖上
湖上春来似画图，乱峰围绕水平铺。
松排山面千重翠，月点波心一颗珠。
碧毯线头抽早稻，青罗裙带展新蒲。
未能抛得杭州去，一半勾留是此湖。

白居易的这首诗，作为一首七言律诗来讲，写得很有章法，形式上、内容上都很好，尤其是形式安排、遣词造句都特有讲究。

我们刚才说到了开头是要突兀高远、狂风卷浪，这首诗就谈不上狂风卷浪，但是这种作品属于开头开得很精准，切入得非常好的。因为题目就是《春题湖上》，所以他起句起得紧扣题目。

第一句，"湖上春来似画图"，多么浓缩，扣住了湖上，扣住了春，前四个字就扣住了题目了，所以说他切入得精准。而且这四个字里面包含两层意思，"湖上"，地点，"春来"，时间，四个字把时间和地点都交代清楚了。诗中的湖是指杭州的西湖。他之所以有兴趣写西湖，一定是西湖有什么特殊之处，湖上春来景象如何呢？他在这里用三个字高度概括，"似画图"。三个字一下就给作品定调了，所以起句是属于精准型的。

西湖怎么个似画图法？他下面要交代了。如何交代？不能乱，要有秩序地来交代。第一笔交代是"乱峰围绕水平铺"，注意这七个字，前四个字写山，后三个字写水，七个字就把杭州西湖的总体特色交代出来了。这一句在选词上是特有讲究的，是符合美的法则的。山高高低低前前后后，所以可以叫"乱峰围绕"，但是后面三个字是

"水平铺",杭州的西湖的水是不是永远都平铺的呢?不一定,风来了会起波浪的,但是他用"水平铺"来描写,这就是他故意选择这样的词汇来表现一种美的平衡。"乱峰围绕"有一种错落之美,而水平铺有一种稳定、平直之美,所以这是对立统一的。如果是"乱峰围绕水起波",那就两个都是动态的,这就乱起来了。一动一静,是一个极好的组合。所以七个字,把"似画图"的整体面貌交代出来了,这是首联。

次联,他要把首联的第二句划开了,因为首联的第二句,写了山,水,起承转合,三、四两句就要承,要顺着第一联提到的意思,把它具体化,这就是"承"。那么他怎么"承"呢?一句承乱峰,一句承水,就是一句写山,一句写水。"松排山面千重翠",这是承"乱峰围绕"的。靠湖的这些山面,长了很多松树,由于是乱峰围绕,颜色有淡有深,有浅有浓,所以千重翠。而"月点波心一颗珠"就是水的景象。三、四两句还有白天和晚上的讲究。"松排山面千重翠"是写白天,因为晚上看不出色彩;"月点波心一颗珠"是写晚上,而且正因为水平铺,所以你能看到一颗珠,如果水波浪很大,就无法形成一颗珠,所以第四句承水承得非常好。同时还有一点,大家注意数量词,"千重翠""一颗珠",这也很有讲究。因为"翠"用大数量的词给人的感觉绿色盎然,翠绿的效果得到了凸显;写晚上的月亮,本身就要表达一种皎洁宁静之美,所以他写的是"月点波心一颗珠"。如果你反过来,比如"松排山面千重翠,月点湖光万道金",这样的话,一是对不上"乱峰围绕水平铺",另外,哪个该大数字,哪个该小数字弄反了。数量词的安排也有讲究,造对句的时候,数量词最好不要上句是大数字,下句还是大数字,一般多数情况下是要避免这种情况。这个是三、四两句,很明显,三、四两句是把第二句具体化,山具体化、水具体化,一个白天,一个晚上,这样湖上的美景就已经写得很充分了。

刚才说了,律诗的中间两联,如果一直都是写景,会有点烦琐,所以要夹点别的东西进去。"松排山面千重翠,月点波心一颗珠"是纯写景,下面再纯写景也会有点繁复,所以五、六两句在景里要夹情了,或者夹事了。"碧毯线头抽早稻",早稻长得很整齐,像碧绿的毯子那样，早稻在抽穗，像碧毯上的线头那样。要紧的是他写的是早稻，大家读到早稻，就会想起生活，想起人在这里的居住，所以他就不是像"松排山面千重翠"一样的纯写景了，稻田长得那么的整齐，这里一定比较适合农耕，粮食就比较有了保障。后一句"青罗裙带展新蒲"，"蒲"是什么呢？西湖附近有很多菰、蒲，"菰"就是茭白，"蒲"的下面有一个假的茎可以吃，底下的根可以入药。"青罗裙带展新蒲"，说的是"新蒲"像裙带一样，他为什么要把它比作裙带呢？为的是让人想起女性，早稻比较容易让人想起下田干活的男性，裙带容易让人想起女性，所以两句虽然似乎是写景，写早稻田，写水边长的新蒲，但是有人活动的影子，有宜居的意思，所以这两句跟纯写景有所不同。而且大家还要注意，"碧毯线头抽早稻，青罗裙带展新蒲"都是在写小事物，写景如果中间两联都写景，它往往有一联是写大景，有一联是写小景，如果四句都写大景会呆板，四句都写小景会靡弱、柔弱，它往往有大有小，所以前两句相对来说是大景，后两句相对来说是小景。

最后表态，起承转合，最后要合起来了，"合"往往是抒情言志，要说一个意思，表一种心情，所以最后说，"未能抛得杭州去，一半勾留是此湖"。这两句不是对偶句，是连贯的，我不舍得抛开杭州，"一半勾留是此湖"，这是一个极好的结尾，好的核心是"一半"两个字。我曾经有一次，晚饭后在校园里散步，看见天是那么的蓝，于是我就拍一张照片，模仿这首诗来两句，"未能抛得深圳去，一半勾留是蓝天"。深圳的空气比较好，比我家乡长三角要好。这个"一半"非常妙，正是一半，造成了另一半被它遮住了，那还有一半是什么，不告诉你，你自己去想去，这样一来，就有回味的空间了。文学史上解读这篇作品的很多人的猜测，有的人说朝廷斗争太多了，白居易认为朝廷里钩心斗角，所以我还是不回去，待在这里更太平一点。当然读者可以任意地解读，但是最好别坐实，因为诗人不说，他很可能只是一种技巧。即使朝廷再怎么斗争激烈，给他提拔三个级别，他回不回去？斗争再激烈他都回去！所以"一半勾留"是一种写诗的技巧，他故意把另一半隐去，让你去猜，你也可以从其他的各种方面去猜测和理解。总而言之，湖上美景足以构成他留在杭州至少一半的理由了。

这首诗作为一首山水风景诗,或者写景抒情诗,是一首极其成功和完美的诗,所以在写西湖的诗中间,这首诗极其脍炙人口。它既写出了湖上的美景,同时也写出了诗人的心情,而且这种心情,当你去读它的时候,还有很多的回味空间。

我们再看看下一个例子,登临类的。古人登高必有诗,登高能赋可以为大夫。先秦春秋时代登高要赋诗,那个时候赋诗可能是背诗,但是就形成了传统。登高就会产生诗兴的冲动,所以古代登临类的作品极多,登山,登城楼,登台,那就有更多的人要发诗兴了。大家熟知的如《登幽州台》。登临类的诗,有些什么讲究?古人写登临类的诗,一定有两个内容必不可少,一个是登高所见,一个是登高所感,所见、所感这两个内容都是不可缺的,而且往往是所见在前,所感在后,套路基本是这样。

我们看看这首名作,由于它的第四句太精彩了,所以永垂不朽:

咸阳城东楼
一上高城万里愁,蒹葭杨柳似汀洲。
溪云初起日沉阁,山雨欲来风满楼。
鸟下绿芜秦苑夕,蝉鸣黄叶汉宫秋。
行人莫问当年事,故国东来渭水流。

这篇作品的作者是谁?许浑。很多人都知道,许浑就凭它的第四句成了不朽的诗人,我们看他怎么写。

登临所见,往往先要扣住"登"。很多人知道柳宗元死在柳州,柳宗元有首诗叫《登柳州城楼寄漳汀封连四州刺史》,一开始也是"城上高楼接大荒,海天愁思正茫茫",他也是一来就写登临所见。这首诗也是这种路子,一上来就写登临所见,"一上高城",不过他一下就来抒情,这也可以。不过一上来就冒一个"万里愁"出来,开头开得太冲了,如果后面你处理得不好,后面接不上摆不平的话,就可能会显得头大身体小,但是这首诗没有问题,它后面作得很平衡。唐诗跟宋诗、明清诗相比有一个特点,唐诗喜欢用大词汇,所以唐诗意境比较阔大，这里一下就来一个"万里愁"，其实肉眼能看到多少他不管。唐朝诗人不管那么多，有宋朝人曾经质疑，王维的诗"九江枫树几回青，一片扬州五湖白"，"九江""扬州"隔那么远，你都看见了吗？王维会说我管他那么多呢！"城阙辅三秦"，光三秦已经够大、够远了，"风烟望五津"，一下又搞到四川去了。唐朝诗歌经常有这种所谓以意行之的做法，这个跟王维画画时，把芭蕉和雪画在一幅画里面，叫《雪里芭蕉》，是同一个意思，中国古人很早就懂得画画可以有写意，在西方一直要到毕加索和凡·高时代以后才懂得这种表现手法，他们前面都非常写实，反而中国古代的诗当中老早就懂得以意行之。"一上高城万里愁"，形容望见得很远，愁也很大，所以是"一上高城万里愁"。这里顺便告诉大家一个规律，写诗这样，写散文也是这样，大空间承载大感情，小空间承载小感情，这个规律你要明白，你要写的感情是一种磅礴的感情，你就要写大空间。毛泽东很懂这个，所以他要写"千里冰封，万里雪飘"，万里雪飘飘到莫斯科都不止，他为什么这么写呢？大空间承载大感情，小空间承载小感情。像"宝帘闲挂小银钩"，那一定是纤细的感情。所以他用"万里愁"。"蒹葭杨柳似汀州"，登高所见，看见什么东西呢？看见蒹葭、杨柳了，"似汀州"，汀州就是水中的陆地。"蒹葭杨柳似汀州"，也有人解释，汀州因为经常在湖边、江边，许浑就想起家乡的汀州，但是我觉得也不一定非得这样地去联系，总之他看见许多芦苇、杨柳，就像是水边的陆地那样一块一块的，这句"蒹葭杨柳似汀州"是普通的句子，没有什么太了不起。

　　要紧的是下面两句才厉害。"溪云初起日沉阁"，一个"起"，一个"沉"，营造了一种动势和变化之态。"溪"呢，他自己加注解，他说楼离磻溪比较近，西边对着慈福寺的阁，所以日沉阁，磻溪那边起了云团，一个起，一个落，反映着一种变化、一种动势，这是上下升降的。注意这个动势的方向感，"溪云初起"上，"日沉阁"下，这是上下运动，而"山雨欲来风满楼"是横向运动，所以他这两句都营造了一种变化之美。"日沉阁"，夕阳、斜阳、落日这些意向，实际是同一事物不同的叫法，夕阳、斜阳、落日、晚照、夕照，这样同义的事物在古典诗歌里经常被写到，是一个热门词，一个经常被写到的意象。而写夕阳往往带点忧伤，比如"夕阳无限好，只是近黄昏"，经常带着点忧伤，带点衰败的趋势。因为夕阳落下去以后，就是黑暗来临，所以写到"日沉阁"本身就给人一种忧伤的感觉，而"云起"有一种不稳定感，所以一个"起"，一个"落"给读者造成了一种心理上的不稳定，也显示诗人心中的一种不稳定，然后再追加一句"山雨欲来风满楼"，就更加强化了这种不稳定。你说日和山雨好像不是很和谐，只能理解为尽管雨要来了，但是太阳也还是有的，所以这两者也可以并存。"山雨欲来风满楼"再加上"溪云初起日沉阁"，这样一上一下的状况，写出了夜晚来临之前那种动荡不宁的情景。这两句，尤其"山雨欲来风满楼"为什么成了千古名句呢？这个跟时代的氛围是有关系的。如果许浑的这首诗写于初唐，写于开元时期，它不会那么受重视，反过来说，他可能也写不出来。天才诗人往往就是有一首诗能罩住那个时代，然后他就名垂千古了。许浑恰巧就是处于中晚唐之交，或者是晚唐前期的一个人，大约是公元 850 年前后比较活跃，这一时期，唐朝已经控制不住藩镇，中央朝政越来越昏暗，朝廷里面斗争激烈，地方上不听指挥，所以唐朝正在走向没落和衰亡，因此，"山雨欲来风满楼"这一句就被认为是诗人对时代气息的精准感悟，也许他其实不是想要拿这一句来写实，但是客观上形成了一个时代性的比喻，一个时代性的象征，所以这句名垂千古。另外一个类似的著名的例子就是李商隐的《登乐游原》："向晚意不适，驱车登古原。夕阳无限好，只是近黄昏。"这首诗就如同说唐朝已经到了黄昏的时候了，虽然说我爱唐朝，我也看重唐朝一些美好的东西，可是近黄昏了。当代诗人顾城，除了那些专门研究顾城的人之外，多数人只记得他那句"黑夜给了我黑色的眼睛，我却用它寻找光明"，因为这代表了一个时代，代表了"文革"末期粉碎"四人帮"前后诗人的心态和一个时代人们心中的苦闷和追求，所以这两句就名垂千古了。这里"溪云初起日沉阁，山雨欲来风满楼"写出了登高所见，由于它有很强的象征性，并且在写景方面、在把握景物的特征这方面写得非常迥异常人，迥异于其他写景的句子，浓缩性极强，这样的句子组合又是很少见的，比如在写景物的时候，有上下的动势，有横向的动势，抓住了晚眺时候的景物特征，再凭极强的象征性，就成了诗中特别耀眼的句子。到这里，应该说诗的亮点已经出现了，而且是超一流的亮点，但是这首诗后面还继续精彩，你登楼光写景可能还是单薄，而且你光写自然景，这种象征性还不能出来，这就好像是熬中药要有药引子，比如要放点姜，把药的性能吊出来，"山雨欲来风满楼"就如同药材，它需药引子把它吊出来。

下面两句就起到这个作用。"鸟下绿芜"，这好理解，天色晚了，鸟飞到树丛、灌木当中去，关键是它有个"秦苑夕"，再后面"蝉鸣黄叶"这也好理解，秋天快要来了，或者是秋天刚刚来了，秋天来了，蝉叫就会有一种让人忧伤的感觉，因为秋天过了以后，就没有蝉的生存空间了，它得转入地下斗争了。所以"蝉鸣黄叶"也给人一种衰败感，这后面还有三个字"汉宫秋"。大家知道，元朝有个杂剧叫"汉宫秋"，可能就是受这首诗的影响而取的题目。"秦苑夕"和"汉宫秋"，这是神来之词，这六个字就是我说的像药引子，为什么呢？因为你前面的那些句子都是平面地写眼前景，它有广大的空间，而"秦苑夕"和"汉宫秋"立马就加上了时间的纵深度，一下就给人一种深邃的历史感。"鸟下绿芜"，"鸟下"是所看见的，"绿芜"是眼前景，"蝉鸣"是所听见的，"黄叶"是眼前景，这都是眼前景象，颔联的也是眼前景象，但用"秦苑""汉宫"，历史的纵深感一下就拉出来了。古人是很会这样来组合词句的，王昌龄的《出塞》被明朝一些人认为是唐代七绝第一："秦时明月汉时关，万里长征人未还。但使龙城飞将在，不教胡马度阴山。"为什么他们特别喜欢这首呢？"秦时明月汉时关"，诗中边塞本来是指唐朝的边塞，咏的是唐朝边塞的事情，但是他故意拉出历史纵深感，"秦时明月汉时关"，把秦和汉放进来，遥远的历史和历史过程里的种种事件，就被"秦时明月汉时关"这一句托起来了，使得咏边塞就不仅仅是当下的事情。"秦苑夕"和"汉宫秋"也是这样，前面的写景被他加上了秦和汉之后，一下就有了历史的纵深感。

这样的诗最终要表达什么呢？你看下去，"行人莫问当年事，故国东来渭水流"。"东来渭水流"有两种解释，一种解释是诗人从东边过来，来到故国咸阳，我只看到渭水流，这是一种解释；另一种解释，咸阳这个故国，现在所能看见的就是向东流的渭水。我看两种解释都行，可能第二种解释还简明、直接一点，你非要把"东来"两个字理解成诗人从东边过来好像也不太容易坐实。"行人莫问当年事"，也就是来来去去的人不要问当年事，当年到底是哪年，他没有讲，也就是秦汉以来的事，不必多问。眼前景象，看见故国的"秦苑"已经长满绿芜了，"汉宫"也都是黄叶了，这就表明了古代的宫殿都已经消失了，产生了沧桑剧变，以前的辉煌宫室现在已经夷为平地，长出了杂草，所以行人也都不要问当年事，历史的变迁是那样地无情，只有东流的渭水年复一年永恒地流淌。

这首诗如果放在整个中国古典诗歌史里看，它的主题不稀奇，尤其是后半首讲的主题不稀奇，因为中国古代诗歌经常感慨兴亡，中国古代有太多的朝代更迭、兴衰。大家都听说过的一个故事，20世纪40年代，黄炎培问毛泽东，中国的历史经常有朝代兴衰更替的循环，共产党如何避免这种循环？这是一个重大的问题，毛泽东回答说我们已经找到了解决之道，那就是民主。郭沫若曾写过《甲申三百年祭》，讨论李自成兴起又快速地败亡的历史原因。中国古代因为有太多的朝代兴替，感慨兴亡是长久不衰的一个话题，这首诗它实际上也写了这么一个话题。在众多的感慨兴亡之作中，这首诗就是靠它的第四句达到了更高的高度，因为第四句有一种预言性，"山雨欲来风满楼"给人的印象是诗人感受到了时代的变化，唐朝将要再次重蹈秦汉的覆辙，将要再次败亡，而诗人已经感受到了，所以他的了不起在这里。作为一个中晚唐之交的人，作者能写出这样的句子来，这一首登临诗就不是一般的登临诗了，而是对一个时代的整体感受，所以这首诗作为登临类的作品就有这样的优势。

再看一首登临类的，但却是登临诗中比较特别的。是在重阳节登高，只不过他没有写明是重阳。

登高

风急天高猿啸哀，渚清沙白鸟飞回。
无边落木萧萧下，不尽长江滚滚来。
万里悲秋常作客，百年多病独登台。
艰难苦恨繁霜鬓，潦倒新停浊酒杯。

这首诗的首联，我们就可以看到它符合前面说的狂风卷浪、势欲滔天的特征了。杜甫的这首诗被胡应麟说成唐代七律的压轴之作，特别欣赏。这首诗确实在形式上极讲究，能做到这个程度的人极少。杜甫是"晚节渐于诗律细"，他年纪大的时候，对诗歌的格律掌握得得心应手，所以这首诗在形式上特别讲究。他这首诗，一般认为每一联都对仗，其实七言律诗只要有两联对仗就够了，但是它每一联都对仗。

你看它怎么安排的？它头一句就来一个很有气势的开头，而且一、二两句是意象很密的，三、四两句是疏的。

一、二两句，"风急天高猿啸哀"，一下子就给它定了调，"风急天高"，用这样一个有压迫感的景象来开头，这样的登高，就写出了诗人登高时心理上的忧患感，紧张感，"猿啸哀"，还增加声音的效果。所以，一句话里三个意象，密度很高了，三个意象组合在一起，形成一种紧张的效果，给人一种压迫感。"天高"，看他怎么组合？毛泽东的词里有"天高云淡，望断南飞雁"，"天高云淡"就有一种从容的效果，但是"风急天高"就不同了，风就有呼啸而来的感觉，正好把凄哀的猿啸声给送过来了，所以制造出了一种苍茫的、不安定的环境效果。第二句舒缓一下，"渚清沙白鸟飞回"，注意这一、二两句，一句写高处，一句写低处，一句写山，一句写水，写水的时候他稍微舒缓了一下，但是"鸟飞回"它也还是有一种动荡不安的效果，鸟在来来回回地飞，只是渚清沙白，由于"渚"是清的，所以有了一定的稳定性，这两句，每句三个意象，造成了一种高密度的效果，为这首作品定下了不安定的基调，一个给读者压迫感的基调。

三、四两句他要变一变，我们看到第一、二句的造句法是主谓、主谓、主谓的，一句里有三个主谓的，或者名词、动词、名词、动词、名词、形容词这样的组合，那么三、四两句，他一主一谓，落木下，长江来，变疏了，不像一、二句那样急管繁弦快节奏了。节奏有所放慢，意象的密度减少了，但是他的气势并没有衰减，"无边落木萧萧下"，写空间的广阔，"不尽长江滚滚来"，也可以说是空间，但是空间背后有时间，"无边落木萧萧下"大家一看就知道是广阔的空间，写出秋天的景象，登高所见，"不尽长江滚滚来"当然也是遥远的长江，长江从西边、远方过来，也有很大的空间，但是江水经常跟时间在一起，江水的背后经常带着的是时间要素。你们看《三国演义》开头就来一句"滚滚长江东逝水"，他不是要写空间的，他是要写时间，"浪花淘尽英雄"，也就是历史把英雄带走了。苏轼的《念奴娇·赤壁怀古》，"大江东去，浪淘尽、千古风流人物"，这也是写时间。许多人赏析这首作品的时候，说词的一开头就写出了大江浩荡东去的气势，这就没有抓住要害，他只是用一个具象来写出一个抽象，这个抽象就是时间，你要是说"时间一年一年过，很多英雄死过去了"，这就是大白话，不是诗的语言，诗的语言要用形象来表达出来，所以就是"大江东，去浪淘尽、千古风流人物"，他不说"年复一年死过去很多英雄人物"。又如李白说，"君不见黄河之水天上来，奔流到海不复回"，有的人评价说，诗的一开头就写出了黄河奔流的气势。拉倒吧，不是的！他不是要写黄河奔流的气势，他是要通过写黄河，写出时间如流水般一天到晚急剧地流逝，所以他三、四句才说"君不见高堂明镜悲白发，朝如青丝暮成雪"，也是说时间，头发早上还是黑的，晚上就白了，他要夸张地说时间过得那么快，他是这个意思，所以"不尽长江滚滚来"也有时间的意思。当然作为登高，他要写登高所见，所以"无边落木萧萧下"写陆地上，"不尽长江滚滚来"写水，这样就是第三句承第一句，第四句承第二句，这个承接关系就很清楚了，第三句顺着第一句写山，写陆地，第四句顺着第二句写江水，这四句是登高所见。

登高诗往往就像前面许浑那首诗那样，后面要把自己的感情、思考写进去，这首诗的后半首就写情、写事了。我们刚才说到起承转合，第三联要转，不能再继续写景了，再继续写景，就堆叠了，所以他要变，所以要写自己登高的自我形象了。刚才我们讲理论的时候也讲到了，第三联虽然要宕开来、要转开去，但是你得跟前面照应到，他是怎么照应的？"万里悲秋常作客"，"万里"是个空间，跟"无边"就有一种关联性，字面上就有一种关联性，所以"万里悲秋常作客"，由"无边"顺延下来，但是他是写人事的，不是写景色的，所以既有联系性，又要宕开去，就是"万里悲秋"。这两句也极有讲究，"万里悲秋常作客，百年多病独登台"，古人都很赞赏这两句，为什么呢？这两句是不幸的内容的叠加，古人很会用这个办法的，他要写出不幸之感，他给它叠加那些要素上去。这两句的核心是"作客"和"登台"，"作客"是中性，"登台"也是中性的，但是诗人要写出自己的不幸，所以他要给它叠加不幸的要素。"常作客"，他是说独在异乡为异客，属于那种漂泊他乡、客居他乡的作客。"悲秋常作客"，"常作客"还加个"悲秋"。春暖花开的时候作客可能还有点欣喜的。我们前面说过，杜审言的诗是"梅柳渡江春"的景象，那还是不错的。秋天是回家的季节，中国古代谁第一个说秋天应该回家呢？就是那位比屈原晚一点点的宋玉，宋玉是中国悲秋文学的开创者。他在《九辩》开始的地方就说，"悲哉，秋之为气也！萧瑟兮草木摇落而变衰"，就是草木零落，树木要凋零了，后面又说"登山临水兮送将归"，就是人应该回家的时候。所以"悲秋常作客"，秋天让人生悲，还常作客，更不利。"万里悲秋"，如果说我深圳人，我到东莞去作客，那问题不大，那"万里"，又"悲秋"，又"常作客"，三大不利要素加上去呢？登台，你光是登台，比如我们明天去登一下莲花山，权当锻炼身体，挺好的，但"独登台"，一个人就好无聊，然后要"多病独登台"，多病登台又不好了，然后"百年多病"，百年多病就是一辈子经常生病，又是一个人孤零零地登台，又加了三大不利要素，所以"作客"和"登台"前面分别加了三大不利要素，总共六大不利要素，这次的登高就登得痛苦了。他这里面就用密集的描写、叠加式的形容，来写出他现在的不幸处境。

在这样的情况下，最后总结写到现状："艰难苦恨繁霜鬓，潦倒新停浊酒杯。"一路过来艰难苦恨，导致头发都白了。如果你把"苦"理解成副词，把"恨"理解成动词——因为恨可以是一个心理型的动词，"艰难苦恨"也可以跟"潦倒新停"是对偶的。"潦倒新停浊酒杯"写出了现在连喝酒都不能喝，而且这只"酒杯"是"浊酒杯"，"浊酒杯"显示他贫困潦倒，现在甚至连"浊酒"都不能喝了。这是写现在登高的状况，生活状况已经差到极点了。

这首诗写于杜甫死之前大约五年左右的时间，写出了他晚年的凄凉。他晚年大概是有风痹,一个手臂不太好动,也得过疟疾,估计肠胃也不好。后来他临死的时候,困在耒阳,生活无着,一个地方县令知道他在这里,就给他送了一些牛肉,一些酒,结果不知道是煮得不好,还是吃得太多,还是肠胃本身就坏了,所以就胀死了,晚年他的生活是很不幸的。

欣赏这样一首登高之作可以看到,它是多么的讲究。首先,诗人能扣住登高所见来写,前面四句扣住登高所见,写的时候句法有变化,意象密集,有一种变化组合,在后面抒情写事时也高度浓缩,整首诗还以动荡不安起头,以喑哑低回作结,形成一个动势,一种情感走势。因为你读到"风急天高猿啸哀"的时候,你产生一种紧张的感受,你会觉得整个天象都是动荡不安的,可是他写到最后一句"潦倒新停浊酒杯",就喑哑了,没有声音了,一切活动归于停止,有这么一种趋势。于是你会感受到杜甫的人生似乎也是这么一种走势,所以他作品所包含的情感动势也是非常地有别于其他作品的。他整首诗有一种贯穿的效果,动势有一种贯穿的、变化的效果,整体性也很强,所以这首诗是极为讲究的一首诗,在形式上他基本做到了每联都对仗,但是对得又不呆板。

接下来说清朝人吴伟业的《梅村》。这首诗蛮好玩,我们借此来说一下待在家里的诗怎么写。

梅村
枳篱茅舍掩苍苔,乞竹分花手自栽。
不好诣人贪客过,惯迟作答爱书来。
闲窗听雨摊诗卷,独树看云上啸台。
桑落酒香卢橘美,钓肥斜系草堂开。

吴伟业是明末清初的诗人,他在崇祯皇帝的时代曾经是榜眼,相当于全国高考第二名。考进士殿试阶段,皇帝亲自阅卷,最后一道关,把他定为全国第二名,所以他是深受皇恩,对皇帝很感激。考上以后有一段时间,皇帝说,小伙子你回去结婚吧,该娶老婆了,然后他回去了。他是江苏太仓人,那个地方生活不错的,郑和下西洋都是从那里出去。他家乡的庄园有好多房子，有一片房产，名字叫作"梅村"。看看他怎么写。

"枳篱茅舍掩苍苔，乞竹分花手自栽。"写家居的，往往就是先要扣住你的家居环境来写，所以一开始他就写梅村的景象，可是梅村哪是这样的景象？如果后面六句拿掉，你以为他是叫花子刚刚安顿下来，本身是一个流浪汉，犀利哥，但这就是古人的所谓"名士风雅""名士风流"，你不能吹自己多么的富，多么的阔，阿Q才说我们家先前比你们阔多了。名士、有钱人要说得自己朴素一点，所以"枳篱茅舍掩苍苔"，"枳篱"就是灌木做的篱笆，房子是茅舍，他家其实好多好房子，"掩苍苔"，也有用意的，什么叫"掩苍苔"？古人愿意显摆什么呢？秀他家里没有什么人来，他刻意要强调咱们家没有什么人来。如果说咱们家经常来的人很多，那你就俗，你就要说自己没什么人来看你，你才脱俗。所以"掩苍苔"就是自己家门口长着苍苔。为什么长苍苔？走的人少，就长苍苔了。"乞竹分花手自栽"，他连竹子都买不起，他花也买不起，所以到人家家里去，要一根竹子来，你家的花长得很大了，切我一半吧，这样叫"乞竹分花"，然后亲手种。其实他才不亲手种，家里的花童多得很，他写"手自栽"，只有"手自栽"才不俗。如果是土豪，就会说我花了几十万买了个君子兰，现在正放在客厅里面。他就要这样说，这两句就是家居的环境，反映出中国古代文人的审美心理。

"不好诣人贪客过，惯迟作答爱书来。"写家居的生活状况。他是不喜欢拜访人，古人更愿意说自己不喜欢拜访，因为你老是去拜访人，就意味着你想搞关系是不是？所以不喜欢拜访人的人，是高逸之士。中国古代有一种变化趋势，先秦两汉的人不忌讳这个，比如《汉书》说到陈平，"门外多有长者车辙"，他年纪轻，但是他门前经常有长者驾着车跟他来往，说明这个小年轻很得长辈的赏识，所以他后来很厉害。先秦、两汉的时候不忌讳这个，但是越到后来，尤其是宋朝以后，整个文人的理念变了。在先秦到唐朝以前，就是魏晋南北朝，只有陶渊明说，我的门经常关着，其他人不大说关门。唐朝的王维就喜欢关门了。宋朝人经常说自己门关上的。为什么要说自己关门呢？无非就是想表示我不跟人家啰唆。为什么要说我不跟人家啰唆呢？宋朝开始，大家都知道，周敦颐有一篇《爱莲说》，《爱莲说》为什么早不来，迟不来，在北宋的时候冒出来呢？北宋后面的文人强调的是内圣，内心成圣人，我自己作一个品性高洁的人，这种高洁包括什么呢？我不跟人家去啰唆。苏东坡说："长恨此身非我有，何时忘却营营。"我不要营营，我不要去经营什么东西。所以宋以后的人喜欢说自己不喜欢拜访人。但是"贪客过"是什么意思呢？就是你们来我还是好客的，我还是有兴趣跟大家交流交流的，但是要我去拜访你们，就拉倒了，我不去。"惯迟作答爱书来"，他对外来的信息还是很在乎，所以别人写信给他，他喜欢看，但是回信是拖拖拉拉不回。我们很多人都有这个毛病，现在因为大家都用手机了，所以有时候也不见得爱书来，过去倒退十几、二十年的话，有书信来，那是远方的书信乘风来，很令人开心的。"惯迟作答爱书来"，这两句就是家居的一种生活，日常性的，他跟他人之间的关系。

再来两句，个人的、自己的，不跟他们有关的事情。一个是"闲窗听雨摊书卷"，写出在雨天安静读书的生活，"独树看云上啸台"，晴天的时候，有云的天，跑到外面，在树下上啸台。太仓没有啸台，河南有啸台，阮籍喜欢啸，啸就是手指头放在嘴巴里发出的尖锐的声响，这就是"啸"，或是不用手塞进去，自己嘴巴吹出来很响亮的声音也叫"啸"，阮籍很会啸，所以河南有阮公啸台。他无非就是说，晴天我出去走走，下雨天我待在家里读书。最后"桑落酒香卢橘美"，"桑落酒"可以理解为是桑果落的时候熟的酒，大概它有一定的季节性，"卢橘"是枇杷。"罗浮山下四时春，卢橘杨梅次第新。日啖荔枝三百颗，不辞长作岭南人。""桑落酒香卢橘美"，就是梅村里的水果挺多的，家里有果园。最后"钓船斜系草堂开"，他还有艘钓鱼船，钓鱼船强调是斜系，干吗斜系呢？不能正系吗？他就要斜系，斜系才能显示出一种散漫的状态，显示出一种不经意之感，所以"斜系"。"草堂"呢？草堂它是开着的，它没有关门，草堂开显示出没有什么紧张感。

这样一首作品，它作为一首家居诗，在结构上倒没有特别多的讲究，主要是开头一、二两句写出家居的环境，三、四句写自己跟别人的人际关系怎么处理，五、六句写个人的单独的生活怎么样，最后两句是再重新回到梅村里的那种季节性的生活，所以在形式上它只是层次清楚，倒没有太多特别的讲究。它的特点是要表现名士风雅，所以节奏就处理得很缓慢，很松弛。他用一些词汇来控制这里边的情绪，比如"不好诣""惯迟作答"来表示他的生活节奏很慢，"斜系草堂开"写出一种自由散漫，用这种办法来显示名士风流，所以这首也代表了一种类型。如果我们愿意表达自己的闲适生活，这种风格是可以学习的。

时间到了，我们就来不及再说了。还有四分钟，有问题要问吗？

问答：

听众一

老师好，其实老师今天讲的这几首诗我们都读过，今天听了之后，原来这些诗都有这么多的妙处，就想请问老师，我们平时在读的时候，怎么样才能读成这样子？

老师：就是读我上次推荐给你们的那些书，读多了就会懂这些，比如《唐诗汇评》，有的人好像已经买了一大堆，你慢慢读读，就会懂的。因为他们有时候就点到了这些。或者薄一点的《唐宋诗举要》，这里面就有不少这方面的内容，虽然不一定说得那么细，但是他这里说到了这个问题，那里说到了那个问题，汇总起来，可能那些欣赏方法、那些奥妙你就会看了。《唐宋诗举要》《唐诗汇评》，包括我刚才说的胡震亨的《唐音癸签》，胡应麟的《诗薮》，这些古人的诗话，读多了，你就懂了。

听众二

请问老师，对初中生学习唐诗宋词能提一些有针对性的建议吗？因为毕竟他们以后要面临中考、高考，在学习中会遇到这些唐诗宋词，现在该去怎么铺垫这些？

老师：初中生学唐诗宋词，一般来说要应对考试的话，先把课本里的搞定，课本里面的怎么搞定呢？据我所知，学生之所以搞不定，他就是只在课堂上听老师讲一点，碰巧那个老师讲得好，或者时间比较充裕讲得细，讲得准确，学生听得又认真，那么效果就好一些；如果老师也理解得不具体，学生听得也不专注，课后完全不碰，他学不好的。那么怎么学得好呢？比如这本教材里面，假如有十首诗，你就花点功夫，把鉴赏辞典里对这些诗的鉴赏复印出来，然后让他认真地读那些鉴赏文章。当然，这种鉴赏文章也有许多鉴赏得不准确，甚至有错误的，现在在网上，你输入首名作，往往下面跟出来一串资料，所以你比对比对，比如这一首诗，张三怎么说，李四怎么说，你稍微比对一下，你花这点功夫，全部过一遍以后，至少教材里会考到的这些东西你懂了。至于你要提高综合修养的话，你就要扩展阅读。可能中学生也没时间，中学生现在累得半死，如果他有时间，就挑一些赏析文章来读读。比较偷懒一点的办法就是家长给他买一套《唐诗鉴赏辞典》《唐宋词鉴赏辞典》，一个中学生如果一年能够读上个三四十篇，就算是个好学生了。三四十篇，一篇也就是一两千字，如果利用星期六——星期六当然很多学生也还是奥数、钢琴什么的忙，但是要是他有时间——半天读个五、六篇，应该不会太累。仔细读读，读不懂的地方去请教人，这样的话，一般来说就会处于学习的上游了。

听众三

老师好。有时候读书我发现一个很奇怪的现象，用普通话去读，反而是平仄上是拗句，甚至是出律的，押韵也是有问题的，反而用我们南方的方言去读，是合乎平仄的，而且是押韵的，我就感到很奇怪，这个问题就想请教您。

老师：对于好多学员来说，这是一个简单的问题。普通话跟古音不一样，你的方言——你是湖南人是不是？湖南话里面也有一些符合古音的，也跟古音一样的，普通话跟古音或者唐宋时期的人的读音是不一样的。如果你要写诗，就要把字音搞明白。这种资料网上一搜就有，在古代哪些字属于入声字，属于什么韵——我们一般依据平水韵——你一搜"平水韵"就出来了，花点功夫就能掌握了。

第六章
俯首浣花翁

——七言律诗学习的方法与写作的技巧

嘉宾：徐晋如

时间：2018年6月23日 19:00—21:00

徐晋如

各位社友大家好，今天我们的主题叫"俯首浣花翁"，我们从杜甫入手，去学习七言律诗。

杜甫是我们文学史上一位重量级的人物，在唐代，李杜是双子星座。明朝时把诗人分为"大家"和"名家"。李杜是大家，但王维是名家。"具范兼镕"谓之大家，"具范"就是他写出来的作品能成为规范，能成为大家去模仿、学习的对象。"兼镕"，就是能把各种不同的风格、题材、内容在一个大的炉子里面熔化了，这样的叫"大家"。"偏精独诣"谓之名家，他对于某一种诗体非常熟悉，比如晚唐的贾岛，他对五言律诗下的功夫非常深，人们经常说郊寒岛瘦，贾岛总是给人一种很寒冷的感觉，孟郊总是给人一种非常瘦硬的感觉，这就是风格上拓开不了，局限了他们更多的表达，这样的就是"名家"。但是李白的律诗写得不是特别好，杜甫的绝句也写得不是特别好，却不妨碍他们成为大家。而王维是每一种诗的体裁都写得非常好，但是他却不免为名家。这就在于李白具有一种超越性，杜甫具有一种悲天悯人的批判性，而这两点恰恰都是王维所缺乏的。这就是中国传统上"大家""名家"的说法。

李白和杜甫又不一样。不管李白出现在哪个时代，他都还是李白。而杜甫如果离开了他生活的时代，离开了安史之乱，他未必会有那么大的成就。李白是一个天才，杜甫绝对不是天才，但是他懂得转益多师。杜甫说"转益多师是汝师"，什么是你们最好的老师？你向不同的人、不同的风格、不同的内容去学习，学习他们的技巧，最后就能成为一个最好的学生。因此一个诗人即使没有李白那样的天才，但是只要肯像杜甫一样去学，至少可以成为名家。历史上绝大多数的诗人学诗尤其是学七律，都是从杜甫开始的。

当年成都杜甫草堂办了一个杂志，是关于杜甫的研究学刊，向钱仲联先生约稿。钱仲联先生用文言文写了一篇《浣花诗坛点将录》。《点将录》的做法出自清代中叶的舒位，他把清代乾隆嘉庆年间的诗人按照《水浒传》一百单八将的排位排成《乾嘉诗坛点将录》。钱仲联先生很喜欢这种体裁，《浣花诗坛点将录》选取的都是具有杜甫这一类风格的诗人，其中以杜甫为首，一共选了三十六个人，即所谓的三十六天罡。他以杜甫为宋江，其他的全部是奉杜甫为领袖的。第二个是韩愈，第三个是白居易。他有一个关于杜甫的提法非常到位，他说历史上有三位诗人是最伟大的，一位是屈原，一位是李白，一位是杜甫。如果我们再找第四位，能够跟这三位相提并论的，他认为就只有陶渊明。但是这里面有几个问题，因为陶渊明只写四言诗和五言古体，没有写过近体，所以他对后世的影响就没有那么大。而屈原和李白是当代人所谓的浪漫主义诗人，和杜甫的现实主义又不一样。他们的根本区别在于他们的说话方式的不一样。屈原和李白是通过意象、通过比兴来说话的，而杜甫是通过赋、通过典故来说话的，这也是中国绝大多数诗人的说话方式。屈原和李白都是绝顶的天才，他们的东西你可以去读，可以去感知，可以去从中吸取很多的养分，但是你没有办法去模仿。就好比我们有一些营养品，我们可以去吃，从而吸收一些养分，但是我们不可能像五谷杂粮一样每天去吃它。杜甫对于我们学诗的人来说，就相当于是五谷杂粮。

再请大家看一下我们很熟悉的《红楼梦》里面的一段：香菱学诗。香菱原是甄家的女儿，叫甄英莲，出身于书香门第，却很不幸地成了一名丫鬟，但她天性热爱美的事物，所以她喜欢学诗。香菱学诗的时候,《红楼梦》的作者就借林黛玉之口把他的想法给说了一番。黛玉首先说到学诗的次第,学诗首先要从五言律诗开始学,这是我们一再强调的。五言律诗她认为应该从王维入手,其实我认为应该从王维和杜甫同时入手,光是学王维的话,有点飘,杜甫的沉郁能够拯救这一毛病。七言律诗,林黛玉说主要就是要去读杜甫的七律,七绝她的看法是要去学李白,去学王昌龄,去学这一些有天籁的作品,但是它一定是后一步的事。

香菱学诗的劲头非常大,当时就问林黛玉:有没有好的题目让我也"诌"上几句?黛玉就让她咏月亮,并且定了韵,押上平声十四寒韵。她就在这样的一个背景之下,先后做了三首七律。我们来看一看她的三首:

"月挂中天夜色寒,清光皎皎影团团。诗人助兴常思玩(wàn),野客添愁不忍观。翡翠楼边悬玉镜,珍珠帘外挂冰盘。良宵何用烧银烛,晴彩辉煌映画栏。"黛玉对这首诗的评价是:"意思却有,只是措词不雅。皆因你看的诗少,被他缚住了,把这首丢开,再作一首,只管放开胆子去作。"为什么说用词不雅?我们曾在杭州举办过一次诗歌节,诗歌节上做了诗钟的游戏,做好以后,台湾的一位诗人评点说,我们有一些人交上来的作品有一个问题,就是喜欢用叠字,喜欢用句内对(同一句内有四个字正好是互相对的),他说这个都不要用。为什么不要用?开始写诗时,因为词汇量不够,所以就喜欢用叠词,喜欢用这些句内对的句子,句内对用起来就像成语,所以就不雅。这首诗还有一个问题,与我们今天讲的内容密切相关,但是我们先卖一个关子,接下来再往下看。

她改写以后,黛玉评价说:"自然算难为她了,只是还不好,这一首过于穿凿了,还得另作。"这首怎么个穿凿法呢?我们来看一看:"非银非水映窗寒,试看晴空护玉盘。"这句用了句内对,就显得很轻,不够沉,很尖巧,"试看"这里根据格律要念 kàn。"淡淡梅花香欲染,丝丝柳带露初干。只疑残粉涂金砌,恍若轻霜抹玉栏。梦醒西楼人迹绝,余容犹可隔帘看(kān)。"最后这个"看"字就念一声了。黛玉说的"穿凿"在哪里?根本的问题在于这一首诗它句句不离她要咏的东西。她不知道咏物的时候要若即若离,每一句都不离所咏的对象，思路打不开，这是不行的。而且不能句句都是在写景，一定要有抒情的东西在。句句都写景，那就很虚了。我们今天要重点讲的，从杜甫那里第一个要学的东西："虚实"。要懂得写诗既要有虚的东西，也要有实的内容。光有虚的东西，这首诗不会给人留下很深的印象，它就是画，只有画面感。如果光有实的东西，它就变成文章了，就不是诗了。

第三次香菱终于过关了，看她这首作品："精华欲掩料应难，影自娟娟魄自寒。一片砧敲千里白，半轮鸡唱五更残。绿蓑江上秋闻笛，红袖楼头夜倚栏。博得嫦娥应借问，何缘不使永团圆。"我不用讲解，大家对比一下也能知道，这一首的确是比刚才两首要更好。虽然它有一些问题还是存在，比如说"影自娟娟魄自寒"，这个问题涉及句法，句法的问题我们以后会详细地讲到，这种句子比较轻浮、没有力气。句法我们先不讲，我们先说这首诗的好处。最大的好处就在于两点：

第一，她懂得虚实相生了。"一片砧敲千里白，半轮鸡唱五更残"，这两句是写景的。写景的在诗里面，我们认为它是虚的，而抒情的内容，我们认为它是实的。叙事的我们也认为它是实的，当然叙事的实是相对写景来讲，假如相对议论、抒情，又是变成虚的了。"绿蓑江上秋闻笛，红袖楼头夜倚栏"，这两句处在半虚半实之间，它既有写景的成分，叙事的成分，但是它也有一些抒情的东西在内。"秋闻笛"和"夜倚栏"都带有抒情的意味，最后它是很明确地抒情，"博得嫦娥应借问，何缘不使永团圆"，把主题升华了。

第二点，她不再局限于写月亮了，她能从月亮拓展到月亮以外的内容，也就是她不再穿凿了。所谓"穿凿"的意思就是求之过深，你只看到眼前，只看到很小的东西，看不到大的东西。因为我最近正在做明末歌者张乔的《莲香集》的研究，我就发现清代中叶，有一个人咏木棉花，他不单单只是去咏木棉花，他把木棉花比喻成张乔，比喻成这样一位有气节的歌妓，所以他的诗一下就宕开了，就能把来毫无关系的两件东西扯在一起。大家写诗时也要注意把思路打开。

我们今天最主要讲的就是"虚"和"实"的问题。首先我们来看定义，什么是"虚"，什么是"实"？写景的就是虚，抒情的就是实；想象的是虚，写实的是实。比如有一件事情并不是真实发生的，只是在你的想象之中出现，那它就是虚写，而在你眼前真实发生了的，就是实写。幽隐为虚，挺秀为实。蕴藉的、不那么直露地表达出来的，要让你通过读者自己的联想才能感受到，我们就认为它是虚；而一下子就能让你感受到，就是实。叙述为虚，议论为实。当然我们刚才讲过，相对于写景来说，叙述更要实一点，但是叙述在这里是要和议论来做比较。议论的内容是要表达的主题之所在，所以它是实的，叙事、用典、用事这些都是虚的。

我们来看看杜甫的一些名作。

《客至》："舍南舍北皆春水，但见群鸥日日来。"这是写景，所以它是虚写，虚笔。"花径不曾缘客扫，蓬门今始为君开。"这是议论，也可以算是叙事，也可以算是抒情，是实写。"盘飧市远无兼味，樽酒家贫只旧醅。"这也是实写。尾联是一个问句，他说你一个官老爷，肯不肯跟我的农民邻居一起来喝酒呢？"肯与邻翁相对饮，隔篱呼取尽余杯？"这是他的想象之词，设问之词，并没有真实地发生，因此它是虚写。这种虚写，一方面是表现我不知道你这种城市来的朝市之士，能否理解我在归隐时感受到的天人合一的快乐；另一方面也是在表达自己的民胞物与的情怀，所以他通过虚写的笔法让读者有想象，让你自己通过联想去补足了诗人已经存在但是却没有明确表达出来的那一颗诗心。

《闻官军收河南河北》："剑外忽传收蓟北，初闻涕泪满衣裳。却看妻子愁何在，漫卷诗书喜欲狂。"这是实写。"白日放歌须纵酒，青春作伴好还乡。即从巴峡穿巫峡，便下襄阳向洛阳。"这四句完全是他的想象之词，也许即将发生，但是还没有实际发生，因此它是虚写。所以我们在写作的时候一定要注意"实"和"虚"的转换和调配。初学者最大的问题就是这两者之间找不到一个平衡点，绝大多数人是过于实了，太想表达自己，所以全部都是抒情，全部都是议论，这样最容易堕落为老干体。还有一小部分的人，就是像香菱这样本身具有诗性的人，一开始写的时候，不懂得虚实相生的道理，往往会一开始就写得特别地虚，他觉得很美，是很美，但是美得已经失去了诗的灵魂了，它就像是纸扎的花、绢做的人。

我们再来看这首《登楼》："花近高楼"，写景，虚。"伤客心"，抒情，实。"万方多难此登临"，这是实写。"锦江春色来天地，玉垒浮云变古今。"这两句很明显是虚写。"北极朝庭终不改，西山寇盗莫相侵。"这是实写了，当时他在成都避乱，长安城被吐蕃给占据了。"可怜后主还祠庙"，"后主"就是刘禅，他死去以后回到了蜀地，在蜀地给他建立了祠庙。这句的意思是说后主还能还祠庙，但是现在我们唐朝的天下已经很危殆了。"日暮聊为梁甫吟"，这个是他有要说出来的话，却不明白地说出来。他是含蓄的，让你自己去猜想：我为什么会像诸葛亮一样去吟诵《梁甫吟》呢？诸葛亮想的是要辅助刘备，让汉朝的国祚延续下去，我的想法也是希望大唐的国祚能够延续下去，我希望成为诸葛亮那样的人。他这个意思没有表达出来，因此它是虚写。

下一首《阁夜》："岁暮阴阳催短景，天涯霜雪霁寒宵。""景"就是日光。"五更鼓角声悲壮，三峡星河影动摇。"基本上来说，前面四句都是虚的，但如果仔细地划分的话，"岁暮阴阳催短景"的"催短景"有实的成分，"霁寒宵"也有实的感觉，因为情感上感受到了寒冷，"声悲壮"和"影动摇"也都有实的成分在。"野哭千家闻战伐，夷歌数处起渔樵。卧龙跃马终黄土，人事音书漫寂寥。"下面一联是叙事，一联是抒情，都是实的。

《九日》："重阳独酌杯中酒，抱病起登江上台。"这是直接地铺陈眼前之事，因此是实写。"竹叶于人既无分，菊花从此不须开。""竹叶"这里是指竹叶酒，既然我们已经喝不到竹叶酒了，那菊花有没有开，也就没有什么意思了，这实际是虚写。"殊方日落玄猿哭"，"殊方日落"是虚写，但是"玄猿哭"带有自己的情感在里面，所以是实写，"旧国霜前"是想象之词，是虚写，"白雁来"是眼前实际见到的，是实写。"弟妹萧条各何在，干戈衰谢两相催。"这联是直接的抒情，因此也是实写。

我们来看看后世学杜甫的人，他们是如何做到虚实相生的。

首先来看中唐诗人刘长卿的《长沙过贾谊宅》："三年谪宦此栖迟"，讲的自己的事，是实写。"万古惟留楚客悲"，这是他的想象之词，夸张的说法，是虚写。"秋草独寻人去后，寒林空见日斜时。"这是虚写，写景。"汉文有道恩犹薄，湘水无情吊岂知。"相对于写景的句子来说，这两句是用事，汉文帝固然是一个有道的明君，但是对待贾谊来说却也算不上是恩重，显得有点薄情寡义了，所以李商隐才写："可怜夜半虚前席，不问苍生问鬼神。"这是用事。"湘水无情吊岂知"，因为贾谊在长沙写过著名的《吊屈原赋》，刘长卿说你在湘水边去吊屈原，可是湘水哪里有感情，它怎么能够理解你吊屈原的一番情怀呢？这两句写得非常漂亮，都是用事，相对于写景来说就是实写了。"寂寂江山摇落处"，这是虚写。"怜君何事到天涯（yí）"，这是实写，直接抒情了。

看皇甫曾的《自苏台至望亭驿，人家尽空，战乱之后，春物增思（sì），怅然有作，因寄从弟》："南浦菰蒋（jiāng）覆白蘋"，菰蒋都是念一声，就是菰蒲，这是写景的虚写。"东吴黎庶逐黄巾"，这是实写战乱。"野棠自发空临水"，"野棠自发"是眼前景，但是加了他的情感，加了他的一种情绪的感知，就变成"空临水"，实写。"江燕初归"又是虚写景，加了他的感情"不见人"，实写。"远岫依依如送客"，虚写。"平田渺渺独伤春"，由景及人，由虚而实。"那堪回首长洲苑"，"长洲"就是今天江苏的吴县。"烽火年年报房尘"，通过议论加抒情来结尾，是实写。

我们来看柳宗元的这一首名作《登柳州城楼寄漳汀封连四州刺史》："城上高楼接大荒"，写景，虚写。"海天愁思（sì）正茫茫"，这里的"思"是情绪，是名词。"惊风乱飐芙蓉水，密雨斜侵薜荔墙。"这两句是写景的，是虚写。"岭树重遮千里目"，虚写，"江流曲似九回肠"，这是抒情，有比喻，但是他根本的目的是为了抒情，因此是实写。"共来百越文身地，犹自音书滞一乡。"这是叙事，通过叙事来抒情，它也是实写。

再来看刘禹锡的《西塞山怀古》："西晋楼船下益州"（一般的版本叫"王濬楼船下益州"。），"金陵王气黯然收"，这是实写。"千寻铁索沉江底，一片降旗出石头。"这是他想象当时的情况，前面是叙事，直接讲出历史，而这里是他想象的一种情形，因此是虚写。"荒苑至今生茂草，山形依旧枕江流。"这是写景，因此它是虚写。

"而今四海归皇化,两岸萧萧芦荻秋。"这联讲天下一统了,南北再也不再分开了,秋天唯见芦荻而已,所以它是先实后虚。

李商隐的这首《春雨》:"怅卧新春白袷衣,白门寥落意多违。"这联是直接的抒情,是实写。"红楼隔雨相望冷,珠箔飘灯独自归。"写景,虽然景是人造的景,但是它依然让你觉得有不在尘世之间的感觉,显然是虚写,但是他下面马上来抒情,"远路应悲春晼晚,残宵犹得梦依稀",由虚转实。"玉珰缄札何由达",这是实写,下一句"万里云罗一雁飞",改为虚写。这种结尾非常高明,无限的相思不直接地说出来,让你自己去感受,自己去悟。"万里云罗一雁飞",由实返虚,一片浑化,就是这样的一种境界了。

欧阳修的名作《戏答元珍》:"春风疑不到天涯(yá),二月山城未见花。"这是实写,他有理性的思索。"残雪压枝犹有橘,冻雷惊笋欲抽芽。"这是写景加想象,因此是虚写。"夜闻归雁生乡思(sì)","病入新年感物华",这是实写,"曾是洛阳花下客",实写。"野芳虽晚不须嗟","嗟"古音念 jiā,它是虚写,情感是含蓄不露的。我们刚才讲,幽隐的就是虚的,挺秀的就是实的。

陈师道的《和寇十一晚登白门》:"重楼杰观(guàn)屹相望(wāng)"是实写,写眼前之景。"表里河山自一方",这是想象之辞。"小市张灯归意动,轻衫当户晚风长。"这是虚写。"孤臣白首逢新政",这是实写。"游子青春见故乡",这是虚写,是想象之辞。"富贵本非吾辈事",这句是实写。"江湖安得便相忘(wáng)",他想象他的希望,希望能相忘于江湖,是虚写,用虚来结尾。

黄庭坚的《登快阁》:"痴儿了却公家事",实写。"快阁东西倚晚晴",写景,是虚写。"落木千山天远大,澄江一道月分明。"这是虚写。"朱弦已为佳人绝,青眼聊因美酒横。"这是实写。"万里归船弄长笛",虚写一笔,想象自己能万里归船而弄长笛。"此心吾与白鸥盟",这是他的抒情、议论,这是他诗的本旨所在,所以这里是实写。我们会发现,如果用虚笔来结尾的话,营造的效果就是含蓄不尽,如果用实笔来结尾的话,它的效果就是铿锵有力。

陈与义的《次韵周教授秋怀》:"一官不办作生涯",实写。"几见秋风卷岸沙",依然是实写,通过这句来议论,感叹过去了好几番年岁了。"宋玉有文悲落木，陶潜无酒对黄花。"这是通过典故来抒情，他把自己代为宋玉、代为陶潜，当然也指代周教授，是实写。"天机衮衮山新瘦，世事悠悠日自斜。"这是虚写。"误矣载书三十乘"，这是实写，我的确是有那么多藏书。"东门何地不宜瓜"，这是虚写。秦朝灭亡以后，一位从前的侯爷邵平，只能在东门种瓜卖，人称为邵侯瓜。他希望自己也能够有一块种瓜之地，所以这里面是他的一个想象，一种希望，因此是虚写。

下面我们主要从虚与实这两方面来看一看我们社员上一次的作业，整体来说非常好。大家以后在写作的时候要更加注意到虚实的问题，写诗用字，要考虑的是哪个字是平，哪个字是仄。在用意象的时候，在排布诗的结构的时候，你不要去考虑什么起承转合，你去考虑虚实，这一句虚了，下一句实，这一句实了，下一句虚，乃至于这一句的前四个字是虚的，后三个字是实的，一旦有了这样一种意识，你就会比以前写得好。

第一首："对酒谁悲失意人，大千世界二毛身。谋生耻有鲲鹏志，揽镜空添岁月尘。惯据皮囊推现状，惜抛精力证前因。良辰差喜卅年在，来岁重逢浩荡春。"

整首都是实写，很流畅，但是最大的问题是每一句都是实，没有一句是虚的。

第二首："祝寿人成自寿人，回头惭愧苦吟身。应怜林海云龙友，翻作名场陌路尘。心似游丝飘不定，情如残梦忆无因。经年穷困兼孤寂，敢将希望寄来春。"

颔联很漂亮，在前面的四句都是实的情况下，他能一下子转到虚的方面来，给人一个喘气的工夫。而且这两句从句法上来说也是很漂亮的，它是复杂的句子，诗里面复杂的句子一定要比简单的句子更能给人深刻的印象，它是从骈体文压缩过来的。尾联又是实的，相对于上一首，虚实上好了一些了。

第三首："阑珊灯火醉斯人，十载江湖浪荡身。不觉严霜侵绿鬓，只知宝马满征尘。生涯迫我认穷达，世事凭谁问果因。佳节还惊岁华老，无缘消受岭南春。"

"阑珊灯火"，虚的，"醉斯人"，实的。颔联我把"征尘"改成

第六章　俯首浣花翁——七言律诗学习的方法与写作的技巧 ·125·

"红尘"，因为你要和绿来对仗。对仗在遇到色彩名词、数字词，通常都要对得比较工。这两句也不错，是虚写。后四句还是实的多了一些，虚的少了一些，不够平衡。这就像写字的时候有一种笔画叫做墨猪，笔画太粗，这是要避免的。

第四首："回首浮生皆醉人，风流不负百年身。欲从蟹酒常为吏，将隐菊篱难舍尘。曾慨荣华须有命，今闻世事了无因。蹉跎白首还明月，绿满江南几度春。"

这里用了《世说新语》里毕卓的典故以及陶渊明"采菊东篱下"的典故，用典用得很好。五六七句是实写，八句虚写，但是整体来说，依然存在虚实不够平衡的毛病，实的多，虚的少。

第五首："世乱寒门来贵人，家贫深巷抢出身。母心为善行长路，余念读书望后尘。劳苦在天当有命，殷勤行日竟无因。童心梦去先经雨，不惑诗来再入春。"

"出"是一个入声字，第二句出律了。整首诗太实，没有一句虚的。

第六首："一晌南柯梦里人，觉来已是廿年身。垂杨不系兰舟影，落絮频添珠履尘。路断蓬山空有意，波生沧海竟何因。东君独解怜幽草，岁岁今朝作好春。"

首联到颔联，由实到虚，非常漂亮。颈联同样是虚笔。七句虚笔，八句转为实笔，虚实非常平衡，搭配得非常好。

第七首："赋得庚寅愧楚人，菖蒲同老卅年身。流光早失风前絮，青史难垂陌上尘。寄命蜉蝣应有憾，寓形寰宇本无因。高轩不到子云宅，寂寂壶天万象春。"

"赋得庚寅愧楚人"用了典故："惟庚寅吾以降"。"菖蒲同老卅年身"，这是诗人的句子。他不是说自己已经 30 岁了，他拉一个垫背的，菖蒲跟我一起老了。颔联虚笔，很漂亮，对得很好，颈联实笔。尾联"高轩不到子云宅"，这是虚笔，是用典，是一个想象之词。"寂寂壶天万象春"，同样是虚笔，用虚笔来结尾，给读者一种含蓄不尽的意味。

第八首："我是天涯落魄人，依违岭外暂栖身。幽怀常寄云间月，浪迹偏随陌上尘。三十六年如一梦，百千万障似前因。伤心谁会登临意,独自凭阑对暮春。"

前三句是实笔,是真实发生的事情。"浪迹偏随陌上尘",这是他的自怜自叹,也是实笔。颈联用数字对得非常的工整,而且是一个流水对,一气直下,这是虚笔。"伤心谁会登临意"是实笔,但是最后"独自凭阑对暮春",他的情感没有直接说出来,他是让你自己去想象,这是虚笔结尾。

第九首:我本逍遥江海人,追风逐月且由身。不求幻世得高寿,岂料灵台染客尘。自古浮沉多宿命,几曾离合遡前因。何如舍却心头事,莫负流光莫负春。

"追风逐月"句内对,这样句法就显得软了。尾联又是句内对,这样就显得句子非常纤巧、不大气。当然他还有一个问题就是全部都是实笔。

第十首:"纷繁世味扰痴人,清磬催归迷幻身。明镜菩提非有物,清风皓月本无尘。曾寻胜地消浮虑,今入禅林结净因。渴饮饥餐长适意,山光物态漫生春。"

饥餐渴饮本身是一个成语,颠倒过来也还是成语,这必须要避免。"山光物态漫生春",最后一句稍微好一点,用了一个虚笔,但是整首也是面临着虚实不平衡的问题。

第十一首:"女娲何物造人人,黄土抟来是此身。万事到头添白发,百年过眼染红尘。行云处处元无意,落木纷纷讵有因。且尽今朝一杯酒,管他浮世几回春。"

首联为熟典生用,大家每个人都熟悉的典故,但是他经过了自己的创造,使得它有了一种陌生化的效果,非常好。颔联对得非常的工整,"白发"对"红尘"。尾联就俗了。这种意思表达得太多了,太俗了。整首诗虚实搭配不够,虚的太少,实的太多。

第十二首:"瑶光织晓孰何人,剪落明霞自化身。竹外半斜枝照水,芳心一咏雪除尘。潜修只在孤山静,倚梦元于短笛因。莫说岁寒相见晚,百花谁敢斗先春。"

"孰何人"生造,不通。"剪落明霞自化身",把自己比作是"明霞"的化身,非常漂亮。颔联宕开一笔,虚写一笔,一下子就给了读者以期待感。后四句"潜修"开始是实写,但最后一句是用比兴的手法来虚写，所以就又有了一种含蓄不尽的韵味。

第十三首："三生合是种兰人，蓬岛修来劫后身。蝴蝶梦中迷故我，邯郸道上忆前因。灌园但使生松树，知命何曾问宿因。好待明朝家酿熟，黄花丹桂贺千春。"

整首很浑成，用典也很贴切，但是就是稍微实了一点。

第十四首："半世佯狂效野人，中年忧乐梦中身。偶从酒后歌梁甫，莫向灯前话客尘。镜里朱颜元是梦，眉间紫气有无因。东风浩浩吹花雨，又纪浮生一岁春。"

首联是实写，颔联是虚写，"莫向灯前话客尘"是他想象之词。颈联对得很好，尾联"东风浩浩吹花雨"，一下子来一个虚写，点缀开来，诗就有了风华。"又纪浮生一岁春"，又转为实写。有没有风华主要就是看懂不懂得用虚笔，就好像写字的时候懂不懂得留空。

第十五首："南粤飘浮东楚人，心安半百乃凡身。眼前喜有花千树，梦里忧何镜满尘？势弱力微非夙愿，词穷诗短是元因。醒来难顾亲朋笑，嗟叹无为又一春。"

"花千树"对"镜满尘"对得非常好，"满"虽然不是数目词，但是它有完全的意思。颈联为句内对，尽量避免。尾联"无为"意思用得不对，我们讲"无为"，就是不要有所作为的意思，这是老子的《道德经》里的词，是一个固定的词，但是他想要表达的是无所作为，无所作为和"无为"是两个不同的概念。

第十六首："无痕岁月却磨人，莫叹青春已去身。不驻容颜过日隙，岂将心事委纤尘。一壶冰玉成精魄，半世情缘问夙因。仰止高山心如水，来年更享是新春。"

他把白驹过隙的成语用在这里，"不驻容颜过日隙"，很好。"一壶冰玉成精魄"，虚写，"半世情缘问夙因"是实写。最后结句没有话说了，是凑的，一下子就没了力气。

第十七首："海天冥漠幻斯人，一念年光老此身。散木自甘卧林壑，素衣未惯染缁尘。肯从山月寄幽意，更向芸窗结夙因。安得浊醪隔篱过，俯流展席醉长春。"

开头两句很漂亮，气很足。"散木"是庄子的意象，意指"无用之用乃为大用"，"缁尘"就是路上的尘土。他每句都是有虚有实,他并不是这一句虚,下一句实的。"散木自甘卧林壑","散木自甘"是实的,"卧林壑"是想象的虚的,实际是用它来指代自己并不追求功利,"素衣未惯染缁尘"也是这个意思。"肯从山月寄幽意","寄幽意"是实的,但是他用山月来寄,就是虚的;"更向芸窗结夙因",到芸窗底下,这个是虚的,"结夙因"是实的。"安得浊醪隔篱过,俯流展席醉长春",这是一个想象之词,是虚的,一直到底下都是虚的,都是想象之词。

第十八首:"笞犊扶犁山野人,不甘长屈布衣身。荷锄苦读三更月,执教欣沾满袖尘。赤胆殷勤酬晚业,禅心笃定了前因。稀龄重搦垂髫管,好趁桑榆乐几春。"

颔联两句对得很好,整体很流畅,问题还是过于实了。

第十九首:"十载岭南寻梦人,流离浪荡自由身。未知江海多歧路,只道庙堂无俗尘。事与愿违皆后果,功成名就有前因。漫天柳絮随风起,半入流年半入春。"

"事与愿违""功成名就"是成语,要绝对避免,尾联非常漂亮,因为他用了虚的手法。

第二十首:"夜阑初觉惊何地,庄老迷魂叹此身。经岁攀缘惜颠倒,半生执著缚凡尘。三心不得思悲乐,五蕴应惭畏果因。风物长量掩旧卷,功名堪就赏新春。"

这首也是太实在了,实在就是太过老实,太过老实的人是没法从事艺术的,艺术是需要轻灵佻脱的。

第二十一首:"亲恩浩荡育斯人,世事纷纭伴客身。见性情深天有韵,存诚梦远月无尘。新晴巷陌怀初志,骤雨江湖问业因。漫道行歌犹料峭,十方嫩绿已迎春。"

"见性情深天有韵",讲天韵很深,所以他就明心见性,有虚有实。"存诚梦远"本身是很实的,但一说"月无尘",就用虚的来救了它。颔联"怀初志""问业因"是很实的,但是用"新晴巷陌、骤雨江湖"去渲染它,就显得好得多了。整首还是不错的,但没有表达什么特别的感情。最好的诗一定是依靠它的充沛的情感来感人,如果没有,那就必须要靠一点技巧了。

第二十二首:"月明瑶锦贺佳人,日照云霞落此身。烟雨楼台羁旅客,寒波杨柳匿风尘。五更勤学才初露,梦入桃源怯有因。廿二跨踏忧不复,曦阳景胜又逢春。"

前四句虚写,颈联不对仗,尾联就是刚才林黛玉讲的,用词比较俗,不雅。这些词语很多都是自己生造的,并不是古人已经有过的。我们讲"典雅",有典才会雅。我们用词,两个字的词一定要用古人都用过的,我们的诗才是典雅的。

第二十三首:"登顶梧桐一俗人,飞花追逐影随身。云遮头上千秋日,风起天边万丈尘。学识如灯明大义,荣华似幻灭无因。从前不读圣贤卷,虚度平生廿七春。"

这是言志的写法。诗到底是言志还是言情?李汝伦先生曾经写过一篇文章,他说即使是李白、杜甫这样的大诗人,言志之作都很难有好的,真正的好诗一定是抒情的,所以言志的句子用在这里面其实并不好。这种诗在古代称之为道学诗——受宋明的道学、理学的影响,被认为是道学家的陈腐之语,所以最好尽量地避免。

第二十四首:"癸卯年芳醉素人,槐烟曦照降凡身。故园方在忆犹若,知命已逾忘俗尘。明月半船皆有乐,清风盈袖不言因。流光偷换朱颜老,飘雪垂丝更惜春。"

"犹若"和"俗尘"以及"故园"和"知命"是不能对仗的。"明月半船",虚的,"皆有乐",实的;"清风盈袖",虚的,"不言因"实的。"流光偷换朱颜老",太平淡了,同样的意象,王国维说"最是人间留不住,朱颜辞镜花辞树",就能翻新出奇。一个很常见的情感,古人已经无数次地吟诵过的情感,你一定要有自己的语言上的创造才行。

第二十五首:"料峭冬来也可人,长安飞雪著吾身。初来世界如扬玉,纵历风霜未染尘。多载失期难觅路,今宵为我莫寻因。曦和由得匆匆去,守得初心又是春。"

我把"扬"改成了"筛","筛"字更加新奇,有陌生化的效果。他的最后两句有自己新的思想,时光过去就罢了,只要我守得初心就永远是春天。

第二十六首:"本是飘零羁旅人,而今南越住吾身。荔枝林下能忘世,菡苕池中不染尘。园囿未成难自愧,红冰俱落岂无因。洗心深读圣贤话，筑得名山好共春。"

"红冰"在古代有一个特殊的意思，它讲杨玉环被选进宫里面去，她跟父母分别之时流的眼泪，有人用玉壶来贮它，流的全是血泪，结果就变成了果冻状，称之为"红冰"，所以它和"园囿"是不能对仗的。另外这首也是道学诗，要避免，道学家是写不好诗的。

第二十七首："潇湘雾失楼台客，南岭月迷津渡身。苔草著茵盈仲夏，芝兰扶案溢香尘。常思笔落惊风故，时问诗成泣鬼因。去岁已将山海负，今朝何可又伤春。"

首联化用了秦观的词。颔联写景，虚写。颈联讲想要知道写诗写好究竟靠的是什么，但是这跟整个的主题不相符。"去岁已将山海负"，我们正常的期待就是今年又如何可以再负山海呢？这样就把前面的重复变成了你的一个呼应了。现在山海和春没有关联。

第二十八首："洛水三秋幻此人，泛游江海寄余身。曾求李杜惊风雨，却逐陶朱觅世尘。月晓分时还入梦，鸿飞留处了无因。鲈莼思起加餐饭，北望关山翠满春。"

首句写得很漂亮，颔联用李杜对陶朱，陶朱其实是一个人，即范蠡，李杜是两个人，但这是一个无情对，它每个字都可以对。颈联我改成"月晓分时春入梦，鸿飞留处雪无因"，因为原联只是两句，但是改成"春入梦"和"雪无因"，两句就变成四句了。我们刚才讲过的一个原则，复句、复杂的句子一定比简单的主谓宾定状补的句子要更加有力量。"加餐饭"是语典，用得非常好，用的古诗十九首"弃捐勿复道，努力加餐饭"。"北望关山翠满春"，这是一个虚写，写景。

第二十九首："吾元潇洒五湖人，万顷波中寄此身。散木不才眠白浪，清风浊酒笑红尘。世间成败皆无定，儿女悲欢岂有因。岁月蹉跎浑闲事，泛舟沧海醉长春。"

首联开头气很足，颔联"白浪"对"红尘"也很好。颈联中"世间"是偏正结构，"儿女"是并列，对仗不工。尾联"岁月蹉跎浑闲事"，实写，"泛舟沧海醉长春"是虚写。但第七句出律。

第三十首："自在湖山一散人，南来常转色空身。湖湘子弟曾怀梦，江浙儒生似染尘。学问经年涵咏意，事功多难践行因。浪潮退尽孰归岸，不历严冬不立春。"

首联用佛教《金刚经》的典故，非常好。颔联"湖湘子弟""江浙儒生"是没有前人的语典的，不典雅。颈联太过于言志了。尾联"浪潮退尽孰归岸"用的是今典：只有在退潮之后才知道谁在裸泳。"不历严冬不立春"，最后是带有一点虚的意思，但还不够虚，因为他在想虚写的时候，还是多了个人的议论在其内了。

第三十一首："绮梦觉来夜履人，疏窗斗柄东倾身。骄花何见千秋月，函谷可极万里尘。凤帔黼黻安惬意，蒹葭箬笠尚迷因。孤舟展影皆归客，几度残阳几度春。"

"极"是一个入声字，所以这儿出律了。"凤帔黼黻"的"黻"又是一个入声字。他的好处在于它的虚实非常匀称，但是入声字还是要注意。

第三十二首："癸酉年间多一人，立根南粤是吾身。寒窗苦读坠秋露，明案乐教沾粉尘。俗世悠悠寻善果，何须碌碌究前因。清风解意觉山水，烛底流观又破春。"

"寒窗苦读"是一个成语，要避免。"俗世"和"何须"是不对仗的。尾联意思表达得很好，但是没有虚，太实了。"乐教"的教是去声，出律了。

第三十三首："乱静相同是此人，蜗牛角上置微身。世人常愿福兼寿，只叹皆如陌上尘。贫富在天应有定，机关不见自知因。细观万物须行乐，黄鸟声声又一春。"

整首诗该对仗处不能对仗，"世人"跟"只叹"没法对，"福兼寿"跟"陌上尘"没法对。颈联过于陈腐。"细观万物须行乐"这个是化用的"万物静观皆自得"。"黄鸟声声又一春"，这句是虚写的。结尾还是不错的，但是整首诗前面都太实了，而且都有陈腐的道学语。

第三十四首："拂晓琼妃落旅人，闲来轻巧女儿身。玉龙醉卧空飞影，素练轻浮不染尘。投笔修身是有意，泼茶对酒未无因。低头一笑随风去，米小苔花恰自春。"

颔联是虚写，颈联中"投笔"不知是不是做过女兵，如果不是的话，那这个典故就用得不对了。"泼茶"用的是李清照和赵明诚的典故。尾联是化用清代袁枚的诗《苔》，像米粒那样的苔花也有自己的春天，野百合也有自己的春天。

第三十五首："天地茫茫一旅人，光阴易老女儿身。忽逾而立方思立，初踏红尘苦拭尘。壮志半销残梦在，多情犹结墨翰因。繁枝子小薰风度，始觉清和更胜春。"

颔联用得比较巧，但是我们要知道，诗中的巧并不是最高的，拙、重才是更高的。颈联中"残梦在"，"在"在这里面是一个动词，是一个活字，而墨翰因的"因"是一个名词，是一个实字，是不能够对仗的。"繁枝子小薰风度"，"薰风"就是夏天的风，"始觉清和更胜春"，这句也有他的创造。古人一般来说都是讲春天太美好了，春天过去以后就伤春，夏天有何可爱呢？但是他说夏天的"薰风"一吹，清和境界竟然比春天更好。这就很有创造，很好。

第三十六首："廿年汉水暂栖人，肯向年光惜此身。岂盼朝堂空有路，但求字里玉无尘。微醺不度平生事，半醒难凭未了因。寄意东篱云上月，他年且扫满庭春。"

"空中有路"他给简为"空有路"，但是这个"空"字，一般我们读的时候，我们都会把它理解为一个副词，徒然地，就正好跟它的意思相反。颈联中的"醒"表示酒醒过来，一般是念xīng，这个要注意一下。尾联他把古典新用，也有他的创造在。

第三十七首："回雁山前初长成，岭南城内寄吾身。也曾缥缈学黄老，怎奈蹉跎入世尘。育李培桃度韶岁，咬文嚼字悟兰因。恰如野菊自芳结，不似京花苦斗春。"

颈联中"咬文嚼字""培桃育李"都像是成语，要尽量避免。尾联通过比兴的方式来表达情感，是虚写。"京花"生造。

第三十七首："继得慈恩始作人，承应天地济吾身。香风散入十方殿，花雨普沾三界尘。幻梦残消何解意，真如通达自明因。年逾半老思清静，愿复文华又见春。"

"承应"之应是去声，出律。颔联非常漂亮，他讲的是非常实的东西，但是他用虚的笔法写出来，尤其难得。颈联里面"真如"用的是《金刚经》的典故。"年逾半老思清静"，这句很不好，因为半老是古人没有用过的，不典雅。"愿复文华又见春"，结的内容很实在，但是结句给人的感觉却是很空洞。因为你不是在抒情，你是在言志，所以就显得很空洞了。

今天我们的课就讲到这里。下面是本期的作业，这次就不要求大家和韵了，因为我认为大家已经有自己能够用韵的能力了，我们的题目是《夏至有作》，但是我们限了韵，限用下平声十蒸韵，如果你的第一句入韵的，那么第一句你是可以用邻韵的，可以用到八庚、九青这两个韵。

第七章
点铁成金，夺胎换骨

——江西诗派的句法技巧及芸社习作点评

嘉宾：徐晋如
时间：2018年7月7日 19:00—21:00

徐晋如

江西诗派是一个宋代的文学流派，但它的影响力不止于宋代，由宋入元，然后一直到清代，到近代，江西诗派都有它的拥趸，并且从学诗来说，它的拥趸是最多的。江西诗派的诗风是以瘦硬为本的，这也是宋诗的基本的风格。钱钟书先生的《谈艺录》第一篇《诗分唐宋》，剖析了中国诗的两个主流：唐诗和宋诗。钱钟书先生说：天下有两种人，斯分两种诗。一种诗讲求的是情韵风华，另一种诗追求的是筋骨思理，两种人不一样，所以他们对于诗的喜爱程度、喜欢的偏好都是不同的。喜欢唐诗的人固然很多，但是这世上有很多的人觉得唐诗太甜太熟，而他们喜欢不那么甜的，喜欢生当中带有一些新鲜的，所以就有了宋诗的发展。到后来，人们越来越发现，唐诗和宋诗都有它的好，如果能够把它们合在一起，岂不更好？所以到了清代有人就提出来"唐意宋格"，有唐诗的意境，但在句法上却学宋诗的格调。江西诗派是在宋诗的大背景之下产生的一个文学流派，所以它必然在诗的意境上、诗的格调上是以宋诗的标准为标准，它必然更注重筋骨。

钱锺书又说，诗分唐宋，"唐宋"不是在讲一个朝代，而是在讲一种整体的风格，不是说只有唐人写的才是唐诗，宋人写的才是宋诗。比如唐代的杜甫、韩愈、白居易，虽然生活在唐代，但是他们写的是宋诗；宋代初年的九僧，其中最有名的一个是"惠崇"，还有南宋时的"四灵"，虽然是宋朝的，但是他们写的是唐诗。唐诗、宋诗开始走向两条不同的道路，其中有一个关键的人物是欧阳修。正是从欧阳修开始，宋诗有了自己的面目。欧阳修在《六一诗话》里说，宋朝初年时，有位新科进士叫李洞，跟九位非常出名的诗僧打赌，说我们不限题目，但是下面几个字，比如"风、云、泉、石、洞"这一类的，不允许用到诗里面去，你们准写不出。果然九个和尚没有一个能写出诗来。这个故事说明光是学唐诗，这个路子会越走越窄。唐诗的确是把天人合一这一面写到了极致，但是我们的生活、思想除了自然之外，接触的更多的是人文，跟现实社会之间有一种更深的联系。很多人以为儒家写不好诗，这都是站在唐诗派的角度去讲的，认为儒家太严肃了，缺乏风华，他不知道人伦之中自有乐地。人与人之间的感情，你觉得很日常、很平庸，但是在诗人那里，可以是惊心动魄的。而这一点，恰恰是从老杜开始开创出来的一个很好的传统，也被江西诗派以及后世的学宋诗的人很好地继承了下来。

江西诗派这一名词是吕本中在其《江西诗社宗派图》中提出的，他把北宋的诗人黄庭坚作为江西诗派的开山鼻祖，然后在陈师道以下的24个人作为派中的代表人物，认为这25个人代表了江西诗派。后来，由宋入元的著名诗人、诗论家方回提出来江西诗派的"一祖三宗"之说。"一祖"指的是杜甫，其他的三个人是江西诗派的三宗，分别是黄庭坚、陈与义和陈师道。杜甫并非江西人，而是河南巩县人，但是他的风格在唐代是矫矫不群的。在杜甫生活的时代，唐朝跟他同时代的人基本上没有人觉得他诗写得好，因为他的风格跟当时主流的唐诗的风格完全不一样。跟他同时的殷璠编了一本书叫作《河岳英灵集》，选了当时很多的名作家，但是杜甫的诗一首都没有选，而很多当时选进去的名作家在今天已经不那么有名了，因为杜甫的风格对于唐诗的风格而言是一种颠覆。

江西诗派的本质是不再依赖天赋，而是相信人工可以夺自然，可以夺造化，相信修养可以让你写好诗。我们通过修养，让自己的诗变得高雅，通过语言的、句法的锤炼，来让诗具有语言的张力。

江西诗派的第一个特点是懂得以俗为雅。张卫东先生在讲昆曲的时候，经常讲一句话，说"大家要俗得那么雅，不要雅得那么俗"。杭州西湖，有一个"湖畔茶社"，茶社里面悬挂的对联，下联有三个字，叫"涤俗氛"——把庸俗的氛围全部给洗涤掉，这三个字就俗不可耐。这就好像一个人他连"钱"都不愿意说，要叫"阿堵物"，这不是真的清高，反而是因为时时地放不下它。同样的，这副对联并不是真的超凡脱俗，而是时时都在想着自己就是一个红尘浊世的人，想着要显得跟别人不一样，这就是雅得那么俗。

俗得那么雅，俗为什么可以转换为雅？有两个原因。第一，因为俗的东西具有一种新鲜的气息，具有一种生气。第二，因为俗的背后有非常浓挚的感情。张卫东先生举了一个例子，在近代跟张大千齐名的一位大画家溥心畲，画了一个扫帚，扫帚上长了一个大蘑菇，旁边写了一首诗，大概意思就是说我来做扫除，谁来扫除我？张卫东先生说，这画的内容俗不俗？但是你就会觉得特别的雅，因为诗句赋予了画全新的意义，让你感到新鲜了。江西诗派的一个很重要的手段就是化俗为雅，以俗为雅。

前人总说杜甫的诗风是沉郁顿挫，我认为杜甫他有两个为后世所不及的地方，第一就是他的风格特别地全面，即所谓的集大成；第二就是他能扫俗为雅，把俗的东西变得雅。比如他的《羌村》："峥嵘赤云西，日脚下平地。""日脚"在当时来说就是口语，除了杜甫之外，几乎没有诗人敢把这个词用到诗里面去。"柴门鸟雀噪，归客千里至。妻孥怪我在，惊定还拭泪。"一下子就高古涵浑到了极致了，因为它的情感太充裕了。"世乱遭飘荡，生还偶然遂。邻人满墙头，感叹亦歔欷。夜阑更秉烛，相对如梦寐。"他的情感浓郁到了极致了，所以所有的日常的事物让你觉得不再是俗的，反而是雅的。"晚岁迫偷生，还家少欢趣。娇儿不离膝，畏我复却去。忆昔好追凉，故绕池边树。萧萧北风劲，抚事煎百虑。赖知禾黍收，已觉糟床注。如今足斟酌，且用慰迟暮。"像记流水账一样，讲日常的家常话，但是就是那么地动人。下面尤其过分，"群鸡正乱叫，客至鸡斗争。驱鸡上树木，始闻叩柴荆。父老四五人，问我久远行。手中各有携,倾榼浊复清。莫辞酒味薄,黍地无人耕。兵革既未息,儿童尽东征。请为父老歌,艰难愧深情。歌罢仰天叹,四座泪纵横。"把农村里面非常非常平淡的、日常的生活写得诗意盎然,正是因为有了前面的生活气息,才更加映衬出,战乱之后的日常生活是那么的可贵,才更加引起人们对于他控诉战争的话的强烈的同情。

这样的以俗为雅被江西诗派很好地继承了。黄庭坚有一首诗《赣上食莲有感》。在江西、在赣州吃莲蓬。唐人该怎么写呢?唐人可能就会写这个莲蓬怎么好看,像什么,然后吃了这个以后仿佛身轻如燕了,感觉内心非常愉悦了,很感激你给我吃这个,类似的。黄庭坚不同,他通过写莲子,想到了家庭,想到了兄弟,把诗的主题一下子就升华了,把一个普通的饮食变得有文化、有感情。"莲实大如指,分甘念母慈。"因为莲子,他想到了莲房,莲房就像自己的妈妈一样,哺育了自己和他的兄弟。"共房头鬮鬮",这是两个入声字,是古代读书人每个人都必读的《诗经》当中的词。引进了这样的一个语典,就使得这首诗变得很高古、很高雅。"鬮鬮"的意思就是头攒聚在一起。"更深兄弟思",因为莲房里面的莲子都攒聚在一起,就想到了他的兄弟。"实中有幺荷","幺"是最小的、最细的。"拳如小儿手。令我忆众雏,迎门索梨枣。莲心正自苦,食苦何能甘。甘餐恐腊毒,素食则怀惭。莲生淤泥中,不与泥同调。食莲谁不甘,知味良独少。"这两句化用了《中庸》里孔子的话,说"人莫不饮食,鲜能知味",但是他用典用得让你不觉,非常自然,不了解这个典故不妨碍读这两句诗,但是当了解以后,阅读就多了一层深层的愉悦。"吾家双井塘,十里秋风香。安得同袍子,归制芙蓉裳。"用的《楚辞》里的典故。他写的是一个日常生活中非常平庸琐屑的小事,但是能够写得雅意流行。

我们再来看看清代第一大诗人郑珍的作品。这也是宋诗派的一个代表人物。《夜深诵了坐凉》:"天外一钩月,晚风吹到门。开窗上镫幌,凉意幽无痕。展诵四五卷,炉火余温麈。举头不见月,知归何处村。"这两句非常的新鲜,抬头看不见月亮了,月亮落到哪个村庄去了呢?古人也有月亮到哪里去了的疑问,但是往往想到是海的那边去,他故意把它写小了,所以它有一种新鲜感。"惟闻溪水西,时时犬声喧。缓步肆闲散,披衣坐离根。不觉花上露,盈盈浩已繁。此趣谁共领,欲说都忘言。"这首诗它的妙处在于把平庸琐屑的东西写得诗意盎然,他写出了他的与万物相契的情感,这就是我们讲的江西诗派的第一个特点,"以俗为雅"。

第二个特点是"以古为新"。怎么样去表现生新?每一个诗人都有一种强烈的渴望,希望自己写得跟别人不一样,但是真正的创造,一定是站在前人的基础之上的。黄庭坚给他的外甥洪驹父回信,讲了下面这段话,非常重要:"自作语最难,老杜作诗,退之作文,无一字无来处。"无一字无来处是不可能的,其实是无二字无来处,没有一个单独的词是没有来处的,这样才能够典雅。"盖后人读书少,故谓韩、杜自作此语耳。古之能为文章者,真能陶冶万物,虽取古人之陈言入于翰墨,如灵丹一粒,点铁成金也。"能把古人的陈言变化成他的话,这就是创造。黄庭坚这里面其实就是强调了修养的重要性,你的创作必须要是典雅的,这样才能与古人对话。

我们来看看他是怎么样以古为新的。《过方城寻七叔祖旧题》,第一句,"壮气南山若可排",如果不知道这一句的出典,只是觉得它是一个非常新奇的比喻,但是如果是读过书的人,就知道这句出自《梁父吟》"力能排南山",马上就会心一笑。"今为野马与尘埃",庄子《逍遥游》里面讲"野马也,尘埃也,生物之以息相吹也",一下子就把你带入到了高古的情境当中去,而且又非常有气,它的气是一气贯注的。"清谈落笔一万字,白眼举觞三百杯。""清谈"对"白眼",是晋代的故事。王夷甫诸人就喜欢清谈,晋朝人最喜欢做的就是清谈,讲一些特别玄虚的东西。当时阮籍善为青白眼,对他喜欢的人、瞧得上的人就用青眼,用眼睛瞳仁对着你,他瞧不上你,就翻白眼。"周鼎不酬康瓠价",这句是从贾谊的《吊屈原赋》里面变过来的,就是原话直接改了几个字,这个不是抄袭。我们有一个原则,就是在诗当中,用更古的文体,在词当中用诗,在曲当中用词,在近体诗中用古诗,在古诗当中用赋、用文,都不是问题。"豫章元是栋梁材",出自史书上的典故,说有一个人从小的时候就很有气象,有一个前辈一看就说他将来可能要做宰相,虽然是很小的一棵树,但是已经具有了栋梁之气象。"眷然挥涕方城路，冠盖当年向此来。"恋恋不舍，忍不住流下眼泪了，想象当年的时候我的七叔祖就曾经跟他的朋友一起到这个地方来游，我将来可能也有一天归于地下，生命是如此的短暂，这个任凭你想象。

我们再来看陈师道的《春怀示邻里》："断墙著雨蜗成字"，这里面用的《酉阳杂俎》的典故，唐睿宗李旦还没有做皇帝的时候，蜗牛在他们家墙壁上就写出了一个"天"字，蜗牛又叫"篆愁君"，说它写的字像篆书一样，它爬出来那个痕迹像篆书一样，给人的感觉很忧愁，所以叫"篆愁君"。"老屋无僧燕作家"，老的僧舍连和尚都没有了，只有燕子来作为它的主人。"剩欲出门追语笑，却嫌归鬓著尘沙。"，这里面用了一个著名的典故，人家听说了长安很好，于是出门而西笑，我却嫌尘沙污了鬓发。这是说我离你们官场的是非很远，我是一个冷官，你们也不可能去赏识我，我也不追求被你们赏识。"风翻蛛网开三面"，如果不懂这个典故就以为他就是在写实，但实际上他是用了《史记·殷本记》的典故，商汤非常仁爱，别人捉鸟的时候四面张网，结果他把三面都去掉了，他只留一面，说鸟儿你到处可以飞，只有那种真该死的，才会落到这里面来。"雷动蜂窠趁两衙"，蜂衙出自一个字书，叫《埤雅》，字书是古代的字典，但是它分门别类地去划分。"屡失南邻春事约，只今容有未开花。"邻居你们老约我一起出去看花，可是我老是因为其他的一些事情没有和你们在一起，但是我这次一定不会违背我们的承诺，相信一定还有没有开的花等着我们去发现。他写的是很平淡的东西，但是他因为语言的张力，就使得它同样有诗味。我们千万不要对自己估计太高，以为自己天生具有诗人的性情，只要一咳唾出来，就都是珠玉，首先要认为你是没有什么天赋的，就是要学古人中那些没有天赋的人怎么样能够写好诗。就是要学以俗为雅，以古为新，点铁成金等手段。

下面我们讲第三个特点，"夺胎换骨，点铁成金"，主要是在句法上和炼字上。它包括了三个方面：一是锻炼句意。怎么样去锻炼句意？用复杂的句子去代替单一的句子，用被骈体文压缩过的句子去代替散文化的句子。二是懂得炼字，字要精炼。炼的追求是什么呢？追求新鲜、有力，追求雅，最好是有典。五言诗的第三个字或者七言诗的第五个字尤其需要去锤炼。三是重视对仗。江西诗派的特点是对仗特别地活。本来对仗是最需要像骈体文的，但是江西诗派恰恰是反其道而行之，因为本身骈体文都是对仗的，如果对仗的句子都像骈体文那么严格去对仗的话，就显得呆板了，反而让对仗的句子像散文的句法，这样就营造出了一种跟你的阅读期待不一样的艺术审美效果。

我们看秦观的《次韵裴仲谟和何先辈》二首，其二："汝南古郡寡参寻，兀兀长如鹤在阴。支枕星河横醉后，入帘风絮报春深。青山未落诗人手，白发谁知国士心。""白发谁知国士心"本就是一个很普通的句子，就是讲报国无门，但是一加了上一句，"青山未落诗人手"，就显得极其地生动。"多谢名郎传绿绮，愧无佳句比南金。""南金"就是指非常珍贵的东西。中间的两联，"支枕星河横醉后，入帘风絮报春深"，即支枕星河于醉后相横，入帘风絮报春天之深。这是用骈体文的句法压缩下来的，比我们正常的语言要复杂。

黄庭坚《次韵裴仲谋同年》："交盖春风汝水边，客床相对卧僧毡。舞阳去叶才百里，贱子与公皆少年。"这两句就是散文的句法，他在诗里面用散文的句法，显得诗句非常的高古，非常的矫健，而且非常的灵动。舞阳也是一个地方，它距叶县只有百里之遥，我跟先生当年都曾经是少年之人。"白发齐生如有种，青山好去坐无钱。"我们白头发长出来仿佛是底下有种子一样，想把它铲掉也铲不到，想归隐但是没有钱。"烟沙篁竹江南岸，输与鸬鹚取次眠。"感慨他们因为在朝廷之上身不由己，比不上鸬鹚那么的安闲。

《过平舆怀李子先时在并州》："前日幽人佐吏曹，我行堤草认青袍。心随汝水春波动，兴与并门夜月高。"这两句何等的灵动！"心随汝水春波动，兴与并门夜月高"，不要用现代语法去理解，可以把它理解为是骈体文句法的一个压缩：心随汝水，若春波之动；兴与并门，齐夜月之高。上面两句用了骈文的句法，下面两句用了散文的句法："世上岂无千里马，人中难得九方皋。""九方皋"，著名的相马的高手，千里马对九方皋，对得如此工整，它的妙处在于它工整得让你不觉。有的时候因为你的词汇量少，你过求工整，反而落于下乘了。"酒船鱼网归来是，花落故溪深一篙。"这个"深"

就是经过精心锤炼的字。"深"是一个活字，既可以当形容词用，又可以当动词用，还可以当名词用，所以它是一个活字，他在这个地方用一个活字，表示说春水涨起来了，怎么样才能知道春水涨起来了，下竹篙的时候，撑船的竹篙下落水，水线在竹篙上面更深了。他又非常有生活的经验，同时又给你语言上的一种新鲜感，用西方的理论来说，这就叫做"陌生化"。

下面我们来看看大家这一期的作业。我们这次作的是夏至日。

第一首："更从何处御炎蒸，南国夏来俱不胜。青草池塘浑似梦，鸿雁消息总无凭。纳凉常作失期客，枯坐真成入定僧。检点十年甘碌碌，早忘心向最高层。"

"更从何处御炎蒸，南国夏来俱不胜。"上句是"何处御炎蒸"，正常的平仄应该是仄仄仄平平，那么他下面对的是"夏来俱不胜"，如果"俱"这个位置不用平声字，他就犯孤平了，所以他一定要用"俱"这个平声字。"青草池塘浑似梦，鸿雁消息总无凭。"这就是对仗不工，我给改成了"锦鸿消息"，因为"雁"和"鸿"意思是差不多的，体大者为鸿，体小者为雁，其实是同一种鸟。上联青草是一个偏正词，而且青是颜色的词，所以同样用表达色彩的"锦"。"纳凉常作失期客，枯坐真成入定僧。"这两句写得非常好，具有流水对的特点，"纳凉""枯坐"本身是一个连贯的动作。"检点十年甘碌碌，早忘心向最高层。"最后就有点言志了，写诗尽量不要言志，以抒情为主。

第二首："木槿催来暑气升，圆荷难盖水云蒸。波煎晴日焦金镜，湖待凉蟾浮玉冰。阳燧烧桐琴暗挂，阴虹萦椀酒先登。漏声从此渐知永，幸有幽怀几度兴。"

"木槿催来暑气升"，我给改成"木槿花催暑气升"，因为"催来"显得太过口语化。"圆荷难盖水云蒸"，这句构思非常好。"波煎晴日焦金镜，湖待凉蟾浮玉冰。"骈体文的句法用到诗里面来了，非常好，说湖水带着月亮照耀下来，给人一种清凉的感受，仿佛是浮着玉冰一样。"阳燧烧桐琴暗挂"，"阳燧"古人是用来烧火的凹镜，"阴虹萦椀酒先登"，这两句也是两个复杂的句子。"阳燧烧桐"，一个单独的句子，"琴暗挂"又是一个单独的句子，"阴虹萦椀"一个单独的句子,"酒先登"又是一个单独的句子,所以复杂的句子就肯定是比简单的句子好。"漏声从此渐知永",我们现在计时已经不再用漏了,所以作为一个当代人这样写的话,总是让人觉得比较突兀。"幸有幽怀几度兴",结得也很好。

第三首:"阴气初来暑却升,骄阳恣意洒炎蒸。蝉犹抱树唱金缕,鹤欲寻涯舞玉绳。竹枕风掀谢池草,书台月照剡溪藤。平生契合清幽兴,闲馆持杯上一层。"

"阴气初来暑却升"这句不是诗的语言。"骄阳恣意洒炎蒸",这句还可以。"蝉犹抱树唱金缕",我改成了"歌金缕",因为"唱金缕"是一个小拗句,下一句可以不救,但是终究来说,只有一个平声字,吟诵起来不好听。"鹤欲寻涯舞玉绳","玉绳"代表星星,但是"鹤欲寻涯",鹤需要去寻找天涯舞到星星,相对来说显得有一点隔。因为在写一个意象的时候,要让人一下子就能抓住。古人用典是让你一下子抓住之外,他还能让你有多一层的思索。"竹枕风掀谢池草","掀"用得太硬了,池塘生春草,改成"竹枕风生谢池草","书台月照剡溪藤",这个对得都很好。"平生契合清幽兴","契"和"合"两个意思一样,所以只要用一个字就可以了,"平生久契清幽兴"。

第四首:"春时莫怨雨无停,夏昼须愁风有层。我愿心如天外客,人当醉似雾中灯。闻香难识诸君面,对影空成吾老藤。至日无求天作美,斜阳还看笔生冰。"

"春时莫怨雨无停",这个不单是口语,而且可能还是广东话或客家话的口语,这就是俗,因为语言是生造的。"夏昼须愁风有层",同样也是太生造了。"我愿心如天外客,人当醉似雾中灯。"这两句就很好,好在句子复杂。"闻香难识诸君面",这句也比较突兀。"对影空成吾老藤",意思也是拼凑的,同时三平尾,出律了。"至日无求天作美",这是日常语言的陈述句。"斜阳还看笔生冰",这句就是让人无法理解。

第五首:"乍雨旋晴玉宇澄,岭南仲夏气如蒸。夜来偶觉凉风起,梦里无端旅思增。十载飘零徒有憾,一朝归去复难能。旧时怀抱今何在,狼藉前尘讵可凭。"

"乍雨旋晴玉宇澄。"表示时间的"旋"可能是念四声,如果是四声的话,就犯孤平了。"夜来偶觉凉风起",这就是一个非常简单的句子,"夜来偶觉凉风起",主谓宾,既没有从句,也不是两个句子压缩起来的,所以就显得很平。"梦里无端旅思增",他知道这个"思"是念四声,非常好。"十载飘零徒有憾,一朝归去复难能。"这两句比上两句好一些,因为句子复杂了。"旧时怀抱今何在",我改成"今安在","安"和"何"还是有一个小小的区别的,一般"何"表示在哪里,"安"就是表示反问。"狼藉前尘讵可凭",前面的人生经验可能不一定能够作为自己的凭借。

第六首:"连绵风雨洗炎蒸,避暑焉须最上层。赤日无心南复北,浮云何意落还升。偶因客兴伤秋兴,且就迦陵读少陵。夔府八篇惆怅尽,讵知异代更相仍。"

"连绵风雨洗炎蒸,避暑焉须最上层。"开头两句一气直下,很好。"赤日无心南复北,浮云何意落还升",这两句就非常雕琢,因此就非常不好。"偶因客兴伤秋兴,且就迦陵读少陵。"这两句很好,因为它不是刻意的。迦陵指叶嘉莹先生。"夔府八篇惆怅尽",与上面的"秋兴"重复了,"讵知异代更相仍"。最后两句有寄托,有对现实的思考,因此是非常好的,如果把"夔府八篇"给改了,那会更好。

第七首:"粤岭由来多瘴疠,年年何事复炎蒸。楼高漫倚云初散,衣润懒熏香欲凝。南浦萍踪随远棹,西窗蕉梦对残灯。闲愁最怕无聊夜,此后漏长和恨增。"

"粤岭由来多瘴疠",这一句就不是诗家语。"年年何事复炎蒸",就带有一点情感在里面了,就好一些了。"楼高漫倚云初散,衣润懒熏香欲凝。"其实这两句的句法很好,"楼高漫倚"是一个单纯的句子,"云初散"也是一个单独的句子,它的句法很复杂的,很好,但是它跟下一句不能相衬。"楼高漫倚"和"衣润懒熏","衣润懒熏香欲凝"有逻辑能够连在一起的,但是"楼高漫倚"和"云初散"之间没有特别的关系,所以它就跟下一句不相称。"南浦萍踪随远棹,西窗蕉梦对残灯。"这两句非常漂亮,"蕉梦"也是有典故的。"闲愁最怕无聊夜,此后漏长和恨增。""漏长"与现代生活太隔，我们尽量要避免。

第八首："莫怪雄鸡多睡意，缘因夏至日先升。风吹湖畔波光耀，云聚山巅海气蒸。才啖红尘红荔子，又贪紫极紫芝藤。仙人掌上盘中露，可与刘郎昼永恒。"

"莫怪雄鸡多睡意"，这句不雅。"缘因夏至日先升"，不是诗的语言，而且因果关系太明确了。"风吹湖畔波光耀，云聚山巅海气蒸。"这联就不错，因为它句子复杂。"才啖红尘红荔子，又贪紫极紫芝藤。""红尘"跟"红荔子"有什么关系，他想到的是"一骑红尘妃子笑"，但是你不是杨贵妃。"紫芝藤"，"藤"是凑上来的，它其实没有实际意义的。"仙人掌上盘中露，可与刘郎昼永恒。""昼永恒"这三个字是倒装，能给刘郎（汉武帝刘彻）永恒的昼，永恒的白天吗？但是非常生造突兀。

第九首："清风无力消烦暑，闲夜登高最上层。林樾蝉鸣幽远树，陌阡萤火暗纱灯。莲舟飘转栖孤月，花雨萧寥忆酒朋。醉卧樊笼思竹径，行歌徒自羡山僧。"

"清风无力消烦暑，闲夜登高最上层。"这两句很有气。"林樾蝉鸣幽远树，陌阡萤火暗纱灯。"这两句相对平一些。"莲舟飘转栖孤月，花雨萧寥忆酒朋。"这两句单独看是非常好的，但是它跟上两句连在一起就不好了，因为后五个字的节奏是完全一样的，这样就显得呆板。写中间两联的时候，后五个字的节奏要注意把它给错落开来。"醉卧樊笼思竹径，行歌徒自羡山僧。"我给改成"行歌徒羡白莲僧。""白莲僧"是指白莲社，东晋的慧远组建了白莲社，这样就有典了。

第十首："夏至临桥观落日，凭栏远眺水波澄。熏风入袂云初霁，暑气离裳月始升。雾漫青林藏倦鸟，烟环碧沼却忙蝇。劳生莫负凌霄志，目送翻然脱绁鹰。"

"夏至临桥观落日"，直接把题目里的"夏至"写出来了，这叫犯题，一般来说是要避免的。"凭栏远眺水波澄"，"凭栏远眺"是一个成语，成语不能入诗。"熏风入袂云初霁，暑气离裳月始升。"很好。"雾漫青林藏倦鸟，烟环碧沼却忙蝇。"也很好，而且把"蝇"这个非常俗的字写得非常雅。"劳生莫负凌霄志，目送翻然脱继鹰。"他也是言志，但是因为他是用意象言志，所以他就含蓄不露，非常好，所以只有开头两句不好，其他六句都很好。

第十一首："又从岁半感沉冥，至日微阴暮雨凝。蜩委幽篁声甫定，风含菀柳意难胜。敢期河朔频飞盏，差喜生涯惯饮冰。惭愧季鹰归未得，芳华辜负几池菱。"

"又从岁半感沉冥，至日微阴暮雨凝。"开头一气直下，非常好。"蜩委幽篁声甫定，风含菀柳意难胜。"也是两个句子组成了一个七字句，好！"敢期河朔频飞盏，差喜生涯惯饮冰。"这句非常好，好在他其实要表达自己清高的情志，但是用"饮冰"的意象来表达。"惭愧季鹰归未得，芳华辜负几池菱？"最后一句就是凑出来的，因为"季鹰"想的是鲈鱼莼菜，不是想的菱角。

第十二首："西望伶仃沓浪鸣，香山暖翠碧烟凝。两情隔汉遥相望，廿载蛰鳞今始腾。常逐星流劳郢匠，巧连天堑缚长绳。可期泛海需车马，笑问八仙何所凭。"

"西望伶仃沓浪鸣，香山暖翠碧烟凝。"开头也是一气呵成。"两情隔汉遥相望，廿载蛰鳞今始腾。""两情隔汉遥相望"这一句是非常漂亮的句子，可惜下一句相对弱了一些。"常逐星流劳郢匠，巧连天堑缚长绳。"整个两句如果不看"劳郢匠"这三个字的话，是非常好的一个流水对，但是为什么说"劳郢匠"这三个字不好？因为我们说"郢匠"最大的特点是用斧头，斧头的特点是砍，我读的时候，我的期待是这个"郢匠"能不能把我们的梦给砍通了，梦本来是不通的，有他的神斧头可以帮我们砍通了，结果他却是去"缚长绳"。"可期泛海需车马，笑问八仙何所凭。"力竭了，到了这里面气力不足了。很多人最难写好的就是律诗的结尾。

第十三首："落拓江湖载酒行，飞光诚可磨霜棱。浅滩红树聚群鸟，深谷翠松惊大鹏。良制还须望彼岸，迷途何处觅航灯。星疏月淡初高夜，一带一路半海冰。"

"落拓江湖载酒行"，这就是抄袭了，因为本来也是近体诗中的句子，除非你整首诗都是集句。"飞光诚可磨霜棱"，三平尾。他感慨的是时光是可以把人的棱角给磨掉，意思很好，但是三平尾。"浅滩红树聚群鸟，深谷翠松惊大鹏。"首先，句子非常简单。其次，松何以能够惊鹏？"松"是静态的，况且"大鹏"，如果读过庄子的《逍遥游》，知道它抟扶摇直上九万里，绝不可能停在松树上。"良制还须望彼岸，迷途何处觅航灯。"这就是老干体的句法。"星疏月淡初高夜"，这句就是诗人的语言了。"一带一路半海冰"，"带"和"路"都是仄声字，所以它出律了，当然同样不是诗家语。虽然，他也是有寄托、有思想的，但思想是要通过你的情感、意象来表达。

第十四首："霁雨风轻卷幔升，芙蕖芳草著花仍。新山泼黛寥天寂，空水浮蓝烟海凝。十载戎行结梦客，半生飞锡倚楼僧。昔时月下师孤影，清磬绕梁谁忘曾。"

"霁雨风轻卷幔升"，"霁雨"是偏正结构，"风轻"是主谓结构，这两个放到一起很突兀。"芙蕖芳草著花仍"，是仍著花的倒装，这样的倒装没有意义，显得很不通顺。"新山泼黛寥天寂，空水浮蓝烟海凝。"这联很漂亮。"十载戎行结梦客，半生飞锡倚楼僧。"这两句也很不错。"昔时月下师孤影"，这句太写实了，不好。"清磬绕梁谁忘曾？"跟第一句的毛病一样，为倒装而倒装，这就不好了。

第十五首："太虚幽邃一阴生，耿耿星河掩月棱。翠盖已圆收雨脚，长杨正茂欲蝉凭。久晴城郭频移席，隔水渔家唱采菱。更漏声中人不寐，捕风独上最高层。"

"太虚幽邃一阴生，耿耿星河掩月棱。"直接写景起，一气直下非常漂亮。"翠盖已圆收雨脚，长杨正茂欲蝉凭。"这两句的句法很矫健，但是可惜的是"雨脚"跟"蝉凭"不对仗。"久晴城郭频移席，隔水渔家唱采菱。"这就是诗家语，诗家语跟非诗家语最大的区别在于三个字，就是赋比兴。久晴城郭、隔水渔家，就是善于用赋。"更漏声中人不寐，捕风独上最高层。"跟我刚才讲的问题是一样的，更漏属于跟我们的生活接触得太紧密的东西，容易变化的东西，尽量要避免用。"捕风独上最高层"，最后结得也很好。

第十六首："鹏城五月似炎蒸，北望故园湖水澄。满眼青荷藏白玉，一池碧浪育红菱。莲舟醉卧莲蓬子，月色平移月影灯。何处旧弦流古韵，闲茶搁久惹人憎。"

"鹏城五月似炎蒸，北望故园湖水澄。"开头不错。"满眼青荷藏白玉，一池碧浪育红菱。"这联对得很工整，但是也不出彩。为什么不出彩？因为没有典，所以就不典雅。"莲舟醉卧莲蓬子，月色平移月影灯。"一纤巧就俗。"何处旧弦流古韵？""旧弦"显得太为穿凿了，又是旧弦，又是古韵，冰弦也可以，从听觉上讲，听到的声音，你会想到它是新弦还是旧弦吗？"闲茶搁久惹人憎。"这句是没话找话说，而且不是诗人的语言。

第十七首："碧草池塘菡苕生，鸣蝉柳外更炎蒸。重云垂地风难定，急雨摧花枝不胜。晚出寻花熏细茗，晨来承露遇孤僧。知音闲坐日犹短，四望荷亭翠雾凝。"

"碧草池塘菡苕生，鸣蝉柳外更炎蒸。""更"这个虚字用得很无味，我改成"诉"，控诉，这一下子就有你的情感在了。"重云垂地风难定"，复句，复杂的句子。"急雨摧花枝不胜"，好，因为复句必然好。"晚出寻花熏细茗"，懂得"茗"这个字念 mínɡ，很好。"晨来承露遇孤僧"，这句有点凑韵。"知音闲坐日犹短，四望荷亭翠雾凝。"最后结得非常含蓄蕴藉，非常好。

第十八首："炎阳忽作墨云倾，水泼跳珠暑气凝。天外阴晴檐下转，世间悲喜梦中兴。舞低晓月楼听雨，曲尽青峰舟映灯。却念今宵风物好，江南歌棹采红菱。"

"炎阳忽作墨云倾，水泼跳珠暑气凝。"开头也很好，写景入，非常好。"天外阴晴檐下转，世间悲喜梦中兴。"句子也很复杂，也很好。"舞低晓月楼听雨"，从"舞低杨柳楼心月，歌尽桃花扇底风"变过来的，但是这里面有毛病。首先来说并不是楼能够听雨，而是人听雨。其次，诗里面尽量不要化用词里面的句子，词里面可以化用诗的句子，词写得像诗没有问题，但是诗写得像词就会被人嘲笑为像女郎诗了。"曲尽青峰舟映灯"，这个句法挺好。"却念今宵风物好，江南歌棹采红菱。"他宕开了一笔，由眼前的想到了江南，很好。

第十九首："深城六月炼炉中，路上行人似癔症。百丈危楼悲失影，七星翠羽跃云层。联翩喧雨飒然至，杳邈长空倏尔澄。人间苦难今为盛，欲归仙境苦无凭。"

"深城六月炼炉中，路上行人似癔症。"没有诗味。"中"字出韵。"百丈危楼悲失影，七星翠羽跃云层。"为对仗而对仗，没有出典，不典雅。"联翩喧雨飒然至，杳邈长空倏尔澄。"同样的，用的这些词也是精心想过的，可惜这些词都是没有出典，所以给人的感觉不像是一个有基本功的人写出来的，就像一个没有临过帖的人写出来的字一样。"人间苦难今为盛，欲归仙境苦无凭。"最后两句是太直白，前面的铺垫也不够。

第二十首："熏风夏日度烦蒸，客地黄昏聚旧朋。绿酒新愁疏雨落，红尘远梦野云升。虫鸣草木千声静，月卧烟波万影澄。久看光阴流幻海，犹惊夜市起华灯。"

"绿酒新愁疏雨落，红尘远梦野云升。"我给他改了两个字，"绿酒逭愁疏雨落，红尘侵梦野云升"，改了之后就变成复杂的句子了，就有力量了。"虫鸣草木千声静，月卧烟波万影澄。"这两句堪称佳句。"久看光阴流幻海，犹惊夜市起华灯。"这一句也是非常漂亮，立意非常新。

第二十一首："谁翻炎海火云蒸，高柳鸣蝉意不胜。红荔垂枝清梦醒，圆荷照水暖香凝。昆仑乞雪信知杳，枕簟邀凉差喜能。北牖渊明当此卧，披襟岂必上高层。"

"红荔垂枝清梦醒"，我给改成了"清梦觉"，"觉得"的"觉"是一个入声字，那样在音律上显得更加的峭拔一些，更加有力量一些。"昆仑乞雪信知杳"，这个实际是化用毛泽东的词，"安得倚天抽宝剑，把汝裁为三截。一截赠欧，一截遗美，一截还东国。""枕簟邀凉差喜能"，很矫健的句子。"北牖渊明当此卧，披襟岂必上高层。"结得也很好。这首诗整个很浑成。

第二十二首："天地为炉万象蒸，帘栊不动火云升。茶罢坐听蝉声满，睡起闲看暮霭凝。欲借诗文生素静，奈何心绪暗飞腾。远山入夜月澄澈，自此漏长情更增。"

"天地为炉万象蒸，帘栊不动火云升。"这两句令人眼前一亮，真的是达到了首联要头角峥嵘的要求。"茶罢坐听蝉声满，睡起闲看暮霭凝。"蝉声的"声"出律了，所以要改称"蝉噪满"。"欲借诗文生素静，奈何心绪暗飞腾。""诗文生素静"是"欲借"的宾语，"心绪暗飞腾"是"奈何"的宾语，所以它是非常好的复杂的句子。"远山入夜月澄澈，自此漏长情更增。"同样的问题，"漏长"现实中已经没有了。

第二十三首："寂寥正午柳无力，昏昧一时肩怎凭。微雨悄飞荷尚艳，艳阳久炙笼中蒸。临风怅惘烦忧客，结夏羡钦清净僧。方觉厌随空幻梦，勤修须藉有青灯。"

"寂寥正午柳无力，昏昧一时肩怎凭。"不是诗家语。"微雨悄飞荷尚艳，艳阳久炙笼中蒸。""笼中蒸"三字出律了，三平尾。同时，因为它没有出典，没有用语典，完全都是自己想的，所以它就必然不雅。"临风怅惘烦忧客，结夏羡钦清净僧"，结夏是佛教的一种制度，炎夏到来，僧人安居不出门。"方觉厌随空幻梦，勤修须藉有青灯。"这个"有"是多余的。

第二十四首："晨来风雨午时晴，去尽埃尘暑气蒸。绿树花闲鸣旧鸟，小楼栏外绕新藤。莲盈香引风流客，水落亭留过路僧。金虎勤遭老翁厌，可怜尽瘁避神惩。"

"绿树花闲鸣旧鸟"，"旧鸟"很俗，改成"宿鸟"，"莲盈香引风流客。""莲盈"这个词就不通，"香盈莲引风流客"就可以了，把顺序变一下没有问题。"金虎勤遭老翁厌，可怜尽瘁避神惩。""金虎"指太阳，这个老头就嫌太阳太热了，可是他干了自己该干的事，但这不是诗语，完全是一种干瘪的议论，不应该出现在诗里面的。

第二十五首："夏夜忽传金鼓声，竹帘骤卷电光增。空庭绿柳影飞曳，远寺红莲雨半凝。龙女献珠成妙果，药王燃臂供真乘。化城虚境何消热，结界安身效古僧。"

前四句我评了一个字，叫"隔"。"隔"是王国维提出来的术语，就是写景要让人感觉到如在眼前，这景如果还要让人去思考，让人去想象，就很难让人读进去。"龙女献珠成妙果，药王燃臂供真乘。"这个他是扣的诵《法华经》的内容和主题。"化城虚境何消热，结界安身效古僧。"他这首诗的立意非常新，他就讲，夏天太热了，我怎么样去消这种烦热呢？我是靠诵《法华经》，我是像古代的僧人一样。

第二十六首："至日方惊气郁蒸，流光暗换岂无凭。劳心北阙君何事，寄傲南窗我未能。弄柳鸣蝉凋楚鬓，披襟愁客掌孤灯。多情最是高楼月,隔牖还赊一枕冰。"

"至日方惊气郁蒸,流光暗换岂无凭?"开头很有力量。"劳心北阙君何事,寄傲南窗我未能。"这两句非常好,句法很矫健,而且不黏不脱,跟上面、下面都有一定的内在关联,但是又不是句句都扣着题目,所以它有一点题目之外的联想,非常好。"弄柳鸣蝉凋楚鬓",我改成了"抱柳鸣蝉凋楚鬓",一般"弄"是一个很大的东西去弄一个很小的东西,"披襟愁客掌孤灯",这两句不太好。因为你跟上面的"劳心北阙君何事,寄傲南窗我未能"不搭。"多情最是高楼月,隔牖还赊一枕冰。"这个我给出了这一次我们作业的最高评价,这两句:仙句。仙骨姗姗的句子,是真正的诗家语。

最后我们来看一看本期社课题目,咏木棉。古人写咏物诗,一般都是首先要收集资料,去找古代的类书。现在我们有搜韵网,很方便去搜古人怎么写的,古人咏其他的花是怎么写的,结构是怎么样的,与这个花相关的典故是什么。搜集好了再去写,与没有准备就写完全不一样。今天就讲到这里。谢谢大家。

第八章
七律写法例析（二）

嘉宾：潘海东

时间：2018 年 8 月 4 日 19:00—21:00

潘海东

各位新朋友，很荣幸来到这里和各位论诗。原本的安排是沈老师，因事要我代一次，因来不及仔细沟通，如与前几讲稍有重复，请大家原谅。诗的历史极长，各人读诗也各有己见，所以我和沈老师、徐老师讲的如有不一致的地方，欢迎提出来讨论。此外，因才疏学浅，讲错恐在所难免，各位发现时，请随时纠正，谢谢。

今天说的，是七律的写法。总共说三段论、八首诗。

论一：关于七律的起承转合

七律跟五律，都是中国古代诗歌最常见的样式。诗分古体和今体，"今"，是唐代的"今"。今体有严谨的格律规则，除了五律、七律及加长的排律以外，五绝、七绝也都跟古绝句不同，是讲求格律的"律绝"。

律诗因为常见，所以只要入行，对其写法，都有所了解。例如起承转合，就无人不知。元代范梈的《诗法》说"做诗有四法"，说的就是起、承、转、合，具体方法为——起要平直，承要从容，转要变化，合要渊永。

这一结构方法，除了诗歌，别的体裁也用。传统戏剧里的起承转合，还尤有特色：角色先是一两个人，接着慢慢出齐；事情先有个提起，然后渐渐丰满；好人坏人表现到极致，矛盾也扩大、激化到高潮，就自然转折；最后敌人垮了，好人赢了，大团圆结局。散文、小说也有很多类似之处，今天的中学讲散文，不少老师就还讲起承转合。

作为一种基本结构方法，起、承、转、合的循序渐进，是符合较多事物的发展规律的。问题在于实际的写作中，不同时期、不同题材、不同背景、不同风格、不同寄寓的作品，各应如何起、承、转、合，也应有不同办法，却不能笼而统之，不讲区别。各种情况，都是一个提法，一体对待，如"起要平直"，便可以商榷。

仅就七律而言，不同的起法也颇为多见。例如杜甫的"为人性僻耽佳句，语不惊人死不休"，请问是平还是直？苏轼的"圣主如天万物春，小臣愚暗自忘身"，请问是平还是直？苏轼根据自己的见闻，认为王安石变法的一些具体政策，不符合社会实际，因此在几首诗中有所反映，而神宗皇帝强力排除障碍，推行变法，一些御史观测风向，不惜罗织罪名，苏轼被捉拿下狱，只待论死，心里并不是没有怨愤的。其狱中第二首的"柏台霜气夜凄凄，风动琅珰月向低"，便同样不平不直，颔联"梦绕云山心似鹿，魂飞汤火命如鸡"，更说心似云山之鹿，命如汤火之鸡。事实上，这种情形，能平直得了吗？

在诗歌、散文、戏剧、小说四大文学体裁中，诗是最有灵性的。如果生搬硬套某个说法，生拼硬凑某种套路，就活活把它弄死了。我想各位在反复的实践中，一定能发现大量不同的、切合实际的方法、技巧，在不断总结以后，走出自己的路子来。

下面对七律的起承转合，谈一点我的具体认识。

起，一般以首联为"起"，较为多见。特殊的，以首句为"起"，也不乏其例。那么，怎么起？范梈说"起要平直"。有些作品，当然可以平直，如一些普通事、自然情，本身就没有什么弯弯绕绕、跌宕起伏，如果非要扭出不平不直来，岂非故作高深、大惊小怪吗？但世界之大，无奇不有，事物起始，有平直，有没有突兀？有平实，有没有张扬？有平淡，有没有激烈？有开言就说事、叙事，还有没有开言就煽情、调情？应该都是有的。其实，开头的"起"，有另一个字，我认为倒更要牢牢记住，就是怎么"切"的问题。七律总共八句五十六个字，一开头扯远了，恐怕废话没说完，五十六个字就没有了。所以这个"切"，还要尽可能切得"近"，甚至直入主题。这是"起"。

颔联为"承"。起是事情缘起、话题提起，承，就要把事头、话头接下来，不但要接得住，而且要撑得起、打得开。就像刚才讲的戏剧一样，开局以后，各种角色粉墨登场，几条脉络依次展开，并且紧紧抓住事物发展、矛盾纠结中的曲折、奇崛，使之成为看点、亮点、思点，使读者不知不觉跟着你的思路，与你一起走下去。

颈联为"转"。范梈讲"转要变化"。转当然会有变化，没变化怎么叫转，难道事物到了这里就静止不动吗？所以范梈那话，说了等于没说。其实这里的转，是事物发展到一定阶段，矛盾纠结到一个节点，乃至情感、情绪达到一个高潮，而必然产生的转折。关键倒是在：怎么抓住这个阶段、这个节点、这个高潮的重要特征，或者标志性的情状，并形象、生动地把它描绘出来，而转折的趋向，则含在其中。

尾联为"合"。一说，颈联仍然"承"，用尾联的首句作"转"，末句作"合"。我想这如果符合诗中情、事的发展脉搏，当然也未尝不可。需要指出的是，如果颈联仍然"承"，则颔联为一承，颈联为再承，两承的角度、力度、发展程度，是应有不同的。而尾联一句转、一句合，在笔力上恐怕更费斟酌。至于"合"的方法，大团圆当然是一种，读了使人开心，悬着的心可以放下来。但世间很多事物的结局，并非都是喜剧，都有大团圆。因此更多的，应该是似收束，未收束，似圆满，不圆满的"合"，从而引出思索，留下回味。这种"合"，我认为是最好的。而不是作者写完了，读者看完了，就都拉倒了。

说了一番理，下面来说诗，看看前人的范例。

诗例一：白居易《鹦鹉》

鹦鹉

陇西鹦鹉到江东，养得经年嘴渐红。
常恐思归先剪翅，每因喂食暂开笼。
人怜巧语情虽重，鸟忆高飞意不同。
应似朱门歌舞妓，深藏牢闭后房中。

首联:"陇西鹦鹉到江东,养得经年嘴渐红。"这里,白居易不着痕迹地嵌进了两个词,一个是"嘴",一个是"江东",而这两个词,都很重要。首先,为什么先说"嘴",而不先说毛色漂亮、样子好看、叫声好听?固然,鹦鹉最靠一张嘴,但这张嘴会不会说话,跟嘴的"红"又有什么关系?其次,为什么说"江东",说河东、山东不也都押韵,都养鹦鹉吗?这自然要看一看作者的情形。这首诗写于唐敬宗宝历二年(826年),白居易这时正在江东。在江东的原因,是朝中朋党倾轧,自请外放,先到杭州,再到苏州,加起来已经四年,年龄也已五十五岁。如果再稍往前推,则他的上一次离京,是典型地因为嘴巴惹祸,被贬为江州司马,在江州也待了四年。这样看,首联的"嘴"和"江东",是不是就跟他自己的遭遇联系起来了,把不吐不快的事头、话头提出来了?

颔联:"常恐思归先剪翅,每因喂食暂开笼。"这是由鹦鹉的状态,承接到了蓄养鹦鹉者的情形。因为怕它思归,就先剪它的羽翼,让它只能在笼子里蹦跶,而每次添水喂食,打开笼子就又赶紧关上。这当然就展开了情节,把蓄养者的心态、行为,把"笼中鸟"的境遇,都写得形象无比。

颈联:"人怜巧语情虽重,鸟忆高飞意不同。"这两句,既是把人、鸟的矛盾纠结,作平行对比,而且是反比,极有力度,正如《文心雕龙·丽辞》说的"反对为优,正对为劣",同时也是流水对,前面"人"之情,后面"鸟"之意,人想控制,鸟欲高飞。这就到了一个节点,揭示了二者之间不可调和的矛盾,而"转"已在其中。

这是前三联,都是以鹦鹉暗喻,到了尾联"应似朱门歌舞妓,深藏牢闭后房中",才出现了人,才是明喻。喻,往往是运用事物的类似义,即两个不同事物、具有相同特征的"类似义",来委婉揭示一些不便直说的事物的本质。那么,前三联的暗喻,尾联的明喻,是否达成了这个目的呢?仍然没有,那个真正的"底",仍然没有说破,从而成为一个欲结未结的"合",而刻意留下了让读者自己去思索、回味的空间。

事实证明,这种欲结未结、让人思索的"合",效果更胜于完全说破。就作者来说，处在那个时代，完全说破的后果，可能极其严重。白居易因所谓"越职言事"被朝臣群起攻击从而被贬，"新乐府"诗在民间唱响却广遭官僚嫉恨，以及宪宗皇帝在朝堂上直面呵斥"白居易小子，是朕拔擢致名位，而无礼于朕，朕实难奈"，便都是例证，都使作者对"言"的方法，再三斟酌。就读者来说，很多事情真的完全说破了，往往会感到索然无味，而自己品味，不但有助于养成透过现象看本质的能力，而且自己想，或许想得更透、更远、更多。至少，对白居易这首诗，我们有很多人都想到了，决不仅仅是为笼中的鹦鹉、为朱门的歌舞妓鸣不平之作吧。

所谓"越职言事"，是由唐宪宗元和十年（815年）刺客刺杀宰相武元衡引起。凶案第二天，白居易率先上书，奏请追凶。这本来极为正当，但居然有人蛮横指责，说白居易任太子左赞善，并非言官，岂非"越职言事"吗？于是白居易由"正五品上"的太子左赞善，被贬为"从五品下"的江州司马。其实真正原因，在于那个行刺的主谋李师道，是一位掌握一地军、政、财、民大权的节度使，同时兼衔检校司空、同平章事。司空为正一品，同平章事为宰相，可见名位之高。而这位后来反叛的李司空，为了广集党羽，早就处心积虑地收买朝中官员，著名诗人张籍就曾以一首《节妇吟》，说"还君明珠双泪垂，恨不相逢未嫁时"，婉拒李司空的贿赂。所以白居易奏请立刻追凶，会惹来那么多莫名的指斥。

白居易锋芒毕露的"新乐府"诗，尤其遭官僚嫉恨。如《卖炭翁》里说黄衣使者"口称敕"，敕是皇帝的诏书、命令，这样说不就针对皇帝了吗？《上阳白发人》虽然明刺杨贵妃，但杨贵妃的罪恶是在玄宗的宠爱、纵容下才犯下的，如同《长恨歌》讥刺杨贵妃"姊妹兄弟皆列土"一样，针对的都是皇帝。

为增进对诗人的了解，我们来看一下白居易的《上阳白发人》。这首诗有自序，说"天宝五载以后，杨贵妃专宠，后宫人无复进幸矣！六宫有美色者，辄置别所，上阳其一也，贞元中尚存焉"。可见杨贵妃此人，性妒心狠，六宫凡好看一点的，统统觅地关禁，洛阳行宫就是处所之一。被关的，都是"玄宗末岁初选入，入时十六今六十"，一个个头都白了，还没有见过玄宗，所以叫"上阳白发人"，这当然不仅仅是一个贵妃的罪恶。白居易敢于写这样的诗，敢于说"惟歌生民病，愿得天子知"，正是以讽喻、谏诤为己任。而无论是宪宗的明斥，还是朝臣的暗害，也都体现了封建时代的统治者对臣下的钳制。

论二：关于诗言志

说了一段诗，再说一点理。

《尚书·舜典》说："诗言志，歌永言，声依永，律和声。"这是中国最早的诗歌理论，虽尽人皆知，解释却有不同。如"诗言志"常被解为"诗表达人的志向"，就可以商榷。在《说文解字》里，"志"解为"意"，而"意"是"从心察言而知意也，从心，从音"，也就是心里的声音。心里的声音，包括了思想、意愿、情感，并不仅仅是"志向"。

下一句"歌永言"的"永"，也有不同解释。一解"长"，一解"咏"。汉代孔安国把这句话解为"歌咏其义以长其言"，认为是"长其言"的意思。当代的《中国古代文论选》便明确解为"长"，说"歌永言"就是"延长诗的语言，徐徐咏唱，以突出诗的意义"。这也同样可以商榷。因为解为"长"，那四句话就成了"诗言人之志，歌长诗之言，声依歌之长，律和长之声"，大家觉得通吗？而《汉书·礼乐志》将那四句话，直接引为"诗言志，歌咏言，声依咏，律和声"，认为那个"永"就是"咏"。按此解释那四句话，是"诗言人之志，歌咏诗之言，声依歌之咏，律和咏之声"，是否更通一些？如果错了，欢迎批评。

最后一句的"律"，本指音律，后来有了"格律"这个词，指的是格式、音律的融合。

在析诗之间，专门说一段"诗言志"，意思是我们学诗，如果仅仅考虑技巧，还是狭隘了。"诗言志"言的是意，没有"意"的诗，叫什么呢？

诗例二：白居易、刘禹锡的扬州唱和

刘禹锡于唐敬宗宝历二年（826年）结束远逐的厄运，返回京城，路过扬州时，见到白居易。白居易有诗相赠，叫《醉赠刘二十八使君》。二十八，是刘禹锡在同宗兄弟中的排行，使君，是指他此前担任的刺史职务。

醉赠刘二十八使君
为我引杯添酒饮，与君把箸击盘歌。
诗称国手徒为尔，命压人头不奈何。
举眼风光长寂寞，满朝官职独蹉跎。
亦知合被才名折，二十三年折太多。

首联："为我引杯添酒饮，与君把箸击盘歌。"很口语，正是即席赠诗的特色。作为同样有贬逐经历的人，白居易不但同病相怜，对刘禹锡尤甚于己的遭遇，更为同情，因此饮而醉，醉而歌，十分倾情。请大家认真琢磨这个"起"，是不是一个煽情的"起"？你为我引杯添酒，我为你敲盘唱歌，还不煽情吗？煽情的目的，是希望一个被贬逐二十三年的人，一听就感到安慰，而重新唤起心底的热情。换句话说，赠人的诗，尤其是赠给这样一位长久的失意者，一开头就要把话说到他的心里去，否则，感人度就大大降低了。

颔联是个流水对，"承"得非常之好。"诗称国手徒为尔，命压人头不奈何。"虽然你写诗堪称国手，但是命压人头，只能无可奈何。刘禹锡也是个因嘴惹祸的人，什么"玄都观里桃千树，尽是刘郎去后栽"，什么"桃花净尽菜花开""前度刘郎今又来"，都满含讥刺。三次被逐，头尾二十三年，真是"命压人头"，压得太狠了。

颈联："举眼风光长寂寞，满朝官职独蹉跎。"二句在情感的激荡上，达到了高潮。"举眼"即抬眼，"风光"即满朝新贵得意的风光，而"长寂寞""独蹉跎"，更是知友才能说出的知心之言，使人想到李白长流夜郎时，杜甫《梦李白》说的"冠盖满京华，斯人独憔悴"。这自然形成了"转"。事实上，寂寞、蹉跎的人，也已经回来了。接下来，要么总括过去，点出某个主旨，要么展望未来，祝福新的生活。

白居易采用的是前者，而诗的立意，也正在此。"亦知合被才名折"一句,既点出刘禹锡才高被妒的实情,也含有以君才华,不难重新崛起的意思。末句"二十三年折太多",则既是总括,亦含有如此漫长的压制,终于熬了过来,真是可堪告慰了。

刘禹锡与白居易同龄,这年都是五十五岁,早已过了"知天命"之年,因此对尚难预测的未知前景虚言祝福,决不如在真诚的叹惋中,暗含期许来得实在。白居易如此立意,想必也是基于此吧。

刘禹锡回了一首,叫《酬乐天扬州初逢席上见赠》。"乐天"即白居易,"初逢"是初次见面,初次相逢。

酬乐天扬州初逢席上见赠
巴山楚水凄凉地,二十三年弃置身。
怀旧空吟闻笛赋,到乡翻似烂柯人。
沉舟侧畔千帆过,病树前头万木春。
今日听君歌一曲,暂凭杯酒长精神。

刘诗首联:"巴山楚水凄凉地,二十三年弃置身。"它接着白居易的尾联,直接切入主题,没有任何废话。其中"凄凉"属实,"弃置"稍过。因为虽然远逐,去了凄凉之地,毕竟还是一州主官,没有"弃置"。特别提此一句,是希望各位在写诗时,对重要的、评价性的、结论性的文辞,要费心斟酌。

颔联"怀旧空吟闻笛赋,到乡翻似烂柯人",是承接"二十三年弃置"的感叹,用了两个典。前句说"竹林七贤"里的向秀,路过已去世的嵇康故居,兴起怀旧之情,而写了《怀旧赋》,因为路过时听到有人吹笛,所以又叫"闻笛赋"。刘禹锡用这个典,是同样深切怀念去世的故人,如当初领导改革的王叔文,及与他同年考上进士、同样参加改革、同时被贬被逐的柳宗元等,并痛惜他们早早去世,没有一起熬过来。后句说晋代王质进山伐木,看几个童子下棋,到童子提醒他时,斧柄都烂了,回到家乡,他离开时的人都不在了。刘禹锡用这个典,表达的是等我回到朝廷,原来的同事恐怕也同样都没有了。

颈联尤其好,"沉舟侧畔千帆过,病树前头万木春"。乍看是褒扬,其实是反语。其"沉舟"是我,我沉船了,旁边却有千帆顺风而过;"病树"亦是我,而身前万木、朝中新贵皆春风得意、欣欣向荣。这个强烈的反衬,把二十三年累积的怨愤,推到了极致。

尾联:"今日听君歌一曲,暂凭杯酒长精神。"首先是补上诗的开头无暇对白居易言谢的缺陷,其次是表露白居易的酒和歌,确实使自己增长了精神。句首那个"暂"字,同样是因未知前景,而不把话说满,与白居易不明言祝福而暗含期许,异曲同工。

白、刘这两首诗,互为赠、酬关系。赠者先作,除了本身的立意、布局外,还整体具有为起、为呼的功能;酬者后续,亦不能自顾自,也整体具有为承、为应的作用。这种方法,请各位琢磨,看是否如此,并在今后的实践中试为仿效。

诗例三:苏轼《和子由渑池怀旧》

和子由渑池怀旧
人生到处知何似,应似飞鸿踏雪泥。
泥上偶然留指爪,鸿飞那复计东西。
老僧已死成新塔,坏壁无由见旧题。
往日崎岖还记否,路长人困蹇驴嘶。

这首诗,作于宋仁宗嘉祐六年(1061年),苏轼赴任签书凤翔府判官,苏辙送行至郑原话别后,回忆五年前兄弟二人随父出川,途经渑池之事,作《怀渑池寄子瞻兄》。苏轼收到苏辙的诗时,应早已重经渑池,到达凤翔,因此,和诗不乏深思。

在格律上,此诗为步韵相和。苏辙诗用四韵:泥,西,题,嘶。苏轼诗亦用此四韵,位序亦同。这正是步韵的规则。从内容看,同样为前起后承,前呼后应。苏辙以渑池旧事起,苏轼以渑池旧事承;苏辙以"怕雪泥"喻当日艰难,不失童心,苏轼以"雪泥"更添"鸿爪"喻人生所至,使之上升为人生哲理。

"人生到处知何似,应似飞鸿踏雪泥。"起得极其高峻、突兀。人与天、地并列,问及人生,可知问了一个多大的问题。人生所至,似什么?似乎自古以来,未见有如苏子之答,脍炙人口。所谓"飞鸿",听来至为高雅,然民间之称,不过"野鸭",而雪泥交加,犹踏足其上，设若没有对人生、社会及高低贵贱等有大量的观察思考，相信绝对形不成这样的贴切比喻、深刻感悟。

颔联："泥上偶然留指爪，鸿飞那复计东西。"紧承上联展开。"偶然"，是说雪泥上能留下痕迹已属偶然，而即使留下，雪化了，泥水交融，或者重复踩踏，也就什么都没有了。至于鸿飞，更是渺渺，天地之大，谁又知道去了何处呢？这个"承"，可谓入情入理，又深远开阔。联系苏轼本人的实际，三年京察，虽然考了"百年第一"，却只授个正八品的大理评事虚职，而从京城开封，远赴陕西凤翔，去任从八品的签书判官实职，似并不满意。否则，应不至于二十六岁，踏入官场不过三年，就生出这样深沉的感慨。

颈联："老僧已死成新塔，坏壁无由见旧题。"说上次来，老僧还在，这次来，就成了砖塔，上次来，兄弟都有题诗，这次来，壁坏了，旧题也不在了。两句连接，虽是据实叙事，却似含有世事无常的意绪。如是，则或许是他较早看透人生的变化，而后来能长久保持旷达心态的一个由来吧。

尾联："往日崎岖还记否，路遥人困蹇驴嘶。"说当日经过崤山的时候，路途崎岖，马也累死了，买了一头蹇驴代步，才到了京城。这一段似问似说的回顾，提示兄弟不要忘记昔日的艰难，而珍惜艰难之后得到的进取，也就尽在其中了。

苏轼是个少有的全才，诗、词、文、书、画等无所不能，无所不精。清朝文学家赵翼对之便极尽褒扬，在《瓯北诗话》里说东坡之诗，"成一代之大观"，是"才思横溢，触处生春"，"胸中书卷繁富"，而"尤不可及者，天生健笔一枝，爽如哀梨，快如并剪，有必达之隐，无难显之情，此所以继李、杜后为一大家也"。哀梨，指金陵哀仲家的梨，个大水分多，又甜又脆，所以讲爽如哀梨。并剪，指古并州，"并"在这里读 bīng，也就是山西太原，那里出的剪刀非常锋利，所以叫快如并剪。

说到才气，再顺便提一下苏轼的七律《题金山寺》，写金山寺的江、山之景，意境、文辞、格律都足堪夸奖，而且是一首回文。苏轼有回文诗，还有回文词。我曾经上课的时候，随口说过一句回文，是"文如我也我如文"，但一句可以，两句就憋住了。也作过几首回文诗，要表意，平仄、对仗、两头押韵，而且两头读都要顺溜，确实很难。这是体验了艰难，才更觉得别人克服艰难，还做得如此之好，真是天才。

诗例四：王安石《与舍弟华藏院忞君亭咏竹》

<blockquote>
与舍弟华藏院忞君亭咏竹
一径森然四座凉，残阴余韵去何长。
人怜直节生来瘦，自许高材老更刚。
曾与蒿藜同雨露，终随松柏到冰霜。
烦君惜取根株在，欲乞伶伦学凤凰。
</blockquote>

"忞"音 mǐn，自强努力之意。

这首诗，起句就给人强烈意象，"一径森然"，自然不能说起得平直。其实，我们刚才说的几个诗例，没有一首起得平直。

颔联、颈联尤好。颔联写品质，"直节生来瘦"，"高材老更刚"。颈联写本性，"曾与蒿藜同雨露，终随松柏到冰霜"。蒿藜之类的草，得到的雨露跟竹子一样，却只有竹子，可以跟松柏一样经受冰霜。平心论，这样咏竹，足胜板桥。

尾联："烦君惜取根株在，欲乞伶伦学凤凰。"惜取根株，是说珍惜、永葆自己的本性。伶伦，是黄帝的乐官，黄帝叫他制律，他就用嶰溪之谷的竹子，切削之后，听凤凰之鸣，做成了定音管。凤凰是神鸟，定音则是定天下之音。以如此宰相气度，激励弟弟，并且自勉，确实有高度。

说它好，也说它一处毛病。诗的第二句，请大家念一念。"残阴余韵"，后三个字，很难念，因为犯了"八病"中的两个病：一个叫小韵，同韵的字连得那么紧，又不是叠韵；一个叫大纽，接连有几个同声母的字，又不是双声。这两种病，都属于声律问题，虽不害意，但不好读，如果用唱而没有字幕的话，恐怕很难听清那三个字是什么。所以各位如果给人写歌词，建议看看"八病"，那些忌讳，能避尽可能避吧。

论三：关于形文、声文、情文

《文心雕龙》共五十篇，其中第三十一篇《情采》说："立文之道，其理有三：一曰形文，五色是也；二曰声文，五音是也；三曰情文，五性是也。五色杂而成黼黻，五音比而成韶夏，五性发而为辞章。"

所谓五色，当时指青、赤、黄、白、黑。以"形文"说"五色"，指的是文学的描绘，要色彩、形象鲜明。

所谓五音，指宫、商、角、徵、羽。以"声文"说"五音"，指的是音律。

所谓五性，当时指喜、怒、欲、惧、忧。以"情文"说"五性"，指的是作品要表达思想、意愿、情感，亦即"诗言志"。

所谓"五色杂而成黼黻"，黼黻是古代王公的礼服，黑、白或黑、青相间的条纹图案，非常有特色、规律。

所谓"五音比而成韶夏"，韶、夏分别是舜、禹时代的乐舞，歌颂前代帝王的功绩，在周代都极受推崇，孔子听韶，便三月不知肉味，说它内容尽善，形式尽美。

所谓"五性发而为辞章"，基于思想情感的表达去作文辞，才能形成辞章。"章"，《说文解字》说"乐竟为一章，从音，从十"，也就是"音""十"成"章"，音达到一定的数量成为乐章，而不是今天常说的"立早章"。

我曾主编诗词杂志多年，读过的诗词来稿，至少过万。我曾问读者，是否知道编辑看稿，看的什么？答曰不知，也许主旋律、正能量？或者平仄、押韵、对仗？

答得并没有错，这些确实是要看的，主旋律、正能量更是需要坚持的思想，但不够简约、准确。其实简单来说，主要有四个着眼点：

一是"意"，作品表达了什么；二是"象"，形象表达如何；三是"言"，文辞有无灵气，并且新人耳目；四是"律"，格律是否严谨。

之所以把"律"列在最后，是因为诗词写作达到一定水准的人，格律已经相对简单，即使存在一点问题，除了过不去的硬伤以外，个别韵用了邻韵,对仗小有不工之类,只要前三项好,便决不一笔抹倒,而是与作者联系,建议斟酌。

这四点,很多同行,包括诗词比赛的一些评委同行,大致也都是这样去看的。因此从个人的经历,给大家增加一点信息,作为写作的参考。

诗例五:李商隐《无题》"飒飒东风细雨来"

按刘学锴、余恕诚《李商隐诗歌集解》,李商隐在写作时即以《无题》命名的诗,共有十五首,其中七律七首。

这些诗,说无题,其实有题,因为"无题"两个字就是题,而且同样具有提示、点意的功能。所提示,而读者从"无题"二字亦能想见的意思,至少是:作者不便写,不能写,或无法写出更为达意的标题,否则,为什么"无题"?

除了标题,它的主体形态,如结构的似即似离、意象的纷纭奇特、用事的繁密晦涩,都可说是诗中的特类。但历代诗家,都极为推许,可见与诗的灵性,并不矛盾。

无题

飒飒东风细雨来,芙蓉塘外有轻雷。
金蟾啮锁烧香入,玉虎牵丝汲井回。
贾氏窥帘韩掾少,宓妃留枕魏王才。
春心莫共花争发,一寸相思一寸灰。

首联:"飒飒东风细雨来,芙蓉塘外有轻雷。"东风,是春天的一种暖风,我当年做知青的时候,看到这种风一来,禾苗就开始枯焦,人也产生慵懒的感觉。如果再来点细雨,简直就想瞌睡。芙蓉,则有木芙蓉、水芙蓉。木芙蓉为木本,不生于水塘,也不在春天开花,因此这里应是指水芙蓉,即荷花,生于水,花开于春夏之交。轻雷,指车经过的声音。很多人说,就是指真的雷声。但如果是真的雷声,怎么会只响在芙蓉塘外?司马相如《长门赋》说:"雷殷殷其响起兮,声象君之车音",是失宠的陈皇后在长门宫里听到真的雷声,因为心里时刻盼着汉武帝回心转意,所以说像君之车声,以期打动汉武帝。而李商隐另一首《无题》的"车走雷声语未通",则可以为这里的雷声就是车声作注脚。两句诗合起来,明面上的意思是:在一个东风细雨、慵懒欲眠的天气,忽然荷塘那边,传来车的声音。内中暗含的意思,则至少是:终于有人来看我了吧?

颔联:"金蟾啮锁烧香入,玉虎牵丝汲井回。"这两句从文辞上看,似乎没有承接首联的"车声"展开,是另外说了两件事,但细想则未必。金蟾,做成蟾状的铜香炉,烧香料用。啮锁,咬住锁钮。本来打开锁钮,香气才能从孔里透出来,这里说咬住锁钮,香气仍然进入堂中,便应是承接首联暗含的意思,表达被长久冷落的人,希望打破禁锢的一种念想、期盼了。玉虎句尤为晦涩,但既然与金蟾句相对偶,则应是同样表达着期盼,即虽然人已远隔,但毕竟像辘轳一样牵着丝,还能汲井而回。

颈联:"贾氏窥帘韩掾少,宓妃留枕魏王才。"这是两个故事。第一事,说的是西晋的"韩寿偷香"。韩寿,宰相贾充手下的办事员,长得一表人才,贾充的小女儿贾午听说,便撩开帘子从窗格中偷看,后来两人偷情,贾充从韩寿身上的香气闻出蹊跷,拷问婢女,才发现私情。第二事,借洛水之神宓妃说甄氏。按《文选》李善注,曹植很早就喜欢甄氏,但甄氏嫁给了袁绍的儿子,曹操消灭袁绍后,却把甄氏给了曹丕。魏文帝黄初三年(222 年),曹植被封为东阿王,朝见曹丕,曹丕令太子留曹植宴饮,并将已故甄氏遗言送给曹植的玉镂金带枕给了曹植。曹植回程经洛水,梦甄氏"自荐枕席",于是作《感甄赋》,后来被曹丕的儿子魏明帝改为《洛神赋》。这两个故事,与颔联似乎又若即若离,但细想亦未必。

在李商隐不长的社会活动中,先后受恩于两位大员,一是前宰相令狐楚,李商隐游学、登科都得到他的悉心关照、资助;二是泾原节度使王茂元,李商隐考中进士后不久,应聘去做王茂元的幕僚,随即成了王茂元的女婿。但这两位大员,一属牛党,一属李党。令狐家对李商隐成为李党大员的幕僚、女婿,认为是背叛,是"忘家恩",而很有权势的王茂元直到去世,也没有推动李商隐的官职升迁,于是李商隐再也求助无门,只能在两党争斗的夹缝中苦苦挣扎,到处求聘,直至英年早逝。

按《文心雕龙》说，用典的目的即在"据事以类义，援古以证今"。李商隐用这两个故事，正是用事物的类似义，表达自己难以明言的思想情感，即：我也年少，却无人窥帘，我也有才，亦无人留枕。他是接着颔联实属虚妄的、不可能实现的期盼、念想，借典故来表达心里的怨愤和极度失落，从而形成了转折。

这样，尾联的"春心莫共花争发，一寸相思一寸灰"就读得通了，是因期盼难圆、极度失落而极度灰心了。这个"合"，就不是大团圆，而是揭示：在那种结党营私、争权夺利的倾轧中，不彻底攀附投靠，就不可能有梦想的圆。

诗例六：李商隐《锦瑟》

锦瑟

锦瑟无端五十弦，一弦一柱思华年。
庄生晓梦迷蝴蝶，望帝春心托杜鹃。
沧海月明珠有泪，蓝田日暖玉生烟。
此情可待成追忆，只是当时已惘然。

锦瑟，是诗的头两个字。这首诗并非咏瑟诗，因此这种题，是否也算无题？

第一句："锦瑟无端五十弦"。无端，无来由，莫名其妙。典故出在《汉书·郊祀志》注："泰帝使素女鼓五十弦瑟，悲，帝禁不止，故破其瑟为二十五弦。"因此，"无端五十弦"，就是无来由地回到五十弦，无来由地又"悲"起来。

第二句："一弦一柱思华年"。柱，支弦之柱。华年，青春时光。"一弦一柱"地思，即一边数弦，一边思自己的青春时光。此诗作于李商隐在世的最后一年，因其生卒年皆难准确认定，故一说享年四十六，一说五十即其大致年岁。如后说是，则一弦一柱地数至五十，就是一年一年地反思毕生之事，其中得意的时光，屈指可数，因此不胜其悲。

第三句："庄生晓梦迷蝴蝶"。典出《庄子·齐物论》，先是自己梦为蝴蝶，不但"栩栩然"，而且颇为"适志"，醒来发现仍是自己，最后完全迷失，不知是蝴蝶梦为自己，还是自己梦为蝴蝶。这个"迷蝴蝶"之"迷"，正是"迷失"自我之"迷"，不知自己这一生，是原本的自己，还是变作了别的什么。

第四句："望帝春心托杜鹃"。望帝典出《华阳国志·蜀志》，此外尚有传说，说周时蜀帝杜宇，禅位归隐，死后化为杜鹃鸟，春来啼叫，口中流血。李商隐用此典，说"春心托杜鹃"，即恋春、伤春之心，托于杜鹃的啼叫。作为诗人，所托的"啼叫"，自然是诗歌，其啼叫之悲，甚而至于啼血，可知所托悲极、怨极。

第五句："沧海月明珠有泪"。珠有泪，典出《博物志》，说"鲛人"水居如鱼，其眼泣则能"出珠"。沧海月明，则是说明月相照，也见珠泪，流于无边沧海。

第六句："蓝田日暖玉生烟"。原出于中唐诗人戴叔伦的论诗之语。宋代王应麟的《困学纪闻》卷十八记："司空表圣云：戴容州谓诗家之景，如蓝田日暖，良玉生烟，可望而不可置于眉睫之前也。李义山'玉生烟'之句，盖本于此。"李商隐用此语想表达的，自然不是"诗家之景"，而是其希望大展才华的心中愿景，却终至破灭，由此浩叹。

以上六句的核心义：第一句是悲，无端之悲；第二句是思，往昔之思；第三句是迷，自我之迷；第四句是托，哀鸣之托；第五句是泪，沧海之泪；第六句是渺，愿景之渺。那么接下来的第七句"此情可待成追忆"，第八句"只是当时已惘然"，就随之而解，是说所有的往昔，今天才明白，都只是没有意义的期待、追忆，而当时却那样惘然，乃至苦苦追求，寄希望于令狐家那位又当了宰相的令狐绹，能回心转意，施以援手。

整首诗，如果非要套起、承、转、合的话，则第一句无端之悲是起，第二句往昔之思、第三句自我之迷、第四句哀鸣之托是承，第五句沧海之泪、第六句愿景之渺是转，最后两句作结。与上面一首《无题》，略有不同。

至于千余年来的争论，主要争的是其含义、寄寓，及用典、发语的晦涩。如元好问《论诗》绝句第十二首说："望帝春心托杜鹃，佳人锦瑟怨华年。诗家总爱西昆好，独恨无人作郑笺。"郑笺是指汉代经学家郑玄，为儒家经典作笺注，注解极详。西昆是指宋初以杨亿为首的十七位馆阁文臣在编书之余，创作的《西昆酬唱集》，当时号称西昆体。欧阳修《六一诗话》说："杨大年与钱、刘数公唱和，自《西昆集》出，时人争效之，诗体一变。而先生老辈患其多用故事，至于语僻难晓，殊不知自是学者之弊。"这方面，资料极多，各位如有兴趣，有功夫，不妨找来读一读。

由此说到诗歌的用典，也属于写作方法的范畴。

用典的好处：一是文辞简省，一两个字，就代表了一篇故事，尤其这种总篇幅只有几十个字的诗，可以大大地加深内涵、加重分量；二是委婉、含蓄，有些情事涉及种种微妙关系，不便明说，尤其不能说得剑拔弩张，而绕个弯子，用个故事，就可能好一些；三是生动，很多典故，本身就是生动的故事，如上面举到的"贾氏窥帘""宓妃留枕"，都必然给人留下深刻印象，增强诗的感染力、吸引力，使读者有更多的回味、思考。

至于弊端，则主要有二：一是如果用得太密，便像一步一坎；二是如果用得太僻，便像处处难关，甚至一般的图书馆，都找不到那些僻典的出处，就搞得人兴致全无了。此外，如用在需要对偶的颔、颈两联，则按照古人成例，出句用了典，对句也要用，而且位置、字数还要相同，否则就如同《文心雕龙·丽辞》中说的，是"夔之一足，跉踔而行"，从而又增加了写作的难度。

诗例七：韦庄《关河道中》

关河道中
槐陌蝉声柳市风，驿楼高倚夕阳东。
往来千里路长在，聚散十年人不同。
但见时光流似箭，岂知天道曲如弓。
平生志业匡尧舜，又拟沧浪学钓翁？

这首诗，是韦庄又一次落第后写的，意、象、文辞都好。

韦庄是一位大手笔，他的长诗《秦妇吟》，便与汉乐府《孔雀东南飞》、北朝乐府《木兰辞》并称为"乐府三绝"。韦庄又是一个大器晚成的人，五十九岁才考中进士，七十三岁做了唐亡之后五代十国的蜀国的宰相，同时还是"花间词"的一位代表人物。

首联："槐陌蝉声柳市风，驿楼高倚夕阳东。"很明显，这是诗的"起"，槐陌、蝉声、柳市、风、驿楼、夕阳，都是落第回家的路途景致。值得指出的是，意象所衬托的人的精神面貌，也很好，没有含悲、忍羞之类的黯然，这就为正面立意埋下了伏笔。

颔联："往来千里路长在，聚散十年人不同。"这是紧接着路途景致的"承"，回家的路没有变，走的还是这条路，路也还是这样长，但十年年年往返，来时相逢聚首、归时各奔前程的人却不同。这就把路途所见，用两句如此经典、对偶工整的话，拓宽了。首联见景，此联见人。诗里所谓"十年"，是取整数，因为科举不是年年举行，也就没有年年聚散，所以应该是赶考、回家的来来回回，加起来总共十来次，或十来个年头。聚散的人不同，是说有的考上了，留在京城准备任官前的吏部考试，落第者与京城全无挂碍的，才回家。这种表达里，就蕴含了种种不同的命运、心态在内，可以说拓得很宽了。

颈联："但见时光流似箭，岂知天道曲如弓。"心里的感慨，在这里升到了醒目的高度，而且表达得极为形象，对得极为工整。应该说，凡落第，特别是确有才华者的落第，都不可能无怨，但此诗之怨，却怨得大气。"时光流似箭"，是怨年华流逝得像箭一样迅疾，"天道曲如弓"，是怨天道，或说朝廷定下的科举制度及考试、入选的办法，像弓一样不直、不平。这种情况，事实上也是有的。如王维当年的状元，就传说纷纭，说是在九公主的帮助下取得的。李商隐的登科，也是在令狐家的关照下实现的。唐代这种情况，虽然比较公开，不是个别主考悄悄地暗箱操作，但对于考生，确有不公平之处，故韦庄亦有怨，只是比之别的一些怨，如同属晚唐、同样考了十多次都铩羽而归的罗隐之怨"难将白发期公道，不觉丹枝属别人"，要大气得多。

尾联："平生志业匡尧舜，又拟沧浪学钓翁？"前句说抱负，正是儒家传统。后句是个问句，问的是难道又准备仿效垂钓的隐士，不再入世了吗？

韦庄的思想是积极的,即使多次落第,仍然不懈进取,终于在五十九岁时登进士第。诚然五十九岁登第,还远非个中的长者,传说还有考到七十三岁终于登第的人,登第后才得以成家,并作诗自嘲说:"读尽诗书五六担,老来方得一青衫。佳人问我年多少,五十年前二十三。"这个故事,传者颇多,但究竟是何代何人,无见确证。罗隐的落第自嘲,倒或许真有其事,五代何光远的《鉴戒录》录其故事与诗曰:"钟陵醉别十余春,重见云英掌上身。我未成名君未嫁,可能俱是不如人。"

最后看一首我自己的诗,是我 1982 年初大学毕业前后写的。

学诗手记

我辈工诗三部曲,初来学式类邯郸。
一趋四顾心犹惑,百折千回气始安。
觅意寻情思叹咏,雕章酌句走蹒跚。
而今悟得神龙手,破浪登云又大难!

不知跟各位学诗的情况、感觉,是否相似。如有同感,愿与各位共勉。

今天就说这些,如有不妥、出错的地方,务请批评指正。谢谢。

第九章
七言绝句写作技巧（一）

嘉宾：沈金浩
时间：2018年8月18日 19：00—21：00

沈金浩

今天主要内容是七言绝句作法。

关于诗怎样才能作得好，古人写了很多教材性的著作，但始终还是有人作得好，有人作得不好。诗写得好，不外乎三个要素，才、学、识。绝句也是一样，要写得好，就要有才、有学问、有见识。七绝或五绝字太少，所以尤其需要才和识，对学问的要求低。有的诗不需要学问，比如李白的七绝，基本上不包含学问，李白的古风、乐府很多学问在里面，他的七绝没学问也可以读，都很直白，但是别人赶不上，是顶级的、一流的绝句，原因在哪里？就是因为他的才，他的才是一种独特的天才。徐晋如老师建议大家学清代诗歌，清代诗歌的特点是学识高明。清代历史经验积累得非常丰富，清代人又很有学问，这就导致他们很多人很有见识，很有学问，所以清诗不像唐诗一读就懂，明白晓畅，清代的诗歌读起来相对要动动脑筋，好的清代诗歌以学识见长。五言绝句、七言绝句由于字少，所以对才和识要求高，"才"往往体现在抒情诗里，而"识"体现在言理、议论类的诗歌里。宋朝很讨厌诗歌里议论，但事实证明诗歌不必完全排斥议论，毕竟有一部分诗通篇是议论，但还是好诗，它的"好"往往体现在它见识高明。总体而言，七绝有一些面上的要求，尤其适合形象思维，尤其需要形象思维。

毛泽东在1965年7月21日给陈毅写了一封信，说："你叫我改诗，我不能改，因为我对五言律诗从来没有学习过，也没有发表过一首五言律诗。因律诗要讲平仄，不讲平仄，即非律诗。我看你于此道，同我一样，还未入门。"伟大领袖毛主席教导我们，不讲平仄就不是律诗。毛泽东同志情商很高，他不说我看你于此道未入门，他说我看你于此道，跟我一样没入门，把自己也批评在里头，很给陈毅面子。"我偶尔写过几首七律，没有一首是我自己满意的。如同你会写自由诗一样，我则对于长短的词学稍懂一点。剑英善七律，董老善五律，你要学律诗，可向他们请教。"毛泽东帮陈毅改了一首，这里省掉不讲。他又说："诗要用形象思维，不能如散文那样直说，比、兴两法是不能不用的。"毛泽东很懂传统，所以他说"比、兴两法是不能不用的。赋也可以用，如杜甫之《北征》，可谓'敷陈其事而直言之也'，然其中亦有比兴"。《北征》是很长的一首诗，什么叫"比"呢？古代文艺理论毛主席也很懂，"比者，以彼物比此物也"，这是朱熹的话，所以毛主席读的书真多。"'兴者先言他物以引起所咏之词也'。韩愈以文为诗，有人说他完全不知诗，则未免太过，如《山石》《衡岳》《八月十五酬张功曹》之类，还是可以的。据此可以知为诗之不易。"点评精到，韩愈就是这几首诗最出名，所以毛主席眼光好。下面这段话很出名："宋人多数不懂诗是要用形象思维的，一反唐人规律，所以味同嚼蜡。"把宋诗一棍子打下去，说宋诗味同嚼蜡。"以上随便谈来都是一些古典，要做今诗，则要用形象思维方法，反映阶级斗争与生产斗争，古典绝不能要。"如果你写新诗的话，就不要古典了。所以这点，我们徐晋如老师跟他意见不一致，他认为新诗也可以用典。但对白话新诗的态度，这跟徐老师的看法一致。他说，"白话写诗，几十年来，迄无成功"，写来写去，到现在也没有什么成功的，要求太高。其实我认为还是有许多好的，我前不久写一篇小文章，比较卞之琳的《断章》跟清朝厉鹗的《归舟江行望燕子矶作》。这两首诗很相像，但《断章》更高明，《断章》："你在桥上看风景，看风景的人在楼上看你。明月装饰了你的窗子，你装饰了别人的梦。"非常精彩的一首诗，这是一首长诗里拎出来四句单独成了一首诗，成为现代诗歌史上的经典名作。如果找古代的依据，——我不知道卞之琳有没有读过厉鹗那首诗，那首诗已经显现了那种关系："俯江亭上何人坐？看我扁舟望翠微。"但卞之琳的诗更好，所以现代诗还是有许多好诗。戴望舒的《雨巷》是受李璟的词的影响，李璟的词有"丁香空结雨中愁"一句，这句被戴望舒发酵成《雨巷》，有新的美感，不见于古典诗歌，所以新诗也有成功的。毛泽东在信中说："民歌中倒有一些好的。将来趋势，很可能从民歌中吸取养分和形式，发展成为一套吸引广大读者的新体诗歌。李白只有很少几首律诗，李贺除有很少几首五言律外，七言律他一首也不写。李贺诗很值得一读，不知你有兴趣否？"这倒是一个奇怪的事，毛泽东的诗和李贺的诗像两个道上跑的车，走的不是同一条路，但他偏偏对李贺的诗很推崇。李贺被称为鬼才，他的诗充满幽灵般的气息，但毛泽东居然喜欢他的诗，所以毛泽东曾经直接引用、甚至把现成的句子放在自己的作品里："雄鸡一唱天下白""天若有情天亦老"。毛泽东这封信确实很经典，讲诗要形象思维，确实，诗歌离不开形象思维，形象思维能带来什么好处呢？等下我们可以再具体结合作品说说。

从审美效果的角度讲，高步瀛的《唐宋诗举要》里绝句部分的小序写得不错，说"绝句当以神味为主"，就是要写好绝句，当追求神味。"王阮亭之为诗也，奉严沧浪'水中着盐'及'羚羊挂角无迹'可寻之喻，以为诗家正法眼藏，而李杜之纵横变化，所谓巨刃摩天扬者，不敢一问津焉。"王阮亭即王士禛，清朝康熙时期学士，他提出一种理论，叫"神韵说"，特别强调诗歌要有神韵。高步瀛说，王士禛诗歌理论讲诗歌要像"水中着盐"或者"羚羊挂角"无迹可求，把这种效果作为诗的审美标准，但把李杜的诗套过来比较，就不对了，李杜是纵横变化的，韩愈说李杜如同"巨刃摩天扬"。"所以后人讥其才弱，亶其然乎"，所以后来的人讥讽王士禛才弱。后人是谁呢？是袁枚。袁枚曾经写过"一代正宗才力薄，望溪文集阮亭诗"。"一代正宗"是王士禛，王士禛寿命比较长，他二十四岁在济南大明湖写了一组《秋柳诗》，共四首，这组《秋柳诗》，尤其是第一首一炮而红，开头叫"秋来何处最销魂，残照西风白下门"，这四首中的第一首的第二句奠定了他一生的基础。有时候就是这么奇妙，一句诗够你吃一辈子。"残照西风白下门"写得确实有灵气，因为王士禛四岁时明朝灭亡，清朝建立，他也算是明朝过来人，在康熙时期写这样的句子是很能打动人的。因为明朝的文人士大夫非常不接受清朝，如果还是汉人，哪怕李自成来当皇帝，都问题不大，独独少数民族来统治，还要换衣服、换发型，文人士大夫就难以接受，所以对明朝的灭亡很舍不得，他的诗句"残照西风白下门"，一下子抓住了所有明朝过来文人士大夫的心。为什么呢？因为白下就是南京，南京是明朝开国之地，朱元璋建都南京，又是南明小朝廷灭亡的地方，所以一头一尾都在南京。"残照西风"这四个字用得特妙，因为李白的词里有一句"西风残照，汉家陵阙"，"残照西风白下门"就来自李白的"西风残照"，关键是他后面有"汉家陵阙"这四个字，就是汉朝的陵墓、宫阙，意思是怀念汉人建立的政权，所以"残照西风白下门"把对明朝故国的怀念带进来，关键是隐含在里面，一下子就抓住了所有明朝过来人的心。袁枚讥笑王士禛虽被奉为一代正宗，而才力薄，因为王士禛就会写神韵诗，他写诗"谐远典则"，和谐、幽远、典雅、讲法则，制造神韵诗，太套路化，给人的感觉就是才力薄。"后人讥其才弱，亶其然乎"，"亶"就是实在，就是真是这样。"然用其法以治绝句，则固禅家正脉也。"如果用他的法则来作绝句，就是追求神味，却是禅宗所谓的正脉。"羚羊挂角无迹可求"是什么意思？羚羊晚上睡觉是把自己的两只角挂在树上的，所以天敌就找不到它，因为没有地上的痕迹。诗里的无迹可求也就是说，像盐化在水里一样，很难说它到底好在哪儿，你很难说它是怎么炮制出来的，意思是怎么言说，都不容易分解它，但就是好，很浑成。"盖绝句字句本既无多，意竭则神枯，语实则味短，唯含蓄不尽，使人低回想象于无穷焉，斯为上乘矣。"绝句字少，如果读完意思也没了，就给人神枯之感，如果语言写得太实则味短，只有含蓄不尽，使人低回想象，余味无穷，才是上乘。这是绝句的美学，是写绝句要追求的目标。

　　高步瀛举了一些例子，盛唐"摩诘、龙标、太白尤能擅长"，摩诘即王维，龙标即王昌龄，太白即李白，中唐"李君虞"即李益，"刘宾客"即刘禹锡，晚唐杜牧之、李义山，即杜牧、李商隐，"犹堪似续"，觉得还能够继承王维、王昌龄、李太白，"虽其中神之远近、味之厚薄亦有不同"，晚唐的诗总体来讲，比盛唐的味要薄了一点，神也没有那么远，但还是不错的。这是高步瀛在《唐宋诗举要》的绝句部分讲的，这抓住了核心，绝句是要追求神味，追求个如盐化水、余韵无穷、非常耐人寻味的效果，因为字少很难塞很多内容，不能叙事，也不能翻来覆去的抒情，所以小巧玲珑，就要追求那样的效果。

　　从形式安排论，有一本《诗学全书》可参考，署名袁枚，但很可能不是袁枚写的。"近体有五七言绝句，绝律半首而为之也。"什么叫绝句？是律诗的一半，律诗去掉一半叫绝句，"五言难于七言，"五言绝句、五言律诗都难于七言，"以五言难于浑成故也"。"浑成"是诗歌美学一个很高的境界，"要皆有一唱三叹之意乃佳，"五言绝句也要有一唱三叹之意，才能回味无穷。绝句的体式上，有的相当于截了律诗的前半首，前面两句是散句，后面两句是对句；有的是截律诗的后四句，就是前对后散，有一些绝句前面两句是对句，后面两句是散句；有的是截律诗中四句，四句皆对。杜甫写律诗写得太顺手了，写绝句经常是四句皆对，比如："两个黄鹂鸣翠柳，一行白鹭上青天，窗含西岭千秋雪，门泊东吴万里船。"四句都对的。这反而给人一种收不拢的感觉，未必是好现象。杜甫最被人称道的绝句是《江南逢李龟年》："岐王宅里寻常见，崔九堂前几度闻。正是江南好风景，落花时节又逢君。"这首诗相当于截了律诗的后半首，前两句是对的。也有截的是律诗前后各两句，四句皆散，而四句之中以第三句为主，如果写绝句，第三句非常重要，相当于一个人的腰，腰无力，干什么都没力，所以写律诗最考验人的就是第三句。后面这些大家了解一下就行了，因为诗要讲法则是各种各样的说法，诗法太多了，这里举到了，在承接上面，"有虚接体，虚接者，谓第三句以虚语接前二句也，亦有语虽实而意虚也，于承接之间，略加转换，反正相依，顺逆相应，一呼一唤，宫商自谐。"有实接体，"实接者，所谓第三句以实事寓意，接前二句，实接则转换有力，若断而续，有含蓄不尽之意"。有点题法，刚才我们说到诗能不能扣住题目，所谓点题法，就是有首句点题者，有次句点题者，有三句点题者,有第四句点题者,有第一句、第三句点题者,有第二句、第三句点题,有第二句、第四句点题。点题就是直接扣住题目,写诗题和文要相关,如果整一首诗,没有一句跟题目相关是不行的,所以这是讲点题的方式。

总的来说,绝句因为篇幅短小,所以尽量要浑成顺畅,不能有别扭、生硬的词,七绝总共二十八个字,如果有一两个字别扭、生硬,这首诗就降格了,立马就不是上品了。每个字都不能别扭,要有一字不易的效果。第二,要言少意丰,耐人寻味,余韵不尽。第三,抒情诗要尽量用形象思维或包含形象思维,言理诗立意一定要高、要新。如果一首诗是言理的,讲某种哲理、某种道理的,表达某种观点的,一定要高明,要有新意;抒情诗要表达不尽之意,则要多用形象思维。

我们来看看怎样尽量浑成顺畅、怎样言少意丰、耐人寻味。先举一个例子,既然高步瀛讲王士禛的理论观点是对的,那我们就拿王士禛的一首诗来看看。江苏扬州下面有一个高邮市,高邮是秦观的故乡,也是当代散文家汪曾祺的故乡,高邮有一个祠,叫"露筋祠",露筋祠是怎么回事呢?有几种说法我们且不管,从晚唐的段成式开始,认为露筋祠是这样一个故事:一个嫂子,带上她的小姑子,两个人走在野外,天黑没地方去,看见前面有一户人家,这嫂子反正是过来人,不管那么多,去到那家人家去投宿了,而这小姑子是黄花闺女,她觉得不行,去到他家过夜,就说不清楚了,所以不去,她就待在野外,结果被蚊子咬得筋都露出来,死了,于是人们为了纪念这位贞节女子,建了露筋祠,又叫露筋庙,或者叫露筋娘娘庙。这个故事真假难说,但是大书法家米芾曾经为露筋祠写过碑,欧阳修的诗里也提到过。我们拿两首诗来比较一下,来印证王士禛的理论的高明之处。

先看看清初吴嘉纪的《过露筋祠》。吴嘉纪是泰州人,离高邮不远,也离露筋祠不远。他写了一首《过露筋祠》,是一首五律。"湖日映藤萝,荒祠舣棹过(guō)。狂澜声滚滚,遗像骨峨峨。蘩藻当门绿,鸳鸯隔树多。皮肤生不重,利喙欲如何?"大家读下来感觉如何?刚才说到"语实则味短",语言写得太实,味道就短了,吴嘉纪这首诗就是典型的"语实则味短"。"湖日映藤萝，荒祠舣棹过。"这句诗从形式上来说没有问题，第一句写景，"湖日映藤萝"，祠周围是这样的景色；第二句，就如同王维写的"空山新雨后，天气晚来秋"，第二句点出秋天，"荒祠舣棹过"是路过此地停船靠岸，把《过露筋祠》的"过"扣住了。"狂澜声滚滚，遗像骨峨峨。"露筋祠的外景内景写出来了，"狂澜声滚滚"，因为他开船过来，波浪很大，"遗像骨峨峨"写出了露筋祠里露筋女的塑像，语言太实就不好，一下就觉得塑像很丑，"骨峨峨"，虽然要显示塑像的高峻、峨峨、庄严的样子，但是总是觉得不漂亮。"蘩藻当门绿，鸳鸯隔树多。"两句写外景，因为写过露筋祠，那么祠的里里外外都要写。七、八两句扣故事主题，"皮肤生不重，利喙欲如何"是说露筋女即使活着时，也不看重自己的皮肤，何况死后，你蚊子空有利口，又能奈其何？诗写得太实了，没什么大意思。

  我们再看看别人的，蒋士铨也写过《露筋祠》，蒋士铨是乾隆时期人。看他的诗："朔雪炎风闪画旗，凄然一死嫂宁知？此心堪共夷齐语，三复东廊老米碑。"首句说无论是冬天还是夏天，旗子都在那儿飘着，"凄然一死嫂宁知"，你这姑娘被咬死了，嫂子知道吗？他的意思是，你死也白死，你的嫂嫂就没像你那样去追求所谓的贞节，所以他得出的结论是你这颗心可以跟伯夷、叔齐比美。伯夷、叔齐是孤竹君之二子，周朝建立以后，尽管周文王、周武王是被历史上推崇的圣人，可是伯夷、叔齐依然是宁死不食周粟，在首阳山上采薇而食，最后饿死，所以露筋女可以跟伯夷、叔齐相比。因此，作者三次去看东边廊下米芾写的碑文，为什么呢？因为对露筋女很肯定，立场很明确。"香骨凭谁瘗腐余，贞魂曾否在空虚？虫声尚作惊雷响，愿乞灵风一扫除。"这也写得很实，香骨被蚊子啃剩的东西谁来埋葬了呢？贞魂是否还在这空虚的世界里？蚊子的声音至今还像惊雷般，我希望你的神灵带来的风把这蚊子全都扫光，立场观点都很明白，就是肯定这个贞节姑娘。为什么这样的诗句不算上品呢？就在于太直、太实，读完没有什么好回味的，没有耐人寻味的空间。

  相比之下，王士禛的《再过露筋祠》："翠羽明珰尚俨然，湖云祠树碧于烟。行人系缆月初堕，门外野风开白莲。"很高明，连瞧不起王士禛的袁枚都肯定它。为什么这首诗好呢？在于有神韵，有回味的空间，采用了形象思维。"露筋祠"的主题是贞节女子，但是对这个贞节女子直接歌颂的话，会显得比较酸腐，缺乏人性，为了避免说不清、道不明，就被蚊子咬死，这样的事值得提倡吗？所以这个事不能站到太前沿去赞扬，如果站到太前沿，这个诗就会写得很死，所以王士禛就很乖巧，躲后面一点。怎么弄呢？"翠羽明珰尚俨然"，这一句就比吴嘉纪的"遗像骨峨峨"高明不知道多少倍，"遗像骨峨峨"充其量算个骨感美女，"翠羽明珰尚俨然"，不形容身体的任何一个部分，只写装饰物，"翠羽"可能是头上插的翠鸟羽毛，或者是身上披了一件绣有翠鸟的衣服，"明珰"是首饰，"耳垂明月珰"，耳朵上挂着的挂件，"翠羽明珰尚俨然"，遗像矗立在那里，很端庄的样子，细看来，不写身上任何部位，但是会让人想象是个美女，这是深刻掌握了古典文学中以少总多的法则。古代高明的诗词人人很会这样写，比如韦庄的词里说，"垆边人似月，皓腕凝霜雪"，尽管写手腕，你一定想象她是个美女，这就叫"以少总多"。这首也是，"翠羽明珰"，写这么一点，你会想象这座遗像是美的。"湖云祠树碧于烟"，好在哪里？刚才吴嘉纪的诗也写了祠外面的环境，这句也是祠外面的环境，烟是朦胧的，碧是一种色彩，把一种朦胧的云气跟碧联系在一起，增加了一种冷色调的、朦胧的、安静的效果，这就是一种很好的处理方式。"湖云"是湖中的倒影，是冷色调、静状态，也写出了野外的环境。第一句写露筋祠里的塑像，第二句写外景，第三句扣住"过"字，诗中"过"是怎么过？吴嘉纪说"荒祠舣棹过"，他这儿说"行人系缆"，我这个行人到这里，船停下来，"系缆"是什么时候呢？月初堕，月亮在下降，一个"堕"字，要让月存在，为什么呢？要让环境里有光亮，如果是伸手不见五指，就看不见翠羽明珰。这应该是上弦月，所以傍晚来到这里还可以看到翠羽明珰，还可以看到湖云，这为下一句"开白莲"作了很好的铺垫，"门外野风开白莲"是这首诗的灵魂，最高明的一句。高明在哪儿呢？刚才说到不要站到太前面去歌颂露筋女，要含蓄，这句含蓄在哪儿呢？"开白莲"，用野风中的白莲间接地、暗喻性地去歌颂这位女子的贞节，这位女子圣洁如野风中的白莲花，野风符合乡下姑娘的特质,白莲符合她的圣洁,所以"门外野风开白莲",一切尽在不言中。歌颂这个女子,就如此含蓄地歌颂,这就是高明的绝句。让人读得懂对贞节女子倾向于肯定,但是他不站到那么前面来说,这样,就使得这首诗耐人寻味,而且句句都跟题目扣得很紧。

王士禛曾经在诗话里说到一个故事,他说陆龟蒙形容白莲的诗,前面两句是"素蘤(wěi)多蒙别艳欺,此花端合在瑶池",白莲花应该开在天上的瑶池里面,因为是素的花,经常被别的艳丽的花欺负。这两句反而不好,因为太主观。后面两句不错,"无情有恨何人见,月白风清欲堕时",写出了圣洁的白莲的无奈。这两句被王士禛化用,化用得很成功。王士禛认为这两句确实是咏白莲,其他的花移用不得,而俗人议之以为咏白牡丹、咏白芍药都可以的,这真是"盲人道黑白"。为什么他认为不可以咏牡丹、咏芍药呢?就是因为气质不匹配,所以他说不能转移。他自承《再过露筋祠》正是根据陆龟蒙的两句咏白莲的句子提炼出灵魂来,而后拿来形容露筋女。有后辈好雌黄,反驳说,你怎么知道这位女郎她不是个丑女人呢?王士禛闻之一笑而已。为什么呢?王士禛的意思是你懂个鬼,你睁大眼睛看看,我没有写她长得怎么样,我没写她的脸怎么样、眼睛怎么样、鼻子怎么样,所以这就是王士禛的高明。他没有在诗里说露筋女是个美人,但反驳他的人已经觉得她是个美人了,这恰恰证明了王士禛的成功。写绝句每个字都很重要,王士禛以虚避实,回避去写人的五官身材,而用首饰、装饰物来写她的美,含蓄地用"以少总多"之法写出她的美,用冷色调、静环境来铺垫时机和氛围,再用"门外野风开白莲"来含蓄地赞扬她的圣洁,所以超过任何写露筋祠的作品。

刚才说的是有神韵,与神韵类似的一种很理想的审美效果,叫作"蕴藉"。苏州太仓人,明朝后七子的领袖之一的王世贞,在他的《艺苑卮言》里说,"可怜无定河边骨,犹是春闺梦里人",这两句用意工妙至此,可谓绝唱,"可惜为前两句所累,筋骨毕露"。他认为绝句不能太露筋骨,令人厌憎,其实"厌憎"也夸大了,前两句跟后面两句比是差一点,但是也不容易了,前面两句也还可以。王世贞自己很有才，所以要求高，他说跟"葡萄美酒"一绝相比，后者便是无瑕之璧，太完美了。"葡萄美酒"这首诗确实很好，我们来评赏一下，看看为什么说"葡萄美酒"这首完美无缺，而"可怜无定河边骨"就有弱点。

　　第一首是陈陶的《陇西行》，陈陶是唐朝后期人，刚才高步瀛也说到了，唐朝后期的人写诗薄一些，味道近一些，而盛唐人诗味厚、远，晚唐的诗其实也很值得读，鲁迅说晚唐的小品文都是精品。晚唐的诗也有许多好诗，晚唐的诗以思想性见长，但是思想性见长了以后，容易尖锐、有锋芒。鲁迅说晚唐的小品文是一塌糊涂的泥塘里闪耀的锋芒，晚唐的诗也有这种特点。这首诗也很有尖锐的特征："誓扫匈奴不顾身，五千貂锦丧胡尘。可怜无定河边骨，犹是春闺梦里人。"后两句王世贞很推崇，真是好诗。这两句好在哪儿呢？因为它写出了无定河边的战士纷纷战死时，家乡的春闺之人做梦都还想到自己的丈夫，所以这两句表达的感情很深切，而且用春闺做梦这个意象，把战争写得非常残酷，同时语言又柔美，这样的组合很能打动人。他为什么不喜欢前面两句呢？因为前两句写得太死、太实，"誓扫匈奴不顾身"，这两句不止一个毛病，第一就是他把普遍性问题黏着在特殊性上，把共性的东西黏着在个别的事情上，"可怜无定河边骨，犹是春闺梦里人"是战争的普遍现象，前方战死，家人还在想他，这是普遍现象。但是"誓扫匈奴不顾身，五千貂锦丧胡尘"是有典故的，是汉武帝时代，李陵带着五千精兵深入腹地打匈奴，结果全军覆没，后来李陵被皇帝处罚，司马迁受宫刑都跟这件事有关，所以"誓扫匈奴不顾身"这句写得不是太妥，因为李陵打匈奴，他并不是自己邀功请赏，跟为了自己的功劳猛冲猛打不一样，他是为了整场战役，带领五千人深入沙漠，结果五千人都丧生了。整首读下来，后面两句很有普遍性，有共性；前面两句就黏着在具体的事情上，而且包含着对李陵的看法，太直，太露骨，所以王世贞认为这两句不好。

　　对比之下，王翰的《凉州词》他就认为是无瑕之璧。《凉州词》好在哪儿呢？这首诗确实好，堪称是盛唐诗的代表。"葡萄美酒夜光杯"，它的酒具和酒都很华美，这跟宋朝的不一样，宋朝人说"浊酒一杯"。这一句里都是好的东西，好酒、好酒具合在一起，使得这个诗定格在华美的基调上，让你通过酒和杯感受了一个壮丽的时代。"欲饮琵琶马上催"，出发的时候正想喝酒，却有琵琶马上催，还有行军出发前，壮声威的音乐，但是这音乐又不是在欢送，它有催促的意思，所以这句意思包容了很多内容，"催"字让人心中焦虑，但是喝酒加奏乐又让人血脉贲张，有一种豪气，所以符合度很高。因为有酒喝，所以后面跟着就来了，"醉卧沙场君莫笑"，如果我喝多了，沙场是战场，一但是也可以指出发前的集结地，比如说"沙场秋点兵"，——如果我在沙场上喝醉了的话，你也不用笑，这首诗最高明的地方就是"古来征战几人回"，这一句跟"醉卧沙场"极其匹配，但又很含蓄。"古来征战几人回"是什么意思？不同的时代有不同的解释。在唐宋时代，人们理解这首诗偏向于积极，认为表现的是视死如归：我走之前喝了酒准备干，管他死不死呢，作为将士们当马革裹尸而还。这是一种积极的昂扬豪迈的态度。但是清朝人已经没有那么多保卫祖国的昂扬士气了，清朝人写的战争诗多数都是否定型的，清朝人认为这一句充满着悲慨之气，也就是说，我今天喝一顿酒你就别笑我了，你看看自古以来征战之人都会死在外头，所以就让我喝吧！不同的理解恰巧说明了这首诗营造了一个足够宽广的解读空间，这就叫作耐人寻味，你可以理解为很豪迈，也可以理解为很沉痛、很悲慨。王世贞之所以觉得这首诗好，就在于它写出了整个时代的一种强健气质，同时又有广泛的共性。"古来征战几人回"，"几人回"是什么意思，自己去想。有的人是愿意"马革裹尸而还"，有的人觉得死在外面真可怜，所以这首诗确实是一首好诗，有很大的回味空间。

今天就讲到这里，谢谢大家。

第十章
从咏物诗开始训练用典的基本功

嘉宾：徐晋如

时间：2018年9月1日 19:00—21:00

徐晋如

最近读了本讲诗词创作的书，作者是当代辞赋大家。但书中理论偏多，离创作实践较远；而且又以句法为诗词创作的核心，我不太认同。

我比较认同香港学者何敬群先生的观点。诗是四种元素的综合和交叉：时间、空间、感想和借题发挥。借题发挥要别出心裁，由一个看来无关之物，想到更深一层的韵味，这就是诗了。

如果把诗比作书法，那么何敬群先生所讲的就是书法的结构。诗的结构比句法更加重要。当然，光有好的结构，没有好的句法，也不能臻于一流。不少社友的作品，首先就是结构有问题，不紧凑。

著名的京剧演员萧长华先生说过，一出好的戏三个字概括叫"一棵菜"。一出好的戏，不要哪里特别出众，只要从主角到龙套每个人都严丝合缝地铆上去，就成了一棵菜。写诗也要讲一棵菜，不能散了。所以，结构是诗的根本。

诗最主要的材料是典故。训练用典最好的方法就是咏物。咏物就像解几何题，类书就是辅助线。首先通过类书，把与要咏之物相关的典故都找出来，再去写，就会事半功倍。

古人也并非如我们所想象的那么有学问，虽然他们读的书比我们多，但作诗时也必须依靠类书。我有一个好友结婚，请我写一副贺联。他姓唐，我就想到了桐叶封唐的典故；他夫人名字里有个燕字，我马上想到郑文公娶了一个燕国的女子，她梦见兰草，后来生的孩子就成了国君。我依据这两个典故作了一副对联："不须桐叶封，得一心人与花俱笑；行看征兰梦，栖三生石指月为怀。"我朋友很满意。后来一位田姓朋友结婚，她先生姓杨，我又不假思索作了一联："鳣堂吉士珍彤炜；齐国佳人赋叶蓁。"上联用的是汉代杨震的故事，杨震讲学时，天上忽现大鸟衔来大鱼，曰鳣。下联是因为田乃齐国国姓。吉士、彤炜、叶蓁，都是诗经里的语典。

历史上很多咏物诗并不好，太注重物的本身，没有辅以感想和借题发挥，诗意宕不开。还有，很多人往往忽略了一个更加深广的可能性，就是通过咏物而达到抒情的目的。只有寄情于物，才算是真正掌握了咏物。

咏物是题咏诗的一种，题咏分题写和咏物两类，两者有微妙的区别，把它们放在一起是因为都侧重于体物肖形。咏物不能"写鹿成马"。有的人咏蔷薇花，却像在咏牡丹花，这是不合格的。咏物还要求赋而有比，比的目的就是要产生强烈的对照。

咏物和题写之间微妙的区别就是咏物一般不需要题在所咏之物上，而题写往往要题在上面，当然也有不题的，作者是希望别人来题。

比如我最近在研究的《莲香集》，其中汪兆镛的藏本就有题诗。当时汪兆镛的朋友盛季莹得到了《莲香集》的残本，请他题诗，他题了八首诗，用纸写好，没有题在书上。盛季莹一看这八首诗，说你比我更配拥有这本书，于是就把书送给了他。一个月后，盛季莹去世，汪兆镛又写了四首诗纪念他，还是没有题写到书上。这本书原来就缺了几页，后来请了杭州擅长模仿笔迹的金德枢先生抄写完全。他抄完以后觉得汪兆镛当年题写的十二首诗太好了，于是就也抄在后面。

题写和咏物，在内容上也会有一定的分别，题写往往有议论，咏物不一定要有议论。咏物有议论，一般都不好。

最严格的题咏诗是乾隆年以后的"高考"作文，有一项相当于小作文，叫作试帖诗。当时有大作文：赋；中作文：八股；小作文：

试帖。

试帖诗真的很难，但并非难在形式。它的形式是五言排律，除了开头两句和最末两句，中间都要对仗。一般来说五律八句起承转合就足够了，句子多了反而掣肘。这个问题并不难解决，难以解决的是试帖诗给定的题目基本都无从着手。

试帖诗也是一种大类的题咏，但又跟咏具体的物的诗不同。它往往给你一句诗，甚至经书上的一段话，让你敷衍开来。你不能离题万里，更不能写得跟题目要求的相反——那叫骂题，也不能每一句都粘得很紧。

这里举两首比较好的试帖诗。第一首是俞樾的《赋得淡烟疏雨落花天》（出自唐代牟融的诗）：

花落春仍在，天时尚艳阳。淡浓烟尽活，疏密雨俱香。鹤避何嫌缓，鸠呼未觉忙。峰鬟添隐约，水面总文章。玉气浮时暖，珠痕滴处凉。白描烦画手，红瘦助吟肠。深护蔷薇架，斜侵薜荔墙。此中涵帝泽，岂仅赋山庄。

当时曾国藩看了俞樾写的八股文就准备擢拔他为进士，别的考官不同意，说在这么短的时间之内写出这么漂亮的八股文，恐怕是宿构，也就是平时曾写过的。大家相持不下，等到试帖诗的结果出来了，曾国藩拿着他的作品对其他人说，你们说他的那篇八股是宿构，难道这首试帖诗也是以前写好的吗？其他考官无话可说，他就中了进士。

曾国藩评价俞樾的诗："此与'将飞更作回风舞，已落犹成半面妆'相似，他日所至，未可量也。"宋代有一个地方大员叫夏竦，他听说宋庠、宋祁兄弟两人才华出众，于是邀他们见面，并让他们以落花为题写一首七律。二人写好以后，他就说宋庠风流蕴藉，是要做学士的，宋祁要做宰相。他是从诗里面看出来的。宋庠的诗有隐逸之情，宋祁的写出来富丽堂皇，没有一点衰飒。宋祁怎么写？花瓣要凋零了，要随风飘去，却仍像汉武帝的宫人那样，作《回风》之舞。剩在枝头的一些花瓣，就像是梁元帝的妃子徐妃，画上半面妆。梁元帝一只眼睛失明，徐妃就只画一半的妆容。宋祁把根本没有人用的半面妆这个典故赋予了新的生命，咏落花却有勃勃生气。能做到大官的人，都有一个共同点，他们特别乐观。因此夏竦判断宋祁要做宰相。俞樾的诗也是如此，但是俞樾运气不好，后来没有做到大官。

俞樾的诗不像常人咏落花，他说"花落春仍在"，虽然花落了，春天还没有走，太阳还是非常和煦温暖。他看到的是生机盎然。"淡浓烟尽活，疏密雨俱香"，扣题"淡烟疏雨落花天"。"烟尽活"，仿佛烟有生命力一样。落花天气，雨都带着花的香气。这种扣题就特别的紧，又不会勒得慌。

第二首是光绪六年（1880年）会试的题目，《赋得静对琴书百虑清》。近代词人裴维侒的作答是：

> 静对虚窗坐，全无百虑萦。琴心耽夜永，书味比秋清。兰操挥弦寂，芸香隔座盈。忘形云共住，定想月同明。船载曾携鹤，钟摧未吼鲸。曲从停鼓悟，解自不求生。绿绮神交合，青灯乐趣呈。宸修崇性道，妙趣紫阳赓。

"琴心耽夜永，书味比秋清"。这两句是中国诗歌独特的修辞手法，叫互文。两句连在一起才能表示一个完整的意思，上下句之间的词可以互换。是琴心书味耽夜永、比秋清的意思。秦时明月汉时关也是一句互文。"忘形云共住"，是说忘记自己的身形，仿佛是一朵云那样自在。"定想月同明"，讲的是静坐所获得的自在与解脱。广东有一位理学家陈白沙，别人问他怎么学道，他说你先静坐，把纷杂的思虑都摒弃了，变成一个澄澈空明的人，再去学道。所以"定想月同明"讲的是我同月亮一样，澄澈空明，什么都不想。这句有诗意，把很虚的东西写得这样美，这是最难得之处。"船载曾携鹤"，用北宋林逋梅妻鹤子之典。"钟摧未吼鲸"，学道之后，子午交汇之时体内有雷鸣的感觉。"曲从停鼓悟，解自不求生。"大音希声，悟得曲理，是在停止敲鼓以后。解指解脱，你不再寻解脱的时候就解脱了。"绿绮神交合"，绿绮是司马相如的琴名。"青灯乐趣呈"大家都懂。"宸修崇性道，妙趣紫阳赓。"宸修指皇帝崇尚理学。下句说我们感受到的妙趣，就是朱熹朱紫阳当年曾经感受到的。中间的句子真的是好。主考官也都加了密圈，表示特别好，评价道，"有精到语，无斧凿痕"，写了哲学的内容，且写得有诗意。这是非常难的。

题写也好咏物也好，第一个原则就是要不粘不脱。

首先不要句句着实。苏轼曾说，"作画以形似，见与儿童邻"。真正的大手笔并非如此。这叫不粘。苏东坡还说："赋诗必此诗，定知非诗人。"比如咏花，杜甫说，黄四娘家的花长得非常茂密，"千朵万朵压枝低"，并且它愉悦了人们，怎么知道呢？花愉悦了蝴蝶，愉悦了黄莺，黄莺都感觉到自在，那是黄莺感觉到自在吗？那是人感觉到了自在！所以我们要取其神似，不能句句着实。比如南宋道川禅师的这首："远看山有色，近听水无声。春去花犹在，人来鸟不惊。"作者信奉禅宗，想通过这几句话传递禅宗思想，相当于偈子：你看到的世界，其实只是一个幻象罢了，我们人生何尝不是如此呢？但这样的表达不是诗。一旦咏物诗每一句都紧扣了题目，诗就没法看了。所以要求不粘。

但同时要不脱。不脱就是要着题。诗中的"着"，不在于字面，而在于神理，要把物独特的风格特征表达出来。王国维讲冯延巳的词："细雨湿流光，芳草年年与恨长。"草上面沾了雨水，给人一种非常明亮的感觉，但又不是那种日光照射的亮，而是抓不住的亮，就像是离人的爱郎已经走了，她有希望，但又抓不住，于是芳草年年与恨长。他又说周邦彦的《苏幕遮》"燎沉香，消溽暑……"中的两句："水面清圆，一一风荷举。"是真能写出荷叶的神理，除了荷没有任何一种植物能够当得起这几个字。

所咏之物本来是实的，要抓住它虚的一面来写。就如白居易的《赋得古原草送别》："离离原上草，一岁一枯荣。"这两句并非咏草的外形，只是咏草的一种特征，每年都会枯荣交替。下面又是另一个特征："野火烧不尽，春风吹又生。"白居易超出了常人的思维，赋予了草更深远的联想。"远芳侵古道，晴翠接荒城。"这才真正地讲绵绵春草的外形。最后他还要表达送别之意，"又送王孙去，萋萋满别情"。这是我们重复了无数次的典故。

又比如李商隐的《蝉》：

> 本以高难饱，徒劳恨费声。五更疏欲断，一树碧无情。薄宦梗犹泛，故园芜已平。烦君最相警，我亦举家清。

这首也是不粘不脱的典范。首先他不直接写蝉的外形，而是讲人对于蝉的感受——蝉每天在那么高的树上鸣叫，却只是饮露水，怎么能饱呢？就像诗人一样，因为清高所以老是饿肚子。我心中有怨恨，多谢你的鸣叫，代我鸣不平。到了五更天，只能听到你稀稀落落的声音，可是在那浓绿的仿佛我心中的忧愁一样遮蔽着的树阴里面，难道没有你的身影吗？这两句看起来离题很远，但实际上完全在扣题。下面两句跳开来讲到自己：做了一个小官，我就像是萍梗一样在水上漂着，不由自主，我老家的田园荒芜，不能归去。跳开了以后还得跳回来。"烦君最相警"：我最要感谢你的提醒，我也是举家清高的人，我们做知己吧。

陈蝶仙说，好的咏物不是单纯地咏物，一定是缘情而作。如果咏物变成了议论，就是失败的。于谦的《石灰吟》："千锤万凿出深山，烈火焚烧若等闲。粉骨碎身浑不怕，要留清白在人间。"这绝对不是一首好诗，它是在发议论表决心，违背了诗最根本的东西——诗的灵魂——缘情。

还有郑板桥的《咏竹》："咬定青山不放松，立根原在破岩中。千磨万击还坚劲，任尔东西南北风。"张卫东先生特意用京剧中的腔调"山歌"，把它咏唱出来，说这首诗太俗了，只适合山歌的调子，不是真正的诗。

所以，咏物诗的第二大原则就是缘情寄托。

老杜在这方面做得非常好，比如咏孤雁。第一句就卓尔不群。"孤雁不饮啄，飞鸣声念群。"它不吃不喝，是因为心里难受，想着自己的伴侣。它嘴巴只是在叫，却不用来饮食。我们想的往往是静态的，像写生，但高手必须要想到动态的画面，要想到故事，写诗也要讲故事。下面两句只能是绝顶高手做出来的："谁怜一片影，相失万重云。"带给你无尽的想象。谁能想象大雁孤零零的影子？它跟伴侣已经有万重云的阻隔！他不是在描摹，而是在讲故事；不是在画画，而是在拍电影。"望尽似犹见，哀多如更闻。"仿佛你心中还在挂念着它：虽然已经看不见了，脑海里却仍有它的身影；虽然已经听不见了，耳畔却仍回响它的声音，里面仿佛蕴着悲怆。他是在咏自己因为战乱跟家人分散的感受，也是在写战乱中每个人的痛。这就是缘情寄托。

小杜的《早雁》也是有寄托的。当时唐朝国力衰败，吐蕃国力强盛，经常侵扰我们，边境地区的人民深受痛苦。《早雁》表面上是在咏初秋的雁，实际上是在咏边区受到敌人侵略、遭受痛苦、骨肉分离的同胞们。"金河秋半虏弦开，云外惊飞四散哀。"敌人用弓箭射我们，老百姓四下逃难。"仙掌月明孤影过"，仙掌的典故，是汉武帝在宫门前竖了大铜柱子，上有金铜仙人捧露盘。小杜用仙掌代表宫殿前面的大柱子，一个孤零零的雁飞过。"长门灯暗数声来"，是说筝的哀鸣。古筝上人字形的柱子，称之为雁柱。由飞鸟之雁联想到筝上的雁柱，这是尤其了不起的诗人的奇思妙想。这句是说冷宫里面弹奏的曲调与大雁相应和。"须知胡骑纷纷在，岂逐春风一一回。"边疆地区到处都有侵略者，那些想逃进内地来的老百姓又有几个能活着进来？这两句写得非常凄惨。如果我不说这首诗的历史背景，你把它理解为那些大雁有的被胡人给射下来，没能活着飞到南方，也依然是一首好诗。"莫厌潇湘少人处，水多菰米岸莓苔。"大雁啊，不要嫌弃潇湘之地没有人住，你可以在这里栖息下来，吃一顿饱的。意思是那些边疆的老百姓，我们内地有很多待开垦的土地，你们可以安心地生活。这就是寄托。表面上看起来是在讲大雁，是在咏物，实际上是在表达他深沉的历史感，深重的社会责任感，对百姓深切的同情。

苏轼的《卜算子·黄州定慧院寓居作》，也是有寄托的："缺月挂疏桐，漏断人初静。谁见幽人独往来，缥缈孤鸿影。　惊起却回头，有恨无人省。拣尽寒枝不肯栖，寂寞沙洲冷。"他咏的是作为生命图腾的大雁。苏东坡自认为他的灵魂就是一只孤雁。孤雁在它漫长的旅途当中，就像苏东坡的人生一样，大起大落。每一个人都觉得苏东坡特别豁达，谁知道他内心的痛？"拣尽寒枝不肯栖，寂寞沙洲冷。"尽管经过了痛，他不愿意随随便便改变自己的初衷和志向，不愿意在高寒的枝头栖息，宁愿到凄冷的沙洲之上过宿。这种执拗其实是东坡生命理想的一种象征。对于东坡来说，富贵不重要，地位也不重要，只有他的理念最重要。东坡宦途一直不顺，"问汝平生功业，黄州惠州儋州。"你问我一生有什么成就？我先被贬到了黄州，然后贬到了惠州，最后贬到了天涯海角的儋州。因为他坚守自己的理念，新党上台祸害百姓，他反对新党，旧党上台了把新党的政策方针全部抹杀，他也觉得不对，于是旧党也要打压他。

咏物必须要用典。不用典是"作画以形似"，太拘束，典故本身带给人联想，带来开阔性的思维。典故少的物让高手也难以措手，我选择让大家咏木棉，就是因为木棉的典故少，这样才有挑战。

典故有两种，一种叫古典，一种叫今典。没有古典我们可以用今典。今典实际上就是寄托我们当下发生的事情，我们把今事当典故来用。大诗人都会用古典，也都会用今典。注释诗词时，古典容易注，今典难注。

1933年到1937年，中山大学中文系主任古直主编了一份《文学杂志》，第一期就有一则征红棉诗的广告："红棉为南国奇花，前人题咏，少当意者。芳辰将及，预为征求。名章秀句，庶几纷披，为此英雄吐气乎？"为什么前人题咏少当意的呢？原因就在于典故少。

有一年中华大学生诗词大赛出的题目一是咏木棉，一是咏韩江。乙组第一名的作品是咏木棉，写得很一般。"月痕轻，江国寂。愁损檀心，木末听潮汐。照水柔情空咫尺，和泪辞枝，红入芸窗槅。守更阑，留梦碧。絮掩双旌，流盱今何夕。独往幽人成太息，一树斑斓，尚认春风笔。"看起来很顺。但就是没有词所应该有的味道，他只是草草写就，不能得木棉的神理。倒是落选的两首作品，很值得一读。其一："赤龙痴，朱凤睡。海客崩流，网底珊瑚醉。阳节初燃回日辔，烈焰交柯，照彻天无晦。　絮寒衣，温素被。花国雄心，未肯销英气。红蜡烧残收绛泪，付与冬郎，深箧谁人识。"这首是咏木棉的，真的是做到了不粘不脱、缘情寄托。

其二"烛幽潜，分颎洞。十丈虬鳞"，木棉有刺，有鳞状的树皮,这是体物肖形。"炎歔殷勤捧。仰视南天天梦梦,一坼深红",坼是分开,"冥晦消千垄。"形容它色彩浓烈,白天晚上一下子就把眼前的千垄之地笼罩了。"剥丹霞,缫玉蛹。方寸温葺,旧窠怜朱凤。"木棉花瓣是丹霞剥开来的,棉絮是蚕丝缫出来的。"当日祝融轻易种,"祝融是火神。"花气吹残,海气消弥重。"点出木棉花生长在南国,在广东在海边。

咏物要懂得用典。比如黄庭坚的名作《和答钱穆父咏猩猩毛笔》,所咏的不是一般的毛笔,而是猩猩毛做的。"爱酒魂魄在,能言机事疏。"俗语云:猩猩能言,不离走兽。黄庭坚说就是因为猩猩能言,所以才会泄露秘密,人类才会把猩猩杀掉。"平生几两屐,身后五车书。"由收藏猩猩毛笔,想到晋代收藏家阮孚,专喜收藏木屐,一面给木屐打蜡,一面感慨:"未知一生当着几两屐?"几两就是几双。我收藏这么多的鞋子,能穿得过来吗?但是不要紧,我死了留下来五车之书就可以了。这用了惠施之书五车的典故。"物色看王会",《王会》是《逸周书》里面的一篇,里面讲到有都郭人进贡猩猩。"勋劳在石渠",是说毛笔有著述的勋劳,皇家藏书的石渠阁,都是靠它的勋劳。最后反用杨朱拔一胫毛而利天下的典故:"拔毛能济世,端为谢杨朱"。毛笔表达思想,就是在济世救人,拔毛是可以济世的,杨朱拔一胫毛而利天下却不肯为,这是不对的。这一首当然不是诗,它没有缘情,没有寄托,但是它是一篇非常好的文雅的艺术品。

我们再看宋朝初年西昆体代表作家刘筠的《鹤》。当时皇帝找了文人,编一套大型类书《册府元龟》,编辑者的工作就是把古书上相关的典故分类编在一起,每天接触的都是典故,平日无聊,于是就唱和,咏花、咏月、咏泪、咏鹤……我们看这首:"碧树阴浓扣砌平,华亭归梦晓频惊。仙经若未标奇相,琴操何因寄恨声。养气自怜鸡善胜,全身却许雁能鸣。芝田玉水春云伴,可得乘轩是所荣。"首句"碧树阴浓"用的是《淮南子》中的语典,"扣砌"出自《西都赋》。第二句用事典,晋代陆机被杀之前,说我想要听到华亭的鹤唳,恐怕再也不能了。古人的死亡都那么诗意。"仙经若未标奇相",仙经指的是浮丘公的《相鹤经》。"琴操何因寄恨声",讲的是商陵牧子妻不见容于他的母亲，母亲逼他把妻子赶走，他舍不得就写了一首《别鹤操》，比喻夫妻分离。这两句的意思是，如果不是《相鹤经》标明了鹤的奇相，商陵牧子怎么可以凭借仙鹤来寄托自己内心的悲怆呢？"养气自怜鸡善胜，全身却许雁能鸣。"这两句都是《庄子》的典故，上一句是讲有一个人养斗鸡，要使它呆若木鸡，要把它外在的虚骄之气去掉。下一句是讲有人家里有两只鹅——古代称鹅为雁，一只能鸣，一只不能鸣，家里来客人，主人杀的是不能鸣的。"芝田玉水春云伴"，出自鲍照《舞鹤赋》"朝戏于芝田，夕饮乎瑶池"，玉水就是瑶池。"可得乘轩是所荣"，用春秋时卫懿公好鹤，令鹤乘轩（大夫车）的故事。这是一件文雅的艺术品，我们不要以为他不是诗就轻视他，写这类的作品，要当成是一种练笔，如果缺乏练笔，等到诗兴来时是写不好的。

黄庭坚创造了一个独特的诗的游戏，叫演雅，每一句都讲动物，用与动物相关的典故。写得很幽默："桑蚕作茧自缠裹，蛛蝥结网工遮逻。燕无居舍经始忙，蝶为风光勾引破。老鹳衔石宿水饮，穉蜂趋衙供蜜课。鹊传吉语安得闲，鸡催晨兴不敢卧……"杨万里也写过："鷇觫受田百亩，蛮触有宅一区。蚍蜉戒之在斗，蝇蚋实繁有徒。果蠃周公作诰，鹓鶵由也升堂。白鸥比德于玉，黄鹂巧言如簧。"全部是用跟这些动物相关的儒家的成语，然后编在一起，形成了一篇非常幽默的作品。演雅是游戏化的，大家现场可以做这样的游戏。

题写诗跟纯粹的咏物诗有区别，要有议论。比如黄庭坚的："惠崇烟雨归雁，坐我潇湘洞庭。欲唤扁舟归去，故人言是丹青。"这幅画特别像真实的自然之景，让他一下子沉浸进去：仿佛让我坐到了潇湘洞庭之中，这时我已完全忘记是在画里了，我想驾扁舟归隐，忽然老朋友拉着我说，你别往里面跳了，这是一幅画啊！

题写之作是应用文，与要缘情寄托的咏物之作是不一样的。

他的《题伯时画严子陵钓滩》也是议论："平生久要刘文叔，不肯为渠作三公。能令（líng）汉家重九鼎，桐江波上一丝风。"

严子陵是光武帝刘秀的好朋友，却不肯做高官，宁愿在富春江上垂钓，做一个隐士。他的举动感染了东汉人，砥砺了东汉士人的气节，东汉的江山像九鼎一样稳固，就是从富春江上的钓丝而来。

下面来看看当代人是如何咏物的。

泚斋先生咏苦瓜，《新会摘苦瓜有作》：

"王孙忧时心，号此以自警。"八大山人朱耷又号苦瓜和尚，他是明朝的王室，所以称王孙。因为他有忧时之心，所以给自己取名叫苦瓜和尚。"翁山慕君子，抱瓮常独醒。"翁山是屈大均。屈大均的《菜圃杂咏》有"苦瓜君子菜"这一说法。"我来恐伤廉"，所谓取之而伤廉，我没有花钱买，是别人请我来的，所以故意说一点幽默的话。"撷之清凉境"，在苦瓜的藤蔓之中忘记了酷暑，感觉到清凉。"青紫本无妨，何劳再三请。"我喜欢清凉的境界，不一定要去摘成熟得发紫的苦瓜。青指青衣，紫指朱紫，古代大官的衣服以朱紫为主色。意思是我不是想做官的人，不要劝我。我导师退休以后宣布退出三界：诗词界、学术界、书法界。

再看这首《题画虾》：

"三月新水生，万类繁未已。"讲故事。万类，各种生物。"纷庞群小中，分命无彼此。"这群小人物本来是在一起耍的，地位差不多。"乘时游且跃，随波不暂止。"他只是一个小人物，但随波逐流，历史选择了他。"或有须如戟"，虾须很长，像方天画戟一样。"人道伟男子"，在矮子当中拔出他来了。"折腰出江湖，青袍易朱紫。"虾子弓着腰，用折腰讽刺，真能体物肖形！虾什么时候红？煮熟了！就是说，你丧失了独立人格去做官，又有什么意思呢？"窃号聊自娱"，语出《史记》《汉书》，南越王赵佗，他说我就是想窃占一个皇帝的称号，让自己开心开心。窃帝号而自娱，化用史书上的话而天衣无缝，用典的最高境界——用语典。"九鼎染一指，"双关语，虾以为自己成为珍馐了，但是在人的眼中不就是一个食物吗？"赤盐裹水晶，枯腊赖存矣。"连用两个语典，《清异录》载孙觌句："角衫影裹水晶人"，"虾跧久已成枯腊"。腊念"xī"，干肉。"画史试一图，格物乃知耻。"画史的"史"，古代本意是史官，用来尊称画家。下句意思是：你去画虾吧，懂得了虾的道理，其实也就懂得了人生的道理。

我们再来看看古人的木棉诗。

屈大均的《攀枝花》（木棉花又名攀枝花）：

"朵朵天边发，烧云是木棉。"仿佛是火烧云一样。"丹楼开十二"，你远远望去，仿佛是丹楼珠阙，天上的宫阙。"玉女笑三千"，三千世界。"瓣里巢红翠，须间吐紫烟。"这两句不好，太着实了。"越王烽火树，多在祝融前。"即使像屈大均这样的大诗人，这首诗写得也普普通通。最后两句没有强烈的张力，也没给你诗句以外含蓄蕴藉的思索。

杭世骏的这四首《咏木棉花》相对好些：

"海珠寺里寻常见"，有抄袭之嫌，"岐王宅里寻常见"。"黄木湾边寂寞红。一样天南任开谢，无人知历几春风。"

"风尘颓洞长根荄，拂槛穿廊恣意开。不合唤他烽火树，千春长照越王台。"这首就好一些，他把时间这个元素用足了。因为它千春长照越王台，所以我们不应该给它起一个绰号叫烽火树。

"目极牂牁水乱流，低枝踠地入端州。最怜三月东风急，一路吹红上驿楼。"一路吹红这一句并不好，因为木棉花很重，要吹动上楼，需要特别大的风才行。

"擘絮吹绵日欲斜，此行真见日南花。"日南是唐代对越南的称呼，是唐代的一个郡，叫日南郡。"花时定有红鹦鹉，天半飞来啄彩霞。"这一句诗特别的漂亮，把联想用到了极致。无中生有，开花的时候哪有赤鹦鹉？广东明末有一位大诗人邝露，他写的咏赤鹦鹉的十首诗非常有名。杭世骏由此想到了赤鹦鹉飞过来把天边的彩霞啄过来，所以才有了在春天开放的木棉花，这种奇特的想象和联想非常之了得。

下面这首我认为是古人作品里非常出色的一首。作者叫潘正亨，他连写了十首木棉花。每一首都不是泛泛地写木棉花。他写越王台前的木棉花，六榕寺里的木棉花，安期井的木棉花，最后一首写张乔墓的木棉花。张乔是一个很清高的歌妓，当时羊城的富二代们用"三斛明珠觊买其心"，她坚决不为所动。她只想"得辞采有心之人永相属和"，说"金屋贮娇浑一梦，不如寒淡嫁书生"，所以她爱上的是诗人彭孟阳，可惜她十九岁得病就去世了。彭孟阳痛苦至极，写诗哀悼她，把他哀悼的诗，朋友哀悼的诗，连同张乔的诗，编成了一部《莲香集》。张乔下葬时，广州城的名流都去了，每个人在她的坟墓前面种上了若干种花，一共种了六百四十八株花，成为广州的一个名胜叫百花冢。潘正亨最后一首就是写百花冢的木棉：

"三斛明珠肯暗投"，张乔怎么愿意明珠投暗呢？她要找配得上她的人。"镜中花影照朱楼，"既是讲木棉花，也是歌颂张乔。张乔自号二乔，别人说你叫小乔就行了，二乔是大乔小乔的合称，张乔就指着镜子里的影子说："此亦一乔。"所以他用了这个语典，既是指木棉花的影子，也是指张乔的影子。"生憎柳絮随风起，不分萍根逐水流。"她不愿意随风漂泊。好友黎遂球给她写的墓志铭里，讲别人都想娶她，她就骗说：我妈妈特别爱我，不愿意我离开她，要给我找一个唱戏的嫁了，总比给人家做小，随风漂泊，吼狮换马要强得多。所以这里又用了《莲香集》里面的典故。但是没有想到最终她却像浮萍的根蒂一样，逐水而流。她在水二王庙过宿时，梦见水二王说要在某天某时某刻娶她为妃，她醒来以后得了重病，果然在那个时刻就去世了。"华屋红襟窥燕幕，云軿瑶佩下龙湫。"这两句非常有气象。华屋，特别高大华美的屋子，木棉树的一个特征就是高。就像是红襟燕子——燕子翅膀底下是红色的，仿佛是分了木棉的红——在帘幕之间往里面看，可是她的魂灵就坐着云軿到龙宫里面去了。"凭将一掬胭脂泪"，胭脂还是扣着木棉花的红。"洒破青山万古愁，"木棉花开放的时候，那么浓烈，像火，像情人的鲜血一样红，在绵绵丝雨当中，仿佛就像相思，就像热恨。

我们看看大家的作业。

第一首：

"阅尽竹杨同李桃"，古人有一个说法，叫点鬼簿，就是在诗里面加很多人名。堆砌物名的写法，也一样不好。"唯君堪作木中豪。崖山血聚千重赤，海客心期万丈高。"这两句把木棉的火红和崖山蹈海的大宋最后的烈士相提并论，单独看非常好，可惜不能成为"一棵菜"，和前两句承得不好。"明月新正岭南路，秋风落日并州刀。"这两句又离得很远，脱开去了。"由来花实各相用"，这一句是纯粹理性的实用性思维，诗里千万不要有。"不让羁人悲二毛"，最后一句单独看，作为结尾是比较有力量的，但是从转到合，又不能够成为"一棵菜"。

第二首：

"信是丹魂化此身，偏惊寂寞异乡人。"第一句过后，下一句一般要来补充为什么是"丹魂化此身"，这时需要体物肖形，需要铺陈的赋，否则就不完整。然而这两句令人失望。"东风片语催枯木，霞焰弥天蔽早春。"这两句单独看非常漂亮，放在整首诗里就平庸了。就因为首句起到一半断了。"每忆红花红正好，空嗟白发白非新。"这两句纤巧。诗词中高古、重拙胜于纤巧，巧不如拙。"芳华堕地何曾老，一世婆娑幻也真。"诗变成了理性的思索，力量就不足了。写律诗最难的是结句。用不足力量也有办法和技巧，就是宕开一笔，让人有更深的联想。

第三首：

"天上琼枝引梦驰，岭南暮雨思乡迟。"三平尾。"未安倦客归何处，犹见佳人从不离。""从不离"和"归何处"没法对仗。"百日花红香万里，千杯山色醉几时。"这两句单看也不错。"似听近识风林唱，如看新开春日追。"最后一句不通。

第四首：

"将军立马扫东风，浸透征衣染血红。"扣住了木棉的红。"如引旌旗开遍野，恰成绮彩占晴空。江山壮丽因豪迈，天地澄清故气雄。"这两句不好，"因"和"故"有合掌的嫌疑，而且是文的句法。诗的句法要简练。同时句子结构单一。诗的句法中，双主语或双谓语等复杂的句子胜过单一的句子。"休较桃花嫣小朵，胸襟颜色本无同。"不要跟桃花比，本来就不是一类的，比什么呢？这个创意很好，但是同样地，结尾没有力量。

第五首：

"习习冠峨危耸霄"，习习一般指清风，跟冠峨没法搭配。"巍巍身世霍嫖姚，"霍嫖姚就是霍去病。"深根高护深朱漆，密荫浓遮密翠翘。"这两句也是求纤巧反落下乘。"闲是声名逐风雅，居然气势动天朝。人间毕竟长欣羡，炎国将军烈焰骄。"最后议论多，抒情少。

第六首，这首好很多：

"祝融曾遣旧根芽，偶向人间落绛霞。"没有起到一半的毛病，把意思说完结了。"铁干擎春生海内，丹心燃炬照天涯。"这两句很漂亮。"高台烽火千雄怒，老梦河山半世嗟。"这是把木棉跟越王台的烽火联系起来。"堕地残花犹似血，豪情岂便委尘沙。"结句仍然有十足的张力，这就是一首合格乃至八十分的作品了。

第七首：

"凌寒独笑抱春风，料峭红妆四月中。茂苑绮疏鸾影暗，吴宫繁簇燕巢空。几分蝶舞几时乐，三数花开三径同。"落于纤巧。"艳萼枝梢灯似火"，灯用在这里很无谓，应该用一个动词。"共君醉伴隐墙东，"一般都把木棉当成一种刚健的意象，他当成了柔媚的意象来写，这就不够体物肖形。而且结句扣题也不够好。

第八首：

"东君一夜并刀快，剪得丹霞映牖开。"并刀是并州出产的刀，很锋利。"烽火喧天姱女笑"，姱女就是美女。"杜鹃啼血暖风催"，这两句不好。杜鹃啼血非常悲，和姱女笑放在一起就不和谐。他要讲烽火戏诸侯。姱女指的是褒姒，很滑稽的历史，黑色幽默，与杜鹃啼血的悲剧精神不相配。杜鹃啼血给人的感觉非常凄怆，应该想到的是料峭春风，暖风吹三字一下子就把感觉给破坏掉了。"朱颜不改魂先断"，反用"只是朱颜改"。"金谷空悲人未回，"把木棉比喻成石崇的小妾绿珠。"待到絮飞盈谢枕"，谢枕讲的是谢灵运梦见谢惠连，遂得佳句。所以把枕头美称为谢枕，指的是做好梦的枕头，做诗梦的枕头。"梦成朔雪走兰台"，他想表达木棉的絮飞得像雪一样，但是，用王国维的术语来说，"隔"得太远了。

第九首：

"奇古南中烽火树，孤标擎艳出芳丛。冲霄向日意难尽，坠地辞春色未穷。"色未穷的搭配有点怪。"傲骨贞姿凌岁月，长歌悲韵唱英雄。"这二句用来写梅花也可以。"还期花老飞柔絮，万纬千经共朔风。"万纬千经是他新造的一个词，造得很好。花开尽了，搜集起飞絮，可以用来织成布。但实际上唐代的可以织布的木棉，指的是今天的棉花，并不是木棉花。

第十首：

"南州挺秀孤芳立，气壮长空斗柄移。碧树参天悬晓月，红霞映海染琼枝。"后两句句法平淡。我建议改成"碧树悬天参晓月，红霞染海映琼枝"，这样句法矫健一些。"风波流尽英雄血，霜雪摧残枯木尸。"这一句太丑。"留得心中清白种，更生灿烂再春时。"最后又是议论。诗首先是要表现，而不是要表达。

第十一首：

"佳木葳蕤远帝乡，叶花永隔如参商。途人但恨花期少，雅集不论桑梓长。"第二联跟木棉没什么关系，离题太远。"李白迷途思胡马，杨朱歧路哭亡羊。"离题更远。"忍看芳草成萧艾，不使英雄夜凌霜。"萧艾是一种恶草，芳草变成了恶草。结句接得很生硬，而且意思要人去猜，这就比较失败了。

第十二首：

"炎方受命指天涯，杜宇啼来枝上花。"起得很流畅。"老尽丹心向高日，未教绿叶衬妍华。"对不上。"老尽"改成"尽老"。讲木棉孤高的情态。"霓旌簇簇连沧海，宝炬明明灼赤霞。""明明"可改成"熊熊"。"堕地安能销碧血，残英化雪落千家。"结句也很好，依然有力量，唯一的缺憾是整首诗没有出彩的句子。

第十三首：

"云水闲门向晚看，山房芳树九天丹。"开头非常漂亮，从容淡雅。"映阶竹外熏风醉，绕舍花间绿绮弹。""映阶""绕舍"过于接近。对仗的一个秘诀是什么？"树色分扬子，潮声满富春"，"海内存知己，天涯若比邻"，小对大才有张力。柔媚对刚健才有张力。"犹得琼浆三盏妙，莫愁云锦一枝安。落英幽映飞溪至，归鸟清辉自在欢。"最后一句不好。跟木棉无关，意思上不出彩，也不雅，跟第一句简直如出两手。所以要善始善终，尤其要注重结尾。

第十四首：

"东皇唤起梦魂清，爝火天南夜怒明。"开头很漂亮，没有窘迫之感。很多人到"东皇唤起梦魂清"就完了，他没有，接着告诉你"爝火天南夜怒明"。"怒"字用得很好。"万盏流霞邀醉月，一炉风色漫孤城。""万盏流霞邀醉月"单讲是一个好的句子，但是放到这首诗里面是不搭的。"讵怜赤血挥戈舞",用的是鲁阳挥戈的典故。"尚有高怀振铎鸣。"这是用今典。"幻作他朝无尽碧",用的是苌弘化碧之典。"也应蜩沸噪新晴",等到春天过去,蝉叫起来了,就是一番新气象。

第十五首:

"铁臂擎天多壮气",多壮气三字不雅。"烛龙盘踞吐丹霞",这句还比较漂亮。"洛妃泛酒醉酡靥,火凤栖枝披绛纱。"句句不离,所谓的"见与儿童邻"。"飞絮飘临衣百姓,落红去处润千家。"棉絮可以用来做成衣服,落红让千家的泥土都变得滋润了。这个想法很好。"零凋泥沼朱颜在",零凋比较生硬。"长驻南疆戍一涯",把木棉比喻成保家卫国的军人。

第十六首,来看小朋友的:

"春来遍地铺新绿",陈述句,不出彩。"赤冠英雄燃卿云,"燃、卿出律。"白絮漂泊无所顾",泊出律。"红花飞旋为留芬",仍是陈述句,句法较普通。"笔端风月今宵见,歌中凤麟何处闻?"中出律,改为底。"骤起天风卷野树,落红满城泪纷纷。"城出律。木棉花的坠落不会给人流泪的感觉,而是给人一种悲壮的感觉。

第十七首:

"阳春红炬燃千里,尽染鹏城夕照中。壮气心高仰明月,朱颜骨傲舞清风。空枝白玉飞烟絮,满树绿裳栖片鸿。"这两句比较漂亮。"待到群芳争绮丽,雪侵烈焰筑新梦。""梦"有一个读音念蒙,建议尽量不用。结句缺乏张力。

第十八首:

"十里春江雾似烟,炎炎嘉木故台前。"开头很流畅到位。"羊城风起百花舞,金刹钟鸣千烛燃。"虽然羊城最好对虎刹,但广东并未听说有虎刹,可改成榕刹,也就是六榕寺。这样对仗更工稳。"夜雨篷窗悲旧事,芳华水驿寄流年。"也是很漂亮的一联。"东风问客何堪折,愁别佳人月正圆。"最后一句不好,木棉花谁能折得?那么高,除了"东海之长人",一般人折也就是折柳。

第十九首:

"三月岭南初放花,高楼毓秀出红霞。"起句很流畅。"梧桐榆柳姿难比,桃李蔷薇色亦差。"这种比很无谓。比一定是要能够带给人更深的东西。比如"病来身似瘦梧桐,觉到一枝一叶怕秋风"。"明月情长照孤树,鹧鸪声断绕天涯。"这句很好。"英雄白首几多恨,化作轻裳护万家。"最后一联,散掉了。意象到最后合的时候拢不起来,没能扣题,没能跟开头呼应。

第二十首:

"祝融炎帝游南岭,大地苍黄不足夸。信手一丝烟火色,弄晴满树蕊丹霞。"颔联非常漂亮。"铁枝劲曳流光蠱,风雨同萦淄重斜。"淄应该是辎。"云月无声沉剑阁,欣然持戟护千家。"也是比成战士,但只是纯粹的赞,缺乏情感的发抒。

第二十一首:

"傲气高枝立大同,盘根厚土五行中。"五行用得牵强。"风摇树骨连空翠,日照花身满目红。"这两句非常漂亮。"铁马横江添感慨,天狼咽月论英雄。""论"表示动词是平声字,三平尾。"平生但得南溟志,建业何须有勒功。""勒功"从"勒铭"而来,勒铭是到燕然山上勒石记功,但是勒功相对生造。而且这一联太过于言志没有抒情。

第二十二首,这首非常有创意:

"相逢正是岭南春,十里花开艳绝伦。"她首先打破你的情感期待,先去讲它的艳丽。"谁道多如英烈血,我言红似美人唇。"想不到吧?你们都说它像英雄的血,我却觉得像是烈焰红唇。"流星点亮无穷宇",流星点亮无穷之宇,骈体文的句法。"碧玉妆成二八身,"也是骈体文句法。"仰望还思鉴湖侠",见到这么美的它,想到谁呢?鉴湖女侠秋瑾。"群芳傲罢便为尘",最后一句语言上不太通。但是整体来说,是这次作业当中写得最好的。

第二十三首:

"秉节陵园烽火树,槎牙疏影任虹霓。绛萼朝天心未改,青枝向日志难迷。红花万古悲忠勇,白絮千秋慰庶黎。功名尽隐风尘外,独留英姿伴鹊啼。"留出律,"伴鹊啼"搭配不好,一般说伴鹊噪。整首诗句法平,构思也平,只能比较四平八稳,很难出彩。

第二十四首:

"从来真色可倾城,一树花燃正用情。"起得特别好。"萧史欲归仙凤止，羲和缓辔日车横。"用了两个典故，一个是萧史乘龙，一个是羲和御日。"擎杯喧鸟餐清露，坠地闲人拾绛英。"单讲这两句很漂亮，也写出了木棉花的形态，体物肖形上没有问题，但是它和上下不搭，这一联应该转了。"怜汝飘摇风絮散，倩谁制取暖衣轻。"轻轻的暖衣，倒装来用，很好，句法很矫健。

第二十五首：

"木棉尤是惹人眼"，"尤是"不是诗的语言。"怒放酣香不与同"，缺少宾语，和谁不与同？"绿叶莫能披翠帐，繁花徒自似绯红。"这两句接得也还可以，但是没有更深的意思。"虬枝高干入云雾，傲世挺身称俊雄。"这两句也不错。"纵使春光无限好"，春光无限好，就是成语，避免用。"慨然化医立奇功"，医出律。没有听说木棉花有入药的效果。跟前面也不搭，整个主题非常散。

第二十六首：

"东风一夜于飞燕"，燕子晚上不出来的。体物不足。"初绽潮生赤卷冈。万柳迎春妆玉色，千枝争艳舞霓裳。"万柳作为烘托可以理解，但是木棉花是非常刚硬的，不能给人一种霓裳羽衣舞的感觉。体物肖形不足。"香尘满路花间酒，晓月盘山马上郎。"这两句跟木棉无关。"不守年年和景好"，和煦的光景，称为和景，属生造。"英豪塞外野苍茫。"木棉花并不生长在塞外。

第二十七首：

"岭南怒放一奇葩，夜吸甘霖晓映霞。""一"字多余。"粉萼熊熊燃赤炬，琼枝郁郁迭芳华。"颔联不错。"轩昂气宇轻尘俗"，"气宇轩昂"改成了"轩昂气宇"，还是成语。不能用。"贞烈冰魂小佞邪"，以佞邪为小的意思。"待到落红飘舞际，化为飞雪兆千家。"体物肖形做得不错，但是句句不离木棉，没能宕开一笔，没有寄托自己的情感，仍是缺憾。

第十一章
返璞之美

——五言古诗的声律与结构

嘉宾：徐晋如
时间：2018年10月13日 19:00—21:00

徐晋如

现在开始我们今天的学习。首先请大家欣赏几幅书法作品。上次大家作的五言古风的仿作，可以用"差强人意"这四个字来形容，还算过得去，但是与以前的近体诗相比就差了一些。这也说明古体诗的确是要比近体诗更难。近体诗实际上是给了你一个基本的从声律上、规范上和结构上都界定好的框架，让你比较容易进入。但是古体诗不同，古体诗难就难在它比较缺乏规矩，所以很多社员就抓瞎了。

古诗和近体诗相比，有一种高古、质朴的气息。近体诗不妨精雕细琢，但是古诗往往是需要你不经意地写，即使你刻意地去写，你也要把它变得更加自然一些。我让大家去模仿古诗十九首，就是因为古诗十九首是古诗的最高峰，你要去学习它的气息，模仿它的风格，你才能真正地入乎其内。我们有一些社员，本身可能已经写得很成熟了，他不愿意敛才就范。我们的要求，是让你去模仿古诗十九首当中的一首，你首先就要认真地去读这首原作，你首先要知道它的主题是什么，它的结构是什么，然后你才能去模仿。用书法来打比方，我们以前要求大家去和古人的韵，这相当于是摹，临摹的摹，描红。而现在要大家去仿古诗十九首当中的这一首，我们不要求你和它的韵，这才是临。你去临一个字的时候，你要把这个字的每一个笔画的走向给搞清楚，你要通过它落在纸上表现出来的线条，想象到它背后的动作，它用力的轻重，它在结构上是如何互相呼应，互相谦让，互相勾连的。我们在临一首诗的时候，同样需要知道这些东西，这样你才是真正地在"临"。否则的话，你写来写去，永远依照你自己的创作习惯，不会有真正的进步。

我们首先来讲一讲古诗的声律。古诗和近体诗的声律表面的区别就在于古诗要尽量地避免近体诗的句法，但是这只是它表面的区别。詹安泰先生写过一篇小札记《无庵说诗》，他说为什么我们要从近体诗的声律开始讲，而不是从古诗的声律开始讲呢？因为近体诗的声律是有规则可循的，而古诗的声律是非常复杂，非常不好讲的。有一种非常错误的观念，就是认为古体诗是中国古代的自由诗。事实上自由诗这个概念就根本不应该存在，因为任何一种诗它都必须有音律上的要求，否则它就不能称为诗。苏轼的前后《赤壁赋》都押韵，而且都诗意盎然，可是我们却没有人认为它是诗，就因为它没有诗的声律的要求。我们只能把它看成是赋，是一种独特的韵文文体，而不是诗。

唐以后的人在写古体诗之前，先要学近体诗。他是先掌握了近体诗的这一套规范，从而对于汉语的最基本的两个声音的属性"平"和"仄"非常熟悉后，形成基本的平仄思维。就好像一个人外语学得好，一定不是因为他单词背得多，而是因为他能用这种语言去思维。同样地，我们怎么样才能将近体诗写得很顺畅、写得很成熟呢？靠的就是我们已经能用平、仄的排列组合去思维了。我们有了对平仄的认识以后，才能更深一层地认识四声，也才能认识汉语的四呼。什么是四呼？开口呼、合口呼、撮口呼和齐齿呼。比如韵母以 a 开头的，像 a、an、ang 这些就是开口呼，然后以 u 开头的，就是合口呼，以 ü 开口的就是撮口呼，以 i 开头叫齐齿呼。我们在写古体诗的时候，需要注意这些。我们还要注意它的声母，在念的时候有了语感，自然会发现，像连续几个字的声母都是一样的，或者上下句之间连续着声母是一样的，这些情况念起来非常不舒服。当然也有一种专门找声母一样的字连缀成词，这叫双声。又或者它专门找韵母一样的连缀成词，叫叠韵。这些都是古人总结出来的在古体诗当中非常重要的声律，只不过它相对于近体诗来说更复杂，更加依靠创作者对语音的熟悉，对韵书的熟悉。

古体诗的用韵跟近体诗也不太一样。它有比近体诗要宽的那一面。有一些韵在近体诗当中没有办法去押，它却可以去押。有一些韵是可以通押的，在韵书上是相邻的韵。还有一种很罕见的情况，就是在中古音的韵书（如《广韵》《平水韵》）中是绝对不可能通押的，但是按照上古音的韵，它是可以押韵的，在古体诗中也可以用。这就需要创作者除了了解中古音，除了了解《平水韵》，了解《广韵》之外，更要对上古音有一定程度的了解。所以古体诗在声律上其实是要比近体诗更加难，而且很难有一个像近体诗那样特别明晰的公式。所以我们讲古体诗的声律通常都只是讲到古体诗避免近体诗的句式就可以了，剩下来的要大家自学自悟。

之所以有古体诗一词，是因为有了近体诗。在唐代近体诗产生以前，人们所理解的诗就只有一种，但是近体诗产生了，唐代叫"今体诗"，为了与唐代这种新产生的诗体区别开来，就把唐代以前的不讲究平仄的诗（当然也不是绝对不讲究，只是不像近体诗那样排布得很明晰，有切实可依的公式）称之为古体诗，或者叫做古风。另外还有一个概念，常常会混淆，就是乐府诗。乐府诗和古风或者古体诗是有区别的，区别在于诗不需要入乐，而乐府诗是要入乐的，必须要有配合它的音乐，它才是乐府诗。比如说《长干（gān）行》，本来是流行于长江的长干地区的渔歌，后来被朝廷采为乐府，填上新词，称之为《长干行》。《长恨歌》也是要唱的。乐府诗当中有很多的题目，你一看就知道它是乐府。有歌——放情曰歌，放声歌唱；有行——体如行书曰行，音乐像行书那么流畅，叫"行"；有歌行——兼有歌和行的特征，比如长/歌行、短/歌行，你要念长歌/行，短歌/行，那就不对了。还有燕/歌行。还有什么悲，表达你心情非常悲伤，叫什么悲，这也是乐府诗。什么什么哀，或者哀什么、悲什么，都是乐府诗。什么吟，它的文体风格像呻吟一样，所以称之为"吟"。什么"近"，与你的日常生活很接近。什么曲，曲尽人情谓之曲，比如《圆圆曲》。

古诗不需要唱,所以就追求高古、典雅,而歌行,因为它是要用来唱的,属于乐府,所以就要追求通俗。这是它们在文体上的区别。一种文体的风格,与它是否入乐有关,与它音乐的风格也都有非常大的关系。而越是到了歌行的阶段,它在声律上就越加地接近近体诗,而古诗声律是要跟近体诗严格区别开来的。它怎么实现的呢?就是一句话,尽量避免律句。要尽量避免像近体诗一样用符合平平平仄仄、仄仄仄平平、仄仄平平仄、平平仄仄平这四个基本律句的句子。

以前我们在写近体诗的时候,我们努力地让自己的语言、让自己的思维去符合这四个律句的要求,大家可能都脱了一层皮了。现在忽然告诉大家,我们现在要把那一套都忘掉,为什么要这样做?我们费了那么大的心思去掌握了近体诗的格律,怎么到了古风当中,我们就不管它了呢?就像你从唐楷入手,你从二王入手,你都要讲究的是无垂不缩,无往不复,你没有一个笔画是不要往回收的,这样才美,可是这种美是一种雕琢的美,而古风,它要的是一种古朴的美。就像我们刚才展示索靖的《出师颂》,还有汉简、秦简,尤其是秦简,那里面一个"之"的写法,它的最后那一笔,往往特别肥大,完全没有这一笔还要收回来的说法。绝对不能收,能放多大放多大,它反而有一种高古的气象。这是第一个原则。从声律上来讲,你必须要尽量地避免这四手中律句即平平平仄仄、仄仄仄平平、仄仄平平仄、平平仄仄平。在律诗中、近体诗中,我们不能有三平尾,但是在古风当中,这样的句子是非常多的。

从用韵上来讲,古风第一它是可以用邻韵,就是它们相邻的韵可以在一起,这是一种用法。刚才我也讲了,就是在上古音当中它是可以用的,是押韵的,我们今天是不押韵的,但是它也可以用。比如说"林",在近体诗中它是侵韵,侵韵是独用的,它不和其他韵一起押韵。所谓的独用,就是它没有邻韵。"南"它是在另一个韵里面,然而在上古的时候,它们是可以通押的,所以你在古体诗当中这样用,内行一定不会认为你错。也就是说,在古体诗中,除了可以用邻韵,你还可以用上古音当中它们可以通用的韵。尤韵本身在平水韵当中是独用的,不可以跟其他的韵通用,但上古音中,之韵和尤韵也可以通用。比如"采采芣苢","芣"是一个尤韵,念"fóu","苢"是之韵,但这两个字是叠韵的,就是因为之和尤在上古的时候是可以通用的。一般来说平水韵中什么样的韵是邻韵呢?比如"一东二冬"这两个韵是邻韵,在古体诗中就可以通押,近体诗当然是不可以通押的。近体诗通押只有一种情况,就是只能放在诗的第一句作韵脚,在这种情况下可以邻韵通押,然而在古诗当中是每一句的句尾都是可以通押的。三江七阳它们也是邻韵,四支五微八齐也都是邻韵。还有很多,比如说十三元、十四寒、十五删,还有下平声的一先韵,这又是邻韵,在古风当中都可以通用。

　　古风还有一个特点,就是它可以换韵,可以前面四句一换,后面两句一换,也可以前面两句一换,后面四句一换。从这点上来说,它用韵上的确比较自由,但是我不愿意用自由这个词,我更加倾向于说它是比较随意的。所有的规范一定是给大多数人准备的,你越是在创作上有天才的人,越没有规范的东西会越适合你。

　　在古风中还有一个独特的诗体,叫作柏梁体。所谓柏梁体首先必须是七言,其次,它是每一句都要押韵。这在近体诗中也是绝对不可想象的。当然有不少的古风,在一整首诗中,它出现了部分句子句句押韵的情形。句句押韵,用韵就非常繁密。它就像密集的鼓点一样,咚咚咚咚,给你一种这样的感觉。所以我们也会看到有一些古体诗中,它前面可能是两句一换韵,四句一换韵,或者不换韵,就是在偶数句有韵,但是它在中间忽然出现,或者在结尾忽然出现,若干个连续的句子句句用韵,这种情况也是有的,它是部分采用了柏梁体。柏梁是汉代一个高台的名字,叫柏梁台,说是当年汉武帝跟群臣一起登上了柏梁台,要求大家以登柏梁台为主题来写诗。汉朝并不是像唐朝一样以诗赋取士,所以汉代并不能保证每个官员都有文采。要求每个人都能写出诗来,这其实是个很高的要求。于是当时有人就想了一个办法,每人做一句,要求大家都押同一个韵。押好了以后,再来找当时他们当中的文坛大佬,把这些人的诗给排一下序。每个人写的时候都是随机的,但是因为大家都是为了一个共同的主题而写的,所以他可以把它给排列组合,组成有照应的一首完整的诗。后来一个人写也可以这样句句用韵地写下去,金庸先

第十一章 返璞之美——五言古诗的声律与结构

生的《倚天屠龙记》的四十个回目连起来就是一首柏梁体的古诗，它每一回的回目都是一句七言的句子，然后它每一句都是押的"江阳"韵，连起来就是一首柏梁台体的古诗。

曾星笠先生发现，古人从晋代的陆机开始，就非常注意增加诗在声情上的美感，于是他们就有意识地把"双声叠韵"的原理用到创作中去。写古诗，把双声叠韵的词用进去，给人一种古朴的感觉，因为双声叠韵往往是联绵词或者叫联绵字。这些字本身很多都比较古，所以给你一种古雅的、高古的感觉。双声叠韵放到近体诗中，也能增加诗的高古之感。

我们今天对于联绵字的理解和古人不太一样，有一本书叫《联绵字典》，用我们中学语文课本里面学到的联绵字的知识，你会觉得它很多是不合的，因为我们所理解的联绵字或者联绵词就是，它作为一个词是不可分割的，才叫联绵的，但是在《联绵字典》中，只要是双声的叠韵的，它都算成联绵字，所以我们也可以把它理解为联绵字。以前我们在讲对仗的时候也讲过，联绵字原则上是需要和联绵字来对仗的。"岩峭岭稠叠"，稠是澄母，叠是定母，这两个声母隔得比较近，因此它们也可以互通，这叫隔类双声。"洲萦渚连绵"，"连绵"两个字是寒部的叠韵，以双声对叠韵。"连嶂叠巘崿"，这个都是零声母，实际都是疑母。"青翠香深沉"，"青翠"是清母，你可能无法理解为什么青和翠是一个声母，因为普通话没有了尖团音。"杳深沈"，"深"和"沈"都是侵部的叠韵。

双声叠韵字，杜甫就用得特别多。比如说"悠扬荒山日"，"悠扬"是喻母。"崔崒故园烟"，"崔崒"是清母，这两个双声对。"色律潇湘阔"，"潇湘"是心母。"声驱滟滪沉"，"滟滪"是两个喻母。"百宝装腰带"，"百宝"是帮母。"真珠络臂韝"，"真珠"是照母。"一重一掩吾肺腑"，"肺腑"非母。"山花山鸟吾友于"，"友于"是指兄弟，诗经里面有"友于兄弟"，把下面两个字截掉，就相当于歇后语，故"友于"就是兄弟之意。"友于"也是喻母的双声。"信宿渔人还泛泛"，如果曾星笠先生（曾运乾）不发现这一点，大家可能就这么读过去了，因为曾运乾先生的指示我们才知道，原来"信宿"这两个字是双声的，是心母的双声。"信宿渔人还泛泛，清秋燕子故飞飞","清秋"是清母。"流连戏蝶时时舞","流连"是来母。"自在娇莺恰恰啼","自在"是从母。

我们有一个词叫"睚眦必报",其实"睚眦"也是叠韵的,它应该念 aízaì 必报,所以它是叠韵的。

"优悠谢康乐",什么叫"优悠"?就是优哉游哉。"优悠"是尤韵。"放浪陶彭泽","放浪"是漾韵,都是叠韵的。"卑枝低结子","卑枝"是支韵的叠韵。"接叶暗巢莺","接叶"是同一个韵部。"崔嵬枝干郊原古","崔嵬"是灰部。"窈窕丹青户牖空","窈窕"是筱部。"翠华想像空山里","想像"是养部的叠韵。"至殿虚无野寺中","虚无"是鱼虞通韵,鱼韵和虞韵在《广韵》当中、在《平水韵》当中都是不同的韵部,但是它们是邻韵,可以看成是叠韵。"沙头宿鹭联拳静","联拳"是仙部的叠韵。"船尾跳鱼拨剌鸣"拨是末韵,剌是曷韵,也是邻韵的叠韵。

刚才我们讲了古诗跟近体诗在声韵上的区别。也有一些是古诗和近体诗都可以通用的,就是双声叠韵。当然在古体诗中用的话可能更好一些,但是我认为,古体诗和近体诗它们最根本的区别并不在于声律上,最根本的区别在于结构上。

近体诗都是什么结构?它是一个环线的结构,一定要有起承转合,它形成一个闭环,从起点到最后一定要转一圈再回来。但是古体诗不同,古体诗是折线的,它不闭合,先讲一,然后再讲二,然后再讲三,一和二是一个转折,二和三又是一个转折,通常是这样一个方式。所以你要把结构的问题搞明白,写出来的就比较像古体诗,而不像近体诗。

我们先来看一看《明月皎夜光》的原作。《古诗十九首》用我的一个朋友的话说,"是值得我们读一辈子的诗"。

"明月皎夜光,促织鸣东壁。""促织"是一个双声的联绵字,它是隔类转的。"玉衡指孟冬,众星何历历。白露沾野草,时节忽复易。"大家注意"易"这个字,表示容易是念去声,表示变化、改变就念入声。"秋蝉鸣树间,玄鸟逝安适。""秋蝉"是双声。"昔我同门友,高举振六翮。不念携手好","携"广东话其实是念"kwai4",这个是古音,本来按照韵部来说,它就是应该念

"kwai4"的，但我们现在普通话变了，变得非常不规则，就是你通过音韵学无法推导出它现在念"xié"，或者台湾念"xí"都不对，只有广东话保留了古音。"弃我如遗迹。南箕北有斗，牵牛不负轭。良无盘石固，虚名复何益。"

我们首先要看这首诗的主题思想是什么，主题思想表达了对友道不复的感慨。现在没有什么人再古道热肠了，朋友也就那么回事了，现在他已经是青云直上，从此以后就势利眼，不再认我这个老朋友，于是他表达了一通对于人世的感慨，这是它的主题。你要临它，首先要把握住它的主题，如果没有去按照它的主题去临写它，那就相当于没有进行临写，也就没有得到应该得到的训练。

其次，你再看它的结构。从"明月皎夜光"到"时节忽复易"，这是第一层意思，它是通过对与时令的相关的景物天文的描写来交代时间，时光的变化，然后再来写与这个时光相关的物候，秋蝉、玄鸟（玄鸟就是燕子）。这里面是一层转折，用它来比兴引出下文，用秋蝉和玄鸟分别指代往日的朋友和自己。前朋友——"昔我同门友"——现在已经是青云直上了，"高举振六翮"，"翮"是羽茎的意思，据说善飞的鸟，有六根健劲的羽茎，可是他"不念携手好，弃我如遗迹"，把我当成一件陈旧的东西那样扔掉，毫不可惜，到这里面是又一层转。再下面再第三层转："南箕北有斗，牵牛不负轭。良无盘石固，虚名复何益。"他仍然是通过比兴的方法达意，"南箕北有斗"是用了《诗经》里面的典故，《诗经》里大概意思是讲天上有箕，不可以簸扬，天上有斗，不可以挹酒浆，虽然它有这个名字，但它没有用。牵牛星也不会拉车。我们都在讲朋友之交就像磐石那样稳固，甚至于二人同心，其利断金，可是这全部都是些骗人的大话罢了。大家临写之前先要理解诗意，要把它讲的是什么理解透了，相当于我们练书法的时候先要读帖，先要把字认真地揣摩透了再去写，临出来才像样，所以临比摹要难。

我们看看陆机是怎么临的。古人对陆机的临非常推崇，认为陆机所拟，真可谓"惊心动魄，一字千金"。"岁暮凉风发，昊天肃明明。招摇西北指，天汉东南倾。""招摇"也是指北斗的星。"朗月照闲房，蟋蟀吟户庭。翩翩归雁集，嘒嘒寒蝉鸣。畴昔同宴友，翰飞戾高冥。服美改声听，居愉遗旧情。""遗"古音是念 wèi，意思是丢掉了。"织女无机杼，大梁不架楹。"他这首诗基本上主题思想和《古诗十九首》的原作是一致的，也是在讲今天人的友道太糟糕了，而且它的结构也是分成三段递进。第一段先是讲时序、讲天文，第二段就开始讲物候：朗月、蟋蟀、归雁、寒蝉。第三段讲友道，切入主题思想。但相对而言《古诗十九首》更加地高古、更加地拙。拙是一种非常深层的、高级的美，巧是一种比较浅层的、比较低级的美。《古诗十九首》的结尾是直接把主题给点明了："良无磐石固，虚名复何益。"你会觉得它字字铿锵，就像秦简、汉简最后一笔一样，特别夸张。到了陆机这里，笔画收缩了，变得含蓄、蕴藉了，这是陆机个人的审美倾向，可能也与他所处的时代有关。因为《古诗十九首》主要是作于汉末，而晋代的时候整个社会的氛围也不一样，整个的审美追求也不一样，所以陆机认为直接把意思写出来不够好，不如不写出来，含蓄为尚。所以他最后没有议论，他只是让你自己去想象："织女无机杼，大梁不架楹。"虽然它叫织女星，可是它却没有去织布，虽然天上的星叫大梁，但是它也没有办法去架屋楹。我们不妨去想一想，哪个处理得更好？我还是觉得《古诗十九首》处理得更好，它更加有古拙的气息。

　　下面一首是宋代洪适的《拟古十三首》中的《明月皎夜光》："明月皎夜光，瑟瑟扇商籁。衡纪直西躔，云章斜左界。感彼林薄凋，岁律倏云迈。"到这里，前面的六句也是在讲天文时序。"蜻蜊谁汝怜"，"蜻蜊"就是蟋蟀，"悽悽鸣户外"，这是讲了物候，诗中讲物候讲得比较少，但是诗的结构还是在的，不管怎么拟，它始终是一个三段的结构。"昔我耐久朋"，本来以为我们是老朋友，关系好得不得了，"著鞭道方泰"，他已经著我先鞭了，他的马已经在履道坦坦了，他走的是一个泰卦。泰卦是乾在底下，坤在上面，乾是一股清气，是要往上走的，坤是一股浊气，是要往下沉的，泰卦乾在下，坤在上，代表了最高统治者处下位，他充分尊重大臣的意见，充分尊重老百姓的意见，这个国家就是一个好的国家，这个社会就是一个好的社会，就是泰道，上下交通。泰卦是最好的卦，相当于我们的春分。泰卦的对立面是否卦，否卦相当于我们的秋分，就很不好了。否卦是乾在下，坤在上，乾一直往上走，坤一直往下，上下背离，最高统治者是一个极权者、专制者，就得他说了算，你们谁说的我也不听，你们底下人只配给我做奴隶，底下的老百姓也离心离德，这就是否卦。所以泰卦是代表美好，这个人一路直上，走得特别好。"尉藉缯缟轻，金兰旧盟改。东井不及泉，须女无俦配。君看贡公綦，白头愧倾盖。"这最后一段前面也是比兴，最后他用了《韩诗外传》里面的典故，讲孔子的学生子贡和原宪，两个人贫富差距很大。子贡衣轻裘、乘肥马去看望原宪，原宪家里面破得不得了，绳枢瓮牖，用瓦片来做窗户，用绳子来做门的枢纽，衣服也穿得很破，子贡见到他说："先生，你怎么病成这样？"他说："我这是贫，不是病，我们的老师教导我们，道不行才谓之为病，我只是贫，只是没钱罢了。"子贡听后觉得很惭愧。綦是鞋带。

　　下面这一首的作者是明代海南岛的诗人孙蕡，他是明朝初年著名的诗人。"离离谷中树，灿灿春华芳。枝叶何盛茂，忽然随风扬。流光有凋换，物理安可常。扰扰路旁子，哀歌使我伤。杪秋天气肃，白露结严霜。揽衣不能寐，起视夜何长。明月出东壁，众星罗纵横。""纵"在《平水韵》当中，在上古音当中都是念平声字。"横"在上古韵中实际是和长、黄、梁押韵的，但在平水韵中，它就属于庚韵了。但是这首诗仍然是按照上古韵的传统来押韵的。"岁暮鹎鵊鸣，百草青白黄。远道者谁子"，大家注意这种句法，在近体诗中是绝对不允许这样的句法的，但是在古诗当中你可以用一些这样接近于文的句法。"驱车登太行。太行郁嵯峨，天路无津梁。兴言念同志，涕下沾我裳。""裳"就是下衣。这首诗和刚才的几首拟作不一样，它不能算是严格意义上的拟。我们在一开始临摹时不要学孙蕡这样的，虽然名为拟古，实际上已经并不是拟了，已经有自己的创造了。你不经过模拟的、临摹的阶段，你的创作不可能达到一定的高度。

　　再一首是乾隆皇帝的《拟明月皎夜光》，他也是规规矩矩地拟。"惟月生于西，金行故益皎。""金行"就是秋天。"始出东山上，渐历银汉表。"这也是首先从天文、时序开始写起。"映水光带寒，丽午轮收小。最能引悲思，乃至闲虫草。"接着就是写物候。"芳兰逝将萎,蟋蟀啼未了。"这里面还是道物候。最后:"时节不我与,胡不笃情好。翻云覆雨流,讵识断金道。""胡不笃情好",这里的"好"是读四声,你看时节特别容易就变换了,我们人与人之间的交往也很容易就因爱成恨,有各种变化,因此,我们要珍惜当下,珍惜眼前人。那些翻云覆雨的人怎么明白"二人同心,其利断金,同心之言,其臭如兰"的道理呢?所以即使贵为皇帝,在临摹的时候,也是严格地按照主题思想和结构去临摹的。

我们再来看看大家的作品,大家很多不是在临摹,而是在创作。这是不对的。

第一首:"明月皎夜光,盈盈满四野。"这个"野"古音念"yǎ",我们刚刚讲了,a的音到了近代慢慢有好多缩为e的音,但实际上a是更古的。"凉生千里外,波荡琉璃瓦。"这两句是典型的律句,所以要尽量避免。"漫滋渭北树,曾照汗血马。轮回传千古,贫贱未曾寡。今人沐古月,所扬非信雅。"他是有寄托的,但这首诗从我们的要求来讲是完全不合格的。因为你完全不是在临摹,你只是用了它第一句,然后你接下来全部在写自己的思想。

"所闻皆碌碌,粼粼居大厦。""粼粼居大厦",本来古人就有这样的句子,所以这就叫剽袭。"举世如饕餮,谁惭元龙舍。陈蕃今何在,思之泪空洒。""今何在"用得比较多,不如用"今安在"。

第二首:"明月皎夜光,清辉照衣裳。"如果我写的话我会写"清辉照秋裳"。"徘徊不能寐,盈盈欲转廊。"这两句也是律句,上一句"徘徊不能寐"还好些,因为"徘徊不能寐"实际就是平平平仄仄的一个变体,因此你既可以把它看成律句,也可以把它看成是一个拗句,拗句就是有点古风句式了,但是"盈盈欲转廊"就是一个律句,要避免。"我有所念人,隔在远远乡。""远远乡"的句法比较生硬,尽管在古诗当中经常用一些叠字,但是因为"远远"是一个在今天日常语言当中,现代白话当中仍然在使用的叠字,所以你这样用就不够古雅。"欲寄何由达",这几个字古人用得太多了,如李商隐的"玉珰缄札何由达,万里云罗一雁飞"。"迢迢道阻长。忆昔城南路,相送平林冈。冈草年年绿,游子今何方。""游子今何方"三平尾,就很好。"秋风八月半",律句应该是平平平仄仄,或者平平仄平仄，他这儿是平平仄仄仄，这就很好。"虚堂夜如霜"，律句应该是平平仄仄平，他是平平仄平平，这也很好。"浊酒不可饮，独居断人肠。人世几多时，红颜老自伤。思君如皎月，天地为苍苍。"最后两句很漂亮，这是诗家语，诗家语指的是，感情不是通过议论的、不是通过陈述的、不是通过直抒胸臆的方式写出来，而是通过比喻的方式、通过比兴的方式写出来。

第三首："明月皎夜光，他乡清秋惘。"第一句与第二句之间显得太过急迫了，你去看看原作是怎么写的，它是先从天文、时序开始入手，有铺垫的。你这儿就把所有的铺垫都弄没了，一下子就直奔主题了，这是不行的。"未至中秋明，独将长夜想。"这是口语，不是诗，尽管古体诗我们说不妨用文当中的句子，但是不能用口语。"玉漏催人返，金铃笑我莽。""莽"也用得比较俗。"尘随缘去留，霜满梦来往"，这两句写得比较漂亮，有一种高古的气息。"奈何曾寂寞，怜汝常动荡。曲韵笙浅斟，"这里面浅斟什么，或者谁浅斟都丢掉了，因此是一个病句。"月光花开放"，这句的意思非常令人费解。诗，句子可以写得比较高古，比较晦涩，晦涩读不懂可以借助工具书来懂，但是你不能让人怎么读都很费解。我们这次有很多的社员用了不少的典故，有一些典故我也不知道，我也得去查工具书，但是它是通的。而"月光花开放"就不怎么通，月光与花开放缺乏内在关联。"幽幽影怅望，轻轻月惆怅。"这两句，我把"影"和"月"给标出来了，因为它们在古代的时候属于声母是一样的，声母是一样的，上下句正好同一个位置，这样念起来是非常不好的，正好属于沈约所讲的"四声八病"当中的"八病"之一。"窗前添燕语，枕边问珠网。"好几个对仗的句子连在一起，就给人感觉比较呆板。因为我们讲过，只要是对仗的句子，一定会接着有一种往前、顺着直线往前走的感觉。连续用对仗，在近体诗、律诗当中是可以的，但是放到古体诗中来就有点问题。

第四首："明月皎夜光，九天星河动。一夕秋风起，寒蝉觉露重。世事多无奈，歌哭声难纵。""世事多无奈"就非常口语化。"遥忆百年前，又伤穷途恸。"这儿"穷途"用了阮籍穷途而哭之典。"途穷逐泰西"，这里他用的是顶针的修辞手法，这就显得有点纤巧了。顶针的修辞手法通常在什么体裁里面比较适合呢？在歌行体里。"德赛两推奉"，这是讲新文化运动推崇德先生和赛先生，播下去的是龙种，收获的却是跳蚤。"既见机械巧，无人再抱瓮。"大家都去追求物质的享乐，都去追求机心了，没有谁再去抱朴，没有谁再去追求一颗朴直的心。"民智何须开，民气足堪用。"他是说有很多的野心家不想着去启蒙民众，让大家都变成有素质的社会公民，反而来利用他们，利用他们的愚昧来达到自己不可告人的野心。"不闻击壤歌，惟闻河清颂。"这首诗最大的问题就在于他完全是脱离了"临"，脱离原作的"仿"，完全是在自己写自己。就像学书法，原帖怎么样，他完全不去考虑，所以就出现了这样的问题。

第五首："明月皎夜光，月色和且柔。曾照秦时关，曾洒汉家楼。"这开头四句是比较有民歌的风味，它不太像古诗，更像是乐府。"苏子起舞醉，太白思乡愁。"这两句非常呆板、不灵动，而且它在意思上是一样的，是合掌，没有什么太大的区别，都是在讲思乡。"古人只神交，今人曾淹留。却顾后来者，凭之可遨游。昔我之南国，投身稻粱谋。"这两句也是不够典雅。"陟彼梧桐山"，这句就很好，因为陟用的是《诗经》里的"陟彼高冈，我马玄黄"。"俯看有鹭鸥"，这个"有"字用得不够好，"有"字可以改用"泛"。"渔樵无觅处，佳节又中秋。"这首也存在同样的问题，没有去临帖。我们很多写书法的人，临了一辈子的帖都无法入帖，就是因为他永远是看着书法的字，写的是自己的字。我们现在很多的社员是这样，看着是古人的作品，让他去临，去模仿，他还是要写自己。这样写得再多也不会有进步。

第六首："明月皎夜光，丹枫鹊吟壁。"这句念起来就觉得不是太好。你会发现"明月皎夜光"和"丹枫鹊吟壁"的节奏是一样的，都是二一二，二一二，这样像踢正步一样，要避免。"三星向西隅，银桥穹空历。"他倒不单是努力地去模仿，而且连韵都是用的原来的韵，他是在临摹了。"秋露染黄菊，夙夕过隙易。"其实古人讲的是时光逝去就像白驹过隙，但是你改成"夙夕过隙易"就生造了，这是第一点。第二点，按照这种理解的话，你是把它当成容易的"易"去理解了，但容易的"易"是去声，在这里面就出韵了。"照水碧荷香，百草信天适。谷风入怀袖，花茵醉蝶翻。"这一句就显得不够质朴，太雕琢了。"琼杯红烛明"，"琼杯"这种词原则上是出现在歌行体的句子当中，或者是出现在词里面，用在近体诗当中，用在古体诗当中都显得弱了。"归雁断云迹。谁谓汉之广"，"谁谓汉广"也引用的《诗经》里面的典故。"束薪帔衡轭"，"衡轭"就是车前面拉车的横木，跟牛、马上面套着的曲木，"束薪"在古代有结婚的意思。"桃夭可齐眉"，这儿的"桃夭"也是有结婚的意思，"桃之夭夭，灼灼其华。之子于归，宜其室家"。"齐眉"用的是"梁鸿孟光"的典故。"同心螽斯益"，"螽斯"意思是结婚之后生了很多孩子，也是《诗经》的典故。"螽"是一种昆虫，它可以生出很多很多子来。最后这就叫堆砌典故，一件事情用一件典故就可以了，用那么多就是堆砌。

第七首："四序相循转，金行倏忽至。"这句不好，因为第一它有律诗的句法，第一句是仄仄平平仄，第二句是平平仄仄仄，另外它还有一个问题，就是原作都是从写天文而进入时序，它是直接进入时序，这样其实并不好，写诗的时候要有铺垫。"麇麇雁南游，喈喈蝉传意。"讲物候。"朗月照中庭，蜻蜓鸣未已。"依然是讲物候。"白露凌兔丝，林薄感肃气。"到这里还是在讲物候。"昔有同怀子"，从原作的主题入手，临的主题就到位了，"毕景相谈喜。待上青云端，云泥各自异。"也是一样的意思。"故心如天远，谷风友道弃。念此伤我怀，心悲长叹涕。"这首在今天的这些作品中算是非常好的，因为临得比较到位。

第八首："商飙始动择"，"动"我认为应该改为"陨"，树叶坠落的意思，"动择"的意思有点生造。"素月流荆扉。双星隔明河，皓苍自巍巍。"这都是从时序、天文写。"是夕感气变，瀼瀼露未晞。""晞"是干的意思。"寒蛩吟旷野，百卉取次腓。""腓"是枯黄的意思，也可以引申为落的意思。"忆昔灼灼日，华彩何葳蕤。芳馨一时好，零落意乖违。婉晚空七襄，斗牛亦无辉。何以生双翼，飘摇逐鹊飞。"这首也是临得比较似模似样，也很不错。

第九首："今宵新露白，旷野起风凉。但见星河落，银珠洒四方。"这可能是指的烟花秀、灯火秀。"残花犹抱树，细雨润苍茫。

往事无痕去""往事无痕去",可能也是口语改过来的,不典雅。"江流咽素光",这是一句非常漂亮的诗的句法,但是用的是近体诗的句法。"千波连桂殿,万木满秋霜。"这两句太像近体诗了,所以它就没有高古的气息了。"寒气袭人近,长天夜未央。""寒气袭人近"这句比较软了一点,如果改成"寒气空袭人,长天夜未央"就好一些。"月明临厚土,不吝照南荒。独影随归路,清辉映故乡。"在主题上也是别出心裁,也没有跟着原作而临。

第十首:"晚风残夜阑,蛙鸣透窗牖。暮天惟皎月,华灯暗星斗。"前面都不错,但是他下面像变成写流水账了。大家要注意写诗的时候,最好局限在同一个时空之内,不要在时空上有太大的变化。"曙霞染千山,叹嗟多折柳。""曙霞染千山"与"叹嗟多折柳"之间又有什么关系呢?我们讲过,诗要像一棵菜,意象与意象之间、句与句之间要紧紧扣住。"流莺啼晨露,正午却雷吼。"时间从傍晚到夜里,到第二天早上,又到正午,时空变化太大了,就是在记流水账,就像小学生写作文:今天天气晴朗,我们大家一起高高兴兴地去郊游,然后到中午怎么样,晚上怎么样,最后大家带着愉快的心情回家了。不能这样写。"清闲忆旧游,忽念昔日友。""忆旧游"就是念旧友的意思,这里重复了。"如今行渐远,但愿各无咎",我给改成了"各愿吉无咎。"比较一下这两句之间的区别,区别是非常大的。"谁人无惘怅,往事皆付酒。不如弃青袍,何物永不朽?"青袍没有特别的典故,它不代表什么,它就是代表普通的衣服。比如讲我"不如弃青紫",那是指我不要当官,是说得通的,但青袍就代表了青色的衣裳而已。

第十一首:"明月皎夜光,玉湖映冰轮。山孤波连醉,桥断路犹新。"这两句显得太过纤巧。"长堤何寂寂,舒啸几琴人。"近代以来"琴人"有一个专门的含义,他在这里其实是想要表达弹琴的人,但是现在我们讲的"琴人"是琴家的意思。"红日笼翠帐,香茗酬远宾。""茗"是上声字,念 mǐng。"昔我旧时友,执鞭相辅仁。可怜鹏城子,贾海浪逐身。"这两句写得太俗。"鸢飞高远翅,鱼跃深渊鳞。""翅"用在这里不雅。"脱得藩篱去,一朝洗俗尘。""藩篱"是指一种习惯或者一种影响,脱去藩篱,就是不再受某一种的影响了，实际上他想表达的是"樊笼"，"樊笼"和"藩篱"是有很大区别的两个词。同样这首诗也没有认真地去临，也没有把握住原作的主题，没有把握住原作的结构。

　　第十二首："明月皎夜光，玉阶寒露冷。丹桂染秋色，雁回叹疏影。"他缺了讲时序，缺了讲天文。"宝殿炉篆绕，经楼梵音静。寂寂兰若处，尘劳不复听。拈花唯佛知，一笑亦空性。六度禅心法，悉除嗔痴病。世途旋入出，俗命应自省。碧天流云过，孑身归清境。"这下面全部是在讲佛学了，与诗已经是没有任何关系了，而且也完全没有按照原作去临，他也是自己写自己的，这样是不行的。

　　好，我们今天就讲到这里，谢谢大家。

第十二章
笔落惊风雨

——杜韩七古的创作方法

嘉宾：徐晋如

时间：2018年11月10日 19:00—21:00

徐晋如

　　古风相对于近体诗来说，更没有成法，也没有固定的套路。它靠的是什么？激情。一开头一定要盛气凌人，才会有七言古风的样子。

　　我们上次的社课仿写的是鲍照的《代鸣雁行》，历史上对鲍照在七言古诗上的评价比较高，认为七言古诗的转韵就是从鲍照开始的。首先我们看他的原作。"邕邕鸣雁鸣始旦，齐行命侣入云汉。中夜相失群离乱，留连徘徊不忍散。"这四句句句押韵，它是第一个意脉——意象的脉络。"憔悴容仪君不知，辛苦风霜亦何为。"这里换了第二个韵，在这里面我们可以很明显地看到他的诗的意脉，就是前面的一个韵托物寄情，他寄托于雁，来表达他的情感。后面一个韵，只有两句，有一点戛然而止的意味，由物及人，直抒胸臆，直接点明题旨。近体诗和古风之间最大的分别，不在于近体诗有声律上的要求，而在于：近体诗是讲究起承转合的，它的意象的脉络是一个环形，起承转合，最后"合"是回到原点，形成一个闭环；而古诗是一个开放的折线型。所以鲍照先托物比兴，然后再由物点到人，这是一个折线的结构。古风把带给你联想的东西、更加蕴藉的思想放在前面，而在后面结尾的部分再收束起来，让你有一种斩钉截铁的感觉,这是它的基本结构。

我们来看一看社员的仿作。

第一首:"衡阳雁去将妻子,岁岁征徙自此始。一字人字避弧矢,千里万里并行止。别去明月独自凉,为谁对镜贴花黄。""衡阳雁去将妻子",这句用词非常好,"将"是携带的意思,鲁迅也有诗:"挈妇将雏鬓有丝。""妻子"在现代文是指配偶、另一半,但在古代"妻"和"子"分别代表着老婆和孩子,所以第一句是非常古雅的。"岁岁征徙自此始。一字人字避弧矢,千里万里并行止。别去明月独自凉,为谁对镜贴花黄。"这在结构上非常好地模拟了鲍诗,前四句托物比兴,后两句由物及人。如果说他对结构的模仿有什么缺点的话,就是在最后两句。我们再回过头来看一下原作:"憔悴容仪君不知,辛苦风霜亦何为。"它虽然是在写人,但不是那么明显,是比较含蓄的,你可以理解为是在写雁,这就是所谓的不黏不脱,在托物的时候,把诗人的情感借物表达出来,不能跟物结合得太紧,太紧了就黏了,也不能够离得太远,离得太远就脱了。所以"别去明月独自凉,为谁对镜贴花黄"这两句,只能纯粹指人,不能让人联想到雁,因此就脱了。此外,他这一首还有一个声律上的毛病。前面四句押的是"子、始、矢、止"这四个字,但是这四句中的后三句,"徙、字、里"是和韵脚一样的韵字,而且"徙"还出现在节奏点上。这样念起来会非常拗口。沈约提出来的"四声八病",其中就有大韵、小韵两个毛病,就是在同一联或同一句中,犯同样韵部的字,这是一定要避免的。所以我把他"一字人字"改成"作一作人避弧矢,千山万山并行止",这样就不犯小韵了。当然岁岁征徙的"徙"也应该改一下。

第二首:"飒飒风起见雁阵,绵绵雨歇疑鹰䴔。群啄狂啸弱侣殉,盘久未离哀声震。岁月嗟嗟我独去,暗偷情缘再相许。""飒飒风起见雁阵,绵绵雨歇疑鹰䴔。""鹰䴔"这两个字生造。遣词造句的原则是不可无二字无来处,只要是两字连用,一定是古人曾用过的、有出处的,但不能用三个字以上古人用过的,具体就是五言诗中不可三字连用、七言诗中不可四字连用。生造得好叫"自铸伟辞",这话最早是刘勰用来评价屈原的,如果达不到像屈原这种级别,还是不要自铸伟词。"鹰衅"这个词其实是要表达老鹰的挑衅,但是它缺乏汉语构词应具有的美感。"群啄狂啸弱侣殉,盘久未离哀声震。"盘久是要表达盘桓已久,但同样也是生造,因为"盘桓"是联绵字,联绵字原则上是不能拆开的。"殉"和"震"不在一个韵上,它们平仄不一样。我们看鲍照的原作,前面四句都是押韵的。"岁月嗟嗟我独去,暗偷情缘再相许。""暗偷情缘"这个词语也是生造的。整首诗不能给人一种"语言就该是这样"的感觉,造词需要斟酌。

第三首:"肃肃其羽芦洲边,比翼和鸣年复年。天命不测有后先,劫余孤影长盘旋。从此寒暑两无意,千山矰缴不须避。""肃肃其羽芦洲边","肃肃其羽"是成语,但因为是《诗经》里的句子,比七言古诗高古多了,就可以用在七言诗中。"比翼和鸣年复年","年复年"用得太多了,古人讲写古文要"惟陈言之务去",一定要把陈言给去掉,陈言就是"陈旧、老旧的语言"。任何一种文学都要去追求陌生化,都用陈言层次就差了,给人的感觉就会比较俗。"天命不测有后先","天命不测"是成语,不能用。"劫余孤影长盘旋","盘旋"是一个联绵字,就没有问题。"从此寒暑两无意,千山矰缴不须避。"结尾扣住了雁,同时把人的感情投注了进去,这个结尾就很好。

第四首:"行行云雁鸣作鼓,同游唱和伴歌舞。忽觉形单相思苦,振翮疾行寻朋伍。焦急留连不忍离,盼子归来可能知。""行行云雁鸣作鼓,同游唱和伴歌舞。"第二句费词,"唱和"和"歌"是重复的。我们要在语言当中表达尽量多的内容,句法一定是"复杂的句子胜过简单的句子",这个句子太简单了,没有办法承载更多的内容,而且"雁鸣"和"鼓"的声音很难令人联想在一起,反而让人觉得是在凑韵。"忽觉形单相思苦",这样的句子用在古风中没有问题,但要注意不要用在近体诗当中,因为古风相对于近体诗来说要质朴一些,古风更接近于古文,而近体诗更接近于骈体文。"振翮疾行寻朋伍","朋伍"本来指的是军队里面的编制,但他用在这里面用得很好。"焦急留连不忍离","焦急"是一个双声的联绵词,"留连"也是一个双声的联绵词,"焦急留连不忍离",上句很好,

"盼子归来可能知",下句就逊色了一些。逊色在哪里呢?他用了倒装。古风要尽量质朴,用倒装反而显得纤巧,不够质朴。

第五首:"邕邕鸣雁鸣始旦,穷途运命委皇天。如今君心一朝异,惆怅徙倚至夜半。安能蹀躞垂羽翼,人生几时得为乐。"他的题目是《集鲍照诗》,也就是说他的每一句都是从鲍照的诗里面集出来的。集句要把来自不同的诗、来自不同的词的句子天衣无缝地合在一起,这其实是极难的。这位社友为了去集鲍照的诗,没能顾得上押韵了。我们来看:"穷途运命委皇天。如今君心一朝异,惆怅徙倚至夜半。""惆怅"双声,"徙倚"叠韵,"至夜半","半"和"旦"押韵,但和"天"不在一个韵。"异"当然就更不在一个韵了。"安能蹀躞垂羽翼","蹀躞"是叠韵的联绵词。"人生几时得为乐","翼"和"乐"尽管都是入声字,但不在一个韵部上。这首诗整体来说结句已经把意思表达完整了,可惜光顾着意思的完整,而没有顾到声律上的问题。

第六首:"翩翩飞雁飞云乱,鸣风共举越野岸。途半失侣寒雨叹,相呼声怜泣暮旦。落木飘零为君思,南国烟波何曾知。""翩翩飞雁飞云乱",是学的鲍照的原句"邕邕鸣雁鸣始旦",所以也用了两个"飞"字,"鸣雁鸣始旦"用两个"鸣"字很合理,说的是大雁从早上开始就一直鸣叫,而这里"翩翩飞雁飞云乱",飞雁怎么可能把云给搅乱了?所以这里就有一点勉强,这就是生吞活剥。"鸣风共举越野岸。途半失侣寒雨叹","途半"一样的也是犯了小韵,可以把"半"改成"分","分"就是半,"夜分"就是"夜半",春分、秋分,就是春天、秋天的一半。"相呼声怜泣暮旦。落木飘零为君思,南国烟波何曾知。"结尾很好,不黏不脱,既可以理解为人的情感,也可以理解为仍然在为大雁而立言。

第七首:"振振寒雁鸣于夙,陈行不遑鴥循陆。暮长落孤谁家宿,零露彷徨游侣哭。怀忧最恨不自持,寄梦沾襟望月悲。""振振寒雁鸣于夙",《诗经》里面有"振振公子",这两个字连在一起念平声,不念去声。"振振寒雁鸣于夙","夙"是白天、早晨。"陈行不遑鴥循陆","鴥"是飞翔的意思。"暮长落孤谁家宿","暮长落孤"四个字生造,念起来不顺畅。前面四句押的是入声韵。"怀忧最恨不自持，寄梦沾襟望月悲。""望月悲"三个字比较俗，缺乏文言所应有的蕴藉和形象化。

第八首是社长的习作："鸿雁于飞肃其羽，相呼嗷嗷共高举。矰缴惊来失俦侣，蹀躞逡巡知何许。茬苒离忧殊未已，凄怆中肠念之子。""鸿雁于飞肃其羽"，刚刚我们有一位社员写的是"肃肃其羽"，直接用《诗经》里面的原句，再看我们社长的习作，经过了自己的剪裁，就完全不一样了。"相呼嗷嗷共高举。矰缴惊来失俦侣，蹀躞逡巡知何许。""逡巡"是叠韵的联绵字。"茬苒离忧殊未已"，"离"是遭受的意思，"离忧"就是离骚，遭受忧愁的意思。"凄怆中肠念之子"，"之子"就是这个人，可以指男性，也可以指女性。"之子于归，宜其室家"，指的就是女性。这首诗通体浑成。所谓的"浑成"，就是一首诗翻译成一篇白话文，仍是一篇优美的白话文，中间没有任何矛盾的地方，没有任何欠打磨的地方。

第九首："喈喈双雁接云翼，扶摇而上天之北。辛苦避鹰难避弋，万里酸嘶动恻恻。半生如梦忆旧时，小苑西风欲何之。"汪霞这首也很好，"喈喈双雁接云翼，扶摇而上天之北。"这是古文的句法，用在古风中，显得诗句十分矫健有力。"辛苦避鹰难避弋，万里酸嘶动恻恻。"她没有说心恻恻，她说感动我们的恻恻之心，这样意思就更加深了一层。上一句是说，尽管大雁可以避得了老鹰的追捕，但是却避不了人类的狩猎，这几句都比较深婉。"半生如梦忆旧时，小苑西风欲何之。"我会把"小苑"改成"上林"。为什么？因为这样就和"雁"扣起来了。大家都知道苏武牧羊的故事，汉朝和匈奴开始谈判时，大汉派去匈奴的使者知道苏武还活着，就跟匈奴要人，匈奴人谎称苏武已死。使者说不对，我们大汉天子在上林苑狩猎，从天上打下来一只大雁，脚上绑着一封血书，是苏武写的。他人都已经死了，怎么还可能把自己的信系在大雁的脚上呢？匈奴人只好把苏武放回到汉朝。改成"上林"就和"大雁"发生关联了，就扣题了。

第十首："疾去相呼南游雁，齐飞千里心顾盼。惊风骤雨忽变幻，只影飘零栖清涧。蹇途交杂常生忧，霜华一夜染白头。"整首诗比较浑成，但缺点是缺少让人眼前一亮的句子。我们看看社长的社课，浑成中还有一些句子是非常精警的。"霜华"通常用来比喻月光，要么比喻白发，所以不如就直接说"青霜一夜染白头"，或者"秋霜一夜染白头"。

最后一首："邕邕鸣雁振翮飞，万里驱驰总依偎。野马忽踏声嘶涕，栖息复惊苦分离。茕茕独影繁市居，弦音在侧又何如。""邕邕鸣雁振翮飞，万里驱驰总依偎。野马忽踏声嘶涕"，"涕"是眼泪，声音可以嘶，不可以是眼泪，因此搭配不当，而且此字出韵。"弦音在侧又何如。"这里我把"弦音"改为"鸣筝"，因为"筝"和"雁"也是有内在的关联的，筝柱像一个人字，所以被称为"雁柱"。改为"鸣筝"就和"大雁"产生了关联。

我们下面具体地从杜甫、韩愈他们的作品，来看看七言古风该怎么写才比较像样。

首先，古人歌行和古风是不太分的，当然我们倾向于把它们严格区分开来。像长庆体、梅村体一类的七言歌行更加接近于近体诗，它像是无数个绝句串在一起，而古风不一样。当然，我们也要了解一下传统的说法。姜夔说："体如行书曰行，放情曰歌，兼之曰歌行。""歌"和"行"本来都是指的乐府的音乐风格，像行书那么流畅的，我们就叫做"行"，能让你放情歌唱的，谓之为"歌"。钱良择的《唐音审体》里说："歌行本出于乐府，然指事咏物，凡七言及长短句不用古题者，通谓之歌行，故《文苑英华》分乐府、歌行为二。"他的意思是说歌行体本来也是产生自乐府，但是在《文苑英华》中把《乐府诗集》里出现过的、古代就有的题目，比如说《长干行》《关山月》《城南行》，把它归到乐府里面，而不用古题的，就放到歌行当中。补充一个冷知识，古人有所谓的"杂言诗"，"杂言诗"怎么归类呢？杂言诗只要出现了有七言的句子，哪怕很少，也要把它归到七言歌行当中去，或者七言古诗当中去。比如"长相思，在长安"，这一类的诗都要归到七言歌行当中去。

胡应麟说："七言长歌，非博大雄深、横逸浩瀚之才，鲜克办此。"首先他对于写七言古风的人提出了要求，要求你要有博大雄深的知识和横逸浩瀚的才华。"盖歌行不难于师匠，而难于赋授。"他的意思是说歌行要想写得好，没有固定的套路，它完全要靠天分。

"不难于挥洒,而难于蕴藉。"描摹事物,穷形尽相,是很容易的,但你该说的不说,让人在你不说的那一部分里面想象到更多,其实更难。蕴藉,要比挥洒更难。"不难于气概,而难于神情。"气概是可以造出来的,上一讲王新才教授就举了洪秀全的诗来给大家看,它里面也有气概,但那种气概是造出来的,你透过他的气概看到的是一个草菅人命,缺乏悲天悯人情怀,一心只追求权力,把人民视如草芥的心灵。它没有神情。所以诗要在气概之外,能见出人的神情。诗人应该是一个让人愿意亲近的人,一个可爱的人。"不难于音节,而难于步骤。"古诗的音节不像近体诗要求的那么严格,但是因为篇幅长,句子节奏就要纵横多变,要不然就显得呆板。"不难于胸腹,而难于首尾。"这点跟近体诗高度一致。古诗中间的铺陈其实也跟近体诗一样,律诗中间的两副对子是最好做的,最难的是一头一尾,尤其是尾巴,古风也一样。古风相对来说开头更难,因为一开头就要有狂风暴雨,如"蓦地黑风吹海立"(苏轼句)的气魄才可以。

沈德潜《说诗晬语》卷上云:"歌行起步,宜高唱而入,有黄河落天走东海之势。以下随手波折,随步换形,苍苍莽莽中,自有灰线蛇踪,蛛丝马迹,使人眩其奇变,仍服其警严。至收结处,纡徐而来者,防其平衍,须作斗健语以止之;一往峭折者,防其气促,不妨作悠扬摇曳语以送之,不可以一格论。""入云高唱",一起来就是最高,高八度的唱。沈德潜讲的观念和苏轼《与子由论书》诗里面的意思是一样的。苏轼说:"端庄杂流丽,刚健含婀娜。"端庄当中要有流丽,刚健之外要有婀娜。所以沈德潜讲,古风的意脉是草蛇灰线型的,它没有明确的意脉。一开始讲得从容不迫的,到结尾的时候,忽然来一些峭拔之语;一开始就比较峭拔的,到最后宕开一笔,含蓄蕴藉,这是一种美学上的对照。我们讲过,对照产生诗,对照产生艺术。

首先我们来看杜甫的作品。王士禛讲:"诗至工部,集古今之大成,百代而下无异词者。七言大篇,尤为前所未有,后所莫及。盖天地元气之奥,至杜而始发之"。沈德潜说:"少陵七言古,如建章之宫,千门万户。如巨鹿之战,诸侯皆从壁上观,膝行而前,不敢仰视。如大海之水，长风鼓浪，扬泥沙而舞怪物，灵蠢毕集。别于盛唐诸家，独称大宗"。沈德潜这句话什么意思呢？他最主要的其实是要讲杜甫的诗和王维那一脉的诗风的区别。杜甫的七言古风更接近于古文，离乐府诗的传统的风格越来越远，更矫健有力。桐城派的一位诗家方东树说："杜公亦作句，只是盛气喷薄得出，学诗者先从此辨之，乃有进步"。

我们来看第一首，《高都护骢马行》：

安西都护胡青骢，声价欻然来向东。此马临阵久无敌，与人一心成大功。功成惠养随所致，飘飘远自流沙至。雄姿未受伏枥恩，猛气犹思战场利。腕促蹄高如踣铁，交河几蹴曾冰裂。五花散作云满身，万里方看汗流血。长安壮儿不敢骑，走过掣电倾城知。青丝络头为君老，何由却出横门道。

这首可以说是极尽纵横变化、跌宕之致，他是写马，也是借马喻人。高都护指开元末为安西都护府副都护的高仙芝。结尾的"横门"，是长安城往北的第一个门，出了横门，再往西，就是往西域的道路了。杜甫写诗没有一个字是虚发的，没有一个词是无用的，特别实在。他其实是要表达对高仙芝战功赫赫却没有得到应得的封赏的同情，但是他不由人写起，他从马写进去。安西都护的这匹青骢马不是普通的青骢马，来自胡地。"声价欻然来向东"，当年汉武帝从西域得到了汗血宝马，所以有"天马来"之句，他用的是乐府诗里的语典。"此马临阵久无敌，与人一心成大功。"这两句毫不费力，但是一下子就让你觉得这真是一匹好马。"功成惠养随所致，飘飘远自流沙至。"马，远从西极流沙而来没有想过自己功成以后会得到什么样的惠养。下面两句非常漂亮："雄姿未受伏枥恩，猛气犹思战场利。"它没有得到朝廷应该给的奖赏，但依然想上战场纵横捭阖。"伏枥"用的是曹操的语典："老骥伏枥，志在千里。""腕促蹄高如踣铁，交河几蹴曾冰裂。"下面转为入声韵，一下子诗意显得尤为峭拔。"五花散作云满身"，所谓的"青骢马"就是身上有五花的马，他这一句比喻何等不费经营，又何等的熨帖。"万里方看汗流血"，它纵横万里，流出来的是红色的汗，是汗血宝马。"长安壮儿不敢骑，走过掣电倾城知。"这又是一个横空而来的绝妙对照，他说长安精壮的男子都不敢骑它，为什么？因为走过去的时候，满城的人都要跑出来看，它像道闪电一样。"青丝络头为君老"，青丝络头指马儿青春之时，现在"为君老"，喻指相伴之久。"何由却出横门道"，我们还有什么机会往西域去？所以这里面又写马，又写人。这首诗前面的句子非常峭拔，但到最后两句，就比较含蓄蕴藉。应该说沈德潜的总结是非常到位的。

这首《送孔巢父谢病归游江东兼呈李白》我个人也一直非常喜欢："巢父掉头不肯住，东将入海随烟雾。诗卷长留天地间，钓竿欲拂珊瑚树。深山大泽龙蛇远，春寒野阴风景暮。蓬莱织女回云车，指点虚无是征路。自是君身有仙骨，世人那得知其故。惜君只欲苦死留，富贵何如草头露。蔡侯静者意有馀。清夜置酒临前除。罢琴惆怅月照席，几岁寄我空中书？南寻禹穴见李白，道甫问信今何如。"

这首前面的几句一气呵成，如黄河直奔东海，气势磅礴，中间意脉上没有一点停顿，一路下来。孔巢父跟李白都是当时在一起归隐的隐士，杜甫把孔巢父这个形象写得非常出尘脱俗。一开头就说"巢父掉头不肯住"，他为什么掉头不肯住？因为长安城红尘扰扰，他是一个隐士，所以掉头不肯住。他要去哪里？"东将入海随烟雾"，成为一位烟霞神仙。但是他就此辞世长别了吗？就此离开红尘浊世了吗？不，我们还在怀念他的"诗卷长留天地间"，这一句完了马上又转回来"钓竿欲拂珊瑚树"。此句可以理解为：他的诗卷里的句子都是从大海中得来的气象；你也可以理解为：他就此扭头而亡，他的钓竿要像任公子钓海中的巨鳌一样，要把海里的珊瑚钓出来。"深山大泽龙蛇远，春寒野阴风景暮。"这是我们尘世之人对于隐者的想象。"蓬莱织女回云车，指点虚无是征路。""虚无"就是空中，在隐士们看来，虚无恰恰就是他们要追求的。"自是君身有仙骨，世人那（nuó）得知其故。惜君只欲苦死留，富贵何如草头露。"意思是希望巢父留下来，但是又明明知道，人世间的富贵就像草头的露珠，一下就干掉了。诗意就像是一条大河，汹涌澎湃，忽然前面河床变得更加开阔了,水流变得舒缓起来了。"蔡侯静者意有馀",这是他们的另一位朋友。"清夜置酒临前除","除"是庭院。"罢琴惆怅月照席,几岁寄我空中书?"这是一句问句,"几岁寄我空中书"其实就是后来李清照写的"云中谁寄锦书来"的意思,你什么时候才从空中、从特别遥远的地方寄给我书信呢?最后再点一下题:"南寻禹穴见李白,道甫问信今何如。"你到了绍兴找到李白,就说我杜甫很想念他,想知道他现在怎么样了。这一下子就把题目中的"兼呈李白"给点进去了。

我们来看韩愈。韩愈人称韩昌黎,昌黎是韩愈的郡望,河北省昌黎县。沈德潜说:"昌黎从李杜崛起之后,能不相沿袭,别开境界,虽纵横变化不及李杜,而规模堂庑弥见阔大。"《岘佣诗话》:"七古盛唐以后继少陵而霸者,唯有韩公。韩公七古殊有雄强奇杰之气,微嫌少变化耳。""雄强奇杰"这四个字比较准确地把握住了韩愈的诗风,缺点就是变化比较少。所以韩愈在语言上很下功夫。唐代的诗人,在后世能够取得和李白、杜甫一样的影响力的,只有韩愈。方东树讲"韩诗无一句犹人",意思是说韩愈的诗没有一句跟别人的相似,具有特别鲜明的个性,这就是他的诗风。

我们来看看《八月十五夜赠张功曹署》。张功曹名字叫张署。"纤云四卷天无河,清风吹空月舒波。沙平水息声影绝,一杯相属君当歌。君歌声酸辞且苦,不能听终泪如雨。洞庭连天九疑高,蛟龙出没猩鼯号。十生九死到官所,幽居默默如藏逃。下床畏蛇食畏药,海气湿蛰熏腥臊。昨者州前捶大鼓,嗣皇继圣登夔皋。赦书一日行万里,罪从大辟皆除死。迁者追回流者还,涤瑕荡垢清朝班。州家申名使家抑,坎坷只得移荆蛮。判司卑官不堪说,未免捶楚尘埃间。同时辈流多上道,天路幽险难追攀。君歌且休听我歌,我歌今与君殊科。一年明月今宵多,人生由命非由他,有酒不饮奈明何。"

这首诗同样一开头就是高唱而起。"纤云四卷天无河","天无河"三个字前人所未道,就是说看不见银河,他不说看不见银河,他说天上没有银河。"清风吹空月舒波",开头就给一种非常澄澈的、明净的、开朗的感觉。这是他真实的心情吗?我们接着往下看:"沙平水息声影绝,一杯相属君当歌。"正是在这么美好的夜晚，所以张署兄，我现在要请你来歌唱一曲。可是张署没有办法从自己贬官的经历中跳出来，他的心情依然非常沉郁，所以他唱出来的是"声酸辞且苦"，声音非常酸楚，言辞也非常凄苦。"不能听终泪如雨"，我没有办法把它听完，我眼泪就下来了，你勾起了我们共同的回忆和感受。下面四句相对于前面开头来讲稍微差了一点，但同样是比较好的句子："洞庭连天九疑高"，"九疑"是九嶷山。"蛟龙出没猩鼯号"，猩猩和鼯鼠在那里发出凄切的号叫声。"十生九死到官所，幽居默默如藏逃。"他说我在贬官的生涯当中，夹起尾巴来做人，默默地幽居仿佛是在隐藏和逃亡。"下床畏蛇食畏药，海气湿蛰熏腥臊。"湖南当时是一个腥臊的、瘴气遍地的地方，中原地区来的人很难受得了那种环境气候的。"海气湿蛰熏腥臊"，仿佛是海中的湿气不停地在那里熏，散发出腥臊的气息，这是他们共同的回忆。他写到这儿以后，下面"坎坷只得移荆蛮"应该是接着来叙写，但是他先写了一个转折。他转折的是新皇登基，大赦天下，即使是要砍头的人都能免死，遭贬谪的官员也可以得到升迁。可是"州家申名使家抑"，州里面的官员把他的名字报上去了，到了湖南观察使那边，又把他的名字按下去，只能移到荆蛮之地。他作为一名判司的小官，还免不了挨打，而当时跟他一起倒霉的人，大都已经飞黄腾达了，而自己却"天路幽险难追攀"。诗意到这里就完结了吗？没有。他接着说，尽管如此，我们依然要保持乐观，我们含着泪也要歌唱光明。所以他说"君歌且休听我歌"，你不要唱了，你听我唱吧，我唱的与你不一样：今年的月色是一年当中最好的，人生"死生有命，富贵在天"，这是我们儒家传统的说法，所以"人生由命"而不是由其他的任何东西来决定的。这里面的"他"应该念 tuō。"有酒不饮奈明何"，明，这里指的是天明。有这么好的酒、这么好的月色，放开一切，我们沉浸在醉乡当中去吧，否则我们白白地浪费了如此好的月色，浪费了你我在一起的朋友的情谊，白白地等着天明的到来。他这首和杜甫的那首又不一样。同的是开头的风格一样，但在结尾的时候，他又再次地高唱，就好比唱着唱着，声音低下去了，你以为他没有力气了，他忽然一下子又入云高唱。

《郑群赠簟》，"簟"的意思是细的竹席："蕲州簟竹天下知，郑君所宝尤瑰奇。携来当昼不得卧，一府传看黄琉璃。体坚色净又藏节，尽眼凝滑无瑕疵。法曹贫贱众所易，腰腹空大何能为。自从五月困暑湿，如坐深甑遭蒸炊。手磨袖拂心语口，曼肤多汗真相宜。日暮归来独惆怅，有卖直欲倾家资。谁谓故人知我意，卷送八尺含风漪。呼奴扫地铺未了，光彩照耀惊童儿。青蝇侧翅蚤虱避，肃肃疑有清飙吹。倒身甘寝百疾愈，却愿天日恒炎曦。明珠青玉不足报，赠子相好无时衰。"

这首诗写的是一件非常平淡的事情：天特别热，他自己没有钱买好的席子，朋友郑群送了他一张席子。这在我们看来，可能根本就没有诗意，但是他把这件事写成了一首诗。他不从天热开始写起，他也不从对方的情意开始写起，他从蕲州出产好的竹席，他从蕲州竹席为人所宝爱开始写起，这就是创造性的思维。他把光滑的竹席比喻成黄琉璃，而且还被一府传看，大家都羡慕得不得了。下面是赋的手法，直接描绘："体坚色净又藏节，尽眼凝滑无瑕疵。"非常的漂亮。但是，意思一转，转到"法曹贫贱众所易"，"易"在这里面念"yì"，意思是大家很看轻他。"腰腹空大何能为"，虽然他好像看起来胖乎乎的，但实际上是空无一物，没有钱，买不起。下边才开始写天热，自己何等需要它："自从五月困暑湿，如坐深甑遭蒸炊。"我们现在也说桑拿天，古人怎么说？"如坐深甑遭蒸炊"，放在蒸笼里面蒸。"手磨袖拂心语口"，热得不得了，热得手磨着身子，袖子不停地来抹汗，"心语口"是喘息的意思。"日暮归来独惆怅，有卖直欲倾家资。"到哪里去买它？我看到他有，我心里面好羡慕，要是有地方卖的话，我愿意把我家里面的钱全拿出来，这是夸张的手法。没想到我这个老朋友暑中送席，"卷送八尺含风漪"，八尺长的席子送过来，都仿佛带着清凉的风一样，让童仆把它铺起来的时候，大家都惊叹太美好了，以至于"青蝇侧翅蚤虱避"，虫子也不来了，"肃肃疑有清飙吹"，仿佛是有非常清凉的风吹过一样。下面再反写一笔，加倍一层地去写："倒身甘寝百疾愈"，所有的病一下子好了，"却愿天日恒炎曦"，是说我天天睡这个席子，我还怕你天天热成那样吗？"明珠青玉不足报"，我送给你什么呢？

明珠青玉你也看不上，我也没有，但是我赠给你的是我对你的永久的朋友之情，"赠子相好无时衰"，我们朋友的感情永远没有衰竭的时候。

清代梅州的大诗人李黼平，字绣子，是学杜韩而有得的一位大诗人。他的诗收入《李绣子集》，另外他还有一部非常重要的学术著作，叫《读杜韩笔记》，就是读杜甫诗、读韩愈诗而写的笔记。来看他的这首《夜渡洞庭》："城陵山前霜月高，江潮欲上鸡初号。舟人夜语起捩柁，但觉枕底生风涛。粘天洞庭乘水入，余亦起从帆下立。三江杳杳宿鹭迷，五渚苍苍老蛟泣。巴邱邸阁波浪间，到眼突兀横编山。芦中渔火尚未灭，空际梵音殊自闲。绕湖周遭几百里，湿烟一堆层迭起。倒影俯临明镜看，却是君山青插水。二山宛在湖中央，南北苕亭势可望。不知蓬瀛定谁到，对此辄欲褰余裳。斯须斗转星亦沈，群真出入地道深。龙女遥归碧海岸，湘君正依斑竹林。湘山虚肃徘徊久，小别京华亦回首。洛阳少年济时才，上书那遣长沙来。"

最后一句"上书那遣长沙来"，"那"念 nài，通无可奈何的"奈"。整个诗的主旨就是最后的几句。他坐船穿过洞庭湖，看到了君山，生出迁客骚人之慨，他想到的是西汉的贾谊。汉文帝本来挺欣赏贾谊，但是在朝廷当中妒忌他的人太多，汉文帝只好让他去给长沙王做师傅，所以他在长沙就有非常强烈的贬谪之慨，这首诗的整个主旨就是这种感慨，在诗的最后展露出来。但一开始，他也是首先高唱而起。"城陵山前霜月高"，他直接写出了月亮给他的两大感受，第一感受是寒冷，皎洁，第二感受是高高的在天中，所以他用"霜月高"三个字。"江潮欲上鸡初号"，正是江潮要起来的时候，鸡也要开始叫。古代有一种鸡叫"朝鸡"，这种鸡在夜里面叫，就相当于闹钟一样，夜里叫了之后，官员通常夜里三点就起来了，到朝廷上朝。"舟人夜语起捩柁，但觉枕底生风涛。"他笔法的跌宕起伏非常值得我们效仿，他不说"但看湖中生风涛"，他说的是"但觉枕底生风涛"，这意思就深婉了一层。下面写船进入洞庭湖，"粘天洞庭乘水入"，船乘水而入，仿佛一下子就进入到水中了。"余亦起从帆下立"，这句完全就是散文的句法，但放到了古风当中，就让古风显得很质朴、很刚健有力。"三江杳杳宿鹭迷，五渚苍苍老蛟泣。"用了两个对仗的句法，对仗的句法我们知道通常出在近体诗当中的，因为他前面有"余亦起从帆下立"这样极其散文的句法，所以他下面又来接上非常近体的句法。下面几句也很好，"巴邱邸阁波浪间"，巴山、邱山这个地方的邸阁只在波浪之间。"到眼突兀横编山。芦中渔火尚未灭，空际梵音殊自闲。"讲的是天快要亮时候的景象。"绕湖周遭几百里，湿烟一堆层迭起。"几百里望去，看到了什么？只看到了茫茫烟气，还不是普通的烟，是带有湿气的烟。"倒影俯临明镜看"，倒影俯临如同在明镜中看，它是什么呢？"却是君山青插水"，那一片青青插在水中的，就是君山！句法锤炼得非常到位。从实际的语序上来说，这句应该是"却是青插水之青山"，一倒叙就有了力量。"二山宛在湖中央，南北苕亭势可望。不知蓬瀛定谁到，对此辄欲褰余裳。"海中的仙山谁曾到过，我不知道，但是我现在到了大君山、小君山，我觉得仿佛是到了仙境。我担心水气把我的衣服打湿，忍不住想把衣服的下摆给提起来。"斯须斗转星亦沈"，天快亮了，"群真出入地道深"，君山之上、洞庭湖上，仿佛有仙真出入。"龙女遥归碧海岸，湘君正依斑竹林。"这是把两个与洞庭湖相关的典故都用上了，一个是柳毅传书，一个是湘妃竹的故事，全部与洞庭湖有关。但是他赋予了这两个常典熟典全新的生命，这就是善于用典。秘诀是原典形象化了，而且用典又特别贴切，你觉得就该在洞庭遇见她们。"湘山虚肃徘徊久，小别京华亦回首。洛阳少年济时才，上书那遣长沙来。"最后再点明题旨，一下子把整个诗的意义给拔高了一层。

我们最后看李绣子的这一首《南园诗社行》。南园诗社是一个绵延了500多年的诗社，是广州历史上特别有影响力的文学社。南园诗社的历史几乎就可以说是广东诗歌的历史。《南园诗社行》："大㢲久亡风委草，后生望古伤怀抱。朝阳未放节足音，蝉蟋嘶吟元末造。孙王欻起五管中，力挽隤纲无限功。一时声律谐九奏，象簡胥鼓追姬宗。百余年间孰继轨，欧梁黎李连翩起。琼琚玉佩放厥词，籍甚才名仍五子。有如郏鄏续周召，不比永嘉闻正始。文燕翰林兼子墨，丹青偶为丛祠饰。国殇山鬼送迎神，岂料铜驼徙荆棘。崖山波浪犹未灭,黄屋南来如一辙。取日难回壮士心,垂虹迥喷孤臣血。一代兴亡何处见,抗风轩里诗三变。蒿蓬吟成气慷慨,松桐谣起声凄恋。文章忠孝两臻绝,词人到此开生面。星移物换速奔蛇,春入南园千树花。冒户游丝穿乳燕,拂檐垂柳噪栖鸦。此地谁还盟玉敦,此时谁更飞银槎。惟余火齐天香曲,翻作夷歌唱晚霞。"最后一句作者有自注,什么叫"惟余火齐天香曲,翻作夷歌唱晚霞"?是说前五子中孙蕡的《西庵集》,里面有一首诗叫《广州歌》,诗中"丹荔枇杷火齐山,素馨茉莉天香国"两句,市舶夷人,皆能诵之。就是说市井中的人,甚至连外国人都会念这两句。当时的广州是对外贸易的港口,外国人多。

  他一开头同样是入云高唱。"大疋久亡风委草"化用的是李白的诗:"大雅久不作,吾衰竟谁陈?王风委蔓草,战国多荆榛。"他化用了李白的《古风》。"疋"即"雅"字。"后生望古伤怀抱",第二句就写到自己。那是一个什么样的时代呢?"朝阳未放节足音,蝉蟋嘶吟元末造。"元代末年诗坛就像是蝉鸣、蟋蟀叫一样,没有朝阳之音。而这个时候孙蕡、王佐起来了,他们带来了完全不一样的气息。"孙王欻起五管中","五管"是指"五岭"。"力挽隤纲无限功",他们的功劳是使得整个广东的诗风卓尔不群。在明清两代,广东的诗很了不起,它有中原江左的诗所不具有的雄直之气,这种传统就是从"南园前五子"开始的。"一时声律谐九奏",用"九奏韶成"之典,"象简胥鼓追姬宗","姬宗"就是周宗,追姬宗指追慕《诗经》,认为他们的诗是学习《诗经》的大雅之音。"百余年间孰继轨。欧梁黎李连翩起。""欧",欧大任,"梁",梁有誉,"黎",黎民表,"李",李时行。这些人跟着起来了。他们的诗就像什么呢?他比喻说:"琼琚玉佩放厥词。""大放厥词"本来是一个成语,被剪裁掉一个字,说他们的诗就像是琼琚玉佩一样,这样的语言非常的清新。"籍甚才名仍五子",才名籍甚,是一个成语,这里倒装以变新奇,仍五子,延续着前五子的风范;"仍"是延续的意思。"有如邶墉续周召",它们仿佛是《诗经》里面的《邶风》和《墉风》一样,接续着《周南》《召南》的风雅。"不比永嘉闻正始",永嘉是晋怀帝的年号,正始是魏废帝齐芳的年号。卫玠善清谈,王敦感慨地说："不意永嘉之末，复闻正始之音。"李绣子的意思是，这比永嘉时听到正始之音还要了不起，是《邶》《墉》继承了《周》《召》。"文燕翰林兼子墨，丹青偶为丛祠饰。"这些人不单是诗人，而且是擅长丹青的。接下来，南园后五子以后就是南园十二子了。南园十二子遭遇到的是什么时代呢？是晚明。南园十二子当中的陈子壮、黎遂球都壮烈牺牲了，李云龙也出家为僧了，所以他写到"国殇山鬼送迎神"，"国殇"就是为国牺牲的人。"国殇"和"山鬼"都是《楚辞》里面的篇章名。"岂料铜驼徙荆棘"，没有想到洛阳的铜驼没于荆棘之间，这个熟典是形容朝代变换。"崖山波浪犹未灭，黄屋南来如一辙。""黄屋"指的是天子的车辇。"崖山"在今江门市，宋末，汉人抵抗不住蒙古人，最后十万人都在崖山投海自尽。"取日难回壮士心"，壮士难有回日之心，鲁阳公跟人作战，太阳落山了，他用长戈把太阳又挑回来。光有这样的一颗心，却没有办法改变国破家亡的现实。"垂虹迥喷孤臣血"，那天上的垂虹是孤臣喷出来的血。下接"一代兴亡何处见"，兴亡之事已经过去了，能够留下来的是"抗风轩里诗三变"，由前五子、到后五子、到十二子。"蒿薤吟成气慷慨，松桐谣起声凄恋。""蒿薤"是挽歌，"松桐"是指亡国之歌。"文章忠孝两臻绝，词人到此开生面。"南园诗社的风气不止是一种诗的风格的延续，更是民族大义的延续，所以才会有"到此开生面"之说。结尾情感是非常驰荡的，给人一种宕开一笔的感觉。"星移物换速奔蛇"，时光流逝比蛇游起来还要快，前面很沉重，他忽然来了一段非常优美的叙写："春入南园千树花。胃户游丝穿乳燕，拂檐垂柳噪栖鸦。"非常优美，这才是大家。"此地谁还盟玉敦（duì），此时谁更飞银槎。惟余火齐天香曲，翻作夷歌唱晚霞。"这些风流往事都如烟消逝，只剩下孙蕡的诗篇、只剩下南园五子、南园后五子、南园十二子他们的诗篇，灿如夷歌，散入晚霞，与我们的时光同久，永远不灭。

我们今天的作业是《百花冢行》，下一讲是由沈老师给大家讲，我们12月份见，谢谢大家。

第十三章
从《长恨歌》到《圆圆曲》

——歌行体的艺术要诀（上）

嘉宾：沈金浩
时间：2018年11月24日 19:00—21:00

沈金浩

芸社的朋友、各位诗词爱好者，好久不见，前几次都是徐老师和其他外省来的教授跟大家交流，今天我们这一讲要说说歌行体。前面所讲的相对来说都是篇幅比较短小的作品，歌行体比较长，是经常拿来叙事或者叙事兼抒情的一种诗体。歌行体比别的诗要自由，所以它是可以拿来装现代内容的，当然什么诗体都可以装现代内容，但是歌行体是似乎更装得下现代内容。这两天我曾经想找中山大学的一位名教授黄天骥先生的作品。他很会写现代内容的歌行体诗，比如说，20世纪80年代末我刚刚到广州，就读到他的《珠江行》，就是写现代内容的，我一读就很喜欢。不过网上居然搜不到他的《珠江行》之类的作品，大概收进他的《冷暖诗集》了。因为我现在手头没有这本书，所以没法举他的例子，我就先让大家稍稍了解一下叶嘉莹先生的一首诗。通过叶嘉莹的这首诗，你们也可以感受到用歌行体写现代内容的方法，这首诗我读了以后觉得非常有意思。

在叶嘉莹先生90岁的时候，南开大学等机构联合给她祝寿，那一年《深圳特区报》也临时起意要写写叶嘉莹，约我写一篇，我就临时把她的诗集通读一遍，给《深圳特区报》写了一篇比较细的稿子。当时读到这首诗，我就觉得非常有意思。时间关系，我们这首诗不细讲，因为大家也容易看懂，我们后面还有两首长的，今天讲起来时间上会比较紧张。这首大家了解一下，怎么用歌行体来写现代内容，题目叫《祖国行》。

"卅年离家几万里。思乡情在无时已。一朝天外赋归来，眼流涕泪心狂喜。银翼穿云认旧京。遥看灯火动乡情，长街多少经游地，此日重回白发生。"她离乡30年，1948年跟随她的丈夫去台湾，60年代到美国去，后来又到加拿大的不列颠哥伦比亚大学做教授，而且成为终身教授，后来还被评为"皇家院士"，1974年她开始很想祖国，所以先回了一次，接着1978年就正式回来，到南开大学工作。"家人乍见啼还笑。相对苍颜忆年少，登车牵拥邀还家，指点都城夸新貌。天安门外广场开。诸馆新建高崔嵬。道旁遍植绿阴树，无复当日飞黄埃。西单西去吾家在。门巷依稀犹未改。空悲岁月逝骎骎，半世飘莲向江海。入门坐我旧时床。骨肉重聚灯烛光。莫疑此景还如梦，今夕真知返故乡。夜深细把前尘忆。回首当年泪沾臆。犹记慈亲弃养时，是岁我年方十七。长弟十五幼九龄，老父成都断消息。鹡鸰失恃紧相依，八载艰难陷强敌。所赖伯父伯母慈，抚我三人各成立。一经远嫁赋离分，故园从此隔音尘。天翻地覆歌慷慨，重睹家人感倍亲。两弟夫妻四教师。侄男侄女多英姿。喜见吾家佳子弟，辉光仿佛生庭墀。大侄劳动称模范。二侄先进增生产。阿权侄女曾下乡，各具豪情笑生脸。小雪最幼甫七龄。入学今为红小兵。所悲老父天涯没。未得还乡享此儿孙乐。更悲伯父伯母未见我归来，逝者难回空泪落。床头犹是旧西窗。记得儿时明月光。客子光阴弹指过，飘零身世九回肠。家人问我别来事。话到艰辛自酸鼻。忆昔婚后甫经年，夫婿突遭囹圄系。台海当年兴狱烈。覆盆多少冤难雪。可怜独泣向深宵，怀中幼女才三月。苦心独力强支撑。阅尽炎凉世上情。三载夫还虽命在，刑余幽愤总难平。"她先生被关了一通监牢后，对叶嘉莹很不好，夫妻感情比较差。"我依教学谋升斗"，她先是在中学里，后来到台湾的大学里，"终日焦唇复瘏口。强笑谁知忍泪悲，纵搏虚名亦何有。岁月惊心十五秋。难言心事苦羁留。偶因异国书来聘，便尔移家海外浮。"这就到美国去了。"自欣视野从今展。祖国书刊恣意览。欣见中华果自强，辟地开天功不浅。试寄家书有报章，难禁游子喜如狂。萦心卅载还乡梦，此际终能夙愿偿。归来故里多亲友。探望殷勤情意厚。美味争调饫远人，更伴恣游共携手。陶然亭畔泛轻舟。昆明湖上柳条柔。公园北海故宫景色俱无恙，更有美术馆中工农作品足风流。郊区厂屋如栉比。处处新猷风景异。蔽野葱茏黍稷多，公社良田美无际。长城高处接浮云。定陵墓殿郁轮囷。千年帝制兴亡史，从此人民做主人。几日游观浑忘倦。乘车更至昔阳县。争说红旗天下传，耳闻何似如今见。车站初逢宋立英。布衣草笠笑相迎。风霜满面心如火，劳动人民具典型。昔日荒村穷大寨。七沟八梁惟石块。经时不雨雨成灾，饥馑流亡年复代。一从解放喜翻身。永贵英雄出姓陈。"这里"永贵"就是陈永贵。"老少同心夺胜利，始知成败本由人。三冬苦战狼窝掌。凿石锄冰拓田广。百折难回志竟成，虎头山畔歌声响。""我站在虎头山上，迎着朝阳放声歌唱，歌唱救星毛主席、歌唱伟大的共产党"，这是我们小时候经常听的歌。"于今瘠土变良畴。岁岁增粮大有秋。运送频闻缆车疾，渡漕新建到山头。山间更复植蔬果。桃李初熟红颗颗。幼儿园内笑声多，个个颜如花绽朵。革命须将路线分。不因今富忘前贫。只今教育沟中地，留与青年忆苦辛。我行所恨程期急。片羽观光足珍惜。万千访客岂徒来，定有精神蒙洗涤。重返京城暑难消。凉风起处觉秋高。家人小聚终须别，游子空悲去路遥。长弟多病最伤离。临行不忍送登机。叮咛惟把归期问，相慰归期定有期。握别亲朋屡执手。已去都门更回首。凭窗下望好山河，时见梯田在陵阜。飞行一霎抵延安。旧居初仰凤凰山。土窑筹策艰难日，相见成功不等闲。南泥湾内群峦碧。战士当年辟荆棘。拓成陕北好江南，弥望秧田不知极。白首英雄刘宝斋。锄荒往事话蒿莱。遍山榛莽无人迹，畦径全凭手自开。丛林为幕地为床。一把锄头一杆枪。自向山旁凿窑洞，自割藤草自编筐。日日劳动仍学习。桦皮为纸炭为笔。寒冬将至苦无衣，更剪羊毛学纺织。所欣秋获已登场。土豆南瓜野菜香。生产当年能自给，再耕来岁有余粮。更生自力精神伟。三五九旅声名美。从来忧患可兴邦，不忘学习继前轨。平畴展绿到关中。城市西安有古风。周秦前汉隋唐地，未改河山气象雄。遗址来瞻半坡馆。两水之间临灞浐。石陶留器六千年，缅想先民文化远。骊山故事说明皇。昔日温泉属帝王。咫尺荣枯悲杜老，终看鼙鼓动渔阳。宫殿华清今更丽。辟建都为疗养地。忆从事变起风云，山间犹有危亭记。仓促行程不可留。复经上海下杭州。凌晨一瞥春申市，黄埔江边忆旧游。跑马前厅改医院。行乞街头不复见。列强租界早收回，工厂如林皆自建。市民处处做晨操。可见更新觉悟高。改进奢靡当日习，百年国耻一时消。沪杭线上车行速。风景江南看不足。采莲人在画图中，菜花黄嫩桑麻绿。从来西子擅佳名。初睹湖山意已倾。两岸山鬟如染黛，一夜烟水弄阴晴。快意波心乘小艇。更坐山亭瀹芳茗。灵鹫飞来仰翠峰，花港观鱼爱红影。匆匆一日小登临。动我寻山幽兴深。行程一夕忙排定，便去杭州赴桂林。桂林群山拔地起。怪石奇岩世莫比。游神方在碧虚间，盘旋忽入骊宫底。滴乳千年幻百观。瑶台琼树舞龙鸾。此中浑忘人间事，出洞方惊日影残。挂席明朝向阳朔。百里舟行真足乐。漓江一水曳柔蓝，两岸青山削碧玉。捕鱼滩上设鱼梁。种竹江干翠影长。艺果山间垂柿柚，此乡生计好风光。尽日游观难尽兴。无奈斜阳已西暝。题诗珍重约重来，祝取斯盟终必证。归途小住五羊城。破晓来参烈士陵。更访农民讲习所，燎原难忘火星星。流花越秀花为绮。海珠桥下珠江水。可惜游子难久留，辜负名城岭南美。去国仍随九万风。客身依旧似飘蓬。所欣长夜艰辛后，终睹东方旭影红。祖国新生廿五年。比似儿童甫及肩。已看头角峥嵘出，更祝前程稳着鞭。腐儒自误而今愧。渐觉新来观点异。兹游更始见闻开，从此痴愚发聋聩。早经忧患久飘零。糊口天涯百愧生。雕虫文字真何用，聊赋长歌纪此行。"

这首诗写的真是厉害，才气喷薄而出，如长江黄河，一个女诗人能驾驭这样的作品，真的了不起，所以我读到叶嘉莹先生这样的诗，佩服得五体投地。她从加拿大回到北京，然后在北京玩了一圈，去了延安，又到西安，又到上海、到杭州、到桂林，一路写过来，激情喷涌，而且语言是当代的白话，主题就是当代中国，作此诗的1974年，"文革"还没有结束，应该说中国人民的日子过得还很艰难的，但是，由于她太想念、太喜欢自己的祖国了，所以看到这里也好，那里也好，什么地方都好，当然她总不能写祖国不好，所以我们可以看到这样的诗，虽然形式上它是传统的歌行体，但是她写得非常新，可以非常详细地描摹祖国新面貌，非常充沛地抒发自己的感情，前提当然是她有深厚的诗学功底，一般人写不了。我可以讲，这首诗我们现在的古代文学教授，起码95%的人写不了，它是要学问的、要才气的，你要写得出那么多的句子来，又有那么流畅、充沛的文气，这不是谁都搞得定的。

从中可以看到，用旧体、用歌行体可以写新事物、新面貌，而且也可以很浅白，基本上每句大家听一遍，也都懂了，所以旧体，要写到这个份上才算成功。把现代意思都融进去，不会让你觉得是老干体或者是打油诗，没那个意思，它完全不是老干体、不是打油诗，实力摆在那里，我们不会觉得她没有水平，不会觉得她刚刚会些格律，拼拼凑凑、佶屈聱牙，读得不顺，而是整首气息都很好。通过这首诗让大家尝一尝歌行体的滋味，对我们在座的诗歌爱好者来说也是一种鼓舞，如果大家饱读诗书，加以一定的才华，也写得出这样的作品，那也可以成为上等的诗人、优秀的诗人。

我们现在看看两首古代的歌行体，因为要想真正理解歌行体，不仅仅要看现代的还要看看古代的。有关歌行体，古代也有一些诗歌理论，都不冷僻，大家了解一下。

什么叫歌行？实际上学术界也没有达成共识，昨天我还和徐晋如老师沟通了，因为他主要是研究诗歌形式，这方面各家的说法也不尽一致，大家了解一下怎么回事。

姜夔的《白石诗话》说："体如行书曰行，放情曰歌"，像行书那样比较自由的叫行，把情感充沛的抒发出来叫歌，"兼之曰歌行"，又是体如行书、又放情的，叫歌行。明朝胡震亨《唐音癸签》里说，"题或名歌、或名行"，乐府诗呢，有的是叫什么歌，有的是叫什么行，因为歌行体是从乐府来的，"或兼名歌行"，歌是曲之总名，"衍其事而歌之曰行"，歌是曲的总名，是某一种乐府的歌曲，乐府的曲子，叫什么"歌"，"衍其事"就是详细地描述，"而歌之曰行"，写到它能唱，又写得很详细，叫"行"。"歌最古，行与歌行皆始汉，唐人因之"，他说是始于汉，因为汉朝有许多乐府诗。徐师曾的《文体明辨序说》说："放情长言，杂而无方者曰歌"。充分抒发自己的感情，写得很长，叫"放情杂言"，可以变来变去，没有什么固定的限制，叫"杂而无方"。"步骤驰骋，疏而不滞者曰行"，"步骤驰骋"就是节奏或快或慢，"疏而不滞"就是可以写得很放松，不是那么紧的，叫"行"，"兼之曰歌行"，总之就是既放情，充沛地抒发感情，然后又可以疏而不滞地描摹事情，这样的诗叫"歌行"，所以关于这个概念，可见各家的说法也不尽一致，一致的地方就是歌行体是抒情可以比较充沛，叙事可以比较自由，这是歌行体比较明显的特征。

歌行体出于古乐府，因为汉魏乐府就有长歌行、短歌行。现代人对它有一些这样的概括：首先就是七言歌行出自古乐府，是汉魏以来七言乐府歌诗自然的发展，但是汉魏的歌行没有那么长。清吴乔的《围炉诗话》说，"七言创于汉代，魏文帝有《燕歌行》，古诗有《东飞伯劳》"等等，就体式的主要特征而言，七言古诗要求与七言律诗划清界限。研究诗歌形式的人认为，七言古诗与七言律诗有明显的不同，因为七言律诗讲对句，比较讲形式的对偶，而七言古诗是几乎没有对句的。王士禛说："七言古自有平仄，若平韵到底者，断不可杂以律句。"如果你的七言古诗是押平声韵一韵到底的，是不能有律句的。也就是说，你不能把符合七言律诗的句法的句子放到七言古诗里面去，但是歌行是可以有律诗的句法的，等一下我们看《长恨歌》就可以知道有大量的律诗的句法。

七言古诗可以句脚有三平调，句中也可以是孤平的，这些都不同于七言律诗、不同于格律诗。七言歌行虽然初期部分作品在体式上颇与七古相似，然而在其演化过程中律化的现象却越来越严重，所以王力的《汉语诗律学》里统计，白居易的《琵琶行》八十八句中律句与似律句共有五十七句，讲平仄，讲对偶。《长恨歌》一百二十句中，律句和似律句有百句之多，这种律化趋势的形成并非偶然，它是歌行体诗要求适宜歌唱而着意追求声韵和谐的结果，古诗不追求歌唱，而歌行体则追求合乐。另外，因为歌行写得很长，诗人往往更乐于骈散皆有，就是既有散句，往往也夹带很多骈句，这样音律更美。

从文学风貌论，七古的典型风格是端正浑厚，庄重典雅，而歌行的典型风格就是婉转流动、纵横多姿。这点很要紧。唐朝以后的歌行体往往有婉转流动、纵横多姿的特点，而七古比较追求端正浑厚典雅。婉转流动的诗，就往往不是那么端正浑厚了，就好像一个人走路如果走模特猫步，腰左摆右摆，那么就不会觉得他走的是一个端庄、浑厚的步伐，不会觉得他很古朴，而歌行体就要写得很花、很美，所以《文章辨体序说》认为："七言古诗贵乎句语浑雄、格调苍古"，古诗要这样的，歌行体却不是这样，古诗窘于格调，它不能太花、太美，近体束缚于音律，只是歌行的"大小长短、错综阖辟素无定体，故极能发人才思，李杜之才不尽于古诗而尽于歌行"，则在七古、七律之外，因其风格的差异视七言歌行别为一体，总体上就是这么一种风格特征。

　　现在我们来看看白居易的著名歌行《长恨歌》。

　　"汉皇重色思倾国。御宇多年求不得。杨家有女初长成，养在深闺人未识。天生丽质难自弃，一朝选在君王侧。回眸一笑百媚生，六宫粉黛无颜色。春寒赐浴华清池。温泉水滑洗凝脂。侍儿扶起娇无力，始是新承恩泽时。云鬓花颜金步摇。芙蓉帐暖度春宵。春宵苦短日高起，从此君王不早朝。承欢侍宴无闲暇。春从春游夜专夜。后宫佳丽三千人。三千宠爱在一身。金屋妆成娇侍夜，玉楼宴罢醉和春。姊妹弟兄皆列土。可怜光彩生门户。遂令天下父母心，不重生男重生女。骊宫高处入青云。仙乐风飘处处闻。缓歌慢舞凝丝竹。尽日君王看不足。渔阳鼙鼓动地来，惊破霓裳羽衣曲。"这是诗的第一部分，写什么呢？我概括一下，就是"汉皇重色，杨妃承恩"。汉皇，唐朝人经常把唐天子叫作汉天子，汉皇就是唐皇，就是唐玄宗。"汉皇重色"，唐玄宗年轻的时候英明有为，年纪大了天下太平，唐朝也挺强大，所以想享乐了，就希望找一个倾国倾城的美女，但是"御宇多年"，统御海内多年都找不到。"杨家有女初长成，养在深闺人未识。"这句就写得巧妙了，杨家有女初长成，我相信很多朋友知道这个故事，"杨家有女早长成"，不是"初长成"，她不是一个黄毛丫头，她此时已经是寿王李瑁的妃子，而寿王李瑁是唐玄宗的儿子。

　　"天生丽质难自弃"，长得漂亮挥之不去，想不漂亮都不行，"一朝选在君王侧"之后她的状态怎么样呢？天生丽质难以形容，所

第十三章　从《长恨歌》到《圆圆曲》——歌行体的艺术要诀（上）

以她只能写一个方面，"回眸一笑百媚生"，我们今天对这个词就已经很熟悉了，好像觉得不稀奇，其实这样的词句就是白居易创造的，之前的人还没本事写出"回眸一笑百媚生"。中国古代的文人在捕捉女性的美丽的时候，在写两情关系的时候，他是很善于写某一种特定的行为的。《西厢记》里写道，"怎当他临去秋波那一转"，所以我们在座的女孩子如果要找男朋友，可以学学这个撒手锏。你们两个人面对面的时候，你傻呆呆地看着他，他没有感情，你要走的时候回望一眼，这个电力就很足，所以是"临去秋波那一转"。《西厢记》里的张生为什么得相思病呢？就是因为崔莺莺走进寺庙门的时候，又回望了他一眼。因为她不回望的时候，张生当然就觉得没有戏了，他们两个相遇在路上，张生说了一通自己的事，人家都没有问他，他都说"我姓张，字君瑞，年方二十三，尚未婚配"，人家说你傻吗？我问你这些了吗？如果崔莺莺就这么走了，张生会觉得我刚才太唐突了，我说多了，要命的是她走进门之前又回望了一下，张生顿时觉得有希望，这就叫"临去秋波那一转"。"回眸一笑百媚生"写的也是这个，宋朝人都比较严谨，那些理学家都是讲端庄的，所以他们认为白居易这样写妃子是不对的，这样写得像个风尘女子，什么叫"回眸一笑百媚生"？妃子是讲端庄的，这就是理学家跟文学家的区别。文学家，如果你写妃子一朝选在君王侧，整日端坐身不动，皇帝会对你有兴趣吗？皇帝也是人，就是要回眸一笑百媚生，这样电力才足，才叫确认了眼神。

"六宫粉黛无颜色"，这是一个陪衬的写法，别的佳人一下就没颜色了，她一枝独秀。"春寒赐浴华清池，温泉水滑洗凝脂。"这个场景白居易好像看见了似的，够有想象力的，他专门写她洗澡，所以中国古代画家就喜欢画杨贵妃出浴图。古代画家平时因为没理由画裸体，既然白居易用语言写过了，我也可以用画笔来表现，所以就画"杨妃出浴图"。"春寒赐浴华清池，温泉水滑洗凝脂"，水已经够滑了，她还凝脂，我们讲女性的皮肤经常叫"肤如凝脂，眼如点漆"，眼睛很黑亮，皮肤像结冻的羊油那样，又白又细腻。"侍儿扶起娇无力，始是新承恩泽时。"咱们中国男人没有什么力气，所以希望女的也没有什么力气。西方画出浴图都把那些女性画得很壮实，文艺复兴时代的油画中有不少拿着陶罐倒水的女性，她们都很壮实，所以西方男的、女的都比较有力，而中国的文人喜欢把女人画成削肩的、弱不胜衣的、懒洋洋的、慵倦的，"侍儿扶起娇无力"，这也确实是一种特殊的审美心理，也有他的道理。

下面写她"云鬓花颜金步摇"，打扮好的时候，"芙蓉帐暖度春宵"，这是晚上睡觉的时候。"春宵苦短日高起，从此君王不早朝。"皇帝遇到了最喜欢的人，所以早朝都懒得上了，这就是所谓的女子祸国。"承欢侍宴无闲暇，春从春游夜专夜。"这都强调她一天到晚跟着皇帝享乐，春天一起游玩，晚上一起陪夜。"后宫佳丽三千人，三千宠爱在一身。"凸显杨贵妃一人得宠，杨贵妃一方面她确实是值得皇帝宠，因为她比一般的人水平高，她既非常懂得唐玄宗的心理，长得又好，又是才艺出众，唱歌、跳舞、弹琴、打马球样样皆能，所以是"后宫佳丽三千人，三千宠爱在一身"。当然杨贵妃也会有排他的动作，她不允许皇帝去跟别的妃子、别的宫女走近，还有一个梅妃，唐玄宗偶尔去一次，杨贵妃就吃醋吃得要命。"金屋妆成娇侍夜，玉楼宴罢醉和春。"反反复复地写白天、黑夜怎么在一起，一人成妃，全家得意。"姊妹弟兄皆列土"，裂土封侯，她的姊妹兄弟都因此而鸡犬升天，她的堂哥杨国忠做了宰相，她的三个姐姐被封为虢国夫人、韩国夫人和秦国夫人。虢国夫人跟杨贵妃花开两朵，各表一枝，杨贵妃当然是才艺出众、善解人意、长得又漂亮，但是有一点，虢国夫人有的，杨贵妃没有的，就是虢国夫人特别会谑浪调笑，就是特会开玩笑，唐玄宗也喜欢。所以张祜曾经酸不溜秋地写过一首诗："虢国夫人承主恩。平明骑马入宫门。却嫌脂粉污颜色，淡扫峨眉朝至尊。"虢国夫人也得到皇帝的喜欢，所以能骑马入宫门，"却嫌脂粉污颜色"，还怕化妆品掩盖了她的颜色，所以是"淡扫峨眉朝至尊"，她只化了一个淡妆。唐代笔记里面也记道，虢国夫人进皇宫会"移晷方出"，移晷方出就是过了一个时辰才出来，什么意思呢？就是他们俩在里头也不知道搞什么事情。所以"姊妹兄弟皆列土"，杨贵妃的全家都得了好处，所以令天下父母亲不重生男重生女，这当然有点夸张，因为皇帝现在是三千宠爱在一身，你别的人再生女都白搭，也没有这样的好命了，他是以此来强调杨家生了个女儿是多么幸运、多么得好处。

然后讲他们到骊山去玩,现在我们到西安去,走东线的话,还可以到骊山,唐朝有行宫在山上,所以叫"骊宫高处入青云,仙乐风飘处处闻。"唐玄宗、杨贵妃都喜欢音乐,所以经常带着乐队。我们今天讲的"梨园",为什么戏曲行业叫作"梨园"呢?"梨园"这个概念就是唐玄宗时代产生的,因为他在长安城里一个叫"梨园"的地方组建了戏班子,所以后来就把戏曲行业称为"梨园界"。"缓歌慢舞凝丝竹,尽日君王看不足。"一般的奏乐的、跳舞的都没有表演,有时候杨贵妃能亲自表演,杨贵妃也很会跳舞,尤其是她的"霓裳羽衣舞",大概属于非常漂亮的高难度的舞,应该是很好看的,所以成了中国历史上很著名的舞蹈。可惜的是"渔阳鼙鼓动地来,惊破霓裳羽衣曲"。安禄山是镇守在现在的北京那一带,当时叫范阳,他是范阳节度使,相当于北京军区司令,他曾经在进皇宫的时候,很喜欢杨贵妃,所以他有野心,想要抢到杨贵妃,自己认杨贵妃做干妈,以此来接近,他来到长安以后发现朝廷越来越腐败,杨国忠当政,搞裙带关系,官场黑暗,皇帝顾着享受,就觉得有机可乘,所以在范阳一带厉兵秣马,后来他觉得时机成熟了,就起兵造反,"渔阳"就是范阳,就是现在北京那一带,鼙鼓动地来,一下就惊破《霓裳羽衣曲》,所以第一个部分写的是汉皇重色,杨妃承恩。

第二个部分:"九重城阙烟尘生。千乘万骑西南行。翠华摇摇行复止。西出都门百余里。六军不发无奈何,宛转蛾眉马前死。花钿委地无人收。翠翘金雀玉搔头。君王掩面救不得,回看血泪相和流。"这几句就写出一个重大的事变,一个军事政变。"九重城阙烟尘生","九重城阙"指长安的城阙,"烟尘生",战乱了,所以就"烟尘生"。"千乘万骑西南行",皇宫里面的很多车马往西南方向逃跑。唐玄宗先派老将哥舒翰守潼关,哥舒翰准备紧闭潼关不出,因为哥舒翰身边只有一些老弱病残的兵士,唐玄宗自己都沉迷于酒色,对军队的治理也已经放松了。哥舒翰曾经在青海那一带统兵,用李白的诗来讲,就是"君不见哥舒翰,横行青海夜带刀,西屠石堡取紫袍",石堡曾被他一下杀掉十万人,以此来镇压当时的游牧民族,来开拓唐朝的管辖范围。哥舒翰是个名将,但是他守潼关的时候,他手下的兵都是老弱病残，如果任由哥舒翰自己管、自己处理，他可能守得住，因为哥舒翰经验丰富，但是偏偏朝廷干预他的作战方针，天下大雨，朝廷派来的宦官非要哥舒翰出战，说安史叛军跑到长安这边来，他们已因路途遥远疲惫了，没想到由于安史叛军一路节节胜利，他们士气正旺，所以哥舒翰下雨天出战，老弱病残并不是所向披靡的安史叛军的对手，很快就失败。潼关一失守，长安保不住，于是只能逃跑。逃跑还不能通知到所有人，只是核心部分的一些人，凌晨天不亮就从长安的西门跑出去，所以是"千乘万骑西南行"。"翠华摇摇行复止"，"翠华"就是皇上的车辇，"摇摇行复止"，走走又停了。在哪里停呢？"西出都门百余里"。现在如果我们到西安去玩，走西线去旅游，现在的算法不到百余里，有杨贵妃墓，墓不大，我是1986年春天去看的，当时杨贵妃墓我估计直径也就五六米，一个很简单的土墩。"西出都门百余里"，马嵬就是在那个地方。到马嵬后，"六军不发无奈何"。部队不走了，为什么不走了呢？李亨，就是唐玄宗的长子，后来的唐肃宗，当时已经封为太子，想早点抢班夺权，所以他就串通了御林军的首领陈玄礼搞了一次军事政变。政变要有由头，要有说法，怎么搞呢？他让一批吐蕃人，西藏青海那边的一批人跪在道路上，告发说你们的杨国忠宰相串通我们吐蕃要谋反，让吐蕃人这么来说，杨国忠百口莫辩。于是就杀了杨国忠。因为安禄山造反也有口号，就是要"清君侧"，皇帝身边的奸臣，他要来帮忙清掉，这个奸臣就是杨国忠，所以要杀杨国忠。杀杨国忠当然是一个血腥的过程，因为杨国忠不是一个人，而是杨家的一批人。杨国忠的几个儿子四下逃窜，有的往延安方向逃，有的往汉中逃，各路大军追杀，就把杨家的人都剿灭了。虢国夫人跟裴柔（杨国忠的老婆）往北方跑，跑了一段路，虢国夫人说拉倒吧，跑哪儿去呢，跑到哪儿都要被抓住，于是她就拿出宝剑来，把裴柔杀了，然后自杀。非常血腥的一场政变，被白居易这么很简单地用"六军不发无奈何，宛转蛾眉马前死"写了出来。其实也不是马前死，"蛾眉"当然指的是杨贵妃，唐玄宗不舍得杨贵妃死，但是军队里面的人说，虽然杨国忠被杀了，但是杨妃还在的话，后患无穷，哪天她在老皇帝面前吹枕头风，那么我们都得倒霉，所以要斩草除根，必须把皇帝身边最亲近的那个姓杨的弄掉，所以就"六军不发"。杀了杨国忠以后，唐玄宗说那我们继续前进，军队还是不走，非要杀杨贵妃不可，唐玄宗没办法，因为这时候他指挥不动军队了，所以就只能让高力士拿一根白绸子送到杨贵妃那里，杨贵妃没有办法，只能在一个庙里面吊死，杨贵妃是这么死的，所以不是"宛转蛾眉马前死"，并不是死在唐玄宗的马头前面。白居易这么写就是为了要凸显唐玄宗的无奈，所以叫"宛转蛾眉马前死"。杨贵妃死了以后怎么办？下一步，"花钿委地无人收"，写得好像就死在面前，一个软绵绵的身体倒下去了，头上的首饰什么的都掉地上没有人收起来，"翠翘金雀玉搔头"这些首饰全都掉地上没有人收，而皇帝"掩面救不得"，遮住自己的眼睛、遮住自己的脸，没法救杨贵妃，"回看血泪相和流"，看着杨贵妃临死之前流泪。其实不可能死在他面前，这是他故意凸显唐玄宗救不了杨贵妃的事实。

接下来皇帝继续往四川方向逃跑，"黄埃散漫风萧索，云栈萦纡登剑阁"，"剑阁"就是陕西跟四川的交界处，有个地方叫"剑阁"。"峨嵋山下少人行"，峨嵋山是一个大致方位，唐玄宗也没有走到峨嵋山下去，只是跑到四川了。"旌旗无光日色薄"，杨贵妃死了，其他的都没有意思了，所以皇帝的旌旗都没有光，太阳也没有光和热。沿途的景色是怎么样的呢？"蜀江水碧蜀山青"，一路看下来山青青水碧碧，都是冷色调，对他来说这些东西都提不起他的神和感情。"圣主朝朝暮暮情"，唐玄宗非常舍不得杨贵妃，所以一天到晚想着她。"行宫见月伤心色"，在行宫里面看见月亮，都是伤心的颜色，"夜雨闻铃肠断声"，雨夜听见马车上的铃铛响，这凄凉的声音都让他肠断。我们读词都知道有一个词牌叫作《雨霖铃》，《雨霖铃》这个词牌就是来自唐玄宗叫一个乐工创制的曲牌。"天旋地转回龙驭，到此踌躇不能去"，"天旋地转"就是改天换地了，安史叛军被打退了，皇帝的马车回车了，从四川回陕西了，叫"回龙驭"，"到此"这个"此"就是马嵬这个地方，"到此踌躇不能去"，来到这个地方的时候走不动了。他一定在想，我早知道我顶住，不让他们杀她，但是现在已经杀了她了，所以他再路过这个地方，就再也走不动了。"马嵬坡下泥土中，不见玉颜空死处。"这里面牵涉到好多说法。唐玄宗来到这里以后走不动了,叫高力士他们找人把草草埋葬的坟扒开来。唐玄宗想要厚葬杨贵妃,高力士就劝了,说你不能厚葬,你要是厚葬杨贵妃,那些发动政变的人就会非常不安,就会危及你自己。因为你一厚葬,说明你非常怀念杨贵妃,那些发动政变的人就会觉得自己的生命是不安全的,你哪天复辟了,你会把他们弄死的,因为你看杨贵妃看得那么重。所以他就不敢厚葬,但是还是扒开来,但是居然"不见玉颜空死处",找不到尸体。尸体到哪儿去了呢?反正他这么写了。这里有一个情况大家要明白,就是从安史之乱到白居易写这首诗已经五十年了,我们现在回头一看,都是唐诗,以为都是一个时候的,其实,755年发生安史之乱杨贵妃死,而白居易写这个诗已经是9世纪初了,所以五十来年过去了。大家想一想,要我们今天写七几年的事情也不一定说得那么清楚,所以这里面涉及相关传说。有几种说法。一种说法就是杨贵妃没死,后来去做了女道士;还有一个说法,是去做了妓女;还有的说法、最浪漫的说法是逃到日本去了,所以20世纪80年代有一个电影,讲杨贵妃去了日本以后怎么样,总而言之就是不见了。到底尸体是个什么结果,诗人没有交代,唐朝人也没有详细的记载。这是第二个部分,就是明皇出逃、杨妃赐死这个部分。

第三个部分:"君臣相顾尽沾衣。东望都门信马归。归来池苑皆依旧,太液芙蓉未央柳。芙蓉如面柳如眉。对此如何不泪垂。春风桃李花开日,秋雨梧桐叶落时。西宫南内多秋草。落叶满阶红不扫。梨园弟子白发新,椒房阿监青娥老。夕殿萤飞思悄然。孤灯挑尽未成眠。迟迟钟鼓初长夜,耿耿星河欲曙天。鸳鸯瓦冷霜华重。翡翠衾寒谁与共。悠悠生死别经年,魂魄不曾来入梦。"这一部分就是写明皇回宫,终日思妃。"君臣相顾尽沾衣",马嵬这个地方找杨贵妃的尸体都找不到了,所以君臣都流泪,那么怎么办呢?只能回去都城,所以"东望都门信马归",向着首都,随便座下的马自己回去,老马识途。"信马归"故意写出他都懒得快马加鞭,让马儿爱走什么速度就什么速度。"归来池苑皆依旧",来到皇宫里面池苑依旧,过去的房子、池苑都在,还可以看到"太液芙蓉",就是宫中小湖里的荷花,未央宫的柳,荷花像她的脸,柳像她的眉,看着物是人非,样样使人流泪。眼泪从春天流到秋天，无论是春风桃李花开日，还是秋雨梧桐叶落时，唐玄宗都在那里想贵妃。"西宫南内多秋草"，西宫、南内都是唐玄宗住的地方，先是住在西宫，西宫离外面比较近，他的儿子不太放心，怕他串通外面搞复辟，所以又把他移到南内。"落叶满阶红不扫"，有的地方也叫"宫叶满阶"，为什么故意写他红不扫呢？叶子红了，落在台阶上，难道老皇帝一个环卫工人都没有吗？扫地的总还是有的。他故意写他"红不扫"，就是说他懒得打理这些事，人不在了，什么东西都没有兴趣。他周围的那些人，梨园弟子，当年曾经和杨贵妃一起做音乐表演、舞蹈表演的这些梨园弟子现在也都长了白发了，也老了，所以叫"白发新"。"椒房阿监青娥老"，椒房的那些工作人员也都从青娥变成老娥了，年岁也大起来了。"夕殿萤飞思悄然"，傍晚的宫殿，萤火虫飞，老皇帝一个人坐在那里无精打采，一个人在那里悄悄地思念杨贵妃，萤火虫都睡觉了，皇帝还不睡觉。"孤灯挑尽未成眠"，这句话也有说道的。宋朝人又嘲笑白居易没见过世面，皇帝是用大蜡烛的，你怎么能"孤灯挑尽"呢？他孤寒成这个样子了吗？他穷酸到这个地步了吗？一个油灯、放一根灯芯，在那儿拨啊拨的，这个其实是宋朝人死脑筋，如果说"蜡烛烧完未成眠"，就没有"孤灯挑尽未成眠"更能形容皇帝的不成眠的那种状态了，所以"孤灯挑尽"显然更有表现力。"迟迟钟鼓初长夜"，钟鼓本身也不迟，但是老皇帝睡不着，唐玄宗睡不着。秋天夜也长了，"耿耿星河"，星河很明亮，他一晚上睡不着，到天亮了，"欲曙天"，天快亮了他还睡不着。白居易的好朋友元稹的太太死得早，他就说，你死了，我好想你，过去你跟我过的苦日子，穷日子，现在我有钱了，我又能为你做什么呢？所以他表了几个态：一个是，"今日俸钱过十万，与君营奠复营斋"，我现在有钱了，但是你已经死了，我不能为你做什么，所以我只能为你多弄点东西来祭奠你，还有就是为你吃斋；他又说，"惟将终夜长开眼，报答平生未展眉"，我只能终夜、整夜地睁着眼睛，来报答你因为跟我过苦日子而愁眉紧缩的那种不幸，你过去跟我过苦日子，心情不好，笑不出来，现在你死了，我只能睁着眼睛不睡觉，来报答你当时的眉头不展。这个地方写的"耿耿星河欲曙天"也是写他睡不着。"鸳鸯瓦冷霜华重，翡翠衾寒谁与共。"瓦是鸳鸯瓦，瓦上都能够成双，可是人却是孤单的。"翡翠衾寒谁与共"，老皇帝要随便找个女人陪他睡觉是很容易的，但是他不要，没有人能够让他喜欢了。"悠悠生死别经年，魂魄不曾来入梦。"别了经年就是一年，"悠悠生死别经年"，就是上年头了，可是虽然他想她，却是梦里没有出现她，你想她，也不一定就是梦里一定会有的，所以"魂魄不曾来入梦"。这是第三个部分，就是明皇回宫，终日思妃。

既然魂魄都不曾来入梦，那么怎么办呢？那些方士、道士表示我有办法，我帮你去找回来。方士也不是随便吹的，因为汉朝的汉武帝就有一个倾国倾城的女人，倾国倾城这个词哪里来的？就是从汉武帝的李夫人来的。李夫人的哥哥叫李延年，李延年吹捧他的妹妹说："北方有佳人，遗世而独立。一顾倾人城，再顾倾人国"，所以汉武帝就把她娶了来。李夫人后来死了，汉武帝很想她，就找了方士想办法。这个方士大概是能变魔术，就像我们今天，有的变魔术、变穿墙都能变，他说："皇上您在这儿待着，我给你那边去把她变出来、把她召出来。"然后汉武帝远远地看见白色的帷帐里李夫人出现了。我估计就相当于今天的玩魔术。所以唐朝的方士也表示我来帮你找。"临邛道士鸿都客"，"临邛"是四川那边的，"鸿都"是东汉洛阳的一个门，借指长安，他来到长安告诉皇帝，"能以精诚致魂魄"，我能够凭精诚把她的魂魄召过来。"为感君王辗转思"，君王睡不着，辗转思念，于是叫临邛道士跟方士一伙人，"遂教方士殷勤觅"。"排空驭气奔如电，升天入地求之遍。上穷碧落下黄泉，两处茫茫皆不见"。他能够上天入地的，结果两处茫茫皆不见。"忽闻海上有仙山"，海上有仙山，古人因为看见过海市蜃楼，总觉得海上应该有仙山，"山在虚无缥渺间"，一会儿看见，一会儿看不见。"楼阁玲珑五云起。其中绰约多仙子。中有一人字太真，雪肤花貌参差是。"仙山上有楼阁玲珑，五色祥云升起，其中有很多仙子，"其中绰约多仙子"，"绰约"就是仪态万方，其中有一个人字太真，就是杨玉环，"参差是"，就是差不多是。

"金阙西厢叩玉扃。转教小玉报双成。""小玉""双成"一个是吴王的女儿，一个是西王母的侍女，总之都是仙女，成仙的女子。

"金阙西厢叩玉扃","玉扃"就是玉做的门,有一道一道的丫鬟报进去。"闻道汉家天子使,九华帐里梦魂惊。"杨贵妃在睡觉,听说汉家的天子派使者来了,她在九华帐里梦魂惊。"揽衣推枕起徘徊",这个动作的描写很细致,揽衣、推枕、起来还犹豫不决,"起徘徊",但是她还是出来了,所以"珠箔银屏迤逦开","珠箔"就是门帘,"银屏"就是屏风,一道一道打开。"云鬓半偏新睡觉,花冠不整下堂来。"白居易写女性的本事超大,他写女子的美态叫"云鬓半偏",这种审美能力是很特别的,女性并不是说一定要梳得溜光才是美,当然那也是一种美,但是"云鬓半偏",头发松松的偏在一边,这也是一种风情。"新睡觉",刚刚睡醒,"花冠不整",头上戴着花冠,也没有好好地把它戴好,"下堂来",出来了。"风吹仙袂飘摇举",衣服很轻,在仙山上、仙宫里飘摇举,被风一吹,飘飘地出来了。"犹似霓裳羽衣舞",看上去好像当年跳霓裳羽衣舞的姿态。"玉容寂寞泪阑干,梨花一枝春带雨。"因为寂寞,所以她的容貌显得很忧伤,有纵横的眼泪,叫"泪阑干"。你很难形容一个女性流泪是怎么样美得让人不要不要的,所以才有了这一句"梨花一枝春带雨",他只能用这种方法来形容。如果你很坐实地春天去看一枝梨花,梨花上面有雨水,也不过如此,你实实在在地盯着一个流泪的女子,那也就那样,恰巧这两者一联系,这里面有一个空间让你去补充想象,这是很美的。"含情凝睇谢君王",白居易对女性真的是太会观察了,女性思念某个人的时候,心思会集中在她的眼神上,怔怔的、呆呆的、若有所思的状态,这叫"含情凝睇",她也不一定盯着某个地方看,只不过眼神会凝聚、安静地看着某一个方向。"一别音容两渺茫",她被弄死以后,到现在就是一别音容两渺茫。"昭阳殿里恩爱绝,蓬莱宫中日月长。"昭阳殿是古代诗歌里经常要写到的宫殿,汉成帝宠妃赵合德曾居住于此,写到昭阳殿,它有一个确定的含义,就是这个女子正得宠,所以才住在昭阳殿。王昌龄的诗里写道,"玉颜不及寒鸦色,犹带昭阳日影来",为什么要说"犹带昭阳日影来"呢?就是我的容颜还不如乌鸦的颜色,因为乌鸦能在宫中飞,还带着昭阳殿里温暖的阳光,而我,被冷落的女子,我连个乌鸦都不如。当时杨贵妃曾经受宠,所以叫"昭阳殿里恩爱绝",

现在这种恩爱已经断掉了。"蓬莱宫中日月长",在仙山上面也觉得日月长。"回头下望人寰处,不见长安见尘雾。"我从仙境看人寰,没看到长安,只见到尘雾,因为安史之乱刚刚结束,所以只能看见尘雾。既然汉家天子使使者来了,所以我要表示一下,她就"惟将旧物表深情,钿合金钗寄将去",我只能把皇帝过去给我的东西来重新分一部分给你,"钿合金钗寄将去"。"钗留一股合一扇,钗擘黄金合分钿。"钗,两股的,掰开一股来,表示一人一股,你我都互相有联系,钿盒是细致镶嵌的盒子,把这个盒子打开成两扇,也把它一人一半。"但教心似金钿坚,天上人间会相见。"这样,你一半,我一半,留为信物,说不定哪天天上人间重新相见。光是让使者带回这些去还不行,因为这些东西是物质的东西,物质的东西说不定有替代品,所以老皇帝可以说哪个地方去找来这个东西呢,是在糊弄我吗?所以杨贵妃为了让方士能够回去复命、回去交差,还要说一个别人不知道的东西,所以叫"临别殷勤重寄词",方士要走了,杨贵妃重新殷勤寄词,就是叮咛他。"词中有誓两心知",这个话只有两心知,告诉方士,我跟老皇帝当年曾经说过的话。"七月七日长生殿",七月七日是乞巧节,在长生殿那里,"夜半无人私语时",夜晚没有人的时候两个人说悄悄话,当时杨贵妃也怕自己将来不得善终,所以问唐玄宗,你会不会将来也会抛弃我?唐玄宗说,愿生生世世永不分离,这是"夜半无人私语时"。"在天愿作比翼鸟,在地愿为连理枝。"这是把老皇帝的"愿生生世世永不分离"这句话诗意地改编一下,变成"在天愿作比翼鸟,在地愿为连理枝"。最后"天长地久有时尽,此恨绵绵无绝期。"这两句可以看成是诗人的一个感慨,也可以理解为这是贵妃的话。这就是最后一个部分,方士觅妃,杨妃寄情。这样这首诗整个的内容结束了。我们可以看到它作为一首歌行体诗,内容是非常丰富的,以李、杨的关系为主写出了唐朝翻天覆地的变化。

  我们讲七言歌行的艺术,就要看看这首诗的艺术。第一,如何用七言歌行表现这么大的历史事件?你只要去读一读一篇文章《长恨歌传》,作者是陈鸿,就可以看到《长恨歌》和《长恨歌传》写的内容不尽相同,不完全一致。当时写这首诗,就是因为陈鸿、王质夫、白居易三人一起去游长安附近的仙游寺，说起五十年前的这件事，王质夫说陈鸿很有史才，你可以把这件事情记一记，白居易很有诗才，又感情充沛，所以可以写诗。于是他们分头回去，一个写了文，即《长恨歌传》，一个写了诗，叫《长恨歌》。大家可以看到《长恨歌传》和《长恨歌》不完全一致，作为一首歌行，诗人要把这么一件大事写进去，他当然需要有驾驭题材的能力。所以这首诗首先的一个特点就是剪裁得当。他要表达一个主题。关于《长恨歌》的主题，诗学界申论非常多，各种各样的说法，十多种说法，其中现在刚退休的浙江工业大学的肖瑞峰教授和重庆工商大学的张中宇教授都曾经写过这方面的内容，我是比较认同什么说法呢？就是先批判、后赞美，后同情，先表达了对李杨因为男欢女爱而荒废国政的一种批判，后来又转为对杨贵妃被赐死的同情。白居易的观点是皇帝可以有女人，白居易自己也喜欢女性，他中年的时候还养了柳枝、小蛮、樊素等这些女子，但是白居易是比较讲人性的，他自己老了的时候，就让这些比较年轻的女孩走，让她们去嫁人，所以白居易很理解皇帝可以有美女，但是不能荒废国政，他是这么一个态度。所以前面写到唐玄宗和杨贵妃"从此君王不早朝""姊妹兄弟皆列土"，从此"遂令天下父母心，不重生男重生女"，到这个地步他是看不惯的，是不以为然的，但是后来又把杨贵妃弄死，他会觉得有点过了。他理想中的男女关系就是皇帝可以有美女，但是不要荒淫误国，他是这么一个态度，所以先批判、后同情，我是比较赞成这个主题。也有各种其他主题说，比如双重主题说、矛盾主题说、讽刺说、爱情主题说，甚至有说借李杨爱情来表达他自己的爱情，因为白居易是个晚婚的人，三十六岁才结婚，为什么晚婚呢？就是他年轻的时候和一个叫湘灵的女子已经关系很好了，湘灵都给他做过鞋的，但是种种原因他们没能走在一起，白居易还挺想念她，所以通过这个诗来表达他自己对爱情的理解。我认为他是先讽刺、后同情，他要表达这么一个主题，当然就要进行剪裁。他的剪裁方式，他写杨妃怎么入宫、入宫以后的生活、杨家人怎么得好处，他都是详略得当的，他不能把皇帝写得太丑陋，所以说了一句"杨家有女初长成"，安史叛乱血雨腥风，他也就一两句带过，"六军不发无奈何，宛转峨眉马前死"，几句话就把一个非常腥风血雨的军事政变带过了。他的重心在描写明皇回宫、终日思妃，后面又详写方士觅妃、杨妃寄情，抒情的气息很浓，就是要写出他对李、杨爱情的一种同情，所以他重心放在两个部分，一是荒淫误国，一是他对他们失去美好爱情的同情，所以剪裁得很巧妙。他没有把安史叛乱作很详细的描写，也没有把唐玄宗怎么样让杨贵妃到道观里去回炉的事情写得很详细，这都是他控制好的，因为他后面要同情李杨，所以前面要写得纯洁一点，但是纯洁的同时，他又不能丢掉对李、杨荒淫误国的批判，所以怎么入宫受宠、怎么带动杨家鸡犬升天这个东西必须要写，这就是他的剪裁得当。

还有，就是叙事和抒情的结合。我们可以看到他有充分的叙事，又有人物感情的描写，而且写的时候情景交融，这一段写得非常精彩，杨妃死了以后，他就一点意思都没了，所以"蜀江水碧蜀山青"，"行宫见月伤心色，夜雨闻铃肠断声"，就觉得很没意思。回到宫里面，"归来池苑皆依旧，太液芙蓉未央柳。芙蓉如面柳如眉，对此如何不泪垂。春风桃李花开日，秋雨梧桐叶落时"，写景色写得非常符合人的心情，后面包括"西宫南内多秋草"，一直写到"魂魄不曾来入梦"，饱含感情，写出了唐玄宗失去杨贵妃以后的孤独和伤感。一个皇帝，他拥有过那么多的女性，他最终终于找到了真爱，而结果又失去了江山，又失去了美女，大家想想这个皇帝是什么心情？所以白居易很能体察老皇帝的心情，把他写得非常充分，情景交融。

这首诗还音律谐婉，骈散变化灵活，刚才说了它有上百句的律句，这首诗读起来非常的舒服，语言非常的流畅、华美，这既跟他的用韵有关，也跟他的平仄处理有关，又跟他大量的对偶有关，又跟他的顶针有关。比如"汉皇重色思倾国"，"色"和"国"在一句里面就已经是押韵的了。前面都是用仄韵，广东人或者我们吴语区的人都知道它是一个入声字，前面他用仄声的入声字来表达一种伤感，定一个伤感的基调，所以他一开始用入声字，后来写杨贵妃的美丽、写他们的开心，就连用几个平声，支韵、萧韵、麻韵。后面的多用平声，四句一换韵，或者两句一换韵，歌行体换韵是一个手法，四句一换韵，或者两句过渡一下，再来四句一换韵，它形成一种跌宕摇曳的效果。你们以后如果有机会尝试歌行体的话，要注意押韵变化，四句一个韵，来个两句过渡一下，再来四句一换韵，这种效果往往读起来非常舒服的。这是歌行体用韵方面的讲究。

还有大量的对句。"金屋妆成娇侍夜，玉楼宴罢醉和春"就是对偶的句子。后面对句更多了，"春风桃李花开日，秋雨梧桐叶落时。行宫见月伤心色，夜雨闻铃肠断声"。七言古诗就不太有这种对偶句，歌行用这种对偶句，一会儿骈，一会儿散，骈散结合，使得这首诗非常的灵动、回环，有韵律之美。

再有就是顶针格。顶针格的使用能让作品一气旋转，什么叫顶针格呢？就是下句的词，特别是开头的词跟着上句里面的一个词，尤其是结尾处的词，就好像咬着尾巴，这就叫"顶针格"。顶针格的使用能让诗更加气势流贯，这一修辞格在歌行体里面会经常用到，别的诗里面不太用到的，而五律、七律，那是很忌讳的，不可以用的，像《黄鹤楼》这样的，就偶尔用用，而歌行体里，这类来说相对多一点。比如："归来池苑皆依旧，太液芙蓉未央柳。芙蓉如面柳如眉，对此如何不泪垂。"上一句有个"芙蓉"，下句就跟着来一个"芙蓉如面柳如眉"，这样读起来很流贯。"钗留一股合一扇，钗擘黄金合分钿"，下一句里又跟着上一句的那些词，这样就读得很顺畅。

我们总结一下歌行体常见的几种艺术上的讲究。第一，歌行体要叙事，写较复杂的事情一定要重视剪裁，一定要把握好。第二，歌行体往往情景兼谐，叙事和抒情结合。第三，就是音律谐婉，音律谐婉靠适当的换韵，一会儿平声韵、一会儿仄声韵，四句一韵，或者六句一韵，然后用散句过渡一下再来换一个韵，这样会读得朗朗上口，非常的好听。另外，就是常用顶针格。

《圆圆曲》是清朝吴伟业的一首歌行体名作，吴伟业的梅村体诗都是歌行体，水平非常高。这首诗也非常长，讲的是陈圆圆跟吴三桂的故事。今天我们没法讲了，我让大家听听，了解一下老先生是怎么吟诵的。我老师钱仲联先生，他的祖母的弟弟是光绪的老师翁同龢，钱仲联先生自己的祖父是清朝的进士，所以他书香门第，又是官三代，又是知识分子的后代，学问超一流，是大师级的学者，他的吟诵是常熟口音，你们听不懂的，但是可以稍微听一下那个调子。我读书时幸亏我是苏州人，所以我能听懂他的话。这份录音已经比较旧了，声音不太响，试试看。

抱歉，这个声音出不来，我就模仿他给大家吟诵几句，先生的话是常熟话，我是苏州旁边的吴江人，所以跟他不完全一致，但比较接近。

（沈老师吟诵《圆圆曲》的一部分）

"鼎湖当日弃人间。破敌收京下玉关。恸哭六军俱缟素，冲冠一怒为红颜。红颜流落非吾恋。逆贼天亡自荒宴。电扫黄巾定黑山，哭罢君亲再相见。相见初经田窦家。侯门歌舞出如花。许将戚里空侯伎，等取将军油壁车。"

今天的讲座就到这里，以后有机会再来，如果还有时间，就再交流《圆圆曲》，大家可以网上去看看这些对歌行体的欣赏，我相信也会有提高。谢谢。

第十四章
时空变换与诗意的发生

——绝句写作的结构技巧

嘉宾：徐晋如

时间：2018年12月8日 19:00—21:00

徐晋如

上一次社课的题目是给出了20世纪30年代中山大学中文系主任古直先生所撰写的《明南园诗社女侍张丽人传》，让大家去写《百花冢行》，这相当于高考的材料作文。材料作文是非常难写的，但是给出材料的诗词，相对来说不难写。原因是：我们平时都是苦于不知道如何去用语典——我们在一开始就跟大家强调过，作诗作词要用典。用典故的故事，称之为"事典"，化用前人用过的词语，叫作"语典"。事典有时可以不用，许多绝句、小令，其实都是没有事典的，但是语典不能不用。如果不用语典，写出来的作品就始终就不够雅。所以，给出材料来，是希望大家可以懂得去剪裁，再通过这些材料把它化用成自己的语言，形成语典。因此它比不给材料的诗要容易写。但是可能因为对体裁不熟悉，这一次大家交上来的作品还是相对少了些，所以在讲完诗社的作品后，我还会讲一位诗社外面的朋友的作品，然后也会讲一讲我自己的作品。以前，我跟大家一起做社课，只是把我写的作品发在微群里，不会讲，但是这一次要讲一讲，因为大家要看一看我是怎么样去剪裁这些材料，使它成为语典的。

第一首："小传读毕感斯文"，第一句就不像诗的语言，诗的开头不能这样地平淡叙事。"莲香集里粤天春",第二句相对有了一些诗意,因为它背后有了"比",它有比喻在其内。"抒怀送别辞旖旎,言志体物意清新。""抒怀送别"在现代语言中仍在使用,而"言志体物"也基本上算是成语,因此这两句是十分失败的句子,没有把他想要表达的意思,用一种美好的方式表达出来。其实他要表达的是什么呢?他要表达的是张丽人张乔,在送别黎美周北上时所写的诗,文辞非常地旖旎,表达的是张乔自己的作品,无论是言志,还是体物——也就是咏物的作品,都很清新,但是这样的表述非常地"干",不水灵,它不能给人诗的联想。"颇讶教坊及笄女,词胜而今大诗人。"这两句同样非常失败,这样比较不能产生诗意。何以这么说?前面已讲过,对照会产生艺术感,对照会产生艺术的张力,但对照一定是发生在意象和意象之间,它背后是形象思维在起作用,而这样的一种比较,是一种数字思维,是一种理性思维在起作用,因此,这种比较在诗当中非常无谓,是没有意义的。以前有个笑话,有一个人讲:"我的诗才是杜甫的一倍。"别人说:"你做梦吧!你的诗才怎么能是杜甫的一倍呢?"他说:"杜甫写'两个黄鹂鸣翠柳,一行白鹭上青天',我来写'四个黄鹂鸣翠柳,两行白鹭上青天',我岂非诗才是杜甫的一倍吗?"这样做的就是理性的、数据化的比较,不能产生艺术的张力。在艺术当中,不能用理性的思维去作比较,而且尽量地不要有理性的议论。理性的议论,一定要用形象的方式去表达。"只是红颜多薄命",这句是散文的句式,它不是诗的句式。"生小便自堕风尘",这句相对好一些。"怀璧已惧花颜色,无端更长玉精神。"这两句就比较好了。首先他用了一个典故"匹夫无罪,怀璧其罪",他说的是因为张乔天生丽质,所以她受到了一些人的忌恨,但是她的性格非常倔强,尽管她被人所忌恨,但却依然展露出高洁的情操,所以叫"无端更长玉精神"。这是用形象在议论,因此它就是诗的语言。"可怜诗画两相绝,身世却似风抟叶。"《庄子》里有"抟扶摇而上者九万里",所以"抟"字用得比较典雅。"即知粉队古相轻。莫若嫁作豪强妾",这是用了语典,用的是张乔的诗:"朱门粉队古相轻。莫拟侯家说定情。金屋贮娇浑一梦,不如寒淡嫁书生。""沧浪水浊或水清,生涯总似庄梦蝶。"这两句他用了两个典故，一个是"沧浪歌"的典故："沧浪之水清兮。可以濯我缨。沧浪之水浊兮。可以濯我足。"另外一个就是"庄周梦蝶"的典故。我的看法是"生涯总似庄梦蝶"，如果把这里的"庄梦"改成"庄周"或者"庄生"，可能会更好一些。因为歌行和律诗不一样。律诗中间两联，来自骈体文，所以它是把骈体文的句法，经过精简以后，形成中间的两个对子。我们曾经说过一个原则，就是"复句比单句好"，由两个以上的句子组成一个复句，比一个单独的主谓宾定状补组成的单句要好，这是因为律诗受骈体文的影响。而《百花冢行》是歌行，它要更加清新自然一些，所以"生涯总似庄梦蝶"，他的意思是说，生涯总是像庄周梦见蝴蝶一样，这就复杂了，不如"生涯总似庄周蝶"或者"生涯总似庄生蝶"，那样会更加清新自然。"如何侯门珠三斛，不及书生唱和情。"这里面也是用了材料给他的灵感："粤三城多豪华子弟，以三斛珠挑之，复计买其心，坚不为动"。"赵佗城中名士聚，抗风轩里琴瑟鸣。"这两句也很好了，赵佗城就是羊城，就是广州城，抗风轩就是当时南园诗社聚会的地方。"至此终能抒怀抱"，这句也是非常地干。"好将心事别零丁"，意思是说，这些晚明士子他们在一起互相砥砺，他们的心事与当年文天祥过零丁洋的心事是不一样的。"岂知一宵香魂杳，人间万事俱缥缈"，开始换韵。"纵使传书有柳毅，安能化鹤归华表"这两句也不错，"传书柳毅"用的也是语典，我们讲一个典故，有它的"祖典"，也有它的"父典"，最早出现这个典故，它是"祖典"，但这个"祖典"未必是诗人用它的时候的意思，往往后来先有人用过，他再用，他是直接从第二个人用的意思而来，故称"父典"。所以他这里面并不是用的唐传奇里面的"柳毅传书"的祖典，他用的是黎遂球写的《歌者张丽人墓志铭》里面的语典，墓志铭里面说"或有闻唱，不因柳毅传书，恍然而悟者乎"，他实际上是用了这个语典。"化鹤归华表"呢，他这里面算是一个死典的活用。我们知道"辽鹤归来"这个典故，说一个人叫丁令威，他学道千年才回家，变成了一只大鹤，立在老家城门前面的华表柱上，说："有鸟有鸟丁令威，去家千岁今来归。城郭如故人民非，何不学仙冢累累。"说你们干吗不像我一样学仙呢？你看大家不学仙，一个个的都变成了土馒头当中的那个馅儿。我学仙，所以我能够变化无穷啊！本来是这么一个典故，这个典故已经非常凝固了，你不能够有新的用法了，但是这样的一个已经非常凝固的典故，他给了它一个新的用法，就是说在清朝人打过来了，明朝灭亡了以后，没有了那样一种"去家千年今始归"的感觉，没有了亡国遗民，看到沧桑剧变，天地翻覆以后所生出的感慨。"南园诸子感高谊，千金市骨葬婵娟。一人一花送卿去，颇似文帝悼仲宣。"这也是用了典故，仿佛魏文帝悼念王粲。"生既蒙尘怜漂泊，死方伴花得好眠。"这两句对仗对得还不错。"真如洁来还洁去，四季百花为卿妍。"这两句就不好。不好在哪里呢？剿袭。剿袭的意思是，你受前人的影响太重了，没有自己的发挥。我们讲过，五言诗当中连续三个字在一起用，七言诗当中连续四个字前人用过的，你都不能用，更何况这是五个字一起用。"质本洁来还洁去"大家都很熟悉，林黛玉的《葬花吟》里面的。"幽情今日劳想象，美人魂与落花天。"整首就是前半不太好，到后面相对而言补救回来了。尤其是结句，他就扣到了现在。作为一位诗人，他在凭吊，他在想象，他说当年的幽情冷韵只能够供我们想象了，但是在落花的天气当中，尤其可以想象她的风采。所以结句是含蓄不尽的。

　　萧白这首诗就非常好。前面写了个小序，通过写小序，对文言文的语感会有更好的掌握。"明歌者张乔，又名二乔，凤慧，善画兰，诗清绝，为南园诗社女侍，年十九而夭，有《莲香集》。社人彭孟阳等为营身后事，广州名士哀其殇，人致花木，遍植墓地，世称百花冢。"这个序写得也比较雅洁。"花谢花飞年复年"，第一句相对他的整个作品来讲是一个瑕疵，因为"花谢花飞花满天"也是前人的陈句，花谢花飞四个字用在一起是前人用过的，所以我们一定要避免。"梅坳春深三月天。荒冢无人莺争树，荒台寂寂草生烟。"这个开头，就是诗家语，他所有的描绘，全部都是用形象的方式表达出来，这形象的背后，有他的情感在。他不是直接地叙事，不是直接地抒情，也不是直接地议论，而是通过赋的手段表达出来。"烟树迷离时欲暮"，这里面用了一顶针的手法。歌行，要它的意思不断，一个比较好的方法就是用顶针，就是前面一个韵的最后一个字或者最后两个字，它（它们）作为后面一个韵的开头的一个（两个）字，这样就能够咬在一起了。不知道大家有没有听过京剧里很有名的一出戏《二进宫》？《二进宫》里面是李艳妃、徐延昭、杨波三个人唱。唱得最好的，是李艳妃在唱完最后一句的时候，徐延昭跟着她的最后一个字的腔起唱，然后徐延昭唱最后一个字的时候，杨波跟着唱第一个字，这叫咬着唱。艺术往往是相通的，歌行因为篇幅长，为了让读者觉得，它虽然长，但是它不会散，顶针就是很好的手段。"夕阳山外芜城路"，"芜城"这个典故用得欠佳，因为自从有了《芜城赋》以后，我们一讲到"芜城"，它就特指扬州，所以不如改成"三城"。广州它在历史上，原来城区就是分成三大块，所以"三城"就是指广州。更何况这还用了语典，《莲香集》里面有张丽人的墓图，后面有讲坟墓在哪里，"地在三城之北，去花田不百里"，因此用"三城"比用"芜城"好。"城中犹记垂髫时，凤慧从来天所妒"，它很自然，一路下来行云流水。城中扣紧前面的"芜城路"。"前生应是画兰人，笔底烟云未染尘。""前生应是画兰人"这一句不太好，出在"画兰人"上，因为"画兰人"并不是一个特指。《圆圆曲》里面说："前身合是采莲人，门前一片横塘水。""采莲人"是特指的，它指的是西施，所以可以用，但是"画兰人"并没有特指，所以这一句它相对来说就比较失败。"墨花乍凝天香淡，九畹微寒江月昏。"非常漂亮的句子，"九畹"一词是楚辞里面的，屈原讲"滋兰树蕙"，"余既滋兰之九畹兮，又树蕙之百亩"，两个京剧大师"梅兰芳""周信芳"，梅兰芳字畹华，他们的名字都来自《楚辞·离骚》。他要表达张乔画的兰花有氤氲之气，能够给人一种强烈的艺术震撼力，他是运用了通感的手法。你看到的是"墨花乍凝天香淡"，天香就是指兰花，但是你看到它的感受，却是"九畹微寒江月昏"，这是一种通感的修辞手法。"南园社里漫停筝，春风湖上诗初成。"转得也非常好，非常自然，没有斧凿之痕。"愿将千金求一笑，纷纷车马逐倾城。"他要表达的是三城子弟愿以三斛珠挑之，他怎么表达的呢？他说的是"愿将千金求一笑，纷纷车马逐倾城"，倾城也是一个典故，李延年在汉武帝跟前唱歌，说："北方有佳人，绝世而独立。一顾倾人城，再顾倾人国。宁不知倾城与倾国,佳人难再得?"自此以后"倾城"就是指绝代之佳人。"空弦欲拂又沈吟,碧阑干外夜寒深。"这两句他是加倍一层、更进一层去写。"红笺遍写相思调"中"调"用得比较生硬。假如是我写,可能会改成"红笺遍写相思意",这是用了语典"红笺小字,说尽平生意",或者是"红笺遍写相思谱",这样跟"写"字就搭配了。"调"跟"写"不太搭配。"报与彭郎一寸心"中"寸心"他用的是李商隐的语典:"春心莫共花争发,一寸相思一寸灰。"所以"一寸心"指的是相思之心。"彭郎福薄空年少。江月皓皓江波渺。水仙祠下夜潮声,凌波人去春归早。"张乔在水二王庙夜宿,梦见水二王刻期聘之为妃,到了时辰果然得病而死。他怎么表现的?他是用诗化的语言来表现的。而且他是用间接描写的方法,他不直接讲。怎样间接描写的?首先他不说张乔福薄早夭,他说的是"彭郎福薄空年少",说这么好的一个女孩子,彭孟阳竟然没有福分能跟她厮守终生。然后呢,他表达彭孟阳内心的痛苦,也不直接地说,说的是"江月皓皓江波渺"。千江有水千江月,何地无月?天下任何一个江水都会映照着月亮,就正如彭孟阳走到任何一个地方,他都会想起张乔,内心感到痛苦,感到悲怆。下面再说"水仙祠下夜潮声,凌波人去春归早",他不直接地说,而是用婉曲的手法来写,我们讲诗家语就是要婉曲的,不能直接。"十载飘零邯郸道,白头公子愁中老。"因为张乔有一首诗叫《邯郸行》,这也是语典。"借得名山厝香魂,踏遍人间求遗稿。"写的是当时有一位叫苏稚恭的老先生,他把自己家里面的一块好地捐赠出来,作为张乔的墓地。下一句是讲在她去世以后,彭孟阳是怎么样去对待她的,怎么样深情款款。"更绕佳城种梅花,冷香红树霜月斜。""佳城"指的是坟墓。其实种的花不止梅花一种,在《莲香集》当中有一篇《山中捐植记》,谁捐了什么花,捐了多少棵,都有明确的记载,但是因为作者认为梅花跟张乔的气节、跟张乔的性格最相似,所以只选择了梅花。"更绕佳城种梅花",这还是一个普通的句子,你一定要在写到这样的一个普通的句子以后,接着再给它一个更加完备的描摹,这样诗意才能够完全,所以他说"冷香红树霜月斜",这样诗意就完全了。"啼乌夜半惊秋梦,词人日暮漫吁嗟。"这里开始进入诗的主题,在进入主题之前，再写两句承上启下。"我来后卿四百年，《莲香集》里读残篇。流水当年谁知汝，异代相逢一惘然。"讲的是很平淡的事情，但是他写得有行云流水的味道，他有时空的转换，他的诗意、他的神思，就能拓展得开。"百花冢上伯劳飞。青嶂影里环佩归。望里霓裳看不见，梅花树下几徘徊。"整首诗是唐人的写法，就是说他不怎么议论，他不怎么表达自己的感情，他都是通过描写的方法，让读者通过联想，感受到他背后的感情。

好，我们看这一首："百花冢前百花空。冢内丽人一梦中。梅坳不见旧时月，芳魂杳杳恨无穷。"这四句，它是单刀直入，但是它不显得平淡。为什么它不显得平淡呢？就是因为它有第三句来垫了一下，"梅坳不见旧时月"，这就有了今昔对照。"四百年前濠畔街，吴姬名艳小秦淮。南园宴集操觚政，扫眉才情与俗乖。"这是讲她的出身，因为张乔是一个歌妓，当时广东的歌妓都是住在濠畔街，所以徐文长的诗有句云："濠畔往多丽，人居临濠水。"这几句就有点平铺直叙了。"何事红颜多薄命。由来多情总多病。昔时揽镜称二乔，一夕玉殒空余镜。"这里面他也是用了材料，张乔自称二乔，别人说"二乔"是两个人的合称，大乔小乔才能叫"二乔"，你怎么能叫"二乔"呢？她就指着镜子里面的人说："此亦一乔。"但是这个材料裁剪得并不够好。为什么并不够好呢？因为这当中缺乏对照。"昔时揽镜称二乔，一夕玉殒空余镜。"假如说读者没有这样的阅读背景，甚至读者即使有这样的一种阅读背景，他在读到这两句时，也不能直接反映出中间的对照是什么，这就是王国维所讲的"隔"。我们可以有一种更好的处理方法。黎遂球的《张丽人墓志铭》当中说道，"岂甄后凌波，乃符铜雀之谶耶？"你如果从这个角度入手，去写出它的对照来，可能会更加耐人寻味，也更加容易被读者接受。"彭郎高义千古深。生别死别意沉沉。"这两句跟刚才萧白的一比，他就不是诗家语。"遍征时贤怀仙赋，独寄百章恻恻吟。"在说编《莲香集》的事，但是这件事情本身并没有带给你艺术上的感受，因为他只是在陈述。"佳人遗篇存风采。孤韵自怜曾不改。"这是化用张乔的诗："自怜孤韵不投时"。"音尘一绝难更寻，想见明月沉碧海。"最后一句就是诗家语，因为他是用形象，而不是用直接的叙事来表达。"世事尔来几变迁",不如用"沧海尔来几变迁"或者"蓬莱尔来几变迁"。"我今歌罢意茫然。莲香集里人宛在,百花重开是何年。"最后一句就很好,它有形象,有今昔对比,而不是说人们什么时候去再建百花冢,不是说人们什么时候才能认识到百花冢的文化价值,他是用形象语言来表达,这就有诗意了。

  看我们的小朋友写的:"千里孤冢百花深",这一句实际上是受了苏轼的"千里孤坟,何处话凄凉"的影响,其实我们写诗还是要注意事实,实际上深圳离广州绝对没有千里之遥。"疏旷无人雨沉沉",他想说这个地方一片荒芜,只有沉沉的密雨。"蜂游蝶舞残莺啭,袅袅悠悠寻遗音。"大家要注意,我们一般写律诗,要尽量避免句内对,也要尽量避免叠字对,因为这样会让人觉得你的词汇量不足,当然在歌行当中没有这样的一种特别的要求,因为歌行不需要像律诗那么精简。"还忆笑嗔遮薄面,只愿彭郎得一见。"这里面也都是在陈述,他缺乏用比的、兴的方法来表现的思维。"夙愿未了抱憾终",这也完完全全是文章的语言,这是散文的句式,它不是诗的句式,它实现的也是散文的、记叙文的功能,它是应用型的,而不是审美型的。"唯余莲香时隐现",这一句他要表达什么意思呢?《莲香集》之得名,是因为彭孟阳和张乔最早相识于莲香清泛间,为了纪念他们的这段相识,就有了"莲香集"之名,但是因为"莲香"一词有两个意思,一个是莲花的香气,另一个则指《莲香集》,所以这里面就有歧义了。首先,假如说这里指的是莲花的香气,那不一定每一位读者都能够想到"它与当年两个人相识的莲香清泛有关";如果是指莲香集的话,"莲香时隐时现"也不太通。"音尘已绝泣长空","音尘绝"是李白的《忆秦娥》里面的句子。"清绝诗篇入南风",南风是南方的风雅的意思。"何待百花重开日?""何待"是"哪里等到",但是这里面用疑问句,又跟后面的搭不上。"身佩兰芷入梦中",身佩芷兰,大家首先想到的是屈原,不会想到张乔,所以也不贴切。

  再看这一首:"不见小乔秋千下,唯闻丽人百花冢。"我念了一遍,大家什么感觉?一般来说,七言的诗,第一句以入韵为佳,七言诗的第一句入韵,往后才能比较顺。不入韵的情况下最好对仗,因为只要是对仗的句子，它自然而然就会有一种往前走的感觉，古人所谓好的骈体文是"潜气内转"，"气"怎么样往前走？主要是靠对仗，所以要么第一句押韵，要么前两句对仗，这都可以。像这首诗，一念就会觉得它在音节上断了。这两句也不好，因为它没有诗意，尽管作者想通过"不见"和"唯闻"来作对比，但这种对比是没有形象的对比。"玉质天成性高洁，焚香鼓琴红袖捧。"这两句跟前面两句不搭，意思上就断了。"几行清诗吟月下"，既然说到"几行"清诗，肯定是"写"出来的，和"吟"出来的、唱出来的诗，它是两种感觉。你可以说"几句"，但是他觉得"句"可能是太熟了，所以改成"行"，但是"行"与"吟"，搭配就有问题。"一笔画兰舞风前"，他要表达的是张乔善画兰花，兰花仿佛在风前摇曳起舞。但是这会产生歧义，究竟是兰在起舞？还是张乔在起舞？有歧义的句子一定会让读者的精神散掉，因此你要表达的东西就不成功了。"翠眉檀唇两寂寞"，一般说翠眉檀口，不会说檀唇。"斛珠道边车络络"，她要表达"三城子弟以三斛珠挑之"的意思。"青眼离歌望豫章"，"豫章"有两个意思，一就是地名，还有就是美好的木材。这里面他可能指的是地名，因为那时候广东人北上，有两条路走，要么就是往湖南方向走，要么就是往江西方向走。但是这几句都是没有形象的句子，都只是在很干地叙事。"寒凋桃李霜摧柳，香骨埋时年十九。"这两句只表达了一个意思，而且"寒凋桃李霜摧柳"这样的比喻非常平庸。如果要用比喻，就要尽量地用得出奇，但是出奇的比喻读者往往不能一下子明白，你还要加一个解释，就像说："恨君不似江楼月，南北东西，南北东西，只有相逢无别离。"首先"恨君不似江楼月"这个比喻很新奇，大家首先被你给吸引住了，但是又不能理解，这个时候你就要告诉他，因为南北东西的江楼月，只有相逢无别离。然后他又再来一个逆向思维："恨君却似江楼月，暂满还亏，暂满还亏，待得团圆是几时？"上面说了你不像江楼月，现在又说你像江楼月，更加引起读者的兴趣。这个比喻就更加新奇了。他同样要解释，解释之后读者会觉得："哦，果然如此！"他揭露了谜底，因为月亮刚刚圆了，马上它又变得亏缺了，要想你我团圆，不知要到什么时候了。我们写诗的原则是：首先用比喻就要力避平庸，尽量地避免平庸，然后用新奇的比喻，一定要给它以解释，这样诗意才能完整。"涕叹倾城曲复终"，"涕叹"这个词是生造的。"余姿如烟群芳守，竹斑莲集今犹在。"他这儿用了"湘妃竹"的典故。但是"竹斑莲集今犹在"，"竹斑"和"莲集"、"今犹在"之间，它是并不能形成对照的关系，所以这一句它也很无谓、很没有意义。"人比蜉蝣岁月稀"，这同样也是一个数字化的比较，没有诗意。"古来红颜天亦妒"，这一句是特别平庸的句子，因为已经是无数人在任何一种文体当中，都表达过无数遍的，极其陈腐的语言。最后一句"无言过客欲沾衣"也很平，因为同样的意思也无数的人表达过了。文学一定要尽量地避免陈腐。

来看这一首："白云在山梅在坳，山坳何地葬二乔。"开头他非常有匠心，首先用一种起兴的方法，然后再以疑问句的方式来引人入胜，就像电影中远远推过来一个长镜头。但是下面两句没有能接得上："母本江南艳倡人，女生岭南天艳更。"天艳更是更天艳的倒装，这里倒装是为了凑韵。我们在诗当中用倒装的目的，是为了让语言更加的峭拔，更加的矫健。如果说只是为了凑韵而倒装，这样就不好。"幼读诗书爱雀台，自号二乔笑对镜。"这两句是凑上去的，张乔是因为爱读"铜雀春深锁二乔"这首诗，所以自号"二乔"，她并不是爱铜雀台这个牢笼，她爱的是自由。"大乔小乔多颜色，不及高洁张丽人。"这个同样是一种数理化的比较。"孙郎周郎长权计"，这也是文章的语言，他说的是孙郎周郎长于权谋诡计，"权谋诡计"也不能说成为"权计"，这是生造的词汇。"争如清淡一纶巾"，"清淡"不如用"寒淡"，因为张乔诗有"不如寒淡嫁书生"，用"寒淡"就有语典，用清淡就没有语典。"三城纨绔珠三斛，难赢倾城三声笑"，"斛"是一个入声字，它不入韵，而在这儿，因为是七言歌行，第一句入韵才能领得起下面，如果不入韵，这里面的音韵意思又断了。"名仕南园集浮觞"，"浮觞"这是用的"兰亭序"的典故。"丽人东道和高调"，"东道"是指买单的人，我想张乔当时是有出场费的，她不会去买单。"小顿不顾金夫助，济险多谢彭孟阳。"这两句也同样是平淡的叙述。上一句是说张丽人喜欢赌博，每次输了她也无所谓，决不肯让有钱人占据她的芳心，但是这里面缺乏上下文，所以就没能让人明白你的意思。"相得最欢一知己"，"相得最欢"这四个字与原来的《墓志铭》里面的原话一样，四个字连在一起就是成语了，不能用。"为赋携游寻梅香"，他是讲张乔曾经和彭孟阳一起去游玩赏梅，写了一首五绝"爱此孤根好"，但是这里面就有问题了。我们刚刚讲到，在歌行当中，尽量不要像律诗当中的中间两联一样去用复杂的句子，用复杂的句子风格就显得生硬了。"沦茗劈笺佳期速，孤琴独吟清夜长。"用的是《张丽人墓志铭》中"往往夜深人静，欣然而弄"，"沦茗劈笺"讲张乔到彭孟阳家里去干家务。"可怜逡巡言未成，不意小别竟永久。""小别竟永久"，没有形象，它的语言是平的，不够有波澜。"丽人东洲赴赛神，公子南园失迎妇。楚王翻疑入梦来，催为王妃聘币厚。"这里用典用得不够贴切，"楚王翻疑入梦来"，楚王之梦，是云雨巫山，有情之人相会之梦，它用在这里就不贴切了。"想是瑶池浮舫勤"，因为本诗的前面已经有"名仕南园集浮舫"了，所以这里再用"浮舫"就有点重复了。诗中的词语不是不能重复，假如遇到刚才那种顶针的句法，它就可以重复，或者说它为了照应前文而特意地重复，但这里面的重复是没有意义的，要尽量避免。"请将九天侍西母"，一般来说"侍王母"，"西王母"可以简称为"王母"，一般不会简称为"西母"，有时候称之为"金母"，因为西方属金。"从此南园少红袖，莲香渐消花渐凋。"同样的，如果"从此"这一句入韵会更好。"白云山下梅花坳，百花深处隐二乔。"结句也比较有匠心，它正好和开头的两句遥相呼应，相当于最后两句回答了"山坳何地葬二乔"的问题。这首诗整体结构没有问题，但是语言还需要锤炼。

来看这一位社外友人的作品："番禺闻有百花冢。丘中不醒丽人梦。"词的押韵和古风的押韵是不一样的，古风押韵不能去声字和上声字通押，在词里面就可以，古风里面原则上是不可以的，所以这两句念起来的感觉非常别扭。当然这两句也不好，同样是因为它没有形象。"丽人身世本妓家"，"妓"还不如叫"乐"，因为她们被称为"乐户"。"才色冠绝动海涯。质洁每以傲公侯，兰室每与士林游。"他的用韵比较乱，一般来说这种长篇的歌行，是四句一换韵，中间也可以六句一换韵，而这首诗开头先来一个两句一换韵，再来一个两句一换韵,所以韵就用得比较破碎,使得他的整首诗的诗意也比较破碎。"适时明季国步骞",这是纯粹理性的叙述,不带任何感情的叙述,缺乏诗意,也没有任何形象。"中原辽北烽火稠",这同样是没有任何诗意的记叙。"天不假年二九死,哀彻肠断彭家子。"他全是在叙事,这中间见不出情感。"士女携花积香丘,百花名洗珠江水。今世陵夷无觅处,丰神遗落诗文里。"都是在叙述,完全没有诗意,而且是平铺直叙,没有诗应该有的纵横捭阖,跌宕起伏。"女中亦有真豪杰,感激同游国士节。八旗虎吞南中国,黎陈孤忠赴义烈。"这里面实际上是多了一个韵,"国"字也入了韵。"柳顾惜嫁从贰臣,粤月明过秦淮月。"他讲的是柳如是和顾横波。如果"柳顾"这一句也押韵,这样最后就像上一堂课我们讲到的李绣子的诗,他的一首歌行体作品,最后一段句句押韵,用上柏梁体的风格。但是你这样就不好,前面四句和后面的两句,实际上它本该要六句一换韵,但这中间它多出一个韵来,就成了赘疣。"粤月明过秦淮月"这一句,我们且不说它的意思不够好,同样也是一种功利化的比较、数理上的比较,念起来都会发现有问题。"粤月明过秦淮月",前面两个字是完全同音的。诗,首先是声音的艺术,所以古人谓之为"心声",字是笔画的艺术,所以古人称之为"心画",一首诗完成了,你先念一遍,看看它在音节上有没有问题,所以杜甫才说"新诗改罢自长吟"。

这是我的《百花冢行》,主要是给大家看一看,第一是怎么样用语典,第二是怎样在描写的句子以外有一些议论,这种议论是怎样去表达出来的,也就是说怎样在你的诗当中来展现你的思想。"明歌者二乔张丽人,能诗词,善画兰竹,为南园诗社女侍,夜梦水二王刻期聘为妃,年十九而夭。弘光元年闰六月丙午之吉,友人彭孟阳等为营窀穸,黎遂球撰墓铭。广州名士人致花一本,环植墓前。复辑丽人《莲香诗》为一集,诸名士伤悼之《怀仙志》、彭孟阳自作《恻恻吟》百绝附后。土名小梅坳,在三城以北,去花田不百里,号百花冢云。"这是小序。"梅坳春归开山栀",首先我也是通过起兴的方法来起,"开山栀"用语典。乾隆年间有一个叫陈于吼的人,写了"可是同心能不死,冢头春雨放山栀"。"梅坳春去山鸟啼"中的

"山鸟啼"也是有语典的,彭孟阳的《小怀仙》:"檀板拍残山鸟怨,画衣熏散野花香。"这两句是起兴。下面是赋,也就是叙事了。"剔藓来认稳心字","稳心"是彭孟阳的号,他的号是"稳心道人"。目前百花冢已经没有了,只找到冢前的一块大石头,叫"妆台石",上面写了"稳心"和"百花冢"几个字。石上的"稳心""护花惜福,掬水思源",是彭孟阳写的。"不觉铅泪溅春泥",直接抒情。"忆昔风兰善画人",这也是用语典:"挥洒闲窗得几朝,风兰湘竹一时描。"彭梦阳的《恻恻吟》中的句子。"楚骚着笔意入神",这也是用了语典,在《莲香集》之外,张乔有一首佚诗,是写在一幅扇面上的,这首佚诗里面写道:"盈盈秋水写潇湘,欲把闲情寄澹妆。谢却离骚怨公子,云边分得可人香。""百尺潮头放高咏",指她的诗句"春雨潮头百尺高"。"侠艳幽馥何清新",为什么说她侠艳呢?因为陈上善的《张丽人纪略》里面说,"丽人生有天艳,好古侠女传,读情艳诗句,掩抑弗胜",所以称之为"侠艳"。为什么说她的诗句有"幽馥"呢?因为梁鈝的《重刻莲香集序》里面说"夫二乔,一薄命女子,乃以幽情冷韵,厕席词坛",所以说"侠艳幽馥何清新"。我们要无一字无来处。"媚珠名花想渊丛",这句话用的是黎遂球的《张丽人墓志铭》里面的话:"于时文酒之会,则乔必在,脱珥佐觞,张灯拂席。三城词坛,遂为名花之丛,媚珠之渊,避鹡獭乎。"所以叫"媚珠名花想渊丛",实际上是一个倒装的句子,想的是媚珠之渊,名花之丛。"几度弄操月明中","操"是指琴操,"琴曲"谓之为"操"。黎遂球《歌者张丽人墓志铭》里面说,"雅善鼓琴,往往人静夜长,忻然而弄",所以用了这样的一个典故。"一时名辈等盟社",首先黎遂球在《莲香集》的题辞里面署名,自称是"年家盟社弟",其次南园诗社的诗人们也是把张乔当作同一个诗社的女诗人来看待,没有一位诗人只把她看成是青楼的歌妓,而是把她看成是跟自己一样有平等人格的诗人。"昭芬文辞吐霓虹",她就像班昭,就像左芬,文辞如霓虹之吐。"岂知尤物天所妒,百两御向波中路。"其中"岂知尤物天所妒"也跟刚才那句"红颜天妒"是一样的,是很平淡的没有什么特色的句子。但是下面就要用一个比较矫健的句子来救它,于是就有了"百两御向波中路"。

《诗经》里有"百两御之","御"实际上是通"迎迓"之"迓"。"犹将意气感彭黎,剑花簇芒光无数。"张乔虽然去世了,但是她有高洁的情怀,她感动了黎遂球,感动了彭孟阳,使得他们去跟清兵打仗。黎遂球壮烈牺牲了,彭孟阳失败以后去做了遗民,而且在《莲香集》的题词里面,黎遂球就讲,说我们当年一起在青楼玩耍,但是现在,因为我们都是深情之人,当国家需要我们的时候,我们都要挺身而出,像张乔这样的人,她不是让我们意志消沉,反而激励了我们,去跟清兵作斗争。这里用的是这样的故事。"诗人热恨噀长天",《莲香集》题词里面讲"彭子一片热恨,已足为君父用","噀"就是"喷"。"忠臣漆血染木棉",如果有细心的学员,可能发现这里面我改过一个字,我本来叫"忠臣苦血染木棉",因为我当时想到的是黎遂球的《绝命词》:"壮夫血如漆,气热吞九边。大地吹胡沙,白骨为尘埃。鬼伯舐复厌,心苦肉不甜。"我首先想到"心苦肉不甜",所以写的是"苦血",但后来想到毕竟原文是"丈夫血如漆",所以我要用他的原句,这样才能更加准确地表达语典,因此我把"苦血"改成"漆血"。"亦有倾城胭脂泪,沁向怀仙恻恻篇。"这里用的梁佑逴的《莲香集序》里面的句子,他说:"落花如雨泪胭脂,销不过、几行玉筯。""玉筯"就是眼泪。但实际上"落花如雨泪胭脂"这一句本身不是梁佑逴的话,这一句是唐代诗人沈亚之的话,是沈亚之的《梦游秦宫诗》里面的句子,它们是祖典和父典的关系。"亦有倾城胭脂泪,沁向怀仙恻恻篇"这两句的意思,刚才好几个社员都表达过了,但是我是用形象的方法把它表达出来,就是说我们看到的《怀仙志》《恻恻吟》,都是"倾城胭脂泪"凝积而成,这样就有诗意了。"当日残碑镌弘光",百花冢前曾有墓碑,是弘光元年(1645年)所立。"麇土一坏阅兴亡","麇土"也是有语典的,出自唐代诗人皮日休的《馆娃宫怀古》:"艳骨已成兰麇土。"坏(pī),不是"壞"。"百花尽锄佳城堕",本来百花冢是一个特别美好的广东名胜,但是20世纪60年代的时候它被毁掉了,所有的花都没有了,坟墓也没有了。"人间无觅锁骨香","锁骨"是"锁骨菩萨"。说是有一个女子,她在世的时候非常风流,她死后,大家都瞧不起她,把她安葬在城外面的沙地里。后来有一个西方来的高僧，经过其地，向她下拜。别人都说，这是一个淫娃荡妇，你怎么向她下拜呢？他说，你们不懂，她是锁骨菩萨的化身，不信你们把她挖出来看，她所有的骨头都像锁链一样一环一环地扣在一起的。后来大家一看果然是这样。吴文英的词里面有："金沙锁骨连环。"在《恻恻吟》里面也有："西来锁骨幻婵娟，度尽烟花上碧天。"用的就是这样的一个典故。"四百年间吊此豸"，"此豸"实际上就是"婵娟"，它出自《西京赋》。"我来漠漠心情异"，我和别人的心情是不一样的，为什么呢？这个时候才是主题思想："不见天汉旧官仪。"虽然大家喊了老半天要振兴传统文化，但是究竟有多少个人真心地去热爱它呢？就连我们广东历史上最重要的一个文化古迹，居然都没有人去重修。"不闻粤讴心上事"，因为叶恭绰、王心帆都作过关于百花冢的粤曲，有一个唱粤曲的名演员，叫"小明星"，她演唱过王心帆作词的《恻恻吟》粤曲。小明星已经去世很多年了，所以我说"不闻粤讴心上事"。"惟有断石饱斜阳，万人海中独如醉。"现在百花冢前只剩下这一块妆台石，阅尽残阳。本来我的原作是这么写的："麝土一坏对斜阳""惟有断石饱兴亡"。为什么要改成现在的样子，改得好不好，大家可以自行感受一下。

接着我们再来看看古人的作品。这是清代一位诗人陈文述的作品，他是浙江人。《百花冢歌》："前明南海名姬张乔，梦海神聘为妇，越三日卒。葬之白云梅坳，粤中诗人各于坟前种花一树，名曰百花冢。顾君渚香书来乞诗，为赋一首。"请看他的开头是何等的漂亮，我们也是用起兴的方法来开头，但是他是兴中有比。什么叫作"兴中有比"，大家感受一下："罗浮胡蝶飞彩霞，美人坟上开百花。花光都作美人艳，压倒南汉宫人斜。"广东有一个名胜叫作"素馨斜"，是说南汉的时候，宫中有一位妃子，小名叫"素馨"，当时南汉王刘䶮，宠爱一个波斯进贡来的洋妞，号称"媚猪"，冷落了素馨，素馨就郁郁而终，埋葬在一块斜坡之上，那个地方长满了素馨花，称为"素馨斜"。陈文述首先是用写景来起兴，但是他兴中又有比，比又不止比一样，一个是"花光都作美人艳"，用"花光"来比喻"美人"，一个是"压倒南汉宫人斜"，百花冢的文化价值胜过了素馨斜。这就是绝顶高手的起笔。"水精宫阙娇歌舞，雾鬓风鬟渺何许。""雾鬟风鬓"是用了语典,用的是《柳毅传》里龙女出场,"风鬟雾鬓"。"蜃楼深贮如花人,羞煞珊瑚万龙女。""蜃楼"就是蜃气变幻成的楼阁,他要表达张乔的美,他怎么比呢?他说,那些以珊瑚为饰品的龙女,上万个龙女,六宫粉黛都无颜色。"埋香瘗玉梅花坳"这句不太好,因为埋香和瘗玉是一个意思,而且是一个成语,出自吴文英的《莺啼序》里的"瘗玉埋香",这是前人已经用过的成语。"白云缥缈如轻绡。冻蛟寒立彩鸾下,五铢衣薄风飘飘。"他在想象张乔魂魄归来的样子。"一树名花诗一首,寒食年年一杯酒。"他也是在记述当时名士种花营葬,但是他就有诗意,因为他是用形象的方式、用故事的方式表达出来。"问到秾芳忆玉颜,万花无语都低首。"这两句多么漂亮!说诗人在悼念她的时候,看到了这些花,想到了她当年的美艳,可是连花都感到悲怆,为张乔少年早逝而感到悲怆。"小青香冢柳娘坟",小青指冯小青,柳娘指柳如是。"几处香泥葬画裙",拿她跟另外的有名的女子相比,而且都是薄命女子相比。"极目南天最愁绝,招魂岂独为朝云。"到最后点题时,又让意思更深一层,说我往南边望去,为这样一位值得我们缅怀的女子而愁怀欲绝。难道广东只有苏轼的那位爱妾朝云值得我们凭吊吗?现在又有了可以跟朝云相提并论的不朽女子,那就是张乔。

我们最后再看看一首现当代的作品,1963 年许菊初先生所写的《白云山吊张二乔墓》。当时香港有一位武林高手,也是一位诗人,叫吴肇锺,他在 1963 年发起了"遥祭百花坟"的活动,香港的诗友,没法回广州来,所以就遥祭百花坟。其他人写的基本上都是七律。许菊初写了一首歌行:"梅坳一冢百花绕,中有佳人长悄悄。曾闻当日盛才华,画笔诗怀能夭矫。只怜福慧不双修,掷入风尘难自了。南园名士宴游频,置酒征歌坐苏小。"他用"苏小"来代张乔,这是"借代"的修辞手法。苏小是指南北朝时候的名妓苏小小。"画屏剪烛缋秋光,暖阁催诗忘春晓。一朝雷雨洗山川,树覆巢倾飞小鸟。"你看他要表达叙事的时候,他都是用形象的方法表达出来的。"云山寂寞珠海深,几处楼台换池沼。"广州以前一直到清代的时候,它还是靠海的,后来因为珠江水带着泥沙,沉积成陆,海越来越往南了,所以广州城就不靠海了,广州人原来被叫作"珠儿珠女"，江叫珠江，海叫珠海，并不是今天的珠海市。他讲的是时光变迁，但他不说过了多少年，而是说"几处楼台换池沼"。"剩稿莲香寄素心，故国衣冠认鳞爪。"他讲《莲香集》中留名的那些遗民，我们怎样感受到他们的故国衣冠呢？通过《莲香集》里悼念张乔的诗句可以看到。"君不见红粉能诗古正多，身后垂名一何少。"这是宕开一笔来写，看起来跟前面完全没有关系，叫宕开一笔写，这样反使诗意更加广阔。"斯人得天亦厚哉，三百年来犹表表。"他这样又把意思给拉回来了。前面讲张乔"只怜福慧不双修，掷入风尘难自了"，讲她"树覆巢倾飞小鸟"，但这个时候他说，虽然她去世得早，但上天对她也算是非常厚待了。为什么呢？因为三百年来她的名气是比其他能诗的女子要好得多了。

现在揭开今天的谜底，为什么我们要先讲上一节课的社课内容，最后才来讲七绝的问题？这是因为下面这段话。

清代的诗论家吴乔在《围炉诗话》里面说，"七绝与七古可相收放"，就是你把七古精简到极致就是七绝，你把七绝加以铺陈放大，就是七古。当然，这里面七古主要是指七言歌行。"如骆宾王《帝京篇》"——这里吴乔的话是说错了，实际上应该是《畴昔篇》——"李峤的《汾阴行》，王泠然的《河边枯柳》，本意在末四句，前文乃铺叙耳。"本意就是中心思想。前面写了那么一大段，只不过是为了最后的四句作铺叙。"只取末四句，便成七绝。七绝之起承转合，衍其意可作七古，七古亦可收作七绝。"尽管我们现在写诗，五绝、七绝很多是要按照近体诗的格律来写，但实际上他们有不同的起源，五言绝句起源于五言古风，最短的五言古风就是五绝；七言绝句起源于七言歌行，最短的七言歌行就是七绝。所以有时候我们会看到五言诗、七言诗都有不符合近体诗格律的要求，因为它们有跟律诗不一样的起源。

我们看看《畴昔篇》的最后四句："舜泽尧曦方有极，谗言巧佞觉无穷。谁能局蹐依三辅，会就商山访四翁。"商山四皓是秦代末年归隐于商山的四位老人。汉高祖曾经想把自己的太子刘盈给废掉，后来就有人帮吕后出了个主意，让太子去拜商山四皓为师，刘邦一看就说，儿子羽翼已成，所以就没有把他给废掉。

《汾阴行》其实主要想表达的是最后四句的意思，但是它前面写了好几十句。《汾阴行》的最后四句："山川满目泪沾衣。富贵荣华能几时。不见即今汾水上，唯有年年秋雁飞。"这四句单拿出来就是一首很好的绝句，但是它是在一篇长歌的七言歌行里面的末四句。

《河边枯柳》，本名又叫《汴河柳》，最后四句："凉风八月露为霜，日夜孤舟入帝乡。河畔时时闻木落，客中无不泪沾裳。""露为霜"是《诗经》里面的陈句化过来的，白露为霜。三个字连在一起在七言当中是可以用的，所以没有问题。它也是一首非常好的七言绝句。

我们还可以举很多的例子，比如卢照邻的《长安古意》："寂寂寥寥扬子居。年年岁岁一床书。独有南山桂花发，飞来飞去袭人裾。"单独拿出来就是一首非常好的七绝，但它前面有非常多的铺叙。

七绝，按照我老师陈沚斋先生的说法，是"真诗人之体"，你是不是真正的诗人，就看你能不能写好七绝。比如萧白，他就是一个写七绝写得非常好的真诗人。我老师说七绝是一个真诗人之体，很多有学问的人，可以写好五言古风，可以写好七言长篇，但是写这二十八个字就写得不行。反而是一些没什么文化的人，山间野夫之流，他信口而道的东西，名人魁士往往不能道出。其他的诗体可以靠学养，但七绝主要靠你本身的诗性。

七绝第一靠什么呢？我的另一位老师，我在清华的老师，著名新诗研究权威学者蓝棣之先生，他说诗人的天赋90%以上在于比喻。就是你总是能够想出特别有诗意的、有诗性的比喻，这是天赋，这是教不了的。我们能教的是它的篇章上的法度，你怎么样尽量运用时空变换的手段来实现诗意。

邵祖平先生是民国时候的一位大诗人，他曾因《培风楼诗》拿过民国时期教育部的一等奖。

邵祖平先生说，七绝的四句，第一句叫做起句，第二句叫做承句，第三句叫做垫句，我们一般的想法是，第三句叫做转句，但是他说第三句叫垫句，第四句叫结句。这个"垫"，我认为用得特别好，因为第三句它不但有承上启下的转的作用，它还有把诗意给补充完整，垫上一步的作用。就是说第三句给你垫一下，然后第四句就能跳得更高。他的这个说法非常准确到位。

邵祖平先生说："愚按七绝篇法，最要为有大篇气象，而大篇气象者，平取之不易得，宜翻腾转折，如霜隼之击空，狂鲸之撇海，始为得之。"他用的是非常文学化的比喻的语言，如果我们用白话来讲，其实就是说，你的时空不能局限在一个非常小的范畴之内，你要有一个更加广阔的、跳跃的时空观念。"盛唐七绝，以太白、龙标、王之涣三家最为杰出"，"龙标"就是王昌龄。王昌龄当时就七绝写得特别好，因为唐朝人最认七绝写得好的，而杜甫一生写得最不好的就是七绝，所以杜甫在他活着的时候没什么名气，只是后来的人崇尚学问，杜甫的五言古风、七言古风、五言排律、七言律诗写得特别好，所以他的地位才越来越高。在盛唐时，大家最崇拜的就是七绝写得好的人，以至于王昌龄自称为"诗天子"，就是诗人当中的皇帝。"如太白《送孟浩然之广陵》云：'故人西辞黄鹤楼。烟花三月下扬州。'则东西千余里，收在两句中。不待浩然之踪迹到广陵，而太白之神已先至之。"这种跌宕，这种跳跃！"此所谓乘飙御风不以疾，句所未到气先吞也。更云'孤帆远影碧空尽，惟见长江天际流'，则笔之斡运，直从地面说到天上。志纬六合，气满两间矣。此种境界，惟独为胸襟阔异之伟大诗人所摄取。太白之前，未尝有法，太白之后，人尽得师矣。"我们从小都读过这首诗，但是我们的老师一定不会像邵祖平先生给你指出来它究竟好在哪里。邵先生说这首诗好在哪里呢？前面说的是武昌到扬州，虽然很遥远的空间，然而只是地面的空间，但是说到天上"孤帆远影碧空尽，惟见长江天际流"，时空就更阔大了。还有邵先生没有说出来的：长江之水流不尽，便如我对你的思念。更如"桂殿长愁不记春。黄金四屋起秋尘。夜悬明镜青天上，独照长门宫里人。"从上说到下。"夜悬明镜青天上"，这是说月亮悬在天上，但说到下面"独照长门宫里人"，这就是时空的转换，由上而下，诗意就出来了。"峨眉山月半轮秋，影入平羌江水流。""天回北斗挂西楼，落月低轩窥烛尽。"也是从上说到下。邵祖平先生就举了这三联，但是我们不妨来看看这三联所在的全诗——

"峨眉山月半轮秋。影入平羌江水流。"这是月亮的空间变换，由天上，它的影子落到了平羌江水当中去。接着是月亮的行程的变换："夜发清溪向三峡"。再下面是情感随着月亮的行程而变换："思君不见下渝州。"你看看，他是步步腾挪。

我们再看这一首。"天回北斗挂西楼"，由天上到西楼上，这是视觉的转换，由上到下。下面空间转换，到了一个屋子里："金屋无人萤火流"。再接着，由上而下："月光欲到长门殿"。最后是情感的抒发："别作深宫一段愁。"月光到了长门殿，它像什么呢？它像的是长门宫中被幽囚的冷宫女子的内心。这是一个暗喻。

"白马金羁辽海东"，是想象之词，在想象之中的空间，在辽海之东。"罗帷绣被卧春风"，到了罗帷绣被之中。前面是丈夫在边关打仗，这是妻子在深闺中的思念。然后再由上而下："落月低轩窥烛尽"。再由外而内："飞花入户笑床空。"写的是一个空床独守的女子。

邵先生说："'向余东指海云生'是由近说到远。'孤帆一片日边来'是由远说到近。'宫女如花满春殿，只今惟有鹧鸪飞。'从数千年说到眼前。"我们也不妨来看一看这三首全诗。

"横江馆前津吏迎。向余东指海云生。""横江馆前津吏迎"是眼前之事，这是近的，然后他不满足于眼前。馆吏告诉作者：你望东边看，看海云要起来了。"向余东指海云生"，由近而远。"郎今欲渡缘何事"，又回到了近前，你为什么现在要渡水呢？"如此风波不可行"，这写的是情感。这么大的风波你都要走，你为什么要渡呢？因为你肯定是有不得不走的思虑。

"天门中断楚江开"，远景。"碧水东流至此回"，由远而近。"两岸青山相对出"，这是近。"孤帆一片日边来"，又是远。

"越王句践破吴归。义士还家尽锦衣。"这是想象千年以上的事情。"宫女如花满春殿"，这也是当年的景象。最后一句马上回到千年以下："只今惟有鹧鸪飞。"现在只有鹧鸪飞，没有宫殿，更没有如花的女子。你会想到的是历史无情，当年再大的功业都消失了。只剩下什么是永久的？只剩下文学是永久的。王国维讲过一句话："生百大政治家，不如生一大文学家。"因为政治家的功业很快就被人毁灭掉，只有文学家的功业千载万载永远都毁灭不掉。

"太白七绝，神锋开合，飞动无匹，其谋篇之不可端倪者，类如是也。"这几句是邵祖平先生的总结。讲完了正例，还要讲反例。哪些句子很好，但是就因为不懂得这种时空的转换，从而整个作品不够大气，不能到一百分呢？比如说温庭筠的"槿篱芳杜近樵家。垄麦青青一径斜。寂寞游人寒食后，夜来风雨送梨花"。司空图的"故国春归未有涯。小栏高槛别人家。五更惆怅回孤枕，犹自残灯照落花"。他说这些句子不是不好，但是你看他写"寒食""风雨""梨花""残灯""落花"，都是眼前能看得到的，随手可拾，神不远，思不开，神思不能宕开。他说最差的就是被无数人骂过的秦少游秦观的诗："一夕轻雷落万丝。霁光浮瓦碧差差。有情芍药含春泪，无力蔷薇卧晓枝。"他用的意象都特别细小琐碎，他的时空也非常凝滞，不出于庭户之内，不懂得时空变换的篇法。

下面这些比较有名的好的作品，无一例外，都一定是有时空变换的。

张敬忠的这首《边词》："五原春色旧来迟。二月垂杨未挂丝。"近说，讲的是眼前。"即今河畔冰开日"，讲的是过了二月了，时间已有变化了，五原河畔，冰开之日是什么时候呢？地点也变了："正是长安花落时。"由于有了时空的变换，所以你知道了以下的几点显而易见的真相：第一，张敬忠他在怀念长安；第二，他是通过长安和五原边关地区的气温的对比及时间先后的对比来表现边塞之苦。有了对比，诗意就出来了。

王维的《送沈子福之江东》："杨柳渡头行客稀。罟师荡桨向临圻。""罟师"就是摇桨的人，船夫。"惟有相思似春色，江南江北送君归。"我们看看第一句的空间在哪里——"杨柳渡头"，第二句的空间，马上就由眼前到"临圻"，肯定就有一段距离了。下面是他的想象，江南江北所有的眼前所见的地方，思虑所能到的地方，都是一片春色，而这片春色是哪来的？是因我对你的相思而来。第三句垫句，垫得非常漂亮，特别的好。他的空间转换是什么？由点——杨柳渡头是一个点，到线——罟师荡桨向临圻，渡头到临圻，这是一条线，再到面——江南江北就是一个平面了。

我们再来看看王之涣的《凉州词》："黄河远上白云间"，这是由近到远，由下说到上。"一片孤城万仞山"，讲的是远，但他有对照，一片孤城与万仞山的对照，这是空间上的对照。下面是"羌笛何须怨杨柳"，这句垫得也特别好。"春风不度玉门关"，这个时候它完成了视角的变换。开头两句"黄河远上白云间，一片孤城万仞山"是人的视角，到了"春风不度玉门关"，是春风的视角了，春风都不愿意去度过玉门关，不愿意到这个空间以外去，仿佛空间在玉门关这里就给你挡住了。但实现这样的意思，它需要有一个垫，用"羌笛何须怨杨柳"来垫。为什么它能垫得住呢？本身《折杨柳》是一支笛曲，表达的是春天送别的离思，第三句的意思是，不要唱《折杨柳》这首送别的曲子，送别人去玉门关，为什么呢？因为连春风都不愿意去。所以他垫得就非常的自然。

我们再来看岑参（cān）的《山房春事》："梁园日暮乱飞鸦。极目萧条三两家。庭树不知人去尽，春来还发旧时花。"首先由近及远，梁园是近的，日暮乱飞鸦是远的，极目萧条三两家是远的。这是空间上的变换。然后下面是时空上的变换，首先空间转到了"庭树"，由远及近。再有是时间的变换，春天来了，还发旧时花。他有第三句的垫，"庭树不知人去尽"，意即不管你有人也好，没有人也好，它都一样地开花。他这样一垫，就把寂寞之意表现得更加深刻，萧条之感表现得更加明显。

钱起的《归雁》："潇湘何事等闲回。水碧沙明两岸苔。"这两句是逆起。什么是逆起呢？第二句实际是从意思上该在前面，应该是"水碧沙明两岸苔，潇湘何事等闲回"，意为潇湘这个地方，水碧沙明，水特别地清澈，沙也很干净，两岸长满了莓苔可以供它吃，它为什么等闲地飞回来了呢？这叫逆起。这也是有空间的，这是远远的想象中的潇湘。下面揭露答案了，它何事等闲回呢？因为"二十五弦弹夜月，不胜清怨却飞来"。因为湘灵用二十五弦的瑟，弹奏着非常凄清的乐曲，它忍受不了凄怨，受不了怨曲当中所传递出来的悲伤，所以它飞回北方来了。

柳宗元的《酬曹侍御过象县见寄》。清末严复在翻译 liberty 这个词的时候，在中国怎么也找不到跟它相对应的词，想了半天，后

第十四章 时空变换与诗意的发生——绝句写作的结构技巧

来想起这首诗来了，于是就叫自由。"破额山前碧玉流。骚人遥驻木兰舟。""破额山前碧玉流"是他的想象之词，远的，"骚人遥驻木兰舟"是远远的空间中的一个点。下面两句都特别好："春风无限潇湘意"，由远而及远，他从广西象县想到了潇湘；"欲采蘋花不自由"，如此大的空间，我们这些被贬职的臣子却没有在江湖上放任的自由。

刘禹锡的这首千古绝唱："山围故国周遭在"，眼前景。"潮打空城寂寞回"，也是眼前景。由眼前及远——"淮水东边"，这是远景，"旧时月"这是天上。"夜深还过女墙来"，时间上的变换是夜深了，空间上的变化是由远而近，由天上而到了人间，过了女墙而来。女墙指城墙上的箭垛。

李商隐的《嫦娥》："云母屏风烛影深。长河渐落晓星沉。"云母、屏风、烛影，从屋宇之中的景象，马上拉到特别远的天上，"长河渐落晓星沉"。要有这样的一种思绪，你才是大家。下面再想象："嫦娥应悔偷灵药"。最后还是辽阔的景象，辽阔的、无边无际的空间："碧海青天"，天上地下。时间上"夜夜心"，永恒的时间。你说她在寂寞吗？她在悔恨吗？天上地下、无穷无尽的时间当中，她永远在悔恨。

韦庄的《台城》："江雨霏霏江草齐"，眼前景。"六朝如梦鸟空啼"，由眼前的、实在的景象转换为一种空灵的、虚空的景象。"无情最是台城柳"，眼前景，这是一个点。"依然烟笼十里堤"，这是一个面。

苏轼的《澄迈驿通潮阁》："余生欲老海南村"，海南村是一个很小的空间。"帝遣巫阳招我魂"，上帝派了一个叫"阳"的女巫来招我的魂魄了，这一下子就由天上来到地下。再写远景，"杳杳天低鹘没处"，虽然是远景，但是他是由一个无边无尽的，一个面的远景，再收缩成"鹘没处"这一个点来。"青山一发是中原"，再由点扩展到一条线。

南宋末年的遗民诗歌，谢枋得的《武夷山中》："十年无梦得还家。独立青峰野水涯。"这是眼前景。"天地寂寥"无边无际的天地之间，"天地寂寥山雨歇"由远到近。"几生修得到梅花"，最后这个空间压缩成一株梅花，一个点。

龚自珍的："罡风力大簸春魂"，这是天上景。"虎豹沉沉卧九阍"，虎豹在天宫的门前在看守。下面的空间变换："终是落花心绪好，平生默感玉皇恩。"由天上写到了地上的落花，最后再扣起前面的"虎豹沉沉卧九阍"——尽管我没有办法把我对朝廷政治的见解向皇帝倾诉，但是我终究没有对皇帝有任何怨恨。

梁启超的《太平洋遇雨》："一雨纵横亘二洲"，美洲和亚洲之间横亘着太平洋，他想的是，在太平洋看到的雨，是横亘于二洲之间，这种气魄何等阔大！"浪淘天地入东流"，整个天地都被太平洋的波浪淘洗去了。"却馀人物淘难尽"，太平洋上的波浪可以把天地都淘走了，淘不尽英雄，他反用"滚滚长江东逝水，浪花淘尽英雄"。"又挟风雷作远游"，这是一个注定要进入历史的人，所以他才能够写得出这样伟大的作品。

第十五章
七言绝句写作技巧（二）

嘉宾：沈金浩

时间：2018 年 12 月 22 日 19:00—21:00

沈金浩

大家好，今天讲七言绝句写作技巧之二。绝句相对来说字少，完成相对来说比较容易一些，所以应该说是学员们最常用的一种诗体，因此上次我讲过一次，今天再来讲一次。上次是讲了一些唐人的绝句，今天我们除了唐人的以外，其他朝代的也要讲讲。

今天讲的几方面内容都跟绝句的写作有关，当然同时也跟欣赏有关系，这两者互为表里。会欣赏往往写作时也懂得注意一些细节，会写，有写的体会，欣赏也会更到位，这是"一体两面"。

我讲几个方面，这几个方面不一定就是按一个标准去进行分类，但是都是绝句写作中必须注意和应该知道的。知道这些东西，往往对绝句写作的一些规矩就明白了，以后出手、落笔就不会违背常理。

首先，绝句不可有无用、不妥、生硬的字。绝句因为字少，五言绝句才二十个字，七言绝句也才二十八个字，所以只要有一个字不舒服，一个字在表达上是多余的，有一个字不妥，这就不行，这首绝句就是失败的。长的诗，比如歌行体里有一两个词，两三个词用得不太好，也许整体上也还行，但是绝句里有一两个字不行，往往就不行了，这首诗就拿不出去了。所以这是必须要讲究的。所谓"无用"，就是不能表达什么意思，"不妥"就是表意不准确，"生硬"就是明显地为了照顾平仄自己去生造词。当然语言是发展的，你可能马上会说,别人能造词,为什么我不可以,但是这有两种情况:一种情况是你已经是超级大家了,那可能生造一点词汇,别人还拿你没办法,当然,要造得很传神、足以达意才好。另一种情况,如果这个词是生造的,它又在某种程度上还能看得过去,可能时间久了,也能够勉强被接受。一般情况下,不要为了平仄而生造词。清代的王士禛,等下我们要讲他好几首作品,他这样的大家,二十四岁就在诗坛暴得大名的人,作诗都一直用语言的熟料,就是前人用过的语言,他不敢生造词汇,所以他作诗有他自己表达的一个诀窍,四个字:"谐远典则"。"典"就是语言是有来历的,是典雅的,别人用过的语言。这也可能被理解为保守,但是不为了平仄而生造词,肯定是比较保险的做法。那么什么样的语言是熟料语言,是被广为接受的语言?这还得依赖于你读书的多少。如果读书少,自己生造了一个词,其实这样的造词是不妥的,你也不知道。之所以不知道,就是因为读书还不够,所以判断力、语言感觉力还不强,所以还是要读较多的书,这样是否生造了词,能有正确判断。

举个广为人知的例子《黄鹤楼送孟浩然之广陵》,这首诗是李白绝句中顶级作品之一。它就没有一个字不妥,没有一个字生硬,非常顺畅,也无法更改一个词、一个字。明朝的朱谏有一段评论,说"此诗词气清顺而有音节",什么样的诗能够做到有音节呢?就是平仄是对的,平仄对就能造成一个抑扬,而且只是平仄对还不行,需要运用非常自然、非常成熟的语言来组词。在一首诗中,使用非常自然的语言来组词,平仄又是对的,同时做到押韵,比如这首诗所用的"尤韵",这种韵听着也比较舒服,这样的诗就是"词气清顺而有音节""情思流动而绝尘埃"。"情思流动","情思"表达的特点就是把情思放在形象里,用形象的语言来寄寓情思。说它绝尘埃,这当然是朱谏的一种说法,也就是他不俗,写得非常的大方,语言既符合生活实际,同时又超离生活,诗中选取的意象都是非常美的意象,造成了一种高于生活的感觉,非常有艺术匠心。"如轻风晴云,淡荡悠扬于太虚之间",这个说得比较玄,"太虚"是天,像轻风晴云飘荡于天空之中。"不可以形迹而模拟者也",它的轨迹不可以形容,也很难模拟,像李白的诗确实不太好模拟。当然今人读唐诗宋词读多了，懂套路了，也可以这么写写，但是须知它是唐人的诗，在唐人以前，在李白之前没有人这么写，今天再写，如果模仿它，一看就知道是模仿李白的。

　　明朝的唐汝询也对李白的这首《黄鹤楼送孟浩然之广陵》作出过评价，唐汝询这些话更加重要，就是像我前面说的，不可以有无用、不妥、生硬的字。他说，"黄鹤，分别之地"，就是黄鹤楼是分别之地，"扬州，所往之地，烟花，叙别之景，三月，纪别之时"，看这个语言是多么的紧凑，多么的字字有用，"故人"这个身份一下点明了，李白跟孟浩然关系非常好，他赞美孟浩然："吾爱孟夫子，风流天下闻……高山安可仰，徒此揖清芬"，要拜揖他，"高山不可仰"，对孟浩然的评价是极高的。他点明身份就是故人两个字。孟浩然要去广陵，所以他说"西辞黄鹤楼"，要向东，所以是"西辞"，人物是"故人"，行为是"西辞"，地点"黄鹤楼"，一句话三要素。"烟花三月下扬州"又是一字不能更动，一点不多余，一点都没有泡沫。这里唐汝询讲，"烟花，叙别之景"，如果改了"农历三月下扬州"，当然这个平仄就不对，先不管平仄，这么一改，就臃肿、啰唆了。烟花，景象一下子就美起来了，"烟花"两个字，可以理解为既是扬州的景象，也是黄鹤楼附近即武汉的景象，如果去掉这两个写景色的字，内容就减薄了一分，所以"烟花"来形容"三月"是非常好的。春天，有濛濛水气，所以用烟来形容，又是开花的季节，所以叫"烟花"，时间是"三月"，因为是自西向东，沿着长江走向下游，所以叫"下扬州"。"烟花三月去扬州"行不行？也行，但是"下扬州"更好。第一，更符合表达习惯，因为从上游到下游；第二，也给人一种顺畅的感觉，"即从巴峡穿巫峡，便下襄阳向洛阳"，这都是往东边走，所以，"烟花三月下扬州"一字不可更动。"黄鹤楼"，如果换一个词，"故人西辞武汉楼"就不好了，一个是城市名，一个是楼名。用黄鹤楼来代替这个城市显然是有变化，黄鹤楼也可以联想到喝一顿酒饯别的地方，黄鹤楼本身就是有仙气的楼，是一个听着名字都觉得很优雅，有道家气息的楼，孟浩然是一个超脱的高人，所以黄鹤楼一词也非常符合他的身份。如果是"故人西辞浔阳楼"，如果在浔阳楼送别也行，但是浔阳楼让我们联想的就是另外一些事情，所以他每个词都是特有讲究。后面，"烟花三月下扬州"，下面该怎么写下去？这首诗这个地方也是作得极好，第一句要离开，第二句去哪里，线索很清楚，第三句就要考验人了，如果不会写的人，可能"烟花三月下扬州"，到了扬州多保重，就会顺着那个思路写下去，那是不懂规矩的人。为什么说李白会写诗呢，他是怎么写的呢？第三句扣住送别，送别诗总要说说离别之情，这首诗的高明之处，就在于他写离别之情跟另外一首"桃花潭水"还不同，这首诗为什么前人说他情思流动而绝尘埃？因为他抒情很含蓄，是超离日常生活的。第三句转了一下，不是顺着感情的脉络写下去，也不是写他们两个人的行动，而是写孟浩然坐的船，"孤帆远影碧空尽"，这又是每个词都讲究的，尤其是孤帆，哪那么巧，孟浩然走的时候周边、眼睛看得见的范围没有别的船了？长江上不至于一眼望过去就孟浩然一条船吧？所以"孤帆"是刻意突显孟浩然离去时候的孤单，但是又不过分地伤悲，如果是"孤帆落日寒风起"，或者"孤帆远影萧萧雨"，伤悲的程度就加强了，这不是盛唐人喜欢干的事，盛唐人写离别往往还保留着一股气，有精气神在里面，所以是"碧空"，天色是好的，孤帆远影在微风中、春风中平稳地远去，远影在碧空中逐渐看不见，最后尽了，"尽"以后的意思就是"惟见长江天际流"了，"惟见长江天际流"都是顺着"尽"的意思详细化。"惟见长江天际流"也有不止一个层面的意思：第一，我站在江边的码头上，看到你的船帆远去，因为不舍得你远去，所以一直看，直到船看不见；第二，"惟见长江天际流"有一种漫长感和延伸感，造成一种空间上的不断扩展的感觉，"流"字是动的，是延伸的，所以又有一种不断延长的效果，也就是江水的流动、江水的延长就如同我感情的延伸，在望着你远去的时候，我对你的不舍之情就如同这个江水不断地延长，所以是一个开放的结尾，是一个不断延伸的结尾，在抒情方面起到了非常好的效果。"帆影尽则目力已极，江水长则离思无涯。怅望之情，俱在言外。"所以这首诗就是一字不可更动的，每个字都那么有好的效果。通过这个例子我们明白一个道理，写绝句，尽可能地追求每个字都有很好的作用。

第二个方面，说说绝句的起承转合，或者起承垫合。其实这首诗也已经运用这一艺术手法了。起句讲离别，承句讲去哪里，说完去哪里以后，要转一下，转一下到哪里了呢？他转到孟浩然坐的船帆，转到船上，讲完关于船的问题，又用第四句"惟见长江天际流"完成送别意思的表达。所以这首诗所营造的空间是开放式的，用开放式空间来表达无尽的感情。

再通过下面的例子来看看绝句的起承转合。起承转合，因为它跟八股文有一点关系，所以有的论诗的人认为作诗讲起承转合是三家村老学究的路子，比较低档。其实好的绝句多数都是符合起承转合的原理，绝句正好有四句，所以如果有了起承转合，诗往往就比较完整，只不过需要看起承转合处理得好不好，还有要看诗的其他要素有没有顾及。许多人说李白的《闻王昌龄左迁龙标尉遥有此寄》，起句"杨花落尽子规啼"有两个功能，一个功能是表达时间，前面"烟花三月下扬州"直接说时间是三月，这句他虽然没有直接说时间，但是"杨花落尽"就知道是暮春，春夏之交这个时候。但为什么要说"杨花落尽"，不说"桃花落尽"呢？这就有讲究。因为杨柳总是跟离别有关，因为古代有"折柳赠别"，长安的灞桥是折柳赠别的地方，灞桥柳成了有文化内涵的柳。杨跟柳是不同的叫法，并且杨花有飘荡感，所以说杨花落尽。为什么是"子规啼"，不说麻雀叫呢？不说鹧鸪啼呢？当然鹧鸪啼也行，鹧鸪和子规有时候功能相似的，因为子规又称杜鹃，子规的叫声在古人听来是不如归去，不如归去，经常用来写离别，而鹧鸪叫声在古人听起就是"行不得也，哥哥"，所以用子规啼，这个用词也是非常地精到的，这是起句。时间有了，再用"杨花落尽"这种事物的形象，用"子规啼"这样的声音，用这两个跟离别有关联的意象来写离别的内容，来写思念朋友。在写出了时间和形象以后，第二句承句写一件事情，听到王龙标的近信，因为王昌龄做过龙标尉，所以叫"闻道龙标过五溪"。"五溪"是一个地名，王昌龄被贬官到唐朝版图的西南部去，这是承句，主要起到表达事由的作用，是王昌龄被贬官贬到那边去的事情。在这个春夏之交的季节听说你贬官到西南方向去，接下来的"转"就很重要了，所以第三句是"我寄愁心与明月"，跟第二句相比，没有紧接、直接接，而是稍微宕开，从他思念的对象转到自己。最后一句"随君直到夜郎西",我的愁心一直送你到五溪那边去,所以第四句就合拢到送别王昌龄、寄给王昌龄这个主题上去,符合王昌龄去的方向,把整个诗的主题包裹起来了。所以这首诗非常成功,每个词都不浪费。《李太白诗醇》中潘稼堂云:"前半言时方春尽,已可愁矣。"春天过去了,已经可以愁了。"况地又极远,愈可愁矣。"时间、地点都让他愁。"结句承次句",最后一句呼应了第二句。"心寄与月,月又随风,幻甚",就是想象很奇妙叫"幻甚",李白经常有这种天才的想法。

再看看清人袁枚这首诗:"莫唱当年长恨歌。人间亦自有银河。石壕村里夫妻别,泪比长生殿上多。"起承转合也做得非常好。第一句,"莫唱当年长恨歌",起句用否定来开头,叫你别老是唱当年的《长恨歌》,起句比较自由的,当然也必须要为全诗的主题服务。这首诗主题是"马嵬",《长恨歌》很好,有"七月七日长生殿"之语,但是袁枚说别唱了,为什么不要唱呢?承句就是顺着"莫唱"来的,是因为人间也有银河,"人间"就是普通民众,老百姓中间也有银河,银河是把夫妻分开的河,所以起句是用一种否定来开头。承句是说理由,为什么别唱了,是因为"人间亦自有银河"。写完"人间亦自有银河"以后,第三句怎么接?第三句要跟第二句有关联,但又要宕开来写,所以第三句再次运用前人现成的名作来拓开第二句意思,细化、具体化人间有银河的内容,"石壕村里夫妻别",杜甫有"三吏三别",《石壕吏》讲的是官方来抓壮丁,老头逃跑了,老太太只能代老头从军,"石壕村里夫妻别"说的是最底层的老百姓。最后"泪比长生殿上多"合拢,回应了"莫唱当年长恨歌"。为什么莫唱呢?因为人间的这些普通村民的泪比长生殿上还多。为什么说石壕村里的夫妻别比长生殿上还多呢?是因为石壕村里有千千万万这样的村民,长恨歌里帝王和他的妃子就两个人,因为唐玄宗治国不当,荒淫腐朽,才导致石壕村里有那么多的夫妻别,所以"泪比长生殿上多"。

这首诗起句用否定的方式,接着承句说出理由,说人间也是有银河。第三句稍稍转了一下,把银河具体化。第四句回应到"莫唱",扣拢来、兜回来,说泪比长生殿上多,这样就非常的完整。

再比如说李白的《赠汪伦》，这首诗写得比较浅白。"李白乘舟将欲行。忽闻岸上踏歌声。"起句写得很随意，平铺直叙地说出他要走了，承句突然听到岸上有踏歌的声音，"忽闻岸上踏歌声"，按节拍唱歌，叫踏歌。"起"和"承"完全按时间和事情发生的顺序来写，很简单。第三句转一转，扣住这首诗的主题，"桃花潭水深千尺"，前面两句既不显示地点，也不显示什么季节，也没有什么美景在里面，第三句"桃花潭水"一下子画面就明丽起来了，内容就生动起来了。假如"桃花潭"是汪伦住的地方的潭，还有一个地点功能，所以转得好，而且是扣住了写诗的用意，写出了送别之情。最后一句"不及汪伦送我情"合起来，表达了这首诗的主题。因为主题是"赠汪伦"，表达离别之情，所以最后用比较的方式，"不及汪伦送我情"谈到"桃花潭水"，既使作品有了明丽的形象、景象，同时又起到比较的作用，转得非常好。《唐诗摘抄》说李白另一首诗"请君试问东流水，别意与之谁短长"，"意亦同此，所以不及此者，全得'桃花潭水'四字衬映入妙"，就是说"桃花潭水"有一个明丽的形象在里面，比起"请君试问东流水，别意与之谁短长"这种平铺直叙没有形象在里面的句子要好。第二，"汪伦相送之情甚深耳，直说便无味，借桃花潭水衬之，便有不尽曲折之意"，使这首诗既有了形象可感的景色，同时又产生了比较的功能，所以第三句转得非常好。

再看李白的《朝发白帝城》，清朝的施补华《岘佣说诗》说："太白七绝，天才超逸而神韵随之，如'朝辞白帝彩云间，千里江陵一日还'，如此迅疾，则轻舟之过万山不待言矣。中间却用'两岸猿声啼不住'一句垫之，无此句则直而无味，有此句走处仍留，急语仍缓，可悟用笔之妙。"怎么样避免作品节奏从头到尾一致，使得它有变化？书法讲顿挫、浓淡、徐急、枯润这些变化，交响乐有快板、慢板、摇板这种变化，为什么旋律有激昂的、有柔美的，要有变化呢？变化才会丰富，才会美。《梁祝》前面部分都很舒缓，后面表达祝英台要被马文才家强迫娶过去的这一段音乐就显得非常激烈，显得有很强烈的节奏和冲击力，声音也不是那么和缓了。最后化蝶，音乐又哀婉又平和，形成一种变化。这首诗第三句也有这样的功能，

"朝辞白帝彩云间"和"故人西辞黄鹤楼"手法上相似,"朝辞白帝彩云间",白帝是一个地方,时间是早上,如果说"朝辞白帝城门下"少了一个"彩云间",华美的景象就没有了,所以每个词都发挥作用。而且"彩云间"给作品定了调,很舒服。辞了以后哪里去?这有点像《送孟浩然之广陵》,"千里江陵一日还",从白帝到江陵,那么远一天就到了,显示速度很快,为什么显示速度很快呢?因为这个时候李白开心。唐朝的宗室永王李璘封在江西一带,永王李璘起兵去帮助镇压安史之乱,实际上是想抢夺帝位,李白比较书生气,不懂情况投身革命,站错队伍所以被处罚,流放夜郎。唐肃宗赦免天下,遇赦放回,所以心情好,心情愉快,船也快,"千里江陵一日还"。第三句和第四句把"千里一日还"具体化,写出了路上的画面形象。如果第三句还写出一种非常快的速度,那么全诗就没有变化,所以第三句节奏相对慢,"两岸猿声啼不住",此起彼伏的猿声,节奏上比"一日还""轻舟已过万重山"稍微慢一下,顿一顿,写出了一种此起彼伏,因为不能损害了前面交代的快速行走,所以用"啼不住",此时听到的是这里的猿叫声,船过去又听到前面的猿的叫声。"巴东三峡巫峡长,猿鸣三声泪沾裳",猿啼都是悲的,但放在这首诗里不悲,因为前面交代了彩云,又是飞一样的行走,所以"两岸猿声啼不住"只是一种自然的声音,不带悲,一个是用"两岸",第二个就是"啼不住"来稍微减缓一下节奏,体现出空间的交叉变换。而且"啼不住"说明声音没有断,如果一下就听不见那还是太快,所以啼不住也适当减缓了节奏。最后"轻舟已过万重山"呼应"千里江陵一日还"。回到整首诗想要表达从白帝城到江陵走得非常快的意思,第三句转一下,有效地改变了诗里出现的行为节奏,同时也起到了写景的作用。

  以后如果写绝句,第一句起头,第二句顺着第一句的意思说出更完整的意思,第三句宕一宕,宕开的时候,必须时刻想到这首诗要表达什么,不能走太远了,第四句要合拢来,把想要表达的意思完整的说出来,这就是所谓的"起承转合",或者"起承垫合"的作用。

  第三,绝句如何追求神韵?我总结王士禛写诗做到了"谐远典则"。"谐",和谐,一首诗里各个意象要和谐。"远"就是写的景、写的内容要远一些。"远"可以避免对细节的描绘。"典"就是语言要典雅,要会用典。"则"就是符合法则,符合规则。

诗想要有神韵,往往要多用"象",多用形象思维,少用抽象思维。用形象思维写出的诗才能够让人有想象的余地。吞吐不尽,就是不要说完,要言外有意。比如"惟见长江天际流"就言外有意。我在这里站着一直站到看不见,为什么一直站在这里?言外之意就是不舍得你走,所以是"惟见长江天际流"。岑参的诗也是这样:"山回路转不见君,雪上空留马行处。"我站在这里看你的马逐渐远去,山回路转,你的马已经转过那个山头了,看不见了,只看到从我这里到转弯的地方马留在雪地里的足迹,意在眼外,吞吐不尽。

还有一种办法是疑问不定,能用问句的地方用问句,用问句就有猜测的空间,往往也能带来神韵。结尾的地方用景语作结,好过用理性的语言来作结。结句写景,往往有神韵,有余韵无穷的效果。

我们可以看一些例子。比如王士禛的《江上》:"吴头楚尾路如何?"第一句是疑问,明显体现出一种故意追求疑问不定的用意。吴国处于长三角区域,楚国是安徽、江西、湖南、湖北一带,吴头楚尾就是两地交界的地方。路怎么样呢?王士禛写诗很会安排神韵,第二句路如何他不说,但是说他完全没回答也不对,而是扩大化,来一个似答非答:"烟雨秋深暗白波。"写景要朦胧一点,所以是"烟雨",色调要有一些变化,所以又是暗又是白波,一个是烟雨景象,季节上是秋深,然后还暗,波又是白的,所以很丰富。第三句"晚趁寒潮渡江去",趁着寒潮渡江去,潮水涨了。第四句,既然要写诗,要么写一件事,要么写一种心情,他实际上也写了心情,但是意在象中,这个象就是"满林黄叶雁声多"。里面包含了什么意呢?"晚趁寒潮渡江去",也可以写别的,比如"遇见渔翁在打鱼",但是他写了什么呢?"满林黄叶","满林黄叶"往往表达了一种萧瑟感,"雁声"往往表达什么呢?"雁声"往往表达思乡、离别的内容,大雁是候鸟,往往是寻觅它该栖息的地方,听见大雁的叫声就会有一种思乡之情,就会有一种漂泊感。同时又是"满林黄叶",秋天的叶随着诗人的心情有不同的写法，如果心情好，就是"停车坐爱枫林晚，霜叶红于二月花"，而王士禛要表达一种忧伤的感情，就是"满林黄叶雁声多"。所以通过最后一句可以体会里面的心情，叫作"景语作结，意在象中"，很雅，很美。

再比如他的《夜雨题寒山寺寄西樵礼吉两首》，寄两个哥哥的，他在寒山寺，晚上又下雨，寄给哥哥的诗怎么写的呢？"日暮东塘正落潮"，其实苏州无所谓潮，因为苏州是内河地区。时间是写日暮，就是落日，那天是雨天傍晚的时候，"正落潮"，有一种生命力衰退的感觉，"涨潮"就有一种生命力上涨的感觉。"孤篷泊处雨潇潇"，第一点出是"孤篷"，如果一个船队的话那热闹得很，寒山寺周围是交通要道，不会是孤篷的，但是写诗要凸显思想，所以是"孤篷"，用"雨潇潇"来写环境。"疏钟夜火寒山寺"，这也是几个精心设计的意象。寒山寺一读就让人想起张继的诗《枫桥夜泊》，"钟"是疏钟，钟声隔的时间比较长叫做"疏钟"。晚上有一点灯火，在雨潇潇的环境，落潮的环境，再加上疏钟的声音，还有少量的夜火，这三句表现的清冷的环境已经可以感受到他的心情了，他是一种孤单的、思念的、低落的心理状态。最后一句是王士禛喜欢用的招数，他写诗经常喜欢用问句，"吴头楚尾路如何？"是一个问句，这首诗的最后"记过吴枫第几桥"，这个问题也不需要回答，通过这个问题表达一种"你猜吧，你去想象吧，反正这里一座又一座的桥，我也记不清是第几桥，但是我又在想这是第几桥"。如果是"河上第几桥"又少了两个有用的字，意思单薄一点，"记过吴枫第几桥"，吴地的枫树让人想起"枫落吴江冷"，所以"吴枫"两个字多一层意思，用"记过第几桥"，似问非问、似答非答这种方式，以一种不确定性来增加可想象性，因为读者读到此句就会想象，它一定是有若干桥。如果把话说死了，比如"记过吴枫第八桥"，就缺乏一种灵动、动荡，所以"记过吴枫第几桥"，活络一点，增加作品的韵味。

看看他的这首《虎山擅胜阁眺光福以雨阴不得往》，也是在苏州，因为下雨天不能去光福寺，只是在虎丘擅胜阁望向光福寺。"虎山桥畔层层松，掩映寒流古寺红。"这两句都是从擅胜阁看到的景象。"却上重楼看邓尉，太湖西去雨蒙蒙。"上了擅胜阁看邓尉山的方向，因为邓尉山是江南的赏梅胜地，所以挺吸引文人的。第四句不说看到了什么，而是模糊化，"太湖西去雨蒙蒙"，由清晰变模糊，造成一种"情在景中、意在象中"的效果。这句"太湖西去雨蒙蒙"可以感受到朦朦胧胧的一种心情，用景来作结，以景作结。

后面的也是类似的情况，我们知道这个套路就可以了。这首《樊圻画》，画面是什么呢？"芦荻无花秋水长。淡云微雨似潇湘。雁声摇落孤舟远，何处青山是岳阳。"中国的画有题画诗，外国的画没有题画诗的，因为中国人认为"诗画同源"，诗中有画，画中有诗，所以中国古代的文人既画画又写诗，画上题诗，诗往往能够起到补充画的作用，怎么样使诗起到补充画的作用呢？其中很要紧的一点就是诗要发挥画所不具备的功能，画一般都是画上是什么就是什么，当然画也可以通过一些手法，比如留白来展现想象的空间，通过一些技法来增加想象的空间。比如说齐白石画"蛙声十里出山泉"，怎么画？山里面有蛙，会叫，而且很多蛙，十里之路都有蛙，怎么画呢？画不出声音来，于是他画山泉，下面一些蝌蚪，旁边题一句诗，"蛙声十里出山泉"，蛙什么时候最会叫？繁殖的时候最会叫，所以画一些蝌蚪，再有一句"蛙声十里出山泉"，画面是无法画出声音来的，所以这个时候用诗来补充声音"蛙声"，这就是诗画的互相补充。要题一首诗在樊圻的画上，也要起补充的作用。"芦荻无花秋水长，淡云微雨似潇湘。"这可以是画面上画的，但是"雁声摇落孤舟远"的"雁声"，只能画"雁"，不能画声音，这已经是通过诗来补充这个画了。"何处青山是岳阳"，又用一个不确定性来增加想象空间，画上有一些青山，那么哪座青山是岳阳呢？这就增加一种灵动性，可猜测性。如果说"画的右角是岳阳"，那就没劲了，画是死的，画在那里就那样了，但是"何处青山是岳阳"增加了猜测的空间，这就是他经常用的技法，这又是以问题作结的。

"江乡春事最堪怜。寒食清明欲禁烟。残月晓风仙掌路，何人为吊柳屯田。"柳永的墓在镇江，清明节的时候谁来帮忙纪念一下柳屯田呢？假如说无人来吊柳屯田，那就说死了，或者是"今我来吊柳屯田"，又说死了，"何人来吊柳屯田"，一种猜测性的语言增加了许多想象。有没有人呢？谁来呢？清明节的时候，让你联想到柳屯田这个人在当今、在清朝还有没有人来吊他？还有没有人去纪念他呢？这都是留下了许多想象，这就是问句作结的好处。所以如果写诗，有的地方是可以用问句的办法来作结的。王士禛喜欢用熟料语言，"残月晓风仙掌路"，"残月晓风"就是熟料语言，因为柳永的词"今宵酒醒何处，杨柳岸晓风残月"，所以这是熟料语言。看人看气质，近看豆腐渣，远看一枝花。怎么把他模糊化？这也是一个办法。

"红桥飞跨水当中。一字阑干九曲红。"《冶春绝句》。浓春的时候叫冶春，要华美一些，要写什么意思呢？"红桥飞跨水当中"，这座桥是红桥，如果是"铁桥横跨水当中"就煞风景了。石桥也不好玩，红桥这个景象比较美。"一字阑干九曲红"，这座桥有阑干，一字形的阑干，还弯弯曲曲的。"日午画船桥下过"，中午的时候经过的船是画船，写冶春别搞得煞风景，如果是"日午破船桥下过"，那就不好玩了，船也要华美一点。韦庄的词里面说"春水碧于天，画船听雨眠"，这是一个很美的景象。"日午画船桥下过"，可以理解为这艘船是富家的船，"桥下过"下面该怎么写呢？日午画船桥下过，船头站着一美人，那就太直白了，所以"衣香人影太匆匆"，桥下过一条船，衣香都闻到了，其实没闻到，否则香也太大了，但是就要这么写，写人只写人影，还飘着衣香，就是写一种朦胧的东西，不写"船上美人太匆匆"，而是"衣香人影太匆匆"，写一些印象式的东西，用这种方法来造成一种余韵，增加想象的空间。如果很直白地写"船上美人太匆匆"，那就缺乏余韵了。所以这也是"意在象中"的一个办法，用一个朦胧的形象来增加余韵，然后还很雅。画美女，如果把眼睛、鼻子画得太清楚，就没有想象空间了，反正就是这么一种美，要么圆脸，要么瓜子脸，要么鹅蛋脸，清清楚楚。但"衣香人影"就用略去一部分的办法来增加更多的想象空间，这是古人经常要用的，就是以少来写多。

这一类作品就有神韵，追求神韵就往往要"意在象中"，还要用不确定的方法来增加它的想象空间，不要全部写得太清晰，完全写完它。我以前在给大家讲绝句的时候，也举到了王士禛这个例子，"翠羽明珰尚俨然"，说露筋祠里的女子，她身上的装饰"翠羽"和她耳朵上的"明珰"还很端正地挂在那里,这就是一种技法,不说这位美女眼睛还很明亮,鼻子很好看,嘴唇很红润,而应该略去大部分一看就会限制想象的那些实实在在的东西,而用一些虚的东西,但是不会破坏对她的美的想象。这就好像韦庄词"垆边人似月,皓腕凝霜雪",就是写手腕很白,以皓腕来写出这位女子的美,不会很死板地说她就是手腕白,其他地方丑得很,可能是个大胖子,所以那么白。读者不会那么想的,"皓腕凝霜雪",读者肯定会把她想象成一个美女。用一种略去部分、吞吐不尽、疑问不定的方式来表达,或者结尾用景语作结,往往就能做到有余韵,因为意在景中、意在象中。

这是怎样追求诗歌的神韵。再说说一些言理类的绝句,就是讲道理,或者是哲理类的,这比写抒情、写景的还难写,因为它最考验人的地方就是见识。言理类的绝句一定见识是核心,它不重形象,不重景象描写,当然,如果能把理安排在景里面,那就更高明了。但是诗中的"理"一定本身要立得高明,所以没有高见的,写不好言理类的作品,这是一个规律。这一类作品,虽然在文字上偏向于议论的比较多,但是也能出现好作品。

南宋的严羽不喜欢议论类的诗,他说宋朝人写诗,以文字为诗,以才学为诗,以议论为诗不好,不像唐朝人能羚羊挂角,无迹可求,因为唐朝人是用形象来说话。宋朝人经常议论,所以严羽不喜欢,但是有一些议论类的诗其实也是好诗。比如像章碣的《焚书坑》:"竹帛烟销帝业虚。关河空锁祖龙居。坑灰未冷山东乱,刘项原来不读书。"这样的作品就有新意、有高见,所以写法上不是特别注重形象性、朦胧性、意在象中,就是议论性的。"竹帛"就是书,"烟销"就是烧完了,把书烧完了,结果帝业也虚掉了。"祖龙"就是秦始皇,秦始皇把书烧掉,但是他的帝业还是虚了,"关河空锁",黄河,潼关这些险要的屏障白白地包围着咸阳城,它们并不能够帮助秦朝守住咸阳。"坑灰未冷山东乱",烧了那些书不久华山以东已经乱了。最后说"刘项原来不读书",你不是怕人家读书多,跟你的思想不一致,反对你的思想吗?所以要把那些乱七八糟的异端、邪说的书都烧掉。造你反的人是不读书的,所以你烧掉也白烧,镇压知识分子也白镇压，回应到"竹帛烟销"一句。起承转合这首也是符合的。这种诗的主题的立论就非常高明，非常有见识，所以如果写言理类的诗，也是可以写的，但是前提要提炼一个很好的主题。

比如说唐朝曹松的这首："泽国江山入战图。生民何计乐樵苏。凭君莫话封侯事，一将功成万骨枯。"也是很了不起的一首诗，点出封侯实际是多少人的血肉、多少人的白骨换来了个别人的成功、个别人所谓的伟大的、精彩的人生。曹松的这首诗为什么千古传颂、脍炙人口？就在于它揭示了人们所稀罕的封侯的残酷性，其实后面包含着多少人的苦难，"一将功成万骨枯"揭示了一个非常重大的人类的悲剧。那些所谓叱咤风云的战神，一方面我承认这种人确实能力很强、很厉害，但另一方面我想他们对人类也不见得有多少好处。当然这种事情在某种环境中是无可奈何，只能这么干，但是这里面包含的却是人类的悲剧，所以曹松就揭示了出来，这就是立意高明。要写议论类的诗，要追求思想，后面的例子也是这样。

查慎行的这首诗非常好："叠翠浮岚不记重。群山络绎走苍龙。若论举眼人人识，只有知名一两峰。"很有意思，而且这首诗做到了意在象中，有形象表述，它的立意就非常高明。绵延的山叠翠浮岚，一重又一重，"群山络绎"，绵延不断，像苍龙一样，但是如果抬起头来看，谁都叫得出的只有一两个山峰。对应到生活中，很多普通人实际上是陪衬，实际上是无用的平均数，没有什么影响力，也没有人注意，这是生活的常态。所以这个社会残酷也就残酷在这里，只有知名一两峰，这一两峰成了一种通吃的赢家。比如唱歌，好几百号美女一起去选美，后来也就是冠军、亚军、季军，甚至是亚军、季军都不能被记住，只有冠军光辉灿烂，其他的人都成了陪衬。生活中常常是这种现象，所以他看山的时候就联想到生活中的这种让人无奈、让人感伤的事情。所以写这类诗就要有这样的本事，先建构一个新鲜深刻的意思，那么就会是一首好的绝句。

咏物类的隐喻要恰当，要贴切。如果写一首咏物诗，要注意所咏物能提炼出什么意思来，隐喻要非常的恰当、贴切，如果隐喻不恰当、不贴切，就是失败的。像施闰章的这首《漆树叹》，古人做油漆要从漆树里面砍一些树脂出来，就像我们砍橡胶那样。他说："斫取凝脂似泪珠。青柯才好叶先枯。"树脂才长好，叶已经先枯了。"一生膏血供人尽，涓涓还留自润无？"极好的一首诗，他用漆树来写出那种受剥削、受压迫的人的苦难的处境，很贴切吧？他是写漆树，但同时有喻人的效果，隐喻着一种人，就是经常被人剥削、压榨的，到后来总是来奉养别人，自己无所得。这就是咏物的好诗。

袁枚的《纸鸢》："纸鸢风骨假棱嶒。蹑惯青云自觉能。"因为是竹子做的，所以好像也有风骨。飞得很高，所谓蹑惯青云，自己觉得很能耐。"一旦风停落泥滓"，风停了掉下来了，"低飞还不及苍蝇"，风筝掉地上了，毫无价值，苍蝇还可以自己凭翅膀、凭它的生命来飞，风筝是没有生命的，必须靠风来支撑的，很贴切地形容风筝，但是你一看就知道是说那种狐假虎威、狗仗人势的人，他们靠巴结人而爬得很高，但一旦所依傍的对象完蛋了，他们也就垮塌了。这种就是好的咏物诗。咏物诗也要有很高明的见识，同时，跟别的说理的诗不同的是还要善于提炼被咏之物的特征，这个特征恰巧就跟人有一种对应，要诗中有人，咏物是此物，但是咏物又不止此物。咏的物符合了这个物的特征，但是又不止于它本身，外面还有意思，这就是好的咏物诗，写这一类的绝句就是要抓住这些关键。

这一年快结束了，我跟大家交流两首我自己写的。

有人送我一盆很漂亮的海棠花，我把它放在办公室，走过的都说："沈老师，您这盆花真漂亮！"于是我有了灵感，就写了这首："美人送我海棠花，经过行人莫不夸。"这两个意思说出来了，有个美人送我一盆海棠花，走过的人都夸。我要感谢人家，当然要说两句让人舒服的话，所以就说"心事难同人细道"，人家赞美这个花，我不能多说什么，我只能跟着一起说真漂亮，但是我不能说更多的，为什么呢？"送花人更美于花"，我说多了，怕人家胡思乱想，怕人家羡慕嫉妒恨，所以我就说"心事难同人细道，送花人更美于花"，合拢了开头的"美人送我海棠花"。这样的话收到这首诗的人会觉得很雅，我送你一盆海棠花，你回我这首诗，非常的得体。也对她表达了赞美之意。

我看学员朋友的诗，希望大家避免一点：当今诗词热，很多人很稀罕旧体诗、古体诗，当然人各有志，有的人喜欢现代诗，有的人喜欢古体诗，有的人不喜欢诗，这都很正常。但是喜欢旧体诗的时候，最好注意一点，就是要有一点时代气息，有一点地域特色。如果看你的诗既看不出你是古人还是今人，看不出你是南方人还是北方人，——当然不是每一首诗都要看得出你是哪里人的，这个要看内容——如果诗中没有这些东西的话，尤其是有的人写的诗，一看完全像古人的，我个人往往不太喜欢这类作品。现代人写的诗就要有一种现代的味道。

比如我这首就有地域特色："南国中秋不觉秋。炎炎溽暑势犹留。"咱们这个地方秋天哪有秋天的感觉？经常热得要死，难得有时候凉快一点，多数都很热，所以它没有什么秋意，我故意要把这一点写出来，就体现我在广东，南国，这是写出了地域特色。但是，拿来回复人家的祝福那不是煞风景吗？所以第三句要转一下，"忽闻祝福自君至"，突然收到你来的一个祝福，"恰似风来庾亮楼"，这一转一合，就把我的主题表达出来了。你的祝福就如同溽暑中间的凉风，让我感到很舒服。"风来庾亮楼"是什么意思呢？庾亮是东晋的一个大臣，他曾经在武昌，有一次他的属下们在这个楼上赏月，庾亮突然来了，大家都准备回避，庾亮说，你们别走，老夫正有此兴。这个时候月亮照在楼上，大家继续一起赏月。这个时候再来一点凉风，那都是非常好的，所以"恰似风来庾亮楼"，你这个祝福对我来说很舒服，就表达这个意思。这里面也符合起承转合这个意思，而且我注意了地域特色。

今天就到这里。谢谢。

第十六章
从《长恨歌》到《圆圆曲》

——歌行体的艺术要诀（下）

嘉宾：沈金浩
时间：2019 年 1 月 5 日 19:00—21:00

沈金浩

大家晚上好，之前涉及的从《长恨歌》到《圆圆曲》这个话题，因为两首诗都很长，所以上次只讲了白居易的《长恨歌》，讲了一下叶嘉莹的《祖国行》，今天就再利用一个单元的时间来讲讲吴伟业的《圆圆曲》。

《长恨歌》和《圆圆曲》是不同时代的歌行体的经典名作。歌行体到了吴伟业手上又形成了一个高峰，他号梅村，所以他的歌行体被称为梅村体，所谓的"梅村体"就主要是指他的歌行诗。在歌行体创作方面，他确实取得了杰出的成就，一是作品的数量多，第二是艺术个性非常鲜明。

我们来看看他这篇作品。《圆圆曲》写的是陈圆圆，梅村诗之所以有诗史的品质，就是因为他多写明末清初的鼎革时代有代表性的人物和事件。歌行体因为可以写得很长，所以可以容纳较为复杂的事件，可以写较丰富的人生，所以梅村选择了这一诗体。《圆圆曲》是他这一类的作品中最有名的一首，之所以最有名，有多方面的因素，一是写的事件比较重大，第二是陈圆圆这个人，也比较有名。陈圆圆这个人物某种程度上影响了中国的历史，所以吴伟业一眼看中。他写这首诗应该是在 1651 年，也就是顺治八年。当时吴三桂还在陕西汉中，还没有到云南去成为云南王，应该说还在吴三桂的权势的上升期。《圆圆曲》写出来以后，吴三桂很紧张，根据当时人的记载，他曾经想花钱叫吴伟业从他的诗集里面拿掉这首诗，或者将来编诗集的时候不要放在里头，但吴伟业不干。可见这首诗对吴伟业来说，是他很看重的作品。他写一个什么样的事情呢？从诗题上来讲好像主要是讲陈圆圆，但实际上他是通过陈圆圆写吴三桂，或者说是写这两个人的关系，但是主角是吴三桂。

吴三桂对中国历史影响巨大，所以这是一首有诗史品质的诗。我们先来看看它的内容。在看内容的时候，我们注意吴伟业的歌行体的写法，因为我们讲座的主旨还是要大家了解某一种诗体的写法，我们在讲解作品的过程中，会来分析它的写法。它的结构、章法都很有讲究。

"鼎湖当日弃人间。破敌收京下玉关。恸哭六军俱缟素，冲冠一怒为红颜。红颜流落非吾恋。逆贼天亡自荒宴。电扫黄巾定黑山，哭罢君亲再相见。"一开始就出现了我们熟悉的名句，"冲冠一怒为红颜"，让吴三桂心里很不安的，首先就是诗中的第四句，当然不止是第四句，但第四句特别有警句的性质，很精练，很刺激。这是诗歌的第一节，它讲了什么呢？"鼎湖当日弃人间"用的是一个典故。《史记·封禅书》里面说黄帝在荆山下面铸宝鼎，鼎铸完以后，下来一条龙，伸出一根主须，然后黄帝就坐在它的主须上升天了，他的臣子看见黄帝升天，赶快冲过来，拉住龙的其他的小须也想升天，结果掉下来，这个地方被叫作"鼎湖"。古人在用这个典故的时候，他看中的不是地点的确切性，而是攀龙而升这件事情，后来诗人就用"鼎湖"这两个字来代表升天。"鼎湖"两个字代表的是升天，你要不知道这个典故，就搞不清什么是"鼎湖当日弃人间"。明朝的最后一个皇帝崇祯皇帝，他是李自成攻进北京时上吊死的，在北京煤山，所以这里用了典故，委婉地说崇祯死。

"破敌收京下玉关"，这是讲吴三桂，吴三桂破敌收京。破敌，这个"敌"是谁呢？李自成。打败李自成，收复北京城。下玉关，在这里是以玉门关代指山海关，如果"破敌收京下山海关"，那就多一个字，要下海关也不行，下山关也不行，反正写诗的人都知道，看得懂的，下玉关就是下山海关。其实这两句写的是一个天崩地裂的故事，李自成攻进了北京以后，吴三桂这个时候在山海关。吴三桂是明朝的将领里最英勇的一个人，又有文化又有武勇。他作为明朝最重要的将领守在山海关上，抵挡清军。李自成攻进北京后，他还在山海关，当时吴家有一些人逃出京城。跑到山海关，向吴三桂汇报。吴三桂就问，我们家的人怎么样了？来报告的人说，被抓起来了。他又问，我那个人怎么样了？我那个人就是指的陈圆圆，开始第一批逃出来报的人都不知道，所以他也就按兵不动。李自成写信劝吴三桂投降，吴三桂不回答，他还在观察，结果后来再逃出来的人跑到山海关，吴三桂问我那个人怎么样了，出来的人告诉他，也被抓起来了，他这时就"冲冠一怒为红颜"了。大家知道姚雪垠写的《李自成传》，里面也说到，陈圆圆是被李自成手下的一个地位特别高的将领刘宗敏抓过来的，到底拿她怎么样，具体不太清楚，但是就是被刘宗敏弄过去了。这时吴三桂就非常恼火，本来吴三桂的父亲吴襄就是一个在京城和京城附近带领军队的高级官员，加上吴三桂英勇善战，他对农民军非常看不起，要他投降农民军，他一开始是不情愿的，所以他一直持观望态度，等到他了解到陈圆圆被农民军抓起来了，他就非常的愤怒。1944年郭沫若写《甲申三百年祭》，为的是要反省1644年甲申，农民军攻进北京，已经是取得了政权，可是他们不懂得如何去稳定这个政权，建设这个政权。

　　吴三桂知道陈圆圆被抓起来，他就跟李自成势不两立了，李自成招安他，想要让他投降，被他拒绝了。李自成当然害怕他，因为他率领的是明朝的精锐，所以就派十多万大军去山海关，要去剿灭吴三桂，吴三桂只好交战了。但是交战之前，他知道自己的力量有限，而且军需物资的储存之类的都有限，所以他就跟关外的清朝悄悄地达成一个协议：如果你支持我，成功镇压了李自成以后，把北方黄河以北的若干个州给你。建立清朝的这一批人都很精明的，假装答应他，这样吴三桂就迎敌了，迎战李自成，打了几天几夜，双方损失都很大，这个时候，清军却突然杀出来，使得李自成猝不及防，一下就溃退，往北京方向溃逃。这个时候，吴三桂就被清军绑架了。本来，吴三桂在山海关按兵不动，假如说李自成也不去动吴三桂，清军是没有办法从山海关攻进来的。凭吴三桂的防守能力，清军进不来。清军好几次都是从张家口那边绕过来的，最厉害的一次，从那边绕过来，搞到山东这边，但是他们就是通不过山海关。

清军入关以后，李自成就败退了，但这个时候吴三桂自己已经没有多少力量，因为跟李自成互相杀伤，这样，清军就等于是绑架了他，枪杆子顶在他背后，要他追击李自成，吴三桂此时已经没办法了，他既不愿意向李自成这边投降，因为李自成是他的仇敌，吴家三十六口人被李自成农民军杀害，小妾陈圆圆也被抓起来了，所以他已经跟农民军势不两立，这个时候他宁可跟清人合作。而清人则非常奸诈，顶在他背后要他冲锋，就像日本鬼子经常押着伪军在前面冲一样的道理。这样所谓的"破敌收京下玉关"，清军就尾随着吴三桂跟进了山海关，然后进到了北京城。吴三桂没办法，搞不过清人了。

所以这一句话里面包含非常血腥和复杂的一个故事。"恸哭六军俱缟素"，"缟素"就是白衣服，"恸哭六军俱缟素"说的是吴三桂的军队回到北京以后，哭皇帝，哭家人，所以叫"恸哭六军俱缟素"。第四句才点出吴三桂跟李自成闹翻的一个核心原因，就是他喜欢的美女居然被你们这些土包子抓走了，"冲冠一怒为红颜"。吴三桂他自己是英勇善战的，有一次他的父亲吴襄被清军团团包围，吴三桂居然带领五百勇士，杀入重围，把他的父亲救出来，那是多么厉害。"恸哭六军俱缟素，冲冠一怒为红颜"，清朝的诗论家认为，这是提纲挈领，是开头的一个要领，也是这首诗的一个要领。

下面，"红颜流落非吾恋，逆贼天亡自荒宴"，这两句古人也很称道，说他写得很巧妙。"红颜流落非吾恋"，假装是帮吴三桂开脱一下，我并不是为了那个女的。"逆贼天亡自荒宴"，这里面也隐含着政治立场，"逆贼"是指李自成，是老天要亡他，荒宴就是指像刘忠敏之类的，不懂政治大局，把人家的女人抓起来，进了京城就过荒淫生活了。"逆贼天亡自荒宴"，吴梅村的意思是说打败李自成也不仅仅是你吴三桂的功劳，有他农民军自身荒宴的弱点在里面。

"电扫黄巾定黑山，哭罢君亲再相见。"黄巾和黑山都是汉朝的造反军队，黑山是河南那边的黑山，所谓的"黑山起义军"，"电扫"说明速度快,所以叫"电扫黄巾定黑山"。"哭罢君亲再相见","再相见",跟谁再相见?陈圆圆没死,所以"哭罢君亲再相见",这八句很有画面感,先是皇帝吊死,再吴三桂军队杀回来,再大家哭,再跟陈圆圆相见,哭罢君亲再相见,这八句写出了吴三桂从山海关杀回京城这一重大事件。他用"相见"两个字,这个地方我要讲讲歌行体的艺术,他用"相见"两个字来引出另一个"相见",此"相见"引出彼"相见",今"相见"引出旧"相见",用"哭罢君亲再相见"来转到过去怎么初相见的。

下面就进入倒叙的部分。这篇作品的结构章法上是很讲究的,开始先来一个当下事情的描写,然后倒叙闪回去。他是怎么认识陈圆圆的呢?下面来了:"相见初经田窦家。侯门歌舞出如花。许将戚里空侯伎,等取将军油壁车。""田窦"又是用典故,汉朝有名的外戚,一个叫田蚡,一个叫窦婴,所以田窦家就是外戚家,他跟陈圆圆是在外戚家里认识的。在明朝这个田窦家指的是谁呢?有两种说法,一个说是田弘遇,还有一种说法是周奎。我的导师钱仲联先生说,应该是周奎家。他是根据冒辟疆的《影梅庵忆语》里的一些记述,估计是周奎家里。总之是在外戚家里,在外戚家里认识陈圆圆的。

什么样状态下认识的呢?"侯门歌舞出如花"。吴三桂作为晚明的重要将领,他到人家家里去,人家都很好地招待他,除了吃饭,还要有唱歌跳舞的。外戚家里面除了其他唱歌跳舞的,还叫出了陈圆圆来。陈圆圆是个超级大美女,喜欢文史的人知道,冒辟疆他有一个小妾叫董小宛,冒辟疆他本来也想要陈圆圆的,没成功,后来就换了一个人。陈圆圆很漂亮,所以"侯门歌舞出如花"。"戚里空侯伎",戚里是外戚聚居的地方,"空侯"是一种乐器,唐朝人经常弹的一种竖琴,她是一个很会音乐的妓女。

"等取将军油壁车",答应等将军拿宝马香车来把她接走。"油壁车"是南北朝时期杭州名妓苏小小的车子。这是先交代他俩是怎么认识的,"相见初经田窦家",再进一步倒叙,倒叙一段,再继续倒叙,要叙述陈圆圆的身世,她的身世怎么样呢?"家本姑苏浣花里","浣花里"也是叫得好听,所以我们写诗脑子里词汇要丰富,典雅的词汇要储藏得多,"浣花里"本来是唐朝的名妓薛涛在四川生活的地方,苏州没有"浣花里",苏州妓女聚居的地方,一般的比较土的是在阊门那一带,而高级一点的,或者是平常一般不接待客人的那种,在横塘一带比较多一点。横塘那边的,相对来说比较有文化,清朝中期的袁枚还说到一个事,说他有一次驾船路过横塘,看见隔壁船上偶尔一露脸的女的漂亮得不得了,于是他就想搭讪,人家还不理他,他就立马写两首诗,叫帮他开船的小厮送过去。对方看了他的诗,就"一笑进舱",笑着过来了,可见这个妓女很看重男人的文化档次。她本来在横塘那边,用唐朝人薛涛的地点来代指。

"圆圆小字娇罗绮",圆圆这个名字叫得很娇美,"娇罗绮"这个词来自南朝的江淹《别赋》。"梦向夫差苑里游,宫娥拥入君王起。"这两句又用典故,以夫差所宠的西施比喻陈圆圆。他说陈圆圆这个大美女,她也曾做梦梦到自己进入国王的宫殿,很多宫娥伺候她,跟着君王一起起居。这是说陈圆圆有过这样的富贵梦。

"前身合是采莲人","采莲人"就是西施,住在哪儿呢?"门前一片横塘水",就是她住在横塘那边的。"横塘双桨去如飞,何处豪家强载归?"这里面又说到一个故事,是说北京的一些专门替富贵人家,甚至是皇帝,到江南来选美女的人,这种人就是豪家。硬是把陈圆圆弄到北京去。因为明朝最后一个皇帝崇祯,当时还年轻,他们感觉崇祯闷闷不乐,所以想帮他找个美女,让他放松放松,开心一下。大家看过小说《李自成》,也有这方面的许多描述,崇祯皇帝他很努力想把明朝挽救起来,所谓"宵衣旰食",晚上都经常熬夜,一大清早就起来处理国政,但是他能力有限,再加上对臣下很猜忌,比较刚愎自用,再加上老天爷不帮忙,河南、陕西那一带天灾严重,所以他终究没能把明朝挽救过来。他的臣子们看到他不开心,就想帮他找个美女,所以就到横塘把陈圆圆抢走。

"此际岂知非薄命,此时只有泪沾衣。"陈圆圆这个时候她不知道自己是不是薄命,她觉得自己薄命,我是南方人,为什么要把我弄到北京去,我不想去,所以她哭。弄到北京以后怎么样呢?"熏天意气连宫掖","宫掖"就是皇宫,豪家意气熏天,这样的豪家能够通皇宫的,所以叫"熏天意气连宫掖"。"明眸皓齿无人惜","无人"说的就是崇祯，崇祯居然是一个顾不上女色的人，他满心地操心即将倾覆的明朝，所以他懒得再去接触别的女的，所以叫"明眸皓齿无人惜"。那怎么办呢？豪家的人"夺归永巷闭良家"，"永巷"就是深巷，也就是那种大户人家，当然巷子都很深，"闭良家"，就闭在外戚家里面。"教就新声倾座客"，她本来在南方已经很有色艺了，长得又好，才艺又好，到北京还要换一套，还要进一步增加她的才艺，所以"教就新声"，教她北京新的歌曲、舞蹈。"座客飞觞红日暮"，客人吃喝的时候陈圆圆会出来。她帮忙弹琴、跳舞、唱歌，"一曲哀弦向谁诉"，陈圆圆满腹的忧愁不知道向谁倾诉。因为外戚家的老头，她显然对他们也不感兴趣，于是要找出路，她也想找个年轻人，所以这儿说"一曲哀弦向谁诉"。这个时候出现一个角色了，"白皙通侯最少年"，这是谁呢？就是吴三桂。

吴三桂能文能武，又年纪轻，所以形容他"白皙通侯最少年"。"拣取花枝屡回顾"，这句话来自元稹的《悼亡诗》，元稹的《悼亡诗》里面有"曾经沧海难为水，除却巫山不是云。取次花丛懒回顾，半缘修道半缘君"，他就把这句话变一下，叫"拣取花枝屡回顾"，就是他在挑选美女的时候，发现了这个陈圆圆也是超级漂亮，所以屡屡地回顾陈圆圆。下一步就是要想"早携娇鸟出樊笼"，就是要把陈圆圆带走，可是不能说带走就带走，还得有一个程序，所以是"待得银河几时渡"。可惜还没有完成这个程序，皇帝和兵部催促吴三桂赶快到山海关前线去，此之谓"恨杀军书抵死催"。吴三桂只能跟陈圆圆说，等我先去一下山海关，回头有时间再来把你带走，此即"苦留后约"。所谓"苦留后约"就是留下一个约定的时间，等我先去山海关处理一下军务、政务，回头我再来把你带过去，这叫"后约"。可惜这个"后约""将人误"，还没等得到吴三桂回来把陈圆圆领走，李自成就来了，所以叫"将人误"。这个部分一直是倒叙，倒叙里面还有倒叙。"相见初经田窦家"，到"等取将军油壁车"，跟"后约将人误"是相关联的。然后再进一步倒叙，说到陈圆圆的身世，讲陈圆圆怎么来到北京的，倒叙里面出现的惟一的顺叙，是从"家本姑苏浣花里"一直到"苦留后约将人误"。

"相约恩深相见难。一朝蚁贼满长安。可怜思妇楼头柳，认作天边粉絮看。遍索绿珠围内第，强呼绛树出雕栏。"我上次讲过，古诗较少用对偶句子，歌行体大类上也可以叫它为七言古诗，我们看《唐诗三百首》就是把《长恨歌》《琵琶行》放到七言古诗这个类别里面，但是再细分一下，七言古诗和歌行体有很明显的区别。

一般的七言古诗是较少对偶句的，可是吴伟业的这种歌行体对偶句就非常多，"遍索绿珠围内第，强呼绛树出雕栏"不但绿珠和绛树是人名成对，甚至讲究到颜色都注意了，"绛"是红色，"绿"跟"红"是对仗的，若非将士全师胜，争得蛾眉匹马还。"这两句被叫作"中权"，也就相当于秤中间吊一个秤砣，它在这个地方形成一个分界，前面是有大段的回忆、倒叙，从这个地方开始转书顺叙，又转到后面事件的推进。

"一朝蚁贼满长安"是说李自成的军队，像蚂蚁那么多，所以叫"蚁贼满长安"。"思妇楼头柳"来自王昌龄的《闺怨》："闺中少妇不知愁。春日凝妆上翠楼。忽见陌头杨柳色，悔教夫婿觅封侯。"所以"思妇楼头柳"就是从王昌龄那首小诗概括过来，陈圆圆也是一个让夫婿去追求封侯功名的思妇，可惜这样一个女子被李自成的军队"认作天边粉絮看"，把她看成是普通的飘荡的杨花。也就是李自成的军队不懂得政治规矩，没能认真对待吴三桂家的人。

李自成的军队这点比较愚蠢，吴三桂拥有明朝最精良的军队，你怎么能随便动他的人？无论如何，美女多的是，你动一千个别的美女，也不能动吴三桂的美女，否则树了一个强敌。但是李自成的军队不懂这一套，所以"认作天边粉絮看"。"遍索绿珠围内第"，是说李自成的军队在北京大肆拷虐那些达官贵人和富贵人家。"绿珠"是晋朝大富豪石崇的一个漂亮小妾。石崇后来被杀的时候绿珠是跳楼自杀的，所以在这里，"绿珠"指的就是陈圆圆。"绛树"是三国时候魏国的一个出名的美女，因为一个是绿，一个是红，所以他拿这两个人来相对，"遍索"和"强呼"就是强抓陈圆圆。这是一个过程，陈圆圆怎么与吴三桂相识，然后又经历了哪些事，从相约要把她带走，到李自成的军队把她抓起来，到这里，他用这两句来完成一个过渡，把前面的给刹住："若非将士全师胜，争得蛾眉匹马还。"如果不是吴三桂获得胜利，那么蛾眉怎么可以骑着一匹马回来。这一句承上启下，把前面的故事刹住，然后引出下面的故事，这是第二个部分。

"蛾眉马上传呼进。云鬟不整惊魂定。蜡炬迎来在战场，啼妆满面残红印。"吴三桂专门为她举行了欢迎仪式，让她回来的。"云鬟不整惊魂定"，这是来自白居易的《长恨歌》，"花冠不整下堂来"，所以他故意地把她说成还"惊魂未定"。"蜡炬迎来在战场"，这个地方是故意地讽刺一下，这个地方是战场，但是吴三桂最看重的是陈圆圆，而非将士的性命。"啼装满面残红印"，故意把她写得还在哭，啼啼哭哭，其实这个时候已经不需要哭了，因为经历了很长时间了。这是回到第四句"哭罢君亲再相见"，这个地方重新关联到前面的"哭罢君亲再相见"，只是多了一个把她迎回来的仪式。

下面要去哪里了呢？"专征箫鼓向秦川"，"专征"是吴三桂被清朝封为平西王，去平定西边的农民军，"专征箫鼓向秦川"就是奏着军乐往陕西方向去。"金牛道上车千乘"，很多车子。"斜谷云深起画楼"，斜谷也是在陕西，他在陕西驻军，所以就给陈圆圆造楼了。"散关月落"，散关就是大散关，在陕西汉中那一带，"散关月落开妆镜"，就是陈圆圆在这个地方住下来了，吴三桂带着陈圆圆走了。到这里，"蛾眉匹马还"，把她请回来了，请回来以后，吴伟业下面通过几句过渡，把她带到陕西，带到汉中这里。写到这里以后，没东西写了，因为时间点上已经写到了现在，1651 年，吴三桂还在陕西汉中，后面该怎么写呢？我们要注意他的写作艺术。他怎么处理的呢？宕开来。"传来消息满江乡，乌桕红经十度霜。"乌桕树的树叶秋天会红的，"江乡"是苏州那一带，有很多江、湖，所以叫"江乡"。消息传到苏州那一带，从陈圆圆十年前被弄到北京去，到现在 1651 年十年了，所以叫"乌桕红经十度霜"。"教曲伎师怜尚在"，当年指导陈圆圆弹琴的音乐教师居然还活着，所以"教曲伎师怜尚在"。"浣纱女伴"——过去一起做妓女的那些叫"浣纱女伴"——"忆同行"，回忆陈圆圆。"旧巢共是衔泥燕"，大家都是普通的燕子。"飞上枝头变凤凰"，陈圆圆变成凤凰了，因为她攀上的男子是一个侯王。"长向尊前悲老大"，在苏州的那些妓女，也还继续陪人家喝酒，感叹自己年老色衰了。普通的没着落的妓女，一旦她变老了的话，她可能身价就没有了，而陈圆圆的特别之处就在于她在还没老之前嫁给了吴三桂，所以叫"有人夫婿擅侯王"。这一段的处理，是一种什么处理？等一下我们再说。这是浣纱女伴的看法，觉得她是飞上枝头变凤凰了，她嫁了侯王了，比较得意。

"当时只受声名累。贵戚名豪竞延致。一斛珠连万斛愁，关山漂泊腰支细。错怨狂风扬落花，无边春色来天地。"这个又闪回到"何处豪家强载归"这么一个事情上。"当时只是声名累"，陈圆圆太出名了，名气大，连累了自己，所以"贵戚名豪竞延致"。"一斛珠连万斛愁"，"一斛珠"的意思是妓女表现好，富豪人家会给她很多赏赐，很多小费，甚至给她一斛珍珠，"斛"是一种容器。说"贵戚名豪"虽然抢着要她，但是在陈圆圆的心里面，她其实是愁的，她不要人家这样去抢她。最后还把她抢到北京，让她关山漂泊，搞得她人都瘦掉了，腰支细了。她对别人把她抢去这件事理解为"狂风扬落花"，所以她当时对别人把她抢去是怨的，可是没想到，时来运转，跟那些在苏州同样当妓女的最后老大都没有什么着落的那种相比，她是非常幸运的，所以叫"无边春色来天地"。这是通过再次闪回来进一步地阐释"有人夫婿擅侯王"这个事情，就强调陈圆圆歪打正着，能获得好的归宿。

最后这一段，是诗人的思想的表达，当然也继续包含着对事情的叙述。"尝闻倾国与倾城，翻使周郎受重名。"周郎是谁？周瑜，他也拥有一个美女小乔。倾国与倾城指美女，对于周瑜来说，小乔是让周瑜更加出名了。我想这个时候，吴伟业一定是想起了苏轼的"遥想公瑾当年，小乔初嫁了，雄姿英发"，所以"翻使周郎受重名"讲的是小乔让周瑜更出名。其实在历史本来的事件中，小乔也不见得对周瑜有多少加分，只是在历史流传的过程中，人们除了关注周瑜联合刘备抗击曹军这件事以外，因为苏东坡他们的渲染，小乔的分量好像更加重了，所以叫"翻使周郎受重名"。

下面两句是吴伟业的立场。"妻子岂应关大计"，吴伟业虽然是一个比较软弱的人，但是又有点大男子主义的，他自己的实践就表现了"妻子岂应关大计"。当然吴伟业还是害怕自己家里的原配的，尤其是他对母亲比较敬重，所以在清朝打进来以后，吴伟业本来已经待在乡下了，但是清朝不放过他，一定要把他请出来，他就很紧张。因为吴伟业被崇祯皇帝接待过，并且给过好处，吴伟业考科举中了榜眼，是一甲的第二名，这是皇帝钦点的，前三名是皇帝亲自定的，而且还给他批了八个字，"正大博雅，足式诡靡"，说他的文章写得很正大，足以给文风诡靡的那些人作榜样，所以吴伟业是受宠若惊的。被点为第二名以后，皇帝还赏赐了他一些跟结婚有关的东西，让他回家去结婚。这对于他来说是隆恩，所以他在清朝打进来后，他在苏南的老家曾经想死，他开始想上吊，按理要上吊的话，你得悄悄地上吊，趁人家睡着了跑到一个地方去上吊，那肯定成功，肯定没有人阻止。结果他把上吊的念头告诉他家人，他老妈、他妻子哭天哭地地不让他上吊，他想想又放弃了。后来又跟朋友说，我们出家。出家你也得一溜烟跑了，这样你的母亲也找不到你，他又说出来了，结果他的母亲说出家也不可以的，所以他是这么一个人。但是他这句"妻子岂应关大计"跟他对卞玉京的态度倒是相符的。晚明流行找名妓，有一堆名人找名妓，比如刚才说的冒辟疆跟董小宛，甚至后来还衍生出董小宛被顺治皇帝弄进宫中的传言。吴伟业的好朋友，比他年龄大的钱谦益就有柳如是。钱谦益是礼部侍郎，相当于现在的教育部的副部长，级别够高，他差点要竞争宰相的。还有，在清初当过刑部尚书的龚鼎孳，他有一个顾媚，叫横波夫人。这些都特别出名。喜欢看戏剧的人知道，有《桃花扇》这个戏，戏里面写到侯方域，著名的公子哥，去找了李香君，而培养李香君的老鸨叫李贞丽，李贞丽也有一个相好叫张溥，张溥是复社的首领，跟李贞丽相好的。晚明有这么一个风气，所以吴伟业也有这种风流事。他的相好叫卞玉京，而且吴伟业的诗词里面，特别是他的词里还写了带点色情的他跟卞玉京在一起的事。可是卞玉京问他，你看别的人都把自己的相好娶回家了，你对我怎么样？吴伟业就像缩头乌龟，不敢弄回去，王顾左右而言他。所以在陈圆圆这个事情上，倒是反映出他有那种"妻子岂应关大计"的心态，他的意思就是女的怎么能把她看得那么重呢？可惜的是，"英雄无奈是多情"，吴三桂太多情了。多情的结果是什么呢？"全家白骨成灰土，一代红妆照汗青。"这在作品中是总结性的一句话，对吴三桂的讽刺极其强烈。

因为如果吴三桂不冲冠一怒为红颜，那他的全家就不会白骨成灰土，吴家三十六口人被李自成杀害，就是跟吴三桂冲冠一怒为红颜有关。因为他知道自己的女人被抓起来了以后，他就说要和李自成势不两立，这么一搞，当然打起来了，吴襄以下的三十六口就被杀了，所以"全家白骨成灰土。"而另外一个人"一代红妆"陈圆圆的结果就是"照汗青"。"照汗青"这个词岂是用在此处的？人家文天祥是"留取丹心照汗青"的，是自己的一片忠心名垂青史，可是吴三桂却让自己的小妾照汗青，所以这是对他的强烈的讽刺，这就是诗人的基本立场。立场的第一个层次，就是正面的人，像周瑜这样的人，有一个美女以后，由于他处理得当，所以让周受重名。本来，英雄人物对女色的态度是妻也罢，妾也罢，都不应该看得太重的，可是吴三桂看得太重了，太多情了，于是导致了"全家白骨成灰土"。可是陈圆圆却出名了，"红妆照汗青"。某种程度上，不管这个"照"怎么理解，陈圆圆还真的是影响了中国历史。因为如果李自成懂得搞统一战线，把北京的达官贵人、大户人家保护起来，做笼络工作，把吴三桂家派驻一个警卫团保护起来，然后耐心地等待吴三桂感动，那么李自成就是一个了不起的成功者，他一定会成功的。因为他已经攻进北京了，他攻进北京以后，只要他能改变农民造反的习气，能把那些达官贵人保护起来，把吴三桂等人的家族好好地供养起来，他是能成功的。可惜他不懂，而陈圆圆是一个关键人物。因为只要吴三桂不跟李自成为敌，继续守住山海关，那么清兵就进不来，所以这影响是巨大的。如果清兵不进来，中国的历史会改写。当然怎么改不知道，但是有一点已经是很明显的，就是明朝后期中国的版图。中国的经济版图是很有特色的，北方依然是农业社会，也比较贫穷，可是南方长江以南就非常地富庶。为什么有所谓秦淮八艳，为什么有那么多我刚才说的江南名妓？其中柳如是是我老家苏州市吴江区人，和我一个镇上的，一个镇上都可以培养出这么著名的妓女出来，这和南方经济文化的发达是分不开的。所以如果清朝不进来，晚明已经有所谓的资本主义萌芽了，我们共产党取得天下以后，不是说有八个以上雇佣工就是资本家吗？划成分的时候是这么划的。而晚明许多纺织工业雇的人已经达到这个数了，所以南方已经有资本主义萌芽了。上海徐家汇有一个徐家，徐家就是徐光启这个家庭，徐光启这些人已经跟西方的传教士接触，并且把西方的《几何原理》这类的书翻译进来，把基督教的书翻译过来，所以晚明的时候西方的科学在中国已经开始在传播，宗教又在传播，然后资本主义萌芽在江南广泛存在，所以要没有李自成造反，在经历更长的时间以后，也许就能过渡到资本主义社会。纵使这件事不太乐观，但是肯定跟清朝打进来会不一样的。清朝一打进来，马上就实行严酷的统治，所以陈圆圆这个角色是重要的，因为没有陈圆圆，吴三桂不会冲冠一怒，清朝至少短时间是进不来的。所以"一代红妆照汗青"就是这么个照法。在吴伟业看来，吴三桂太看重女色，在吴伟业看来，就是陈圆圆被李自成的军队抓走了，吴三桂也不应该让清军进来。这是他的第一个观点。

第二个，他要呼应前面，他为什么特地说"梦向夫差苑里游，宫娥拥入君王起"？他前面说陈圆圆做梦像西施那样来到吴王夫差的宫里面，有很多宫女伺候她，为什么要写到这个？这个地方我们可以看到，他前面那些是铺垫，在这里可以看到他铺垫的后果了："君不见馆娃初起鸳鸯宿"，"鸳鸯宿"就是西施跟夫差像鸳鸯一样。"馆娃宫"，是夫差给西施造的一座宫殿，馆娃宫落成，叫"馆娃初起"。"越女如花看不足"，左看右看，上看下看，原来西施实在太美了。可是看不足的结果是什么呢？"香径尘生鸟自啼"，"香径"是现在苏州灵岩山那一带。你们到苏州去灵岩山玩，还有一口西施井，说是西施经常在井里面照她的脸的。灵岩山下面有一条涧香径，就是吴王的王宫附近的一条路，历史沧桑剧变，过去曾经豪华的宫殿，现在变成荒地了，所以叫"尘生"，而只有鸟在那里自啼，因为鸟不懂人世沧桑，所以鸟自啼。

"屧廊人去苔空绿"，"屧廊"是响屧廊，吴王专门给西施所造，让她的木屐走在廊道上发出悦耳的声音，"屧廊人去苔空绿"，就是响屧廊早就不存在了，青苔也白白的变绿，这是说，你沉迷在女色里，那就会像夫差那样亡国，历史也终将把你淘汰，这是这一段诗人立场里的第二个层次。

最后，"换羽移宫万里愁"，"羽"和"宫"都是指古代的音阶，五音"宫、商、角、徵、羽"中的"宫、羽","换羽移宫"就是换一个音乐的调子,我唱到这个地方,唱不下去了,"换羽移宫",想想有很多的愁。"珠歌翠舞古梁州",你吴三桂此时有珠歌翠舞,因为你是平西王,有很多的资源,很大的权力,又在汉中,"古梁州"就是陕西汉中,你在那个地方有歌舞享受生活,可是我要"为君别唱吴宫曲",我另给你唱一首"吴宫曲"给你听听,也就是关于夫差和西施的故事,我唱给你听听。也就是说,我提醒你,你别以为你的荣华富贵是可以永久享受的,你的结局逃不掉夫差、西施的这种结局,所以是"为君别唱吴宫曲"。"汉水东南日夜流",什么意思呢?因为李白有两句诗,叫"功名富贵若常在,汉水也应西北流",功名富贵如果能够常在的话,汉水应该倒流到西北方向去的,意思就是功名富贵不可能常在的。现在汉水东南日夜流,我料定你的功名富贵也是不长久的。这就是对吴三桂的批判,他只不过是用一个典故来批判。

这么一首诗我们通读一遍,我相信大家对它的内容就很清楚了。

我们来看看他是怎么去写歌行体诗的。第一,它是一个重大题材,歌行体是能够容纳重大题材的。第二,这首诗它的章法、结构跟我们上一次说的《长恨歌》相比,它要更加地讲究。《长恨歌》从"汉皇重色思倾国"开始,一直到"渔阳鼙鼓动地来,惊破霓裳羽衣曲",说的是"汉皇重色,杨妃入宫",这是一个部分。然后"九重城阙烟尘生,千乘万骑西南行"一直到"不见玉颜空死处",这一段说的是"杨妃被杀"。后面"君臣相顾尽沾衣,东望都门信马归。归来池苑皆依旧,太液芙蓉未央柳",这个部分讲的是"玄宗回宫,终日思妃"。再后面,"悠悠生死别经年,魂魄不曾来入梦",之后就是"临邛道士鸿都客,能以精诚致魂魄。为感君王辗转思,遂教方士殷勤觅",这最后一段就是"方士觅妃,杨妃寄情",很清楚的。它是顺叙着来的,先把杨妃选进宫,然后造成安禄山造反,造反后皇帝逃出去,由于兵变不得不牺牲杨妃。杨妃死后,唐玄宗很想念她,然后回来,大段地描写唐玄宗对杨贵妃的想念,想念而想不着,那怎么办?就叫方士到处去找,然后在蓬莱仙山上找到她。这当然是根据传说虚构的。它的叙述基本是顺叙型的。

而《圆圆曲》就跌宕起伏，很讲究章法。先叙写吴三桂领军队从山海关杀回来，然后用一句"哭罢君亲再相见"，就靠两个字"相见"的顶针，就把他怎么个"相见"的引出来了，一下就闪回去，进行大段的倒叙，倒叙里面有顺叙。怎么相见的呢？"相见初经田窦家"，先提一下是怎么相见的，然后再进一步倒叙，写陈圆圆的身世，这个部分总体上的倒叙里它又是顺叙的。"家本姑苏浣花里"以下，就陈圆圆身世的描述而言，它是顺叙的，她是一个苏州的妓女，她被北京的豪强硬买买走了，弄到北京以后先想把她送给皇帝，皇帝不要，"明眸皓齿无人惜"，再把她弄回外戚的家里面，然后进一步培养她。在外戚家里面接待那些军队将领、达官贵人的时候被吴三桂看中，看中以后留下一个约定，要把她接走，可是还没接走，李自成的军队来了，于是她就被掳走，这件事导致"冲冠一怒为红颜"，到这个地方就呼应了前面的"哭罢君亲再相见"，呼应了前面的"冲冠一怒为红颜"。所以他章法很讲究，一直要到这里才兜回来。兜回来以后，本来这里就凝回来了，重新接了，因为毕竟打回北京是1644年的事情，距现在诗人写诗的时候又过了七年了，所以他要有一个过渡段，这个过渡段就是写吴三桂怎么把这个女的带到汉中去的，所以有"蛾眉马上传呼进，云鬟不整惊魂定"，在战场上把她迎回来。迎回来以后到哪里去？一段四句交代："专征箫鼓向秦川，金牛道上车千乘。斜谷云深起画楼，散关月落开妆镜。"用这四句过渡到他现在所处的位置。所以这是呼应了前面的"哭罢君亲再相见"和"冲冠一怒为红颜"后，又作进一步的交代，是进入顺叙。但是叙完了"散关月落开妆镜"以后不就没了吗？于是他又兜开来，通过过去的陈圆圆的同伴这个视角来写陈圆圆当时以为是倒霉事，可是最终却是一个好结果。他为什么要写这一段？当然我觉得这是《圆圆曲》当中一个不是太理想的地方，用我们今天的眼光来看，你既然批判讽刺吴三桂，最好把陈圆圆写得很无辜。她就是一个任人宰割的、任人呼来喝去、谁有力量谁把她抓走的一个弱女子，把她塑造成这么一个形象的话，可能吴三桂"冲冠一怒为红颜"这种重女色不重国家这种丑陋形象会更加突显。但是诗人可能考虑了想要通过陈圆圆的歪打正着，通过陈圆圆命运不能自控，最后却落得一个荣华富贵的好结果,来凸显吴三桂的重色轻国和其权势的影响力,所以他又从陈圆圆年轻时候或者是十年前那些同伴的视角来再增加这么一段叙述,当然,也增加了可读性。

还有一个原因,他反复地说到苏州这些浣纱女伴,是因为他还想要关联住西施的故事。因为西施的故事发生在苏州,所以他这里又闪回到苏州,以此来使后面的议论得到充分的铺垫,所以从写作艺术角度讲,他这种考虑也是很有道理的。我感觉有一点小小的遗憾,就是陈圆圆被塑造成了一个贪图富贵的人,这好像让这首诗的火力略有分散,诗的火力应该集中在吴三桂一个人身上。闪回到苏州的同伴那里以后,通过"无边春色来天地"又回应到"有人夫婿擅侯王",回应到"散关月落开妆镜",把它们连贯起来,"无边春色来天地",现在的春色在哪里呢?春色在"散关月落开妆镜",春色在汉中这一带,"珠歌翠舞古梁州",在那个地方享受春色。

最后一个部分,诗人放弃了故事来议论了,先拿周瑜来对比吴三桂,再拿吴王夫差的历史故事来暗示吴三桂也不会有好结果,最后又用李白的诗和夫差故事来预言吴三桂最后肯定也没有好下场。他在结构上是这样处理的,这首诗要比《长恨歌》更加的跌宕多姿,有更多的艺术处理的讲究。

这首诗,在艺术上还有一个明显的特点,就是善于用顶针,比如"哭罢君亲再相见",再跟出"相见初经田窦家",就是顶针的方法。如果你们写歌行体的话,这种方法是可以学的,因为顶针能有效地帮你不断地转,这是一个捷径、一个窍门,你想写什么内容,只要安排两个合适的字,一个词,就可以自然地转换主题,比如这里就安排了"相见"这个词,通过这个"相见"一下就闪到他过去怎么相见的,所以"相见初经田窦家"。后面还有这样的:"门前一片横塘水",再来"横塘双桨去如飞"又连上了;"教就新声倾座客""座客飞殇红日暮"。这种写法使得这首诗读起来文气流畅,关联性很强。"苦留后约将人误""相约恩深相见难",两句都有一个"约"字。"争得蛾眉匹马还",然后马上就"蛾眉马上传呼进",两句里面都有"蛾眉""马"。这些都是所谓顶针的写法,这种写法《长恨歌》里面已经有了,但是《长恨歌》用得不多,只有最后那个部分里面有,这首诗就用得多了。

另外,我导师钱仲联先生指出来,卢照邻的《长安古意》对吴伟业影响很大。吴伟业的歌行体有两个学习对象,一个是"四杰",一是白居易,所以《四库全书总目提要》就说吴伟业的诗"格律本乎四杰",其中"四杰"里的王、杨是不太写歌行体的,主要是卢照邻写。"格律本乎四杰,而情韵为胜",在情韵方面,吴伟业的诗比卢照邻的诗情韵更加深。"叙述类乎香山",在叙述方面他跟白居易有点相似,"香山"就是白居易,"而风华为胜",在风华方面、词采方面、风情方面,要胜过白居易。在卢照邻的《长安古意》里面有比《长恨歌》更多的顶针的方式,所以他也是向"四杰"的卢照邻学习的,这也是这首诗的艺术特点之一。

再一个,这首诗还有一个艺术特点,我们在座的学员要学他比较困难,就是用典非常多。这是要所谓腹笥,也就是肚子里藏的书要多。我都搞不定,我从业快三十年了,我不会用那么多典故。清朝的赵翼曾经在他的《瓯北诗话》里面专门讲吴伟业熟悉《汉书》《后汉书》《晋书》《三国志》《南史》《北史》,这个阶段的史书他都很熟悉,所以"电扫黄巾定黑山","遍索绿珠围内第,强呼绛树出雕栏"中的"黄巾""黑山","绿珠""绛树",这些典故都是从汉朝到南北朝这个阶段的正史里面来的。吴伟业这个阶段的史书读得很熟,宋朝以后的书他不太读,所以他经常用那个阶段的典故。典故用得多是本诗又一大特色。

白居易的《琵琶行》和《长恨歌》都几乎不用典故。王国维是更喜欢白居易的,而对吴伟业看得相对轻一些。他就说吴伟业的诗典故太多了,而《长恨歌》只有"转教小玉报双成"是个典故,其他都不用典。吴伟业的一大特色就是用典。我们中国古代文学有一个毛病,就是任何一种诗体,开始都比较浅白好懂,但是被文人学过来以后,玩着玩着,一定会变得深奥难懂。像唐代的词,一眼扫过去,句句都可懂,北宋的小令一眼看过去,没有一句不好懂,到了辛弃疾就麻烦了,很多句子如果没有注释就看不懂。元曲也是,它在演出的时候的句子都很容易懂,可是到后来文人来写散曲,典故也多起来了,这是中国古代文学的一个特征。

当然，也可能是吴伟业必须用一些典故，因为他写这些诗多数写在入清以后，他的身份使然，很不方便直接说，他是一个被清朝强征到北京去做官的人，他内心又有许多的不认同，也觉得自己对不起明朝，所以他对明末清初的一些事件，他只能用一些比较隐晦的方式来讽刺、感慨、感叹，所以经常要用上那些典故。直接说的话，好像有政治风险，所以他说得比较含蓄。

我们可以看到，这一首歌行，第一，它的结构有更多的讲究；第二，它的顶针方式用得多；第三，典故用得多。这是从艺术上来讲的三个特点。

你懂得用顶针的方式，又懂得转韵，你就可以不断地拉长诗的篇幅，所以歌行体能把叙事的功能发挥出来。当然，搞长了以后，你尤其要注意，诗的层次还是要清晰，段落还是要分明，不能乱来。我今天本来想把黄天骥先生的诗让大家看看，黄天骥先生特别擅长写歌行体诗，可惜我没来得及输入完就不得不赶过来了。所以只能看一部分。前面我已经让大家看过叶嘉莹先生的，叶嘉莹先生这方面就做得非常好。黄天骥先生现在已经八十多岁了，中山大学的教授，刚刚退休的，他这首是写现代生活的。"花拥五羊春满路。倾城争说买花去。东风浅笑过墙来，轻逗几点黄昏雨。"然后他也懂得顶针："雨余巷陌绝纤尘。浮光泛彩茜罗裙。灯下买花香惹鬓，春到枝头已十分。十分春色十分情，含情凝睇入红陵。松柏两行霜染翠，栏杆九曲玉雕成。"黄先生能够把这种顶针的方式学过来，也懂得转韵，所以转韵加顶针的方式能有效地把后面的内容不断地扯出来，可以帮你展开诗意。但是你写诗的时候，一定要考虑整体布局，不能写到哪里算哪里，你不断地转韵，但是你乱转，想转哪儿转哪儿，那不对。你还是要考虑这首诗总体上准备写什么样的主题，安排几个内容，这是你要想的，在想好这些的情况下，你再想我怎么样用转韵和顶针的方式把它扯出来，剩下的就是你的造句能力，怎么样通过造句把你要表达的意思表达出来。黄先生这些方面就做得很成功。他写买花的花市，完全现代生活。所以我上次就跟大家讲过，对旧体诗创作，我一向提倡要善于把现代生活写进去，如果你写出来的诗，人家读着不觉得你是个今天的人，觉得你像是个清朝人、像是个明朝的人，你的诗基本上没有什么大意思。你要用这种旧的格律、旧的诗体写出今天的生活，这就是旧体诗的现代价值。你不能发挥它的现代价值，写也白写，没有太大意思。

如果你们有兴趣看黄天骥先生的诗，书城有卖的，书名叫作《冷暖室别集》，你们可以去买一本来看看，网上搜不到黄天骥的歌行体。当然别的人也在写歌行体，我自己都写过一首歌行体诗。总之，歌行体有这样的要诀，你们如果以后写的话，可以斟酌使用如何通过转韵、通过顶针的方式展开内容。

以上是有关歌行体的艺术要诀，我们通过这两个单元，通过两首古人的作品和一首叶嘉莹先生的作品，及几句黄天骥先生的诗，让大家认识这种诗体的特点，认识它的基本面貌。如果在座的朋友们有兴趣的话，可以进一步地去学习、去练习，这是挺有意思的。

今天就到这里，谢谢。